新世紀の英語文学

ブッカー賞総覧 2001-2010

高本孝子
池園　宏　共編
加藤洋介

開文社出版

ブッカー賞 2001-2010 年
受賞作および最終候補作一覧

2001年

受賞作
Peter Carey, *True History of the Kelly Gang*

最終候補作
Ian McEwan, *Atonement*
Andrew Miller, *Oxygen*
David Mitchell, *number9dream*
Rachel Seiffert, *The Dark Room*
Ali Smith, *Hotel World*

2002年

受賞作
Yann Martel, *Life of Pi*

最終候補作
Rohinton Mistry, *Family Matters*
Carol Shields, *Unless*
William Trevor, *The Story of Lucy Gault*
Sarah Waters, *Fingersmith*
Tim Winton, *Dirt Music*

2003年

受賞作
DBC Pierre, *Vernon God Little*

最終候補作
Monica Ali, *Brick Lane*
Margaret Atwood, *Oryx and Crake*
Damon Galgut, *The Good Doctor*
Zoë Heller, *Notes on a Scandal*
Clare Morrall, *Astonishing Splashes of Colour*

2004年

受賞作
Alan Hollinghurst, *The Line of Beauty*

最終候補作
Achmat Dangor, *Bitter Fruit*
Sarah Hall, *The Electric Michelangelo*
David Mitchell, *Cloud Atlas*
Colm Tóibín, *The Master*
Gerard Woodward, *I'll Go to Bed at Noon*

2005年

受賞作
John Banville, *The Sea*

最終候補作
Julian Barnes, *Arthur & George*
Sebastian Barry, *A Long Long Way*
Kazuo Ishiguro, *Never Let Me Go*
Ali Smith, *The Accidental*
Zadie Smith, *On Beauty*

2006年

受賞作
Kiran Desai, *The Inheritance of Loss*

最終候補作
Kate Grenville, *The Secret River*
M. J. Hyland, *Carry Me Down*
Hisham Matar, *In the Country of Men*
Edward St. Aubyn, *Mother's Milk*
Sarah Waters, *The Night Watch*

2007年

受賞作
Anne Enright, *The Gathering*

最終候補作
Nicola Barker, *Darkmans*
Mohsin Hamid, *The Reluctant Fundamentalist*
Lloyd Jones, *Mister Pip*
Ian McEwan, *On Chesil Beach*
Indra Sinha, *Animal's People*

2008年

受賞作
Aravind Adiga, *The White Tiger*

最終候補作
Sebastian Barry, *The Secret Scripture*
Amitav Ghosh, *Sea of Poppies*
Linda Grant, *The Clothes on Their Backs*
Philip Hensher, *The Northern Clemency*
Steve Toltz, *A Fraction of the Whole*

2009年

受賞作
Hilary Mantel, *Wolf Hall*

最終候補作
A. S. Byatt, *The Children's Book*
J. M. Coetzee, *Summertime*
Adam Foulds, *The Quickening Maze*
Simon Mawer, *The Glass Room*
Sarah Waters, *The Little Stranger*

2010年

受賞作
Howard Jacobson, *The Finkler Question*

最終候補作
Peter Carey, *Parrot and Olivier in America*
Emma Donoghue, *Room*
Damon Galgut, *In a Strange Room*
Andrea Levy, *The Long Song*
Tom McCarthy, *C*

目　次

ブッカー賞 2001–2010 年——受賞作および最終候補作一覧 ……………… iii

序　過去 10 年間のブッカー賞 ………………………………… 加藤洋介　ix

1　『ケリー・ギャングの真実の歴史』における
　　　トマス・カーナウの真実の歴史 ………………………… 宮原一成　1

2　空腹と食欲の物語 ………………………………………… 谷口秀子　17
　　　——ヤン・マーテル『パイの物語』——

3　モードとスウの関係についての考察 …………………… 石井征子　43
　　　——『フィンガースミス』と『いばら姫』から見えてくるもの——

4　『ヴァーノン・ゴッド・リトル』における視線の暴力 …… 田中雅子　61

5　破局への序章 ……………………………………………… 柴田千秋　79
　　　——『オリクスとクレイク』におけるリアリティーの崩壊——

6　「豪奢な不思議の国」の客人 ……………………………… 高本孝子　95
　　　——アラン・ホリングハースト『美の曲線』——

7　「虚構の家」 ………………………………………………… 宮川美佐子　115
　　　——コルム・トビーン『巨匠』の〈内〉と〈外〉——

8　ジョン・バンヴィルの『海』の方法 …………………… 加藤洋介　133

9　コナン・ドイルの虚構の伝記と探偵小説 ……………… 今村紅子　147
　　　——ジュリアン・バーンズ『アーサーとジョージ』——

10　人間としての生き方を求めて …………………………… 池園　宏　165
　　　——カズオ・イシグロ『わたしを離さないで』——

11 帝国との共犯性という遺産……………………………… 松田雅子　187
　　——キラン・デサイ『喪失の継承』——

12 ヘガティ家の罪と罰 ……………………………………… 永松美保　207
　　——アン・エンライト『集い』——

13 「人間」になりたかったホワイト・タイガー …… ブラウン馬本鈴子　225
　　—— 自己検証の旅 ——

14 『ウルフ・ホール』とイングリッシュネス ……………… 金子幸男　241
　　—— トマス・クロムウェルにおけるステートとネーション ——

15 「非現実的な現実」を描くおとぎ話………………………… 水尾文子　265
　　——Ａ・Ｓ・バイアット『子供たちの本』——

16 アイデンティティを求めて ……………………………… 吉村治郎　283
　　—— ハワード・ジェイコブソン『フィンクラーの問題』——

ブッカー賞 2001-2010 年——受賞作および最終候補作全梗概……………… 305
あとがき………………………………………………………………………… 369
索引……………………………………………………………………………… 371
執筆者一覧……………………………………………………………………… 392

序

過去10年間のブッカー賞

加藤　洋介

　本書の研究活動の母体である福岡現代英国小説談話会は、2005年に『ブッカー・リーダー——現代英国・英連邦小説を読む』(開文社出版)を上梓した。本書はその続編である。ここでの論考の対象は、2001年から2010年までのブッカー賞の受賞作品のすべてと最終候補作品(ショートリスト)の一部である。また、同時代の英語文学を広く紹介するために、この10年間に最終候補作品に挙げられたすべての作品のあらすじを収めた。

　はじめにこの10年間のブッカー賞の動向をふり返っておこう。

　1969年創設のブッカー賞——現在の正式名称はマン・ブッカー賞(The Man Booker Prize)——は、イギリスで与えられる最も権威のある文学賞とみなされている。過去1年間にイギリス連邦とアイルランド共和国で出版され、出版者または審査委員によって推薦された小説から、作家や批評家らによって構成される審査委員会が選考する。イギリスでも文学テクストは売れなくなったと言われるが、一般にほとんど認知されていないテクストでも、ブッカー賞を受賞すれば全国の書店の店頭に並べられるようになる。2004年にアラン・ホリングハーストが受賞したとき、『ガーディアン』は、「自分が存在しているのかと疑問をもちはじめることのある作家」にとって「この賞はだれかがその存在に気づいたことを意味する」と皮肉を述べた。ブッカー賞を受賞することは、グローバリズムの拡大とともに国際的に発展

している英語圏の文化の市場で認知されることを意味する。選考にかんする情報はインターネットを通して世界中に瞬時に配信され、世界の関心を引きつけるので、その影響力はきわめて大きい。最終候補作品に挙げられるだけで高い国際的評価を獲得し、他言語への翻訳や映画化の企画に結びついていく。この市場は今後ますます国際的に発展していくだろう。2005年には国際ブッカー賞（The Man Booker International Prize）が設けられ、出版地を問わず、翻訳を含めて英語で読むことのできる小説を対象とする選考も隔年で行なわれるようになった。過去10年間のブッカー賞の動向をふり返るとき、われわれはまず、その国際化について考えなければならない。

2001年から2010年までのブッカー賞の受賞者10人のうち、イギリスで生まれた作家はホリングハースト、ヒラリー・マンテル、ユダヤ系のハワード・ジェイコブソンの3人にとどまる。逆に言うと、かつてイギリスの自治領や属領だった国家の出身者がその大半を占めているわけだが、そのことはブッカー賞の国際化に大きな影響を及ぼしている。というのも、EnglishからEnglishesへ、いま英語が歴史的に大きく変化していることは周知の通りだが、この変化が英語文学（literature in English）にも波及しているからである。とくに英語を第2言語とする国家からあらわれる異色の作家たちが、彼らの国家で独自に発達した英語、変種としての英語を積極的に使用し、その土着の言語や文化や歴史を彼らの作品にとり込もうとしている。その結果、かつてラテン語から膨大な語彙が英語にとり込まれたように、他言語の新しい語彙がいま英語に大量にとり込まれている。これらの作家たちは、彼らの作品で彼らの出身地を描いたり、人種的、文化的に多様な背景をもつ人物を登場させたりしているが、この点についてイギリス文学の古い慣習と比較することができる。かつて——たとえばルネサンスの時代に——作品の舞台として異国の場所を設定する慣習があり、間接的に英語とほかの言語の接触を促し、異種混淆の言語と文体と様式の生産に貢献したが、これらの作家たちのテクストもまた同じような方法で新しい異種混淆の英語の生成の場として機能していると言える。

この国際化は英語文学の多様なあり方を容認するものであり、表面的には開放的に進行しているように見える。しかし、この流れの内部には、「周縁から中心に向けて書く帝国」（Empire writing back to the centre）という最近よくつかわれることばによって的確にあらわされる動き、すなわち逆方向の移動があることを理解しなければならない。具体的には、周縁からあらわれる作家たちの移動である。彼らの多くは教育と創作のためによりよい環境を求めて英語圏の中心へ移動する。インド出身の作家たちを例にとると、ムンバイ出身のインドラ・シンハはケンブリッジ大学で、コルカタ出身のアミタヴ・ゴーシュはオクスフォード大学で、ニューデリー出身のキラン・デサイとチェンナイ出身のアラヴィンド・アディガはアメリカのコロンビア大学で教育を受けた。これらの作家たちは、作品でしばしばインドを描くけれども、現在そこで生活しているのはアディガだけである。ブッカー賞の選考の対象になる作品のテクストにかんして、その出版の中心がいまでもイギリスであること、もっと正確に言うと、ロンドンとオクスフォードとケンブリッジの3点を結ぶ地域であることは明白である。周縁からあらわれる多様な作家たちをこの中心に引き寄せる力学が、ブッカー賞の国際化の内部で作用している。彼らによっていわゆるポストコロニアリズムの文学が量産されていること、文化の帝国主義に対する対抗的視点が提示されていることは事実である。しかし、文学の国際的な市場を支えている経済構造のなかで、そのような作品も多かれ少なかれこの力学にとり込まれざるを得ない。ブッカー賞の国際化は、ポストコロニアリズムの作品を含む世界の多様な文学を、英語圏の言語と文化と主要な制度に包摂する過程としてとらえることができる。それは、自らが再生産しながら維持する中心と周縁の関係にもとづいて、世界の文学の新しい秩序を構築する動きである。そうして英語圏の中心で出版された作品のテクストは、こんどは商品として国際的な市場で取引される。帝国主義を支える経済の基本的構造が、ブッカー賞の国際化の基礎に明白に存在するのである。

　しかしながら、中心と周縁のあいだの移動はそれほど単純ではない。言語

だけでなく文化や人種や国籍のちがいも移動の障壁になるからである。ブッカー賞の国際化の流れのなかで、エドワード・サイードが明確に定義した越境の問題を、英語文学の作家たちは抱え込むことになった。彼らの多くは、中心に引き寄せられると同時にそこで他者として認知され、排除されることになる。2006年にブッカー賞を受賞したデサイの『喪失の継承』は、まさに中心と周縁のあいだの移動が引き起こす孤立と分裂を主題にした小説である。この小説には、インドからケンブリッジ大学に留学するがイギリス社会に同化できず、イギリス人の人種的、文化的優越を認めて傷心するインドの知識人が登場する。しかし、他方で彼は留学によってインド社会における自らの優越が決定づけられたことを確信し、帰国後、インド社会に同化することを拒む。2つの世界のはざまで生きる彼の分裂と喪失感は、彼の料理人の息子でアメリカに行く若者によって継承される。『喪失の継承』が直視するこの移動の問題は、本書で紹介されるほかのいくつかの小説でも——方法は異なるけれども——表現されており、過去10年間の英語文学の顕著な特徴としてとらえることができる。たとえば、カズオ・イシグロの2005年の『わたしを離さないで』は臓器提供者として養成されるクローン人間の物語であり、彼らは、彼らを育てた特殊な世界からふつうの人間の世界へ移動する。この移動もまた象徴的次元で周縁から中心へ向かう動きをあらわすが、彼らは人間とクローン人間を隔てる壁に直面する。この新しい世界に他者としてとり込まれる彼らの分裂は、最終的に彼らの肉体から切りとられ、中心の世界の人間に移植される臓器の隠喩によって象徴的にあらわされる。また、セバスチャン・バリーの2005年の『はるか長い道のり』では、アイルランドの若者がイギリス軍とともに第一次世界大戦を戦うが、アイルランドの独立のためにイギリスを支援する矛盾がすぐに表面化し、アイルランドとイギリスという2つの世界のはざまで孤立する。これらの人物たちは、作品世界の特権的な中心で、自分たちは「われわれ」であるのか、それとも「彼ら」であるのかと自問する。この区別が文化の帝国主義の根本問題であるというサイードの意識を、これらの作品は共有していると考えてよい。

さて、以上の理解を歴史的次元にもち込むために、過去10年間のブッカー賞の動向と同時代の歴史のいくつかの接点を確認しておこう。その最初の年、ニューヨークで同時多発テロが起こり、世界に大きな衝撃を与えた。すでに予言されていた文明の衝突が現実のものになったと語られ、冷戦終結後の世界を包もうとしていた地球村(グローバル・ヴィレッジ)の幻想に決定的な分裂があらわれた。分裂はこのときはじめてあらわれたわけではもちろんない。たとえば、ブッカー賞は1993年にサルマン・ラシュディにブッカー・オヴ・ブッカーズ（過去25年間のブッカー賞最優秀作品賞）を与え、彼の『悪魔の詩』の出版によって顕在化した英語圏とイスラム圏のあいだの衝突および相互理解の困難をすでにその内部に明らかな問題としてとり込んでいた。分裂は地球村の幻想によって表面的には覆い隠されたけれども、世界貿易センタービルの崩壊の瞬間に暴力的、破壊的に顕在化したのである。その衝撃的映像を、テレビやインターネットは瞬時に世界中に配信したが、ブッカー賞の選考の対象になる今日の文学テクストの多くは、メディアとして同様の機能を担っている。というのも、それらは異なる言語や異なる人種や異なる文化のあいだで起きている衝突や対立を描き、また、衝突や対立がどこかの国境付近で起きているのではなく、英語圏の──とくにその中心の──生の内部で起きていることを明らかにしているからである。

　同時多発テロが引き金となって、2003年にイラク戦争がはじまった。当時アメリカの大統領だったジョージ・ブッシュは、危険な独裁者の支配する国家にアメリカの自由と民主主義をもちこむ正義の戦争としてこの戦争を提示した。このときアメリカは、メディアを通してその圧倒的軍事力を世界に示し、自らが世界の中心であり先導者であることを内外に向けて証明しようとした。じっさいそれは日本を含む多くの国家の政府によって支持された。ふり返ってみれば、ブッシュがはじめたイラク戦争は、同時多発テロのあと不安定になった世界において、英語圏の中心がグローバリゼーションの進展を継続して導いていくことを世界に示し、それに対する脅威をとり除くものだった。つまり、すでに2002年の『帝国以後』でエマニュエル・トッドが

指摘したように、中心と周縁の関係およびその秩序を再強化するものだったのである。このように見ると、すでにわれわれが見たブッカー賞の動向は、この歴史の動きと重なり合う。

また、この10年間の歴史のなかで、もっと直接的な影響を文学の動向に及ぼしたものは、一連の新しい電子メディアの登場である。これが引き起こした巨大な変革の波は出版産業の全体をのみ込んだ。既存の新聞や雑誌のほとんどが発行部数を減らし、多くの新聞社や出版者が電子メディアを利用した情報発信に移行するようになった。文学テクストの電子化も進み、電子画面で文学テクストを読める環境がこの10年間にめざましい勢いで整備された。しかし、よく言われるように、文学テクストの電子化は単にメディアの形態の変化を意味するだけではない。それは文学作品の質を確実に変えていく過程である。たとえば、印刷されたテクストはふつう1冊の書物として存在するが、電子メディアの画面では実質的に断片的画像として裁断される。電子化の過程で、テクストは断片的情報の集合体として認知されるようになり、はじめから終わりまで通読されるものというよりも、むしろ特定の場面、特定の語の検索の対象になる傾向をもつ。

ブッカー賞と電子メディアの関係について言うと、ブッカー賞は商業的にひじょうに大きい影響力をもつので、作家や作品はゴシップの対象になる。インターネットの世界では作品の内容よりもゴシップの種類の情報が流通しやすい。テクストの議論はしばしばゴシップに還元される。じっさい、この10年間にブッカー賞の選考にかんするさまざまなゴシップがあらわれた。たとえば2004年にホリングハーストの『美の曲線』が受賞したときには、ゲイの文学の受賞として騒がれ、審査の過程に下世話な関心が集まったし、2005年のブッカー賞をめぐってジョン・バンヴィルの『海』とカズオ・イシグロの『わたしを離さないで』が争ったときには、1989年のブッカー賞をめぐって争った両作家の因縁の対決として大げさに報道された。また、最終候補作品になんども作品を挙げられながらまだ受賞していないベリル・ベインブリッジは「ブッカー賞の花嫁付き添い人」と揶揄され、受賞で

きない理由がインターネットの世界でさまざまな憶測とともに語られている。この傾向が強まると、文学テクストそのものは読まれなくなるので、それを危惧する声はもちろんある。しかし、ブッカー賞はむしろこうした関心を積極的にとり込み、その商業的成功に結びつけている。それは一方でかつて高い文化（ハイカルチャー）に属したイギリス文学の伝統を継承し、その権威を維持しているが、他方で新しいメディアを通して大衆の関心をよび込んでいる。これら2つの異なる次元をブッカー賞は今後どのように結びつけ、発展させていくか、注目する価値は十分にあるだろう。

　以上のように、英語文学の国際化は複数の次元で多様に進行しており、今日の英語文学のあり方を複雑で流動的なものにしている。1つの文化が流動的であるとき、バフチンが論じたように、反動としてその中心の安定と秩序を求める衝動が顕著にあらわれるものである。今日の英語文学において、この衝動の一部は過去に対する憧憬に転換し、歴史小説の生産と結びついている。例として、ヴィクトリア朝のロンドンを舞台として展開する物語をリアリズムの文体で構成するサラ・ウォーターズの一連の小説や、ヘンリー8世の宮廷を描いたヒラリー・マンテルの2009年のブッカー賞受賞作品『ウルフ・ホール』を挙げることができる。これらの作品が詳細な歴史事実の研究を踏まえて力強く描き出す過去のイギリスを、グローバリズムの時代が到来するまえの別の世界としてとらえることができる。それは、イギリス文学がイギリスの国民性をあらわすメディアとして機能していた時代だった。これらの小説をイギリス人の作家たちが生産している事実にも、あらためて注目する価値はあるだろう。アミタヴ・ゴーシュのようなポストコロニアリズムの作家たちも周縁の歴史を描いているが、これらの歴史小説とは異なる流れに属するものとしてとらえるべきである。

　本書に収められたそれぞれの論文は基本的にその執筆者の独自の視点で書かれたものである。が、こうしてそれらの論考を1冊にまとめ、本書が与える枠組みのなかで全体として同時代を見つめる機会を提供する意義もある

だろう。本書で論じられる作家たちは、同時代人として、1つの時代の経験およびある種の感情の構造を共有しているはずである。それらについて考えるために本書が何らかの役に立つことがあれば、本書の刊行にかかわった者としてうれしい。もちろん、われわれブッカー賞の読者もまた彼らの同時代人である。同時代の英語文学を論じることは、われわれ自身の経験およびその歴史的位置についての理解も高めるはずである。それは、われわれ自身が彼らとともに1つの時代を共有していること、われわれ自身が彼らとともにこの時代のなかで共通の経験を生きていることをあらためて認識する契機になる。いま、文学研究の意義に再定義を与えるとすれば、そうした理解から有益な視点があらわれるはずである。

1

『ケリー・ギャングの真実の歴史』における
トマス・カーナウの真実の歴史

宮原　一成

　ピーター・ケアリの小説『ケリー・ギャングの真実の歴史』の主人公ネッド・ケリーは、19世紀後半のオーストラリア植民地で暗躍した実在の野盗で、今や国民的英雄とも言える存在である。ネッドは、馬泥棒、警官殺害、銀行強盗といった犯罪を重ねる一方、アイルランド系住民に対する官憲の不当な差別を声高に糾弾し、蹂躙されている貧民に金を恵んでやるなどして、義賊として強い支持も得ていた。1880年に、凄惨な銃撃戦の後に逮捕され絞首刑にかけられてからは、人気がいよいよ高まって、俗謡、物語、映画などさまざまなストーリー・メディアの題材となった。[1]

　そうして生まれた数あるネッド・ケリー・ストーリーのなかで、ケアリの小説の顕著な特徴を挙げるなら、本のほとんどの部分がネッドの書き残した自伝的手記、という設定になっている点だろう。便箋だったり包装紙の裏だったり手帳だったり、警察に追われる生活のなかで入手できたさまざまな紙にネッドが手書きした、500枚以上になるという文章が、13の束（parcels）に分けて綴じられている。粗野でありながら切ない詩情を醸す文体で、生い立ちから逮捕前夜まで、自分の人生を語り尽くすネッドの文章は、圧倒的な存在感をもって読者に迫ってくる。

だが、『ケリー・ギャングの真実の歴史』という本は、ネッドの第一人称語りに終始するわけではない。この小説は実に凝った構成になっている。

まず、ネッドの13分冊ぶんの文章が始まる前に、メルボルン公立図書館の資料分類コード V.L. 10453 という設定で、別の文書が置かれている。これは手書きの文書で、日付も署名もない、という短い解説が付されている。それから、小説本体ともいうべきネッドの手記が始まる。ネッドの第13分冊は、この13分冊ぶんの自伝を丸ごと他人に託すことを記したところでぷっつり終わる。

ネッドが手記を託した相手とは、トマス・カーナウというイングランド系の人物である。ネッドがついに捕縛され絞首刑になるきっかけを作った、実在の学校教師だ。1880年6月末ネッドたちは、彼らを生死不問で逮捕するつもりの警官隊が、特別列車でグレンローワンの町を通過するのを知る。そこで、列車の脱線転覆を謀って線路を破壊し、グレンローワン駅舎周辺の住民を近くのジョーンズ夫人の旅館に監禁する。監禁とはいっても、「人質」のほとんどはもともとネッドを応援する心情の住民であり、旅館内では気晴らしのダンスさえ催された。

カーナウは監禁された住民のひとりだが、彼は野盗ネッドを犯罪者としてしか見ない。カーナウは旅館内で、ネッドが書き続けている自伝に目をつけ、その文章を褒めそやすことでネッドの信用を得る。カーナウは、自宅に戻って文法ミスの手直しをしてやるという口実のもと、原稿を預かって旅館を出る許可を得る。第13分冊はここで途切れている。

その後に別の文章が続く。「グレンローワンの包囲戦」と題した全12ページのパンフレットから完全転載された文章、という設定である。こちらはシドニーのミッチェル図書館の所蔵資料とされている。このパンフレットに付された解説ラベルによれば、発行は1955年で、著者名は頭文字のみで"S.C."と記されている。このパンフレットは7つのセクションから成っており、ネッドの捕縛に至る経過と並行して、カーナウの動向も書いている。

旅館の外へ出たカーナウは、ネッドたちから撃たれる危険を顧みず、線路

に駆けつけ、特別列車に緊急停止の合図を送り、すんでのところで警官隊を救い、ネッドたちの居場所を知らせた。警察隊は戦力を減ずることなくネッドたちの制圧に赴き、旅館内の人質の存在を無視して凄惨な銃撃戦を繰り広げ、ついにケリー・ギャングは殲滅、ネッドだけが銃傷を負いつつ生け捕りにされたのである。一方のカーナウは、身柄保全のためメルボルンに護送され、そこで生涯を全うする。

　このS.C.のパンフレットの文章が終わった後、さらにエピローグのような位置づけで、ネッドの絞首刑の様子を描写する「エドワード・ケリーの死」という短い文章が現れる。この文章には、著者名も、どういう性質の資料であるかも、現在の所蔵情報も、説明はいっさい付されていない。

　このように、『ケリー・ギャングの真実の歴史』という小説は、ネッドの手記とその他のテクストの複合体である。分量的には比するべくもないが、それでも、ネッドの手記がネッド以外の人間の手によるテクストによって取り囲まれる、という構成になっているのである。表にまとめておこう——

	文書名等	著者	所在	内容
1	資料番号 V.L. 10453　無題の手書き原稿　数枚	不明	メルボルン公立図書館	ネッド逮捕とカーナウの護送
2	手書きの原稿　13分冊、合計約500枚	ネッド	公的施設（?）	ネッドの生い立ちから逮捕直前まで
3	パンフレット「グレンローワンの包囲戦」12ページ	S. C.	ミッチェル図書館	ネッド逮捕とカーナウの後半生
4	記事（?）「エドワード・ケリーの死」約2ページ分	不明	不明	ネッドの絞首刑

　では、それぞれのテクスト間の関係に目を向けてみよう。パンフレット「グレンローワンの包囲戦」の解説ラベルが明記しているように、[2]このパンフレットは、V.L. 10453と共通する記載を含んでいる。実際、ネッドが警官隊に向かって手製の鉄の鎧を打ち鳴らす描写などは、「朝の大気に響く鍛冶屋の鎚音を思わせるくっきりとした音色で」（[1]、

397)³という言葉づかいまで、ほぼそっくりである。このことは、V.L. 10453とパンフレットの書き手が同一人物であるか、もしくは、V.L. 10453にアクセスできる誰かが、V.L. 10453を下敷きにしてパンフレットの文章を書いた、といういきさつを示すと見ていいだろう。V.L. 10453とパンフレットには明確な連続性が想定されている。

　V.L. 10453の文書とS.C.によるパンフレットは、ときに結託し連繋して、ネッドを英雄化する。そして、その反動を利用してカーナウの卑怯者イメージを形成する。ネッドの描写を比べてみよう。V.L. 10453では、最後の抵抗をするために手作りの鎧兜を装着して姿を現したネッドを、不気味な不死身の機械怪物として表現していた。銃弾をいくら浴びせても「いっこうに平気」であるネッドを、語りは「怪物（the creature）」と表現し、「人間ではあり得ない、それだけははっきりしていた」と断言し、バケツ状の兜をかぶった頭部の動きを「機械的」と述べていた（[1]）。このようにV.L. 10453は、警官隊側の視点を採ることによって、ネッドの人間的内面に立ち入らない。他方、パンフレットがネッドを描くときには、視線はネッドの内心や内情にぐっと肉迫する。上と同一の場面はパンフレットの第5セクションにも描かれるのだが、こちらのネッドは、すでに腕と足に銃傷を負っていることが第3セクションで書かれているから、読者はネッドが不死身などではないことを知っている。パンフレット版のネッドは、鎧の下は「生身の皮膚と砕けた骨でできた人間で、靴の中では血がぐちょぐちょと音を立てている」（397）状態である。ついに倒れたネッドは、V.L. 10453では「追いつめられた野獣」（[1]）にたとえられる。⁴ところがパンフレットでは、ネッドに飛びかかっている警官隊のほうこそ、野獣的で非人間的な「野犬の群れ（ディンゴ）」（397）なのである。さらにS.C.は糾弾口調で、「警官隊はネッドを引き裂き、蹴りつけ、撃ち殺してやると喚いた」（397）と、警官隊の不当暴力ぶりを数えあげる。「皮膚と、砕けた骨と、血まみれの足の人間」という描写とあわせ読むと、ネッドはまるでゴルゴタに向かう受難のキリストになぞらえられているかのようだ。

さらにS.C.は、警官隊が人質の女性にも見境なく銃弾を浴びせてくるのを見て、ネッドがこの事態を招いた責任を痛感していた、という内心も報告していた──「この間、誰もネッドに話しかけなかったが、言われるまでもなくネッドは自分の責任をひしひしと感じていた」(395)。このようにS.C.のパンフレットは、全知の語りというフィクションの技法まで採用しながら、ネッドの心中を代弁し、ネッドに味方する。

　ネッドの栄達と相対して、カーナウの倫理的位置づけは凋落する。ネッドがキリストと化すにつれ、カーナウにはユダの役回りが、半ば自動的に割り当てられる。また、責任意識についても同様の下落が示される。V.L. 10453は、カーナウという固有名すら示さず、ただ「この出来事の責任を負う男（*the man responsible for this event*）」([2])とだけ言及していた。そしてこの「責任者」が、「自分のほうではさっさと幕引きをし（*had drawn his curtains*）、銃声にも負傷者の叫び声にも無関心を装っていた」([2])、と書いていた。一方のパンフレット第4セクションは、V.L. 10453を意識したかのように、カーナウが妻に向かって「カーテンを閉めろ（*Shut the curtain*）」(394)と怒鳴り、閉めたカーテンの奥に実際に身を隠す様子を描写して、V.L. 10453における「幕引き」が単なる比喩ではないことを示し、卑怯者のイメージを増幅する。カーナウの「無責任な責任者」ぶりは、責任感あふれるネッドとの相対関係においていよいよ際だつのである。

　パンフレットはレトリック性を全開にして、周到にカーナウの人柄をおとしめる。パンフレットの第1セクションは、列車転覆未遂事件のまっただ中にあるカーナウ寄りの視点に立ち、ジョーンズ旅館を「竜のねぐらであり、腐敗したあらゆる無知なるものが集まる暗愚の巣窟」と表現し、ネッドから預かった原稿を「けがれた『原稿』とやらは触れるのも忌々しく、書かれた内容のうぬぼれと無知ぶりには身の毛がよだつ」と書き、カーナウの計略を「どんなおとぎ話の英雄にも引けをとらぬほど、まんまとネッドを出し抜いた」(390)と称えてみせる。また、カーナウがネッドらの企みを通報し終えたとき、S.C.は自由間接話法でカーナウの心境を書き、「やり遂げた

のだ（he had done it）。歴史に残る行為だ」（391）と結ぶ。一見、カーナウを称揚するかに見えるレトリックだが、こうした高揚感あふれる筆致はすべて、後の第4セクションでカーナウを英雄の座から引きずり下ろすための下準備である。

第4セクションで、警察隊が人質の子どもまで見境なく撃ち倒していることを知ったカーナウの妻ジーンは憤り、夫がこの事態をもたらしておきながら、自分は知らぬ顔を決め込むのを、「あなたは卑怯者です」（394）となじる。そんな妻に立腹し、妻を手荒く扱うカーナウから、「英雄」らしさはほとんど感じられない。カーナウは妻から「トム、あなた、何をしでかしたの（Oh Tom, what have you done?）」（394）と詰め寄られる。カーナウの返事は「私がしたこととは、英雄になることだ」（394）というものだが、妻の問いかけの言葉づかいは、第1セクションの「やり遂げた」「英雄」という言葉を皮肉に想起させる。また、この夫婦の場面は、一方のネッドが責任を自覚して部屋の外へ出向くシーンと時間的に一致する。そのことに思い至るとき、読者はカーナウの反英雄的な独善をいよいよ鮮明に嗅ぎとるのである。

だが一方、S.C.はパンフレット末尾で、深く内省するカーナウの姿も描いている。これはV.L. 10453にはまったく見られなかったカーナウだ。カーナウは、オーストラリア人にとっての英雄像という問題を思索する――「私たちオーストラリア人の頭は、いったいどうなっているんだ？（……）崇拝の対象として、馬泥棒や人殺しよりも、もっとましな人間を見つけられないのか？」（398）。やがてネッドの原稿から「彼の共感を要求する私的な呼びかけ」（398）を感じるようになる。そしてネッドの原稿を読みふける日々を送るのである――「原稿に残る証拠は、グレンローワン包囲戦ののち何年もの間カーナウが、死んだ男の文章の解読に丹念に取り組み続けたことを暗示している。そして、もとの原稿に付け加えられた、灰色の鉛筆による小さな書き込み跡（those small grey pencil marks）は、他ならぬ彼の手によるものである」（398）。原稿の校閲をしてやる約束を反故にした埋め合わ

せのように、カーナウはネッドの原稿をおそらく死ぬまで手元に置き、注意深く辿っている。このカーナウは、もはや単なる反英雄を超えた存在になっていると言えるだろう。パンフレットは、ある意味で、カーナウの変化する人生模様を描いたテクストでもある。

　今比較しているふたつのテクストを、同一人物が書いたとすれば、V.L. 10453 を書いた時点と、パンフレットを執筆した時点の間に、大きな心境の変化があったはずだ。別人が書いたとするならば、ネッドやカーナウに対するふたりの書き手のスタンスは大幅に違っている。これは一見するとテクスト間の断絶を示すものと思えるかもしれない。だが、それは二者の連続性の深さを表現し、読者にその深さを測定させるための表層的断絶である。あくまで一方は他方のテクストに準拠して書かれている。書き手（たち）の心理的差異や変化は確かに表現されているが、そうした差異や変化は、二者に連続性があるという前提があるからこそ、意味を持つのである。V.L. 10453 の無感情さは、パンフレットの文体との対比において、ネッドに対する読者の共感を増幅させるための下準備になっているし、パンフレットは、V.L. 10453 の内容を十二分に踏まえた上で、ネッドに対する共感を深め、一方でカーナウについても、厚みのある人間像を時系列に沿って丹念に描くようになっている。表面上の相違の下を流れる深いレベルでの連続性が、ふたつのテクスト間にはある。

　次に、ネッドの手記と V.L. 10453 の関係や、ネッドの手記とパンフレットの関係をこまかく観察してみよう。まずネッドの手記と V.L. 10453 の関係だが、V.L. 10453 の文章の終わり方は意味深だ。銃撃戦のその日のうちに、「すべてネッド・ケリーの自筆とはっきり識別できる、汚れてページの端が擦りきれた紙束 13 個が、金属のトランクに収められてメルボルンに移送された」([2])、という報告で結ばれているのである。その直後にネッドの第 1 分冊が始まるという構成になっていることと、V.L. 10453 の所在もメルボルンになっていることをあわせて考えると、そもそも V.L. 10453 の

書き手は、ネッドの手記を転載発表する際のまえがきにしよう、という意図のもとに V.L. 10453 を書いてみたのではないか、と思いたくなってくる。

　今言ったことは推測の域を出ないが、ネッドの手記とパンフレットの関係なら、もっと明確に指摘できる。パンフレット第1セクションは明らかに、ネッドの第13分冊最後の場面で途切れたその直後に続く出来事から、筆を起こしている。パンフレットはネッドの自伝の後日談だという位置づけを、S.C. は自ら選択して執筆しているのである。

　パンフレットはネッドの手記の内容に通じている読み手によって読まれるものだ、と書き手 S.C. は想定しているふしがある。本稿の前節で引用した文章の言葉づかいが決定的だ。ネッドの原稿に残っている「灰色の鉛筆による小さな書き込み跡」というフレーズに、S.C. は "those" という指示形容詞をつけていた。このダイクシスは、パンフレットの執筆段階において、問題のネッドの原稿は、S.C. がすぐに参照できるような手元にあったということを意味している。そして、パンフレットの出版後も、鉛筆の跡が残るネッドの原稿唯一の現物が、パンフレット読者の参照可能な場所にある、という想定がされていたことを示唆する。この意味においても、パンフレットはネッドの直筆原稿との連続性を持つのである。S.C. は、執筆時にもネッドの手記を参照していたし、また、パンフレットの読者は当然ネッドの手記もあわせ読んでいるもの、という前提を S.C. は念頭に置いていたことになる。

　だから、パンフレットの読者は、いくら第1セクションがカーナウの密告行為を称賛してみせても、そのカーナウ像には皮肉がたっぷり込められていることを、すぐさま承知するのである。第4セクションでカーナウが反英雄的に描かれる展開を待つまでもない。読者は、ネッドの自伝第5分冊で、ネッドが、たとえ敵が相手でも人を裏切ることはアイルランド人としての信義にもとる——「俺たちアイルランド人は裏切り者の名前を罵倒するようにしつけられたんだ」(166)——として、自分をだまし続けたお尋ね者のハリー・パワーを警察に密告しなかった高潔な姿を知っている。だか

ら読者は自然と、それをカーナウの行動を引き比べて読むように導かれる。S.C. は、こうした効果を狙っていたと考えられる。

このように、ネッドの手記とパンフレットには連続性がある。いや、むしろ一体であると言い切っていいかもしれない。そして、V.L. 10453 をパンフレットの一種の下書きと見なせるならば、少なくとも間接的には、V.L. 10453 とネッドの手記に連続性（一体性）があると考えるのも間違いではないだろう。

連続であったり一体であったりするということは、一方が他方の存在を前提にして存在していることを意味する場合がある。上で見た "those" というダイクシスは、パンフレット（と V.L. 10453）が、存在の前提としてネッドの手記に依存していることを意味している。対照的に、ネッドの手記は、パンフレット等の存在を必要としていない。なるほど、手記は話の途中で断絶し、その後をパンフレットが引き取るかたちになってはいる。しかし、その後日談を補うのは、別段このパンフレットでなくてもかまわない。すでにオーストラリア人の集団的記憶の中に確立されたネッド・ケリー伝説という大きな物語が、じゅうぶん欠落を補ってくれるはずだ。それは、ケアリの『ケリー・ギャングの真実の歴史』というこの小説を、徹頭徹尾ネッドの第一人称語りの物語として受け取っている読者がいかに多いか、という事実からもわかるだろう。本小説内の各テクスト間の連続性・一体性にある依存関係は、一方的なのである。

パンフレットや V.L. 10453 は、ネッド伝説の再話であると同時に、カーナウの人生の物語でもあった。そして、ネッドの手記やネッド伝説に依存しているのは、カーナウの物語という要素の部分だ。カーナウの物語は、ネッドの物語に依存しなければ、語りえないのである。

このことを象徴的に示すのが、先にも触れた V.L. 10453 の最後のセンテンスである。この文は、カーナウがメルボルンへ護送されたことを報告するものだったが、その構文に注目する必要がある。メルボルンへ「移送された

(were transported)」という動詞部の主語は、ネッドの手記原稿「紙束13個」だ。人間カーナウではないのである。あくまで主役はネッドの手記のほうであり、カーナウはまるで、ネッドの原稿を収めたトランクの随行物のように扱われているのだ。

　また、ネッドの自筆原稿に残るカーナウの鉛筆書き込み跡も、依存関係の暗示である。この書き込みという方法でのみ、カーナウは自分を語る試みを実行できるわけだが、その鉛筆の書き込みがどういうものか、読者の前に再現提示されることはない。リン・イネスは「手記の束がトマス・カーナウによって盗み出され、隠蔽され、編集されているのだという考え方は、読者の眼前に提示された歴史の『正当性』に、疑念を抱かせることになるだろう」[5]と言い、カーナウが後日ネッドの手記に編集と改変を施したことを強く示唆するが、勇み足だろう。ネッドの原稿現物には内容説明のラベルがつけられている。第1分冊のラベルには、ネッドが逮捕時に身につけていた飾り腹帯の所在が「現在はベナラ歴史協会の所蔵」(3)であると明記されている。この飾り腹帯は、捕縛されたネッドの治療にあたったニコルソン医師がこっそり着服したものだが、それがベナラ史学協会に寄贈されたのは1973年である。[6] カーナウ死去の設定は1954年とされているから、ラベルはカーナウの死後に書かれたものと断定できる。[7] ラベルはカーナウが付けたものではない。

　それをふまえて第8分冊のラベルを見てみよう。ラベルには、この分冊中のある箇所が、「おそらくジョー・バーンと思われる別人の手でかなり改変されている」(209)という説明が載っている。このように、もしネッドの原稿に改訂が施されていれば、改訂の事実はラベルにきちんと記録されるはずである。カーナウの死後に制作されたラベルに記録がないということは、文章自体に対するカーナウの改変や干渉はなかった、ということを意味する。また、パンフレットの記載で、カーナウの鉛筆跡に"those"というダイクシスがついていたことを前述したが、これも、読者にとってネッドの原稿の文字とカーナウの添え書きが、「これは原文」「あれは書き込み」と

はっきり識別可能であったことを物語る。カーナウの鉛筆書きは、小説の読者には提示されていないのだ。つまりカーナウの声は、ネッドの声を部分的にすら打ち消す力を持たない。あくまで寄生的な添え物なのである。

そもそもカーナウの声の存在感を極力薄くするような処理が、パンフレットや V.L. 10453 には施されている。V.L. 10453 にカーナウという個人名が出てこないのもその好例である。パンフレットを、カーナウの筆によるものと明記せず、カーナウの死後 S.C. によって出版された、というかたちにしたのもそうである。

S.C. がカーナウの近親者であることはまず間違いないだろう。S.C. がトマス・カーナウの筆名である可能性も、ゼロではない。S.C. は、カーナウと妻ジーンの内輪の会話まで、細かく記録している。カーナウがこうした夫婦間の諍いを、家人以外に生前語ったとは考えにくい。この場面を書けるのは、カーナウ本人か、もしくはカーナウ家の者に限られるだろう。原稿はおそらく死ぬまでカーナウが手元に置いていたはずだから、この点を考えると、S.C. がトマス・カーナウその人であった、という考えも一定の現実味を帯びてくる。だがそうだとしても、カーナウはけっして自分を表に立てないのである。

カーナウがネッドの原稿に没頭する後半生を送ったことを記した、先ほどの引用文をもう一度見てみよう。S.C. は、カーナウがネッドの手記を丹念に解読したということを、原稿に残っている証拠が「暗示している (suggests)」と書いている。S.C. がカーナウだとすれば、自分自身がやった行動の事実性をわざわざ外的証拠によって「暗示」させるといったような、もって回った書き方をする必要はない。第一人称語りがいやなら、せいぜい全知の語りの手法を使って、「カーナウはネッドの書いた文の解釈に傾注した」とでも書けば済む話だ。なぜそこまで周到に自分を客体化しなければならないのか。

このように、パンフレットは、これがカーナウの書きものだと同定されるのを慎重に回避する書き方になっているのである。書評ウェブサイトの『コ

ンパルシヴ・リーダー』は、ケアリとのインタビューで、ケアリに「あなたは、ケリーを裏切ったカーナウにも力強い声を与えている」とはっきり指摘し、説明を求めたが、[8] その指摘は半分正しくて半分間違っている。ケアリは確かに意図的にカーナウに声を与えてはいるが、その声は力強いものではない。むしろ、小説の構成と文体は、カーナウの声から、主体として存在するための力を奪うのである。

　とどめに、パンフレットの文章が終わった後に置かれた記事「エドワード・ケリーの死」が、カーナウの存在をぬぐい去る。この記事は悠揚迫らず粛々と刑に服するネッドの英雄性をもっぱら描き、一言もカーナウに言及しないのだ。記事「エドワード・ケリーの死」は、声という観点における「トマス・カーナウの死」を宣告するものでもある。

　鍵は、カーナウが語りの主体になることを入念に回避する姿勢そのものにある。V.L. 10453 の書き手や S.C. は、物語や歴史記述のなかに、カーナウを第一人称の「私」というかたちでは置かないことを選択した。ジュディス・バトラーによれば、自分の物語を語るなかで、「私」という言葉を明示して自分自身を説明しようとしても、その試みは必然的に失敗する、という。語る「私」は、他者からの呼びかけに応じるという関係性において成立する社会的存在だから、語りの行為のプロセスのなかでも常に流動的に変化し、言語遂行的(パフォーマティヴ)に形成され、形成し直される。そういう「私」を物語の言葉のなかで固定して説明し尽くすことは不可能だ、というわけだ。そして、「自分自身を決して完全には説明できない主体とはおそらく、存在の語りえないレヴェルにおいて、倫理的意味を伴うかたちで他者へと関係づけられていることの結果である」[9] とバトラーは言う。S.C. をある程度カーナウと同一視していいのなら、もしくは彼の遺志を直接継承した近親者と見なせるのなら、他者であるネッドの声の呼びかけに共感を持って応じ、あえて第一人称の「自分」としてのカーナウを消すことによって、ネッドとの関係性における流動的な自分(カーナウ)という真実を書き得た、と言えるかもしれない。ネッドと

の関わりに目をつぶり、カーテンの裏に隠れていた無責任な「責任者」は、ここでネッドの書きものに身を潜めるように書かれることでこそ、ネッドとの関係において倫理的責任を果たすのである。

　ネッドの処刑後、アイルランド系以外の大衆の心のなかでも、ネッドのイメージは徐々に強盗殺人者から英雄へと変貌していく。[10] その潮流のなか、カーナウのイメージも流動し、カーナウは徐々に声を失っていく。S.C. のパンフレットは、英雄としてのカーナウに始まって、ネッドの英雄的言動の描写をからめながら、カーナウの地位が声なき存在へと下がっていくところまでを描く。ある意味でカーナウの人生行路の縮図でもある。そのパンフレットを所蔵するとされたミッチェル図書館とは、実在の施設で、日本の国会図書館のような納本図書館であり、稀覯本やレアものの文字資料のコレクションで知られている。ということは、このパンフレットの発行部数が少なく、あまり流布しなかったものだ、という設定を暗示していると考えられる。つまりパンフレットは、ほとんど一般大衆の目に触れることはなかったのである。そして V.L. 10453 もやはり、人知れず図書館の書庫に眠っている。

　カーナウはイングランド系なので、確かに民族的には権威者の側に身を置いている。だが、グレンローワンの町においては、「いわばアウトサイダーであり、この小さなコミュニティがケリーの一味に対して抱く有形無形の共感からは、入念に距離を置いていた」という、[11] 共同体内のマイノリティであった。そして、もともとは虐げられる側だったネッドが、文化的イコンとして圧倒的な存在感を誇るようになり、ネッドの「小さな物語」がすでに「大きな歴史」と化している今、オーストラリアの国民的意識もしくは国民的集団無意識において、反英雄カーナウはいよいよ徹底的に被抑圧者の境遇へと追いやられた。

　グレアム・ハガンが言うように、何らかの文化イコンをロマンティックに記念する行為は、どんなものであれ排他的な傾向を帯びるものだし、当該の文化以外の文化に属する者たちの声を封殺するように作用する。[12] 弱者の歴

史が神聖化されるプロセスにおいて——ハガン流にいうなら、弱者の歴史や文化の商品価値が通用するようになる資本主義的プロセスにおいて[13]——支配・抑圧の構造は逆転を起こしうるのである。

　エドワード・サイードは、「知識人がなすべきことは、[自らが所属する民族や人種の存亡の]危機を普遍的なものととらえ、特定の人種なり民族なりがこうむった苦難を、人類全体にかかわるものとみなし、その苦難を、他の苦難の経験とむすびつけることである」[14]と言う。抑圧の構造という観点で『ケリー・ギャングの真実の歴史』を考える場合、第一義的に問題になるのは、イネスが主張するとおり、ネッドの英雄物語の陰に、アボリジニ弾圧の歴史が相変わらず隠蔽されている点だ、ということは論を俟たない。[15]だが、そのイネスやナサニエル・オライリーが指摘しているように、ネッドはアボリジニをはじめ中国系、レバノン系、イングランド系などあらゆるタイプのオーストラリア人の大多数から、道義的英雄として見なされているという現実もある。[16]今やカーナウこそが、新しい被抑圧者だ。そうした新しい被抑圧層の逆恨みに見える認識も、知識人は単純に切り捨てず目を配らなければ、状況の全体像は見えない。

　揺るぎない伝説となった優勢なネッドの声の陰に隠しつつ、カーナウの声や存在感が強力に封殺され抹消される様子を書くことで、カーナウの声のありようを表現し、カーナウを取り巻く諸状況の真実を提示すること。これがS.C.の執筆行為の意味ではないだろうか。ケアリの小説は、ネッドの手記の部分においては、ネッドのサバルタン的状況と、その中で必死に声を挙げようともがくネッドの姿を描き、[17]それ以外のテクストでは、ネッドとの相対関係において新たな被抑圧者の立場に追いやられたカーナウについて、同様の状況を詳細に描き出す。

　カーナウに声を与えたことに関する『コンパルシヴ・リーダー』の質問に答えて、ケアリは、自分がカーナウに声を与えたことが「カーナウのような人物が悪しざまに言われ、ケリーのほうが英雄になるという、オーストラリアの独特な国民性に光を当てることにつながる」と述べた。しかし、『ケ

リー・ギャングの真実の歴史』という小説は、ケアリが意識的に探究したというオーストラリア人の精神構造よりもさらに大きな、ポストコロニアルという時代の単純ならざる抑圧の状況を浮かび上がらせ、さらにその状況を包括的に描出する方法論を提案しているのである。

注

1. ケリー・ギャングを英雄視する各種作品群については、Graham Seal, *The Outlaw Legend: A Cultural Tradition in Britain, America and Australia* (Cambridge: Cambridge UP, 1996) 164-79、Lyn Innes, "Resurrecting Ned Kelly," *Sydney Studies in English* 29 (2003): 83-85 <http://escholarship.library.usyd.edu.au/journals/index.php/SSE/article/viewFile/574/543> や、Nathaniel O'Reilly, "The Influence of Peter Carey's *True History of the Kelly Gang*: Repositioning the Ned Kelly Narrative in Australian Popular Culture," *Journal of Popular Culture* 40.3 (2007): 491-92 などを参照。

2. Peter Carey, *True History of the Kelly Gang* (2000; Queensland: U of Queensland P, 2001) 398. 以下、作品からの引用はこの版によるものとし、該当ページナンバーを本文中に括弧書きで示す。

3. 英国版や米国版とは異なり、クイーンズランド大学出版局版では、V.L. 10453 の箇所にはページナンバーが打たれていない。本稿では、ネッドの手記以降に付されているページナンバーから逆算した数字を、角括弧書きで示すことにする。

4. 小説あとがきの謝辞でケアリは、執筆中にほぼ毎日参照した文献として Ian Jones の *Ned Kelly: A Short Life* をあげているが、この本によれば、"a wild beast brought to bay" という表現と、その直後にある "*He was shivering and ghastly white*" という描写は、銃撃戦に居合わせてネッドの治療に当たった John Nicolson 医師が後に新聞取材に答えて使った言い回しである (Ian Jones, *Ned Kelly: A Short Life* (Port Melbourne: Thomas C. Lothian, 1995) 263)。V.L. 10453 の書き手が、ネッドの手記に頼るよりも新聞等の先行資料に依拠しつつ原稿を書いた、という設定が透けて見える。

5. Innes 90.

6. Keith McMenomy, *Ned Kelly: The Authentic Illustrated Story* (Victoria: Currey O'Neil Ross, 1984) 183 および Keith Dunstan, *Saint Ned: The Story of the Near Sanctification of an Australian Outlaw* (Sydney: Methuen of Australia,

1980) 93 を参照。また、Ian Jones の *A Short Life* にも、ニコルソン医師がネッドの治療にあたったことは明記されている (264-67)。

7　史実のトマス・カーナウの死亡年は 1922 年。1954 年死去なら、死亡時はほぼ 100 歳なのだが。いずれにせよ、ラベルがカーナウの死後に描かれたもの、という設定は揺るがない。

8　"Interview with Peter Carey," *The Compulsive Reader* 30 May 2002, 27 June 2010 <http://www.compulsivereader.com/html/index.php?name=News&file=article&sid=95>.

9　ジュディス・バトラー『自分自身を説明すること――倫理的暴力の批判』佐藤嘉幸・清水知子訳（月曜社、2008）247。

10　Dunstan 80ff. 参照。

11　Jones 237.

12　Graham Huggan, "Cultural Memory in Postcolonial Fiction: The Uses and Abuses of Ned Kelly," *Australian Literary Studies* 20.3 (2002): 149-50, 150-51, 152.

13　Huggan 143 などを参照。

14　エドワード・E・サイード『知識人とは何か』大橋洋一訳（平凡社、1995）76。

15　Innes 92.

16　Innes 84-85, O'Reilly 495, 498.

17　この小説の議論に「サバルタン」概念を持ち込んだ例としては Bruce Woodcock, *Peter Carey*, 2nd ed. (Manchester: Manchester UP, 2003) 156 がある。また、ネッドによる執筆行為の試みと、そのナイーブな意図および効果の限界については、宮原一成「インクまみれのアウトロー――ピーター・ケアリ『ケリー・ギャングの真実の歴史』――」『英語青年』第 151 巻第 11 号（2006 年 2 月号）: 664-65 を参照。

2

空腹と食欲の物語
―― ヤン・マーテル『パイの物語』――

谷口　秀子

Ⅰ　はじめに

「この本は、わたしが空腹のときに生まれた」[1]という、架空の「作者」による「作者覚え書き」の言葉で始まる『パイの物語』は、まさに空腹と食欲の物語である。「作者」に限らず、この小説に登場する人物と動物の多くが、空腹や飢餓感あるいは食べ物に対する執着を感じているからである。

たとえば、貨物船の沈没後、主人公で語り手のパイ（ピシン・モリトール・パテル）と4頭の動物の乗った救命ボートの上では、食糧と水の不足のため、皆が飢えと喉の渇きに苦しむ危機的な状況が展開し、捕食動物の本能をむき出しにしたトラとハイエナが、自分より弱い動物を襲っては食い殺す。パイが洋上で遭遇する盲目のフランス人漂流者も、飢えのため、パイを襲って食べようとするが、トラに襲われて食い殺される。パイが漂流中に一時上陸する食料が豊富でユートピア的と思われる島は、夜になると、島に棲むミーアキャットはおろか、人間すら食べる恐ろしい肉食の島に変貌する。一方、ミーアキャットは、これを意に介さず、昼間は黙々と大量の魚を食べ続ける。さらに、パイは、救命ボートでの漂流中、ごく限られた量の食糧しかないにもかかわらず、食べ物を見ると食欲を抑えられず、一度に多くを食

べてしまう。また、彼は、漂流の末、メキシコで救助され飢餓から解放された後も食べ物に執着し、収容先の病院でも必要以上の食べ物をベッドの下に隠す。40歳代になったパイもまた、自宅に大量の食品を保管している。救助直後のパイと面談した貨物船沈没原因調査員のオカモトとチバは、持っていた菓子や昼食をすべてパイに取られてしまい、繰り返し空腹を訴えることになる。第99章は、「腹が減って死にそうだ。何か食べに行こう。録音を止めてくれ」(318)というオカモトの言葉で終わる。最終章である第100章がオカモトによって作成された調査報告書の文面であることを考えると、『パイの物語』は空腹で始まり空腹で終わると言っても過言ではないであろう。

　このような空腹と食欲の物語の中核をなすのは、パイの漂流体験である。漂流中の救命ボートにおける飢餓的状況による弱肉強食のありさまは、筆舌に尽くしがたい。パイは、この漂流のエピソードを「動物の出てくる物語」(317)と「動物の出てこない物語」(317)という2つのバージョンで語り、「動物の出てくる物語」の方が、「より良い物語」(317)であると主張する。小論では、空腹と食欲という観点から、主にこの救命ボートによる漂流の2つのバージョンを比較検討する。このことにより、なぜ「動物の出てくる物語」の方がパイにとって「より良い物語」であるのか、そして、そこに登場するベンガルトラのリチャード・パーカーはどのような意味を持つのかを明らかにし、『パイの物語』において作者ヤン・マーテルが提示している人間性の問題を考察する。

II　動物と本能

　『パイの物語』は、一見、荒唐無稽な小説である。マジックリアリズムの手法を駆使したこの小説は、作者マーテルを想起させる架空の「作者」による、本作執筆についての虚実を取り混ぜた「作者覚え書き」と、3部100章からなる小説本体で構成されている。また、小説の形式としては、インド出身で現在カナダ在住の40歳代のパイの語りを、「作者」が読者に対して語

る二重の語りの形式となっている。

　第1部は、主人公で語り手のパイが、16歳のときに、両親、兄、動物園の動物とともにカナダ行きの日本の貨物船に乗り込むまでの、インド南部の町ポンディシェリで過ごした少年時代の回想である。ここでは、父が経営する動物園の動物の観察などによって得た知識と考察、自身の名前の由来と円周率に因んでパイと名乗るに至った経緯、無神論者の生物教師に対する尊敬、ヒンドゥー教徒である彼がイスラム教とキリスト教にも帰依するようになったいきさつ、両親にカナダ移住を決意させた1970年代のインドの混乱した社会状況などが語られる。

　第2部は、貨物船が沈没した後の227日間[2]におよぶパイの救命ボートでの壮絶な漂流体験の回想である。パイに加えて、ベンガルトラのリチャード・パーカー、ハイエナ、オランウータンのオレンジジュース、シマウマが登場する漂流のエピソードは、『パイの物語』の中心的な部分である。また、この漂流のエピソードの随所において、第1部で語られた内容の多くが顔を出す。そのため、第2部が第1部で披露された知識と考察の実践の場であるかのように見えるが、むしろ、第1部の語りが第2部で起こる出来事についての予言めいた伏線的な意味合いを持っていると考えられる。つまり、第1部でパイが語るインドでの少年時代の回想の内容は、漂流体験を経た後の語り手パイの視点から、漂流体験の意味づけのために注意深く選ばれた内容なのである。したがって、一見直線的な時系列に沿って語られているように見えるパイの語りは、実は、語り手のパイが漂流を経験した後の視点から、整理され編集された語りなのである。

　『パイの物語』において、第2部のパイと動物の漂流のエピソードは、空腹と食欲の物語の中核をなすものである。このエピソードにおいては、トラとハイエナという捕食動物を含む4頭の動物とパイが、食糧と水の不足した救命ボートに乗り合わせるという極限的な状況が展開する。そして、このパイと動物の漂流のエピソードにおいて、動物の捕食本能の問題が大きく扱われる。食糧と水の乏しい救命ボートの上では、捕食動物であるハイエナ

が、右脚に重傷を負って弱ったシマウマを襲い、折れた右脚を引きちぎって食べた後、生きたまま内臓を食べて死に至らしめる。さらにハイエナは、オレンジジュースとの闘いの末、オレンジジュースを殺してその肉を食べるが、パイに襲いかかろうとしたところを、さらに強力な捕食動物であるトラのリチャード・パーカーに襲われ、食べられてしまう。この壮絶な殺し合いの場面は、動物の本能にもとづく弱肉強食の世界そのものを映しだしており、捕食動物の食欲という生存本能の恐ろしさが衝撃的に描かれている。

救命ボートにおける動物の本能的な行動について考える上で、第1部で展開される動物の生態についてのパイの語りは、示唆に富む。パイは、第1部のインドでの少年時代の回想において、動物園での動物の観察や父から学んだ専門的な知識にもとづいた動物観を披露する。このようなパイの動物観は、第2部の救命ボートでの動物の行動を裏付ける働きもしている。第1部でパイが動物について述べる事柄は、いろいろな動物の生態、動物園における捕食動物とその餌である草食動物の驚くべき共存、動物園の動物とは違って野生の動物は生き残るのに精一杯で行動の自由がないこと、動物園から逃げた野生動物が都市に潜んでいる可能性、動物の本能を無視して動物を擬人化して考えることの危険性、動物と人間の決定的な違いなど、多岐にわたる。パイは、腹をすかせたトラがヤギを襲うさまを父親に見せられ、トラの捕食本能の恐ろしさを学ぶ。パイは、「ぼくは、動物は動物であり、本質的な意味でも実際的にもぼくたち人間とはかけ離れた存在だということを、2度の機会で学んだ。1度は父さんから、もう1度はリチャード・パーカーから」(31)と述べ、人間と動物の明確な違いを強調する。また、このように動物の本能が強調される一方で、パイの理性への信頼と、神に対する愛にもとづく3つの宗教への帰依の様子などが、動物の本能とは対極にある人間的なものとして提示される。第1部で披露されるパイの動物観においては、人間と動物は理性と本能とによって明確に区別されているのである。

Ⅲ　人間と動物

「動物の出てくる物語」には、「動物の出てこない物語」という「もう1つの物語」（302）が用意されている。第3部で、沈没事故の調査のため救出直後のパイのもとを訪れる「理性的な」（298）「都会人」（297）であるオカモトとチバは、パイが語る「動物の出てくる物語」すなわち動物の物語を信じることができず、「ありのままの事実」（302）を語るよう、パイに求める。パイは、動物の物語の方が自分の漂流体験の真実を表していると強く主張するが受け入れられず、ついに、ハイエナをフランス人のコックに、シマウマを台湾人の水夫に、オレンジジュースを自分の母親に置き換えた話をする。そして、食糧がほとんどない状況下で、コックが重傷を負った水夫の右脚を切断して彼を死に至らしめ、水夫の身体を解体してその肉を食べたこと、コックがパイを守ろうとした母親を殺してその肉を食べたこと、その後、パイがコックと闘って彼を殺し、その身体を解体して食べたことが語られる。ここで、はじめに語られた動物の物語では、動物の生存本能や動物界の弱肉強食の当然の結果として解釈された残酷な行為が、実は人間によって行われたことが明らかになる。そして、このことにより、第1部で強調された理性と本能によって明確に分けられた人間と動物の境界線が曖昧になり、食欲という生存本能の問題は、人間性の問題へと広がりを見せるのである。

　作者マーテルは、このような生命を脅かす極限状況における生存本能の象徴としての食欲に強い関心を持っており、2004年に発表した「我々は最後に子どもたちを食べた」[3]という短編小説においても、食欲と生存本能の問題を扱っている。この短編小説では、食費を節約するために、生ゴミなどを食べて生きることができるように、豚の臓器の移植手術を受けた人間たちの異常な食欲が描かれている。彼らは、手術後に異常に昂進した食欲のために、野良犬や野良猫はおろか、ベビーカーに乗った赤ん坊すら襲って食べるほどの非人間的な行為を行うようになる。そのため、政府は、一切食べ物を与えずに、彼らを数カ所の収容所に隔離する。食料を与えられずに集団で閉じ込められるという極限状況の中で、体力的に強い人間が、弱い人間を食

べ、ついには愛する子どもたちすら食べてしまう。最後に1人生き残った男は、自分の足の指や耳までも食べた末に飢え死にする。恐るべき食欲と弱肉強食のありさまを描いたこの短編小説を予感させる部分が、『パイの物語』にある。「魚を釣るには餌がいる。でも、1度魚を手に入れれば、餌が手に入る。どうすればいい？ 足の指を1本切り取って使おうか？ 耳を片方切り取ろうか？」(180)という、救命ボートにおける食糧不足のため、パイが飢えに苦しめられている場面における彼の自問である。言ってみれば、パイをはじめ、救命ボートに乗り込んでいる者たちは、まさに、「我々は最後に子どもたちを食べた」の収容所におけるのと同様の極限的な状況に置かれているのである。

　さらに、救命ボートの置かれた状況を象徴的に示しているのが、沈没したパナマ船籍の日本の貨物船の船名であるツィムツムというヘブライ語の言葉である。[4] パイは、第1部の冒頭近くで、トロント大学で宗教学と動物学を専攻したことを述べ、「ぼくの第4学年の宗教学の卒業論文は、16世紀のサフェド出身の偉大なるカバラ学者アイザック・ルリアによる、宇宙創生理論に対する諸々の考察だった」(3)と語る。このユダヤ教の学者ルリアの思想の中心概念こそがツィムツムである。ツィムツムは、神が世界を創造するのに先だって、限りない光としての自らの存在を自身の内部へ収縮・撤退させ、世界が存在できる空間を作ったことを意味する。本来、子宮の収縮の意味であるツィムツムは、ユダヤ教では、このような「神の収縮」または「神の自己撤退」を意味し、神の力の及ばないツィムツムの間に悪が生じたと考える学者もいる。[5] そのように考えると、ツィムツム丸の沈没後の小説世界は、ツィムツム的な状況を呈していると言える。つまり、救命ボートは、人間を動物的な本能から遠ざけている外的抑止力としての、衣食住足りた安全な生活・宗教・法律・社会規範などから隔絶された、まさに真空的な状況に置かれているのである。

　パイは、第1部で、本能のままに生きる動物と理性や倫理観や規範に従う人間との違いを強調する。また、第2部の貨物船が沈没する直前の場面

においても、チンパンジーがバナナにたかるクモの群れを拳で叩きつぶす様子を紹介し、「さすがに人間はそこまではしない」(100) と述べる。これは、その後に語られる救命ボートにおける動物による弱肉強食の行為が、人間では考えられない動物特有の本能によるものであることを、強く印象づける働きをしている。しかしながら、第3部の「動物の出てこない物語」すなわち、人間の物語において明らかになるように、生き残るための本能にもとづいて、救命ボートの上で弱肉強食の行為をするのは、他ならぬ人間である。このように、食料が乏しく生存が脅かされ外的抑止力も及ばない極限状況においては、人間も動物も、生き残るためには何でもするという生存の本能に変わりがないことを、『パイの物語』は示している。作者マーテルは、パイを極限状況に追い込むことによって、普段の安定した日常生活においてはめったに表面に出ることがなく、我々自身もその存在に気づくことのない、人間性の奥底にある動物的な本能をあぶり出しているのである。

Ⅳ　リチャード・パーカー

　ベンガルトラのリチャード・パーカーは、動物の物語に登場する4頭の動物の中でも、とりわけ重要な意味を持っている。リチャード・パーカーは、他の3頭とは異なり、人間の物語においてそれに相当する登場人物が存在しない。また、最後までパイとともに救命ボートで漂流を続けるのは、リチャード・パーカーのみである。メキシコに漂着後、パイは、「おまえがいなかったら、ぼくは到底やり遂げられなかった。心から言わせてもらうよ。リチャード・パーカー、ありがとう。ぼくの命を救ってくれてありがとう」(286) と、リチャード・パーカーに感謝の念すら抱く。また、パイは、彼が語る動物の物語を聞いたオカモトとチバから、トラの存在の信憑性に対する疑問を投げかけられると、「トラは現実を欺いてはいませんよ」(302) と、リチャード・パーカーの存在がまぎれもない現実であることを強調するのである。

　人間の物語において、リチャード・パーカーに相当する登場人物は存在し

ないものの、オカモトとチバが行ったように、動物と人間の2つの物語を「理性的に」比較検討すれば、リチャード・パーカーがパイと重なることが明らかになる。動物の物語で、リチャード・パーカーがハイエナを殺し、人間の物語では、パイがハイエナに相当するコックを殺すからである。しかし一方で、動物の物語において、リチャード・パーカーは、パイとは独立した別個の存在として、パイと同じ場面で登場し、パイ自身も、リチャード・パーカーを、あくまでも自分とは別の存在として、第三者的に描き出していることは注目に値する。

　リチャード・パーカーの行動を、パイとの関係性において考察すると、その行動には、活発に活動する場面と活動の不活発な場面という2つのパターンがあり、リチャード・パーカーの特徴的な意味は、活発に活動する場面に表れていることがわかる。リチャード・パーカーが特に活発な行動を見せるのは、救命ボートに向かって海を泳ぐ場面、ハイエナを襲って殺す場面、フランス人漂流者を襲って殺す場面の3つである。

　第1の、貨物船沈没直後に海を泳いでいる場面は、リチャード・パーカーが初めて小説に登場する場面であり、リチャード・パーカーは、生死を分ける極限的な状況に置かれている。救命ボートの上にいるパイは、必死に海面に浮かんでいるリチャード・パーカーの姿を見つけると、あきらめずにボートまで泳いで来るよう励ましの声をかけ、呼子を吹き鳴らし、体力を消耗しているリチャード・パーカーに救命ブイを投げてやる。一方、人間の物語の同じ場面では、救命ボートに向かって海を泳いでいるのは他ならぬパイであり、救命ブイを投げてパイをボートに迎え入れるのは、フランス人のコックである。パイは体力を消耗しているものの、必死に泳いで救命ボートの近くまでたどり着き、コックが投げた救命ブイのおかげで命拾いをする。このことから、パイとリチャード・パーカーが重なり合うことは明らかである。

　パイがリチャード・パーカーと重なるとすれば、動物の物語の中では、貨物船の沈没を契機に、本来1人の人間であるはずのパイが、人間のパイとトラのリチャード・パーカーという2つの存在に分裂していることになる。

このようなパイの分裂状態は、救命ボートがメキシコの岸に漂着した直後に、リチャード・パーカーが救命ボートから飛び降りてジャングルに姿を消すまで、227日間続くのである。

パイは動物の物語とトラの存在の信憑性を疑うオカモトたちに対して、「トラは存在している。救命ボートも存在している。海も存在している。(……) ツィムツム丸はその3つを結びつけた後、沈んだのです」(299) と述べる。この言葉通り、パイの想像力は貨物船の沈没前にリチャード・パーカーを生み出しており、パイとリチャード・パーカーの分裂はそこから始まる。動物の物語では、水夫たちによって救命ボートに投げ落とされたことになっているパイが、人間の物語では、救命ボートの上ではなく海上にいることを考えると、パイは、船の異変に気がつくと身の危険を感じ、眠っている兄や両親を起こすことなく、すぐに甲板に向かい、生き残るために船から飛び降りたと考えるのが妥当であろう。

動物の物語というパイのフィクション[6](虚構)は、彼が海に飛び降り、パイとリチャード・パーカーが分裂するところから始まる。従って、パイが貨物船から海に飛び降りてからリチャード・パーカーが救命ボートからメキシコの海岸に飛び降りるまでの間、動物の物語というフィクションは続くのであり、リチャード・パーカーがボートから飛び降りジャングルに姿を消す時点で、フィクションの円環が閉じることになる。パイのフィクションの中では、彼は水夫たちによって無理矢理救命ボートの上に投げ落とされたのであり、自分で船から飛び降りたのはリチャード・パーカーである。そのため、動物の物語の冒頭では、パイは救命ボートに、リチャード・パーカーは海面にいるのである。

必死に救命ボートに向かって海を泳ぐリチャード・パーカーは、何としても自分だけは生き残ろうという、パイの強い生存本能を具現化している。リチャード・パーカーが泳いでいる場面での、「ぼくの中の何かは、このままあきらめて命を手放すことをよしとせず、最後の最後まで闘うことを望んでいた」(99) とのパイの言葉は、これを暗示している。さらに、パイは、自

身の強烈な生存本能、すなわち、「何としても生き延びようとする強い意志」（148）について、以下のように語る。

> ある者はため息とともに人生をあきらめてしまう。またある者は、少しだけ闘って希望を失ってしまう。だが、ある者たちは——ぼくもその1人だが——決してあきらめない。ぼくたちは闘って闘って闘い抜く。ぼくたちは、どれほどの犠牲を払おうが、何度負けようが、勝てる見込みがなかろうが闘い続ける。最後の最後まで闘うのだ。それは勇気がどうのという問題ではない。それは、何か生まれつきのもので、命を手放すことができないということだ。それは、生に執着する（life-hungry）[7]愚かさにすぎないのかも知れない。（148）

　第2の、リチャード・パーカーがハイエナを襲って食べる場面は、人間の物語において、パイがコックを殺す場面と重なっている。ハイエナが甲高く吠え続けた後に押し黙ると、パイは生命の危険を強く感じて不安に駆られる。まさにそのとき、リチャード・パーカーが、それまで潜んでいた防水布の下から突然姿を現し、ハイエナに襲いかかってその肉を食べる。リチャード・パーカーは、相手を殺さなければ自分が殺されるという生命の危機に際して、ひたすら自分の身を守ろうとするパイの動物的な生存本能の具現化である。そして、飢えて衰弱しているパイは、リチャード・パーカーの姿を借りることによって、コックという人間の肉を食べて命を繋ぐことすら可能となる。獲物を見ると前触れもなく突然襲いかかるオスのベンガルトラの成獣リチャード・パーカーは、パイにとって、生命が危険にさらされる状況における、彼のこのような衝動的で本能的な行動を表すのに恰好のメタファーなのである。

　第3の、盲目のフランス人漂流者を襲う場面においても、リチャード・パーカーは、パイの自己防衛的な生存本能を具現化している。人間の物語には、これと同じ場面やフランス人漂流者に相当する登場人物は見当たらない。しかしながら、この漂流者がフランス人であること、そして、男1人

と女1人を殺したと語ることから、この男がハイエナに例えられたフランス人のコックであり、この場面は、パイがコックを殺す場面を別のバージョンで語り直したものとわかる。漂流者の男は、パイの首を絞めようとして、パイとリチャード・パーカーの縄張りを隔てている防水布を超えてリチャード・パーカーの領域に侵入してしまい、突然襲いかかったリチャード・パーカーに食べつくされる。このとき、リチャード・パーカーの存在が、捕食動物が自然界で行う生命を保つための行為、すなわち、生命を脅かす敵を排除し、襲った獲物の肉を生命維持のために食べることを、食に飢えたパイに対して、可能にしているのである。また、この男がリチャード・パーカーの縄張りに足を踏み入れたために食い殺されるさまは、パイが別の場面で、「野生動物が人間に襲いかかるのは、自暴自棄になるからです。他にどうすることもできないと感じたときです。まさに最後の手段なのです」(296) と述べるように、身体の衰弱したパイが恐怖に駆られ、自分の身を守るためにコックを殺したことを暗示しており、パイにとって、これ以外の選択肢がなかったことを示しているのである。

　このように、リチャード・パーカーが、パイの動物的な生存本能の具現化であり、極限的な状況において、この本能がパイの生命を守る働きをしていることは明らかであるが、コックの死によってパイの生命を脅かす同乗者が排除された後、パイの生存本能の具現化としてのリチャード・パーカーのあり方に変化が生じる。太平洋上に浮かぶ救命ボートにただ1人残ったパイにとって、今や生命の危機は外界にではなく、彼自身の心の中にある。パイは、「恐怖は生命の真の敵だ。恐怖だけが生命を打ち負かすことができる」(161) と語り、絶対的な孤独の中で自分の心の中にある孤独、絶望、自責の念などから生じる恐怖と向かい合うことの危険性を指摘する。このような状況において、リチャード・パーカーは、猛獣としての危険性は保持しつつも、魂の同伴者あるいは心の友としてパイを守る機能を果たす。パイは、リチャード・パーカーの存在を強く信じることによって、精神の安定を保つことができ、その結果、孤独な漂流からの生還に成功するのである。すなわ

ち、彼は、猛獣のリチャード・パーカーからどのように身を守るかを常に考え、加えて、リチャード・パーカーの世話や調教という日々の仕事に多くの時間をさくことによって、内省する時間をなくし、心の中に潜む負の感情や心の声を聞かないでいることが可能になる。リチャード・パーカーは、ここでも、パイの生命を守る働きをしているのである。

　動物的な生存本能を具現化したリチャード・パーカーは、海上で人間を守るライフジャケットに例えられる。パイは、身を守るライフジャケットや危険を知らせる呼子やパイとリチャード・パーカーの縄張りを分ける防水布のオレンジ色について、「オレンジ色は生き残りの色」(138) と語るが、オレンジ色はベンガルトラのリチャード・パーカーの色でもある。[8] リチャード・パーカーがオレンジ色の地色を持つベンガルトラでなければならない理由はそこにあり、両者の関連は、ライフジャケットが多数保管されている船倉でリチャード・パーカーが眠ることによっても示唆されている。また、パイは、動物の物語において、水夫たちによって貨物船から救命ボートに投げ落とされたときに、ライフジャケットと呼子を持たされたものの、ライフジャケットは落としてしまったと語る。確かに、救命ボートの上にいるパイが手に持っているのは呼子のみであり、彼に向かって泳いで来るリチャード・パーカーは、象徴的な意味で、ライフジャケットの化身である。パイのフィクションの中では、リチャード・パーカーに具現化された彼の自己保存の生存本能は、ライフジャケットのように、パイの生命を危険から守る外部装置として機能しているのである。

　「外界にある悪というのは、人間の心から生じて解き放たれたものだ。善と悪の戦いの場は外界の空き地ではなく、個々人の心の中にある小さな空き地にあるのだ」(71) とパイは語る。救命ボートにおいて、防水布で仕切られたパイとリチャード・パーカーの縄張りは、それぞれ、パイの心の中の理性的で倫理的な心と動物的な本能の在処を示している。パイは、リチャード・パーカーが象徴する強烈な生存本能に常に支配されているわけではない。パイは、自分の内面の衝動的な本能を、リチャード・パーカーという自

分とは異質の具体的な存在として意識化することによって、自らの動物的な本能に対峙しようともしている。パイの心の中の理性と本能のせめぎ合いは、彼がリチャード・パーカーと自分の縄張りを分け、リチャード・パーカーの縄張りに入ることを避け、リチャード・パーカーを調教し支配しようとするところに示唆されている。

とは言え、パイは、生命の危機に際して、生存本能に突き動かされて衝動的に行った非人間的な行為を、自分の行為として認めることができず、捕食動物の本能的な行為として、リチャード・パーカーに担わせようとする。パイのイメージの中では、救命ボート同様２つに仕切られた心の中で、パイの自意識は理性の領域にあり、意識化されない本能の領域にはリチャード・パーカーが潜んでいる。そして、パイに深刻な生命の危機が訪れたときには、本能の領域に潜むリチャード・パーカーが突然躍り出て、パイの命を救う。パイは、リチャード・パーカーの存在が現実のものであると信じようとすることにより、自分の身を守るために行った結果的には邪悪な行為を、自分ではなく、猛獣であるリチャード・パーカーの行為として合理化しようとする。そして、彼は、そのことにより、これまでの自分のアイデンティティが破壊されるのを防ごうとするのである。

V　コック

救命ボートに同乗するフランス人のコックもまた、パイにとって重要な意味を持つ。コックは、動物の物語において、ハイエナと盲目のフランス人漂流者に例えられており、動物と人間のいずれの物語においても、極限状況の中で生き残るために弱者をむさぼり食う邪悪な存在として描かれている。パイは人間の物語において、コックの殺人や人肉食などの非人間的な行為をはじめ、彼の粗暴さや怒りっぽさや冷酷で利己的な振る舞いを批判的に語る。しかし、その一方で、パイは、ボートの中で最も力を持つコックに付き従い、彼とともに非常食の盗み食いを行うなど、コックとの類似性や親和性も示している。

パイとコックおよびコックが例えられているハイエナと漂流者の間には、多くの共通点や重なりが見られる。動物の物語においては、パイが救命ボートから救命ブイを投げて、海に浮かんでいるリチャード・パーカーを救い、人間の物語の同じ場面では、救命ボートの上にいるコックが救命ブイを投げて、海中にいるパイを救うことから、等しく救命ボート上からブイを投げるパイとコックが重なることは明らかである。パイとコックの重なりは、動物の物語において、フランス人漂流者として描かれるコックに対するパイの共感や両者の類似点によって、さらに強固なものとなる。パイも漂流者も、飢えによる衰弱のため、一時的に盲目になっており、救命ボートで太平洋を漂流中である。パイはこの男と話すうちに自分と共通するものを感じ、彼を「兄弟」(252) と呼ぶに至る。

　上にあげたパイとコックの共通点に加えて、パイがコックに対して感じる親近感や愛着は重要である。救命ボートの食糧が底をつき始めると、「実際的な」(308) 人間であるコックは、食べ物がなければ4人のうち誰も生き残ることはできないとして、釣りの餌にするために水夫の傷ついた右脚を切断する。そして、それがもとで水夫が死ぬと、彼の身体を解体して魚を釣るための餌にするばかりか、水夫の肉を食べることすらする。パイは、コックに付き従って彼の手伝いをし、「ぼくたちが生き延びられるとしたら、それはコックのおかげだ」(308) と、コックに分けてもらった魚などのおかげで、自分と母親が餓死をまぬがれたことを語る。パイは、餓死の危機から自分たちを遠ざけてくれたコックについて、「ぼくはコックを見つめた——そう——優しい気持ちで。愛情をこめて。ぼくは、ぼくたち2人が親友同士だと想像したりした」(309) と、コックに対する親近感と愛着を語る。

　パイのコックに対する親近感は、パイとコックが同じ種類の人間であることを示唆している。パイはコックについて、「コックは邪悪な男だった。なお悪いことに、コックはぼくの中の邪悪さを引きだした——利己主義、怒り、冷酷さ。ぼくはそれらを背負って生きていかなければならない」(311) と述べ、これまで彼が気づかなかった自分の中の「邪悪さ」が、コックの存

在によって顕在化したことを語る。パイの母親は、コックがごく限られた量しかない非常食を勝手に盗み食いしたのを知ると、「利己的な極悪人」（306）と彼をののしる。彼女はまた、水夫の脚を切断し、水夫の死後は彼の身体を解体して魚釣りの餌にしようとする冷酷なコックに対して、「極悪人」（307）という言葉を浴びせかける。さらに、コックが水夫の肉を食べるのを目撃したときには、彼女は、コックに対して、「極悪人」「けだもの」（308）という言葉を投げつける。コックと一緒に非常食の盗み食いをし、コックを殺して身体を解体し、その肉を食べるなど、パイがコックと同様の行為をしたことが明らかになると、コックに対して発せられた、「利己的な極悪人」、「極悪人」、「けだもの」という言葉は、パイに対して投げかけられる言葉ともなる。このように、パイとコックは、自分の生き残りのためには手段を選ばない冷酷な利己主義を含む過剰で歪んだ生存本能を共有している。この意味で、コックは、パイにとって、彼の内面に潜んでいた邪悪な心、すなわち、他者を犠牲にしてでも自分さえ生き残ればよいという利己主義を体現した闇の分身である。パイがコックの中に見た利己主義や冷酷さは、パイ自身の中にもあり、[9] 2人の利己主義と強い生存本能は、2人の過剰で抑制の効かない食欲に象徴されているのである。

　パイは自分とコックとの間に共通する利己主義と冷酷さを認識し、彼と自分を同一視する。パイとコックの同一視には、パイの中にもあった邪悪な面の可視化の他に、コックおよびフランス人漂流者という分身を通して、パイの隠れた心情を露呈させるという別の側面がある。パイがフランス人漂流者と遭遇する場面では、フランス人漂流者とリチャード・パーカーとパイの心の声が混じり合っている部分があり、3者は渾然一体となっている。その場面で、パイは、彼にはリチャード・パーカーだと思われる声の主に向かって、なぜ人間を殺したのかと問いかける。

　　「だったら、どうして2人を殺したんだ？」
　　「仕方なかった。」

「仕方なく極悪になったんだな。後悔していないのか?」
「あいつらが死ぬか、おれが死ぬかだった。」
「道徳とは関係なく、必要に迫られてということか。でも、後悔していないのか?」
「一瞬のことだった。状況がそうさせた。」
「本能だ。それは本能というんだ。でも、質問に答えてくれよ。今、後悔していないのか?」(247)

声の主の答えは、パイがコックを殺したときの状況を代弁したものである。上の会話には、「一瞬のこと」、「本能」など、パイが身を守るために行った衝動的な行為を捕食動物の行為になぞらえる言葉が用いられている。しかしながら、「後悔していないのか?」という彼自身の問いかけには、パイが密かに感じている自分の利己的で非人間的な行為に対する後悔や自責の念が表れている。

パイの自責の念は、パイがコックを殺した後で、コックの心情を推測する場面にも見ることができる。

コックは、日頃のけだものじみた行動に照らしても、自分がやりすぎたことがわかっていたのだろう。一線を越えてしまったコックは、これ以上生きているのがいやになったのだろう。しかし、最後まで「すまなかった」とは言わなかった。どうして人間というやつは、悪事にしがみついてしまうのだろう。(310)

つまり、パイは、コックが自分の犯した行為の罪深さに耐えられず、精神の安定を崩して生きる気力を失ったと推測するが、彼と同様の行為を行った自分自身もこのような心境とは無縁ではないことを強く意識している。ここには、コックを殺してその肉を食べた行為に対する自責の念ばかりではなく、生死を分ける極限的な状況で、自分の身を守るため、眠っている父母と兄を置いて船から逃げ、コックが水夫を殺すのを黙認し、自分をかばってコッ

クと闘った母親を見殺しにしたことに対する自責の念が重ねられている。[10]

　パイは、動物の物語の終わりで、彼を突き動かした生存本能を体現するリチャード・パーカーが、別れも告げずに立ち去ったことについて、以下のように語る。

　　ぼくのニックネームで嫌いな点が1つある。数字がどこまでも永遠に続いていくことだ。人生において、物事をきちんと終わらせるのは大切なことだ。そうして初めて、それを手放すことができる。さもなければ、言うべきだったのに言えなかった言葉が心の中に残ってしまい、心は自責の念にうちひしがれてしまうのだ。(285)

　これは、自分の行為を認めて謝罪することによって初めて、自責の念から解放されるという、パイの思いを示唆したものと思われる。しかしながら、パイは、自責の念を抱いているにもかかわらず、自分の行為を認めて総括することはなく、40歳を過ぎた今も、自己の行為を合理化し自責の念から逃れるために、動物の物語を語っているのである。

Ⅵ　フィクション

　パイが語る漂流体験の2つの物語のうち、動物の物語はパイの作り上げた虚構であり、人間の物語の方が事実にもとづいていることは議論の余地がない。しかしながら、動物の物語が現実を反映していないと考える調査員のオカモトとチバに対して、パイは、動物の物語こそが、自分が漂流中に経験した真実を表す、語られるべき物語であると主張する。動物の出てこない人間の物語は、彼にとっては、「乾ききった不毛な事実」(302)に過ぎない。パイは、その根拠として、

　　「言葉を使って何かを語るということ——それが英語でも日本語でも——すなわち、何かを創作することではありませんか？　この世界を眺め渡すこと、すな

わち、何かを創り出すことではありませんか？」(302)

「世界はそのままではあり得ません。ぼくたちがその世界をどう理解するかということでしょう？　そして、何かを理解することは、ぼくたちが何かをもたらすことでしょう？　そうなると、人生は物語ということになりませんか？」(302)

と述べ、現実世界は人間1人1人の現実認識が紡ぎ出すフィクションであるとの認識を示す。すなわち、彼にとっては、自分の語る動物の物語こそが、彼の現実認識を表し、漂流の真実を表すものなのである。

さらに、「作者」の現実と真実についての考えも、動物の物語こそ真実を表す物語であるとのパイの主張を補強している。「作者」は、ポルトガルを題材にした自作の小説の執筆を引き合いに出し、現実と真実に関して以下のような発言をする。

準備が整うと、わたしはペンを握り、大いなる真実のために、ポルトガルをフィクションに変え始める。フィクションとはそういうものではないか？　現実をある意図に沿って変容せしめること。その本質を抽出させるためにひねりを加えること。(VIII)

ここで、「作者」は、真実は現実の表面にではなく、現実の奥底にある本質を抽出したところにあり、真実は現実をフィクションに変えることによって抽出されると考える。さらに「作者」は、「我々市民が芸術家を支えなければ、粗雑な現実の前に想像力を捨て去ることになり、我々は何も信じず、取るに足りない夢だけを追うことになってしまうだろう」(XII) とも述べ、現実の奥にある本質を真に理解するための想像力の大切さを訴える。これらを考慮すると、動物の物語が包含する真実とは、パイが経験した現実を彼がどのように理解しているか、あるいは、どのように解釈したいと思っているかを表していることになる。すなわち、パイにとっては、自分の語る動物の

物語こそが、彼の現実認識を表し、漂流についての彼にとっての真実を表すものである。そして、その真実を読み解くには、聞き手の側の想像力が必要なのである。

　パイが動物の物語において語ろうとしている真実とは、パイ自身が漂流中に感じた自分自身に対する驚き、言い換えれば、見知らぬ自分との対面の意味である。パイは、神を愛する敬虔な宗教実践者であり、人間と動物の絶対的な違いを信じていたにもかかわらず、飢餓と弱肉強食的な状況の中で、身を守るために人を殺し、空腹を満たすためにその肉を食べてしまう。パイは、このような自己の衝動的で動物的な行動とその利己的な非人間性に驚き、自分がどのようにしてそのような行為におよんだかという、彼にとっての真実を語ろうとしているのである。パイは、思いもよらぬ自分の衝動的で非人間的な行動を、防水布の下から前触れもなく突然現れ、獲物に襲いかかって肉を食らう恐ろしい捕食動物のトラの行動になぞらえることによって、自分を突き動かした本能のあり方を意味づけ、自分を納得させ、他者にも理解してもらおうとする。そして、そのことが、自分の行為を合理化し、自責の念を軽くする唯一の方法でもある。そのため、パイにとって、トラのいる動物の物語こそが、彼の漂流体験の真実を示す物語であり、彼が語るべき物語なのである。

　動物の物語というフィクションは、過酷な漂流を経験したパイにとって、これからの人生を生きていく上で必要なものである。たとえ法的には罪に問われないとしても、殺人と人肉食という行為に対する罪の意識や自責の念は、それを心の中に抱えて生きていくにはあまりに過酷であり、もし動物の物語というフィクションがなければ、パイはコックのように精神の安定を欠いてしまうことになるであろう。ここで、動物の物語というフィクションは、驚愕すべき自己の内面の現実から目をそらし、精神的な破滅からパイを救うための道具として用いられている。このような、生きていく上での支えや救いとしてのフィクションの例として、パイは、動物園における子ライオンと犬の事例に言及する。それは、母親を失ったライオンが、養母として自

分を育てたくれた犬を母親と信じ、養母よりも身体が大きくなった後も、養母である犬に危害を加えることはなく、養母も親としての権威を保ち続けるというものである。

> フィクションが動物たちに安定した生活を保証し、暴力的な無秩序を防いでくれるのだ。子ライオンに関して言えば、自分たちの母親が犬であることを知れば、恐ろしさのあまり卒倒するだろう。というのは、それはつまり、自分たちには母親がいないということであり、温血動物の子どもにとって考え得るかぎり最悪の状態だからだ。(85-86)

ここでは、過酷な現実に対処し生き抜くための手段、すなわち、信じるよすがとしてのフィクションの力が強調されている。パイにとっての動物の物語というフィクションの力も、同様である。パイは、自分の漂流体験における真実を表すために、動物の物語というフィクションを創り上げたが、同時に彼は、自らそのフィクションを強く信じ続けることによって、堕ちた魂の救済を求めているのである。その意味で、動物の物語は、彼にとっての「より良い物語」であり、語るべき唯一の物語であると言えるのである。

VII　おわりに

「なんという美しさ、なんという力強さだろう」(151) と、パイがリチャード・パーカーの均整のとれた身体の美しさを描写し賞賛する場面は、ウイリアム・ブレイクの「虎」という詩を思い起こさせる。「虎」における、「子羊をつくった彼［神］が汝をもつくったのか」[11] という一節は、人間に本来備わっている正邪の二面性を象徴的に表している。同様に、パイの中にも、宗教心篤く理性的な心と動物的で利己的な本能が共存している。また、邪悪な人間として語られるコックもまた、パイを海から助け上げ、パイが衰弱したときには食べ物を分け与える人間的な面を持ち合わせている。このように、パイは、そしてコックすらも、特殊な人間ではなく、正邪を兼ね備え

た普通の人間の1人なのである。

　人肉を口にせざるを得ないほどの極限状況においてパイが経験した飢えは、程度の差こそあれ、「作者」やオカモトらをはじめとする、『パイの物語』に登場する多くの人物や動物に等しく共有されている。そのことからもわかるように、食欲によって象徴される生存本能の問題は、パイ1人の問題にとどまることはない。パイと他の登場人物および読者との違いは、状況の違い、すなわち、パイの経験したような極限的な状況に置かれるか置かれないかの違いだけなのである。

　状況次第で、誰もが食べる側にも食べられる側にもなり得ることは、リチャード・パーカーという名前が人間を食べるトラの名前として用いられていることによって示唆されている。リチャード・パーカーという名前は、エドガー・アラン・ポーの小説『ナンタケット生まれのアーサー・ゴードン・ピムの物語』(1838)とその内容に酷似した史実であるミニョネット号事件(1884)において、船の事故から生き残った4人の乗組員が餓死の危機に瀕したときに、他の3人に食べられる人物の名前である。[12] このリチャード・パーカーという名前が、『パイの物語』においては、逆に、人肉を食べる側のトラの名前として用いられていることは、食べる側と食べられる側の境界の曖昧さや入れ替わりの可能性を暗示している。[13] また、食べる側であったコックが最後には食べられる側になること、さらには、動物と人間などをはじめとする二項対立的な概念や事柄の境界線が曖昧になっており、場合によっては、入れ替わることが可能であることも、食べる側と食べられる側という立場の流動性を示している。従って、パイと同じような状況に置かれた場合、誰もが彼と同じ行動を取る可能性があるという意味で、パイの問題は、彼個人にとどまらず、すべての人間にとっての普遍的な問題となり得るのである。

　さらに、パイは、野生の動物の方が動物園の動物よりも自由であるという人々の思い込みについて、「野生動物は、常に恐怖と隣り合わせである上に食べ物が手に入りにくいという環境で、上下関係の厳しい

世界にがんじがらめに縛られて暮らしている」(16) ため、決して自由ではないと反論する。同様に、極限的な状況において生き残りをはかる人間にとっても、行動の選択肢は限られている。そのため、極限的な状況において動物的な生存本能にもとづく殺人や人肉食という利己的で非人間的な行為を行ったパイに対して、作者マーテルは、外枠の語り手である「作者」に倫理的な判断をさせず、「神を信じたくなる物語」(XI) という曖昧な言葉を述べさせるにとどまっているのである。[14]

　『パイの物語』は空腹と食欲の物語であるが、この空腹には、これまで考察してきた生理的な空腹の他に、精神的な空腹、すなわち、精神的な飢餓感も含まれている。作品冒頭の「作者覚え書き」において、「この本は、わたしが空腹のときに生まれた」と「作者」が述べる空腹は、「うずくような心の飢え」(IX) のことであることが後に明らかになる。

　これにとどまらず、『パイの物語』は、現代社会に潜む精神的な飢餓感、すなわち、比喩的な意味での弱肉強食や利己主義についても、光を当てている。この小説において提示される利己的で非人間的な生存本能の存在という人間性の問題は、人間が作り上げた現代文明社会の弱肉強食的な非人間性の問題をも示唆しているのである。たとえば、第1部で短く語られる1970年代当時のインドの権力者による一部対抗勢力の弾圧という社会情勢は、パイの乗った救命ボートの中の弱肉強食の状況と重なっている。

　さらに、パイが一時上陸する不思議な島は、現代の唯物的な資本主義消費社会の比喩であると考えられる。[15] この島は、昼間は食糧が豊富でユートピア的な島であるが、夜には過剰な食欲を持った肉食の島に変貌するという二面性を持っている。島に棲むミーアキャットは、島の池で大量にとれる死んだ魚をむさぼって安穏と日々を過ごしているが、その実、「精神的な死」(283) とも言えるような個性のない決まり切った生き方をしており、夜になるとこの肉食の島によって多数が食べられている。加えて、毎晩膨大な数

のミーアキャットを酸で溶かして食べる島の過剰な食欲と弱肉強食のありさまは、リチャード・パーカーが食べる数以上のミーアキャットを殺すことやパイとコックの過剰な食欲や救命ボートにおける弱肉強食の状況とパラレルになっている。そのため、現代社会の比喩的な象徴であるこの島は、パイやコックの自分さえ生き残れば良いという利己主義や冷酷な非人間性を内面に抱えている。そして、ミーアキャットは、このような現代社会の奥にある社会システムの維持のための利己的で冷酷で非人間的な要素に気づかずに、日々安穏と暮らし、知らないうちに人間性を疎外され、社会に搾取される現代人の比喩である。

　パイはオカモトたちに向かって、「仮に東京を持ち上げて逆さにして振ってみれば、ぽろぽろ落ちてくる動物たちに目を見張るでしょう」(297)と述べ、大都市にはオオカミやワニやヒョウなどが潜んでいると主張する。これは、人間の心の中に、動物的な本能や他人を犠牲にしても自分さえ生き残ればよいという利己主義が潜んでいるように、物質的に豊かで快適な都市生活の奥底にも、社会システムを維持するための非人間的で弱肉強食的な要素が潜んでいることを示唆している。また、このような社会の表面に安住する現代人の危うさは、「何世代にもわたり捕食動物に襲われることがなかったため、逃走開始距離とか、逃走とか、恐怖といった概念がすべて遺伝子から失われてしまった」(268)ミーアキャットが、リチャード・パーカーに何の警戒もせず容易に食べられてしまう様子に暗示されている。確かに、都合の悪い真実から目をそらすための「より良い物語」というフィクションは、内面の闇から人間を救う。事実、パイの動物の物語に対して懐疑的であったオカモトとチバですらも、人間の物語の驚愕すべき内容を聞いた後では、動物の物語の方が「より良い物語」であると考えるようになる。しかしながら、現代人が「より良い物語」を紡ぎ出してそれを信じることのみに終始し、自らの人間性や快適な都市生活の奥底に潜むものに対する想像力と備えを失えば、ミーアキャットのように、社会の歯車として、個性を失い人間性を疎外される怖れがあることも、『パイの物語』は示唆している。『パイの物

語』という空腹と食欲の物語は、極限状況における人間の食欲という生存本能の問題にとどまらず、現代社会における精神的飢餓や人間性の疎外についても読者に問いを投げかけているのである。

注

1　Yan Martel, *Life of Pi*（Orlando: Harcourt, 2001）VII. 以下、この版からの引用については、ページ番号を本文中に括弧書きで示す。なお、日本語訳については、唐沢則幸訳『パイの物語』（竹書房、2004）を参照させていただいた。
2　パイというニックネームは、円周率πに因んだものであるが、227日というパイの漂流日数は、円周率近似値22/7を想起させる。
3　Yann Martel, "We Ate the Children Last," *Guardian* 17 July 2004: Weekend, 49.
4　『パイの物語』の中で日本の貨物船の船名として用いられる"tsimtsum"という語は、ヘブライ語の言葉であり、"tzimtzum"と表記されることもある。"tsimtsum"の日本語表記としては、ツィムツムおよびチムツムがあるが、小論ではツィムツムとする。
　なお、ツィムツムがヘブライ語の言葉であることは、作者ヤン・マーテルも認めており、日本の貨物船を「ツィムツム丸」と名付けた理由を以下のように述べている。

> 私はこの本の中に代表的な宗教——ヒンドゥー教、キリスト教、イスラム教——を入れたいと思いました。私はパイをユダヤ教徒にもしたかったのですが、［この物語の始まりの地であるインドの］ポンディシェリにはユダヤ教の教会であるシナゴーグがありません。（……）それで、ツィムツムを日本の貨物船の名前として選んだのです。というのも、ツィムツムというのは、日本語のように聞こえますが、ヘブライ語の言葉だからです。（*YFile*（2003年12月8日）におけるヤン・マーテルのインタビュー記事。<http://www.yorku.ca/yfile/archive/index.asp?Article=2166>）

5　ツィムツムについては、Ron Feldman, *Fundamentals of Jewish Mysticism and Kabbalah*（Freedom: Crossing Press, 1999）50-51 他を参照。
6　『パイの物語』においては、フィクション（fiction）という言葉が、虚構と小説の両方を表す言葉として用いられている。
7　空腹のイメージが『パイの物語』全体に見られるが、ここでも、「生に執着する」という言葉として、"life-hungry"という、空腹や飢餓をイメージさせる

"hungry" という言葉が用いられている。

8 　同時に、オレンジ色は、パイの母親が例えられているオランウータンのオレンジジュースの色でもある。母親は、貨物船の沈没後、自力で救命ボートにたどりついたものの、パイを守ろうとしてコックに殺される。さらに、オレンジ色は、ヒンドゥー教の色でもある。

9 　このような自分の身を守るために手段を選ばない利己主義の芽が、宗教心篤いパイの中にも以前から潜んでいたことは、パイが子ども時代に父に叱られそうになったときに、兄のラヴィに罪をなすりつけようとしたエピソードによって、示唆されている。また、現在パイがカナダの自宅で飼っている猫と犬がそれぞれトラとハイエナを思わせる模様を持っていることも、利己的な生存本能が、依然としてパイの中に潜んでいることを示唆している。

10 　パイの自責の念は、パイの口からは明示的に語られないが、語りの中で兄弟殺しを連想させる「カイン」という言葉を使うことや、父母の顔を思い出せない、あるいは、思い出そうとしないことに暗示されている。

11 　William Blake, "The Tyger," *William Blake: The Complete Poems*, ed. Alicia Ostriker（Harmondsworth: Penguin, 1977）125-26. なお、小論における "The Tyger" の日本語訳としては、松島正一訳『対訳ブレイク詩集』（岩波文庫、2004）の訳詞を使わせていただいた。

12 　1884年のミニョネット号事件では、リチャード・パーカーを殺して食べたイギリス人3人は逮捕され、その後の裁判では、食糧不足のため、救命ボートに乗っている全員が餓死してしまいかねない状況で、生き残る可能性のより高い人間が生き残るために、衰弱した人間を殺して食べることの是非が論議された。3人のうち2人は死刑を宣告されたが、世論は彼らに同情的であったため、ヴィクトリア女王の特赦によって減刑された。

13 　トラのリチャード・パーカーの名前も、元を正せば、捕獲時につけられた "Thirsty"（「喉の渇いた」の意）という名前が、事務手続きのミスにより、猟師の名前と入れ替わったものである。

14 　本来、この表現は、パイの知人フランシス・アディルバサミが、インドで、パイの漂流物語を「作者」に紹介するときに、以下のように使ったものである。「あなたが神を信じたくなるような話を知っていますよ」（XI）。

15 　Florence Stratton, "'Hollow at the Core': Deconstructing Yann Martel's *Life of Pi*," *Studies in Canadian Literature* 29.2（2004）: 15-16.

3

モードとスウの関係についての考察
——『フィンガースミス』と『いばら姫』から見えてくるもの——

石井　征子

I　はじめに

　サラ・ウォーターズの『フィンガースミス』では、作中に実在する小説名が登場する。ウォーターズの他の作品にも同様のことがあり、これは彼女の特徴の1つでもある。『フィンガースミス』に関して言えば、小説の冒頭部分で、読者に時代背景を暗示する先触れのように、チャールズ・ディケンズの『オリヴァー・ツイスト』(1839)の作品名が現れる。両作品には類似性も多々認められ、読者はこのタイトルを見るだけで、細かい描写がなくとも、『フィンガースミス』の舞台であるロンドンの裏路地の空気を感じることができる。[1] また、ウィルキー・コリンズの『白衣の女』(1860)との類似を指摘する佐々木徹の論も的を射ている。[2]

　他に作中で言及される作品としては、モード・リリーの伯父のクリストファー・リリー卿が猥褻な書物の編纂をライフワークとしていることから、実在する官能小説の名が挙げられている。一方で、ロビン・フッド伝説やマザーグースなど子供が親しみを持ちやすいジャンルに位置するものも出てく

る。昔話の中からは、イギリス民話の「ディック・ホイッティントンと猫」や、シャルル・ペローとグリム兄弟の『シンデレラ』と『眠れる森の美女』（グリム童話においては『いばら姫』という題名も広く使われる）にも触れられる。この中で『フィンガースミス』との類似性が最も顕著なのは、『眠れる森の美女』である。この物語を連想させる記述がちりばめられていることからも、作者自身がこの昔話から得た着想を意識的に利用していたと考えられる。

　本論では、最後に挙げた『眠れる森の美女』（以下『眠り姫』と表記）もしくは『いばら姫』と『フィンガースミス』との関連を論じていく。昔話では結末で王子と結ばれることが自己実現のための大切なステップであるのに、『フィンガースミス』では、結末に王子が不在である。主要登場人物のスーザン・トリンダー（スウ）とモードはどちらも16歳か17歳の少女で、男性に庇護されることもなく、最終的にはお互いが求めあっていることを認識することで、カップルとして成立する。どちらかが王子の役をしていることにするという単純なすり替えでは異性愛が同性愛に置き換わったことの相違点が浮かび上がらない。『フィンガースミス』は『眠り姫』/『いばら姫』を現代風に語り直したものである。河合隼雄は、C・G・ユングの元型の概念を用いて、「昔話を、人間の内的な成熟過程のある段階を描きだしたものとして見て」[3]いる。人間には意識と無意識があるが、ユングは無意識をさらに個人的無意識と普遍的無意識（集合的無意識）とに分けた。「無意識が個人的なものばかりでなく、超個人的なもの、遺伝的カテゴリーや元型という形をとった集合的なものをも含んでいる」[4]のである。このように、全人類には個人的無意識よりさらに深い層に共通した無意識の領域があり、昔話にはその領域に存在するものが人格化した形で現れているのである。『フィンガースミス』が『眠り姫』/『いばら姫』の形を借りていることから、この作品にもこのユング的な解釈が可能であると思われる。本論は、『フィンガースミス』と『眠り姫』/『いばら姫』の共通点と相違点を考察することにより、本作品が昔話からどのように改編されているかを探るものである。

Ⅱ 『眠り姫』/『いばら姫』と『フィンガースミス』の類似について

『眠り姫』や『いばら姫』は民話に類する昔話で、ウォルト・ディズニーが映画化したせいもあり、日本でも比較的よく知られている。前者はペローが1697年に書物として著したものである。後者のタイトルは1812–22年にグリム兄弟が出版したものに使われている。ペローの『眠り姫』は1729年に初めて英訳されてから、チャップブックの形をとって広く普及した。また、パントマイムとしての上演もたびたびなされ、1840年にはコヴェントガーデンでジェイムズ・プランシェ作による『眠り姫』のエクストラヴァギャンザ（狂想劇）も上演されている。また、グリム兄弟の最初の英訳が1824年であることから、舞台設定が1862年の『フィンガースミス』のスウとモードは、時代的にペローの『眠り姫』もグリム兄弟の『いばら姫』にも接する可能性はある。ただ両者の結末は明らかに異なり、グリム兄弟の『いばら姫』では、王女は王子のキスによって目覚めるが、ペローの『眠り姫』の王女は王子のキスによって目覚めるのではない。100年の時が満ちたことにより自然に目を覚ますのである。そして、スウがモードにキスをする結末からも、また、作中に登場する城の名前を「ブライア城」とし、いばら姫の英語読み「ブライアローズ」からの連想を思わせることなどからも、作者ウォーターズはグリム版の『いばら姫』を念頭に置いているようである。先に述べたプランシェの劇も『眠り姫』の演目で中身はグリム版である。本論では両者を区別するために、王子のキスで完結する物語を『いばら姫』と表記する。

　『いばら姫』の物語を確認しておこう。子供がほしい王と王妃は、ようやく娘をさずかり、お祝いに12人の仙女を呼ぶ。お祝いの最後に仙女たちが王女に美しさや富や徳といったものを次々に贈っていると、お祝いに呼ばれなかった仙女が突然現れ、「王女は15歳の年に錘に刺されて死ぬ」という呪いをかけて去っていく。まだ贈り物をあげていなかった仙女が1人おり、彼女によって呪いが軽減され、王女は錘に刺されて100年の眠りにつくこ

とになる。はたして、王女が15歳になると呪いどおり錘に刺されて眠りにつく。その際、城そのものも眠りにつき、使用人も虫もかまどの炎も眠りにつく。城はいばらに覆われ、100年間誰も寄せつけなくなる。時が満ちて、ある王子が城を訪れると、いばらが自然に道をあけて、彼を王女のもとに導く。そして王子のキスで王女は目覚めるのである。

　この『いばら姫』の筋書きは、『フィンガースミス』の筋書きの外枠と同じである。『いばら姫』の王女は生まれてすぐに、呪いにより自分の運命を定められる。スウとモードも生まれてすぐにそれぞれの実母にあたるマリアン・リリーの遺言とサクスビー夫人の策略によって運命を定められる。王女は呪いが成就しないように、父王によって国中から錘を排除され、箱入り状態で大切に育てられた。スウはサクスビー夫人によって劣悪な環境を感じさせないほど過保護に育てられ、モードもずっと精神病院とブライア城において軟禁状態で育つ。そして、王女が呪いにより100年の眠りにつくことになるのに対し、スウとモードの場合は、サクスビー夫人の策略（呪い）が発動し、それぞれ精神病院とラント街で監禁される。強制的に外部との接触を断たされ、引きこもらされるから、『いばら姫』での眠りは『フィンガースミス』での監禁に相当していると解釈できる。このようにたどっていくと、スウとモードの少女時代は、2人とも『いばら姫』のプロットに沿っていることがうかがえる。

　『いばら姫』の結末では、王女は迎えに来た王子のキスで目覚めるのだが、『フィンガースミス』ではこの「目覚め」の場面に類似している部分が3つある。そもそもヒロインが2人いるので、それぞれにこの救出の場面がある。モードに関しては、この「目覚め」に相当する場面が2つある。まず、駆け落ち計画を携えた通称紳士（ジェントルマン）（またの名をリチャード・リヴァーズ）による救出である。モードは＜ジェントルマン＞が自分のもとを訪れたことを、「計画を練り、40マイルも旅をして、眠った屋敷の真ん中の、私の部屋の、私のところにこっそりと忍び込んできてくれた」[5]と表現している。駆け落ちをした先の教会での結婚式でキスという儀式もする。ただ、この救出

劇を経ても、モードは呪いから解放されない。

　2つ目は、物語の最後でスウがモードを探してブライア城を再訪する場面である。このような描写がある。

> さっきから言っているように、私は幽霊のようにうろついた。それに、幽霊が嘆くみたいに嘆き悲しんだ。無言で、涙が流れ落ちるのも気にせずに。まるで、100年分の涙を溜めて、その涙を全て流す時が来たことを知っているかのように。（540）

100年という数字はいばら姫の眠っていた年月と重なり示唆的である。そして、スウとモードはブライア城で再会を果たす。スウは「愛している」と口に出せず、代わりにモードにキスをする。ここでやっと2人は結ばれることになり、同時にサクスビー夫人の策略も完全に失敗したことになる。2人は監禁ではなく、自らの意思でブライア城にとどまることになるため、最後でようやく呪いから解放されたといえるだろう。

　スウの「目覚め」に相当する場面は、精神病院での監禁から解放される時である。スウのもとにブライア城でナイフボーイをしていたチャールズが面会に来る。チャールズは＜ジェントルマン＞のことを慕っており、彼を探してモードを訪ねてきたのだが、スウがいたので面喰らってしまう。スウはチャールズが自分を訪ねて来たことを「運命がトロイのヘレネを送り込んだじゃない？　それに眠り姫に王子様だって」（445-46）と表現し、自分と眠り姫とを重ねている。とはいえ、実質的に病院から逃げ出せたのはスウの自力によるところが大きく、『いばら姫』の王女がまったくの受け身でいることとは異なるが、チャールズの協力なくしては病院から脱出するのが不可能だったことは間違いない。

Ⅲ　『フィンガースミス』とユングの元型

　フロイト派やユング派の解釈でとらえると、『いばら姫』は思春期の少女

が大人に成長する精神的な過程を表しているものである。眠りは外部の接触を拒み、殻に閉じこもる期間のことを表しており、子供が大人になるためには必要な時期である。王女のもとに王子が現れ、2人が結ばれるのは、ユングでは自我とアニムスが統合されることを意味しているとされる。アニムスとは、ユングのとなえた元型のひとつである。昔話と元型については河合隼雄の研究が参考になる。人間には、個人的な無意識とは別に、人類が共通して持っている無意識の部分があり、それは神話や昔話などに人格化されて現れる。まったく違う国で同じようなパターンを持った昔話が存在するのは、人類に共通したこの無意識の部分からきているのである。ユングはこれを個人的無意識とは区別して普遍的無意識（集合的無意識）と呼んでいる。ユングの元型とは、この普遍的無意識の領域にあるイメージを分類したもので、アニムスの他にも、グレートマザーや影、アニマ、老賢者など多数の元型がある。アニマとアニムスはそれぞれ人間の無意識における女性的な思考と男性的な思考のことである。人間は誰しも無意識においては両方の性を持っている。意識的な性が女性であれば、無意識の領域で異性にあたるアニムスと統合することが自己実現へとつながる。「アニムスは意見を形成し、アニマはムードをかもし出す。（……）アニムスに取りつかれた女性は「～すべきである」と意見を述べる」。[6] 男性優位の社会の中で女性が意見を主張すると男性の反発を買ったりするが、「アニムスにいったん気づいた女性は、いまさらそれをやめることはできない。（……）一度歩み始めた道は、いかに苦しくても歩ききって、アニムスの発展の道をたどり、それを意識の中に統合してゆかねばならぬ。そのような苦しい努力を経て、アニムスは高い意味をもつこととなり、自分の女らしさを失うことなく、その女らしさを先導するアニムスによって、女性の自我はより高い統合性をもった自己と結ばれていくのである」[7] 最後に結婚で終わる昔話は、大なり小なり人間の心の中におけるこの意識と無意識との葛藤を表現している。結婚するということは、それまで意識していなかった自分の一部に気付き、苦しみながらそれを受け入れ、自分のものにしていく過程なのである。

結論を先取りして述べるならば、『フィンガースミス』では、自我であるモードと統合するのは、アニムスである王子ではなく、影のスウである。ユングの元型における影とは、無意識の領域に押しのけられた「その個人の意識によって生きられなかった反面、その個人が容認しがたいとしている心的内容」[8]である。また、「自分の黒い分身は、夢の中では自分と同性の人間として現れることが多い」[9]ように、昔話においても同性で現れるものである。モードという人格を自己の中心、つまり主体として持つ少女の中で、スウという影の人格がモードを乗っ取ろうと試みている。モードを精神病院に閉じ込め、サクスビー夫人と幸せになろうとする。だが、結局はモードと入れ替わることができず、そればかりかモードの精神的な死と再生を手助けすることになる。最初から最後までスウはモードの影にすぎないのである。前章で述べたように、2人は成長期において『いばら姫』の王女がたどる道と同じような展開を外枠として共通に持っているが、内側の性格が全く同じというわけではない。鏡に映った像と実物の関係、もしくは性格が正反対の一卵性双生児という表現もできるかもしれない。スウはモードに欠けているもの、モードが欲しても叶わないものを持っている。愛情を注いでくれる母親、読み書きができないこと、それに素直な性格である。2つ目についてモードは、「読むことができないのは、殉教者や聖者が苦痛を感じることができないのと同じすばらしい欠点であるように思える」(244)と、スウが字を読めないことを羨む。つまり、モードにとって欠けているということでコンプレックスとなっている要素を、それを持っているスウを取り込むことで、モードは自分のコンプレックスを補完しているといえる。

　モードにはスウの他にもう1人、影を想定させる人物がいる。スウと入れ替わりに辞めさせられた侍女のアグネスである。アグネスは信心深く、隠匿心もなく、モードの日常となっていた穢れた世界に関しても無知だった。モードはアグネスの中に「かつての自分の姿、そうなっていたはずの自分の姿、もう2度となれない自分の姿」(203)を見て、彼女をひどく憎んだ。モードは頻繁に暴力を加え、アグネスはいつもおどおどと彼女に接するよう

になった。次に現れたスウも無邪気で素直だったため、最初モードにとってはアグネスと変わらなかった。しかし、邪気もなく物怖じせずモードの生活に入ってくるスウに、彼女を軽蔑するためにあら探しばかりしていたはずなのにモードはいつしか心を許してしまう。それに、自分と同じようにどこか悪事に対し近しいものを持っているスウの方が、アグネスよりも自分の半身のように親しみが持てたのかもしれない。また、かつてモードは母親の「肖像画の顔の中に自分の顔と似た部分を探していた」(354) が、見つけられず、のちに、その顔の中にはスウに似た部分があるのだと気付く。憎みながらも心の底では愛したいと切望していた母親と同じものをスウが持っていたのである。モードは自分の影であるスウとの接触で、影を受け入れ、自分と同一化させることに成功した。「人間の意識は自我を中心として、ある程度の統合性と安定性をもっているのだが、その安定性を崩してさえも、常にそれよりも高次の統合性へと志向する傾向が人間の心の中に存在する」[10]。したがって、自分の無意識にあるものを意識化することが、自己実現につながるのである。たいていの昔話の主人公が異性と結婚することによって自我とアニマもしくはアニムスとのおりあいをつけ、自己実現を図ろうとしている。それに対し、『フィンガースミス』では、同性と結ばれることで自分の影の部分を取り込み、自我と同一化させることによって、自己実現への一歩を進めているのである。[11]

Ⅳ　モードの優位性

　前節において、モードではなくスーが影だと結論づけたが、その妥当性をプロットに沿って検証する。そもそも『フィンガースミス』には2人の語り手がいる。3章構成のうち1章と3章をスウが語り、2章をモードが語っている。この語りの分担にはどのような意味があるのだろうか。物語の本末を受け持ち、語りの量も多いスウに重要な位置付けが与えられているととらえるなら、スウが主人公である。もしくは、語りの量に関係なく、2人とも同等の主人公だというとらえ方もあるかもしれない。しかし、伝統的に、昔

話には同等な位置づけの主人公が2人というものはほとんどない。『ヘンゼルとグレーテル』などは珍しい例である。2人もしくは3人の兄弟が旅に出るというパターンもあるが、たいてい、末の弟が最も優れていて兄を助けることになる。[12] そして、昔話に主人公が複数いる場合、それはこのように兄弟姉妹である。スウとモードは姉妹ではないし、容姿も似ていない。育った環境も全く違い、17歳になるまでお互いに面識がなかった。にもかかわらず、2人には同じような境遇、同じような思考、同じような行動パターンが見られるので、まるで姉妹のような類似性を連想させる。

　まず、スウとモードは2人とも、サクスビー夫人とマリアンの計略で本来のアイデンティティとは異なるアイデンティティを押しつけられ、孤児として育った。そして、母親は、①母親だと刷り込まれた女性、②育ててくれた女性、③本当の母親、と複数いる。スウの場合、①は殺しの罪で絞首刑にされた罪人、②はサクスビー夫人（表向き実の娘は死亡）、③はマリアンである。モードの場合、①はマリアン（狂人）、②は精神病院の看護師たちとスタイルズ夫人（実の娘は死亡）、③はサクスビー夫人（殺人の罪で絞首刑）である。

　また、モードが自分を蜘蛛にみたてて、「蜘蛛がばたつく蛾を捕えて糸を巻きつけるように、私はスウのまわりに糸を絡めてきつく巻きつける」（246）と想像している一方で、スウもまた同じ頃、「まるで知らないうちに糸のようなものが私たちの間につながってしまったようだった。糸はモードがどこにいようと私を彼女のもとに引き寄せた」（136）と感じていた。他にも、相手の形見として、モードはスウの指抜きを、スウはモードの手袋を選ぶ。指抜きはスウがモードの尖った歯を削る時に使ったものである。手袋はモードの象徴ともいえるものである。精神病院でスウは正気を保つために、モードの手袋の指を噛んでいた。形見を選ぶ際の基準に相手が身につけていたものを選び、かつ相手の指に思い入れを示すところが互いに共通している。

　その他にも、モードが侍女にした行為を、それとは無関係なスウから返さ

れるという構図も見られる。モードは侍女のバーバラの裸を観察したが、スウもモードの着替えを手伝う際にその裸体を観察する描写がある。そして、モードは侍女のアグネスが＜ジェントルマン＞によって夜這いをかけられるのを黙認し、彼女を見捨てたが、結婚初夜の晩には、今度はモードがスウによって見捨てられる。モードが誰かに後ろめたいことをすると、光が鏡に反射して跳ね返ってくるように、スウから同じことをされるのである。

　容姿は似ていないのに、スウとモードはそれぞれ、自分たちを姉妹に譬える場面がある。モードが夜1人で眠るのを不安がり、また、モードが望んだので、スウは彼女と同じベッドで一緒に眠る。スウは「私たちは姉妹のように眠った。本当に姉妹のように。私はずっと姉妹がほしかった」(89)とモードに姉妹のような愛情を感じている。そして、モードもスウに自分のドレスを着せたとき、「私たちって姉妹かもしれないわね」(102)と言っている。2人を擬似姉妹ととらえると、実際の誕生日からすれば、スウが妹でモードが姉である。先にも述べたように、昔話では、妹は姉を助ける役割を担う。さらに、『いばら姫』のプロットに沿い、最終的に迎えに来てもらう側の人物がより王女の役割を担うとするならば、モードの方が王女にふさわしいことになる。従って主人公を1人に限定するならば、スウではなくモードがふさわしい。

　次に、スウとモードの幼年時代の記憶をたどり、母性と父性という点から2人の相違点にも焦点をあてる。2人とも母親に対して強い感情を持っている。まず、スウは自分の母親が絞首刑になった泥棒だと教えられていた。モードと出会う前のスウは、母親に対して次のような気持ちを抱いていた。

全然知らない人のために、どうして悲しむことができただろうか。実の母が絞首刑で死んだのは残念なことだけど、吊るされたことは私にとっては良かった。彼女が子供を窒息死させるというようなとても残酷な罪のせいではなく、ケチな奴からお皿を盗ろうとしたはずみで犯した殺人のせいで、そんな盗みのようなことで吊るされて良かった。そりゃ、私という孤児を作ってしまったことは残念なこ

とだと思う。けど、私の知っている娘たちの中には、飲んだくれだったり気が狂っていたり、とてもじゃないけど一緒には暮らしていけない母親を持つ娘たちもいる。そんな母親よりは死人の母親の方がずっといい。
　それよりも、サクスビー夫人の方がいい。彼女の方がずっといい。(12)

この後さらにスウは、サクスビー夫人が自分を「まるで宝石を扱うように酢で髪に艶をだしてくれた」(12)と述べる。スウはサクスビー夫人の深い愛情を感じて育ってきたことで、母親に対する悪意や恨みのこもった執着はない。貧民街でスリや詐欺を行うことを日常的に見て育ってきた環境から悪事を容認しているが、根は思いやりのある素直な少女である。これは、サクスビー夫人のおかげで、スウが安全に守られていると感じながらのびのびと成長できたことによると考えられる。これこそが、モードが惹かれたスウの美点でもある。
　スウは自らについて「想像することに熱心だった」(6)と告白しているのに、こと実母に関しては全く想像力が働いていないという一面を持つ。幼少期、近所の娘のフローラが、物乞いのお伴にスウを連れていったとき、サクスビー夫人にぶたれたという事件のあった日の夜、ベッドに入ってから「フローラの頬はまだ痛むのかしらと考えた」(6)。精神病院から脱出するための鍵を盗む日には、それまで事あるごとに反抗してきた看護師のベーコンに優しくし、ご機嫌をとった。すると意外にもベーコンがとても喜んだので、「私が騙したと知ったとき、彼女はどんなにがっかりするだろうか」(460)と罪悪感を抱く。また、ロンドンに向かう途中、入所者の制服では目立つので、留守番中の子供を言葉巧みに騙して追い出し、その子の母親の嫁入り衣装を盗む。盗んだ後で、スウは「お菓子と小麦粉の袋を持って戻ってくる少女のことを考えた。お茶に間に合うように急いで帰ってきた母親が、ウエディングドレスがなくなっているのを見つけた時のことを考えた」(465)。スウは自分のせいで相手が苦しむことに対して罪の意識を感じずにはいられないたちである。また、モードが卵嫌いなことに気づくと、朝食に

は代わりにコンソメスープを持ってくるように取り計らったり、部屋で使う石炭を増やすように執事にかけあったり、モードの不満を察してすぐに改善するようにした。スウは他人の身になって考える能力に長けている。これは想像力の豊かさの賜物であるが、前述の引用にもあるように、実母に対しては非常に冷淡で無関心ある。スウは実母を恨む必要がないほどに、サクスビー夫人によって満足感を与えられていたともいえる。

　スウとは対照的に、実母がいないという立場が同じであるにもかかわらず、モードは自分の置かれた薄幸の境遇を呪い、実母に対する憎しみを日々募らせていった。マリアンが貴族の世界を憎悪したように、モードも憎悪を抱く。モードはスウとは違い、育ての母親にも恵まれなかった。最初の精神病院の看護師たちと一緒に暮らしていたときはまだモードも大らかだった。看護師たちに人形のように可愛がられ、本人もそれなりに自分の存在を肯定していた。死んだ母親のことを看護師たちに聞かされても、憎しみの感情はなかった。

　　　物心がついた頃、父親の指輪と母親だと言われた貴婦人の肖像画をもらった。それで自分が孤児だと知った。けど、たった1人の親の愛を知らなくても、むしろ何十人もの母親の愛情を知っていたので、そのことを知ってもさほど辛くはなかった。(180)

この姿勢が、リリー卿にブライア城へ連れて行かれ、スタイルズ夫人が母親的役目を担うようになってからは変化する。スタイルズ夫人は実の娘を亡くしたトラウマをかかえている。何の落ち度もない自分の娘は死ななければならなかったのに、モードのようなわがままで高慢な金持ちの少女が生きていられることに納得がいかない。それでモードに対してあからさまないじめをする。スウに会う前の段階で、モードの実母に対する感情は、次のように変化している。

私は実母を憎む。真っ先に私を見捨てた人ではないか。母の肖像画をベッドの横の木の小箱に入れているけど、彼女の白く美しい顔はちっとも私に似ていないし、見るごとにどんどん嫌いになる。箱を開けながら「おやすみのキスをさせてね、お母様」と試しに言ってみる。けれどそれは、スタイルズ夫人を痛めつけるためにしているだけ。スタイルズ夫人が気の毒がって私を見ている間、私は肖像画に唇を付け、「大嫌い」とささやく。(197)

やがてモードもスタイルズ夫人に陰湿な意地悪をやり返すようになり、屋敷全体に対する憎しみはやがて実母への非難へと変わり、屋敷に順応していく自分も嫌悪の対象となった。スウが母親像に対しておおむね肯定的なのに対し、モードは否定的な感情だけを蓄積していく。このように、母性が2人に共通して大きな影響力を持ち、そのことが、スウが基本的に自己肯定の姿勢で、モードが自己否定の姿勢であることに関わってくるのである。

　父性についてはどうだろうか。モードの実質的な父親といえる存在は伯父のリリー卿である。リリー卿のライフワークは猥褻な書物の目録を作ることで、モードは同年代の少女がおよそ知るはずもない世界にむりやり連れ込まれた。リリー卿は自らを「毒の管理者」(198)と呼び、モードにも毒を与えてきたと言い、モードも自分が穢れてしまったと思い込む。モードは堕落した貴族の象徴的存在であるこの伯父に対して、軽蔑と激しい憎しみを抱いている。この激しい父性の否定はモードの同性愛の誘因となったと思われる。だが、実父については憎しみの対象ではない。駆け落ちの際にも形見の指輪を持ってきていたが、それは心の慰めにもなっていたお気に入りである。

　一方、スウは実父についてはまったく言及していない。サクスビー夫人から聞かなかったのか、興味もなかったのか。スウの実質的な父親の役割は、鍛冶屋のイッブズが担っていた。スウの回顧録からはイッブズがスウを可愛がっていたことがうかがえる。しかし、スウはイッブズの仕事について詳しく説明する一方で、彼自身には興味がないようである。スウは常にサク

スビー夫人を喜ばせたいと思っていたが、少なくともイッブズの歓心を買おうとしていたようには見受けられない。作品中でスウは同居しているイッブズの姉について数回言及しているが、その存在感は茫漠としている。物語の構成上でこの人物の存在意義を考えると、スウのイッブズに対する無関心が表されていると思われる。もし彼女がサクスビー夫人の姉であれば、スウはもっと関心を持ったであろう。イッブズとサクスビー夫人が投獄されたとき、スウは牢獄に面会に行く。サクスビー夫人のもとには足しげく通ったが、イッブズは1回訪れたきりである。どんどん痩せていくサクスビー夫人のために、スウはどうにかお金を工面して、おいしそうな食べ物を何度も差し入れた。夫人がその食べ物を自分では食べずに看守にあげてしまっていたことを知っても通い続けた。ところが、イッブズの落ちぶれやつれた姿を見て、2度と来るまいと彼を切り捨てるのである。スウにとっては、サクスビー夫人の母性があまりに強烈で、父性に守ってもらう必要がなかった。同居人としての表面的に愛着はあったが、根底においてはイッブズに対しては無関心なのである。

　スウの幼年期から少女時代にかけての記憶は、モードのそれに比べると圧倒的に少ない。この回顧録からすると、スウという人間を作った要素はサクスビー夫人だけである。物語の展開に関する記述についてはスウに重点が置かれているのに、個人的な背景に関する記述については、モードの方が圧倒的に多くて詳しい。スウの子供時代が極めて単純なのに対し、モードはさまざまな人物とその思惑が絡んでくる。モードの悩み、苦しみは普通の子供よりも過酷であったろうが、さまざまな辛い体験をしてそれを乗り越える術を身につけるといった、子供が乗り越えるべき試練に挑んでいる。そのことを加味してスウという人物像を再考すると、ほとんど厚みのないバックグラウンドしか持っていないことに気づかされる。もしこれが、単に幼少期の体験をスウが省略したのではなく、本当に他の体験そのものがなかったのだとしたら、スウの本質に関わる別の一面が見えてくる。

　モードはスウよりも語る量が少ないうえに、スウの章と重なる出来事も含

めて語っている。ミステリーのネタばらしもスウの語りで行っているので、モードの部分を省いても物語が成立してしまう。うまく読者を引き込み、違和感を覚えさせないが、何か意味づけをしないと、モードが第2章を語る必要性が生まれない。もちろん、複数の視点からひとつの事象をみるという技巧上の効果も考えられる。モードが2章を語ることによる効果は彼女の生い立ちや人格形成を説明し、モードという少女に命を吹き込み、存在感に厚みをもたせることである。そして、スウの語りではスウという少女に厚みは生まれていない。スウが担っているのは、事件のあらましの説明と、間接的にモードという少女の存在感を強める役割である。スウのその存在における本質的な一面は、影として実体のモードを際立たせるものである。

V まとめ

　昔話は簡素な言葉で述べられ、筋も込み入っていないものであるし、語りが一人称であることもない。『フィンガースミス』は1人の少女の心の成長を描いているという点で『いばら姫』と重なる。心の成長は、「意識の世界から無意識の世界へと還り、その間に望ましい関係をつくりあげること」[13]によってなされる。それはほぼいつでも苦痛を伴うものであるが、最終的にそれらを同一化することで自己実現に向けて成長できるのである。

　『いばら姫』では自我とアニムスの統合が主題として考えられるが、『フィンガースミス』では自我と影との統合が主題となっている。『フィンガースミス』は、同じ元型の影との統合を扱っている兄弟ものの昔話の変形である。同性愛という現代的な主題もまた、古典的な主題の範疇に含まれうるということである。アニマやアニムスとの統合と影との統合の違いは、後者がより己に対する執着の強い人物に起こりやすいことのように思える。アニマやアニムスとの統合がいわば自分にとって未知のものを開拓するものとするならば、影は自己内省で完結するものである。影は自分の受け入れがたい面の一部であり、それを受け入れるということが死活問題になるほどの人物は、極端に自分を愛しているか憎んでいるかのどちらかである。

もう１人の自分ともいえる自分の影との対峙という主題は、その影の存在感が増すと二重身（ドッペルゲンガー）という形で表されることもある。自分の分身を見た者には最終的に死が訪れることが多いが、『フィンガースミス』の場合、直接的な死の描写はなく、それは監禁に置き換えられている。これはモードとスウの間に同性愛という愛情関係があり、最後に結ばれるべき存在だったからである。「死の体験」というものは心の成長にとっては決して負の面を持つものではない。「コンプレックスの「解消」は、なんらかの意味で死の体験を伴っている。（……）そこで、われわれの慰めとなるのは、死んだコンプレックスの内容がどれ程自我の中に再生しているかという点にある」[14]ように、モードとスウはお互いに１度死を経験しなければならなかったのである。
　モードはスウを想いやることで、精神的にも成長した。スウがサクスビー夫人を愛していることを知っていたので、真実を暴露することなく去る。あるいは、スウに知られたくないというサクスビー夫人のことも気遣っていたのかもしれない。モードは＜ジェントルマン＞殺害の罪を問う夫人の裁判の傍聴にも訪れ、夫人を拒まず向き合っていたように思える。そして、ブライア城で、あれほど嫌悪していた官能小説の世界に身を置き、訪れたスウに読み書きを教えようとする。以前のモードなら読み書きができないことが美徳であったはずなのに、そのスウの美点を失わせるようなことを自ら行うのである。これはスウに字を教えることで、スウという影を自分と同一化させようとしているからである。『フィンガースミス』はモードがコンプレックスを解消し精神的に成長する物語であり、スウはモードに欠けている部分を「補償」する役目を負った補佐的な存在なのである。[15]

注

1　邦訳者の中村有希も指摘しているように、小説の舞台のラント街という場所は、ディケンズが一時期実際に暮らしていたスラム街である。また、イッブズのと

ころに盗品が次々に集まってくる環境、仕事のある時だけ現れる詐欺師の〈ジェントルマン〉、孤児を集めるサクスビー夫人など、子供時代のスウを取り巻く環境が、フェイギンのもとにたどり着いたオリヴァーのそれと重なる。くわえて、作品名については言及されていないが、『大いなる遺産』との類似もみられる。たとえば、自身の貧民としての階級を超えて、実の娘がレディになることに生きがいを見つけるサクスビー夫人が、ピップの成長を楽しみにするマグウィッチに似ている点や、両作品とも結末で廃墟のような屋敷で誤解やわだかまりが解け、そこで主人公とその想い人とが再会する点などである。

2 佐々木徹「ウィルキー・コリンズのレズビアン的転生──サラ・ウォーターズ『荊の城』──」『英語青年』第 151 巻第 11 号（2006 年 2 月号）: 12-13。
3 河合隼雄『昔話の深層』（福音館書店、1978）24。
4 C・G・ユング『自我と無意識』松代洋一、渡辺学訳（第三文明社、1995）36。
5 Sarah Waters, *Fingersmith* (London: Virago, 2006) 229. 以下、この版からの引用については、ページ番号を本文中に括弧書きで示す。なお、日本語訳については、中村有希訳『荊の城』（上・下）（東京創元社、2004）を参照させていただいた。
6 河合隼雄『ユング心理学入門』（培風館、2003）210。
7 河合『ユング心理学入門』215。
8 河合『ユング心理学入門』101。
9 河合『ユング心理学入門』102。
10 河合隼雄『無意識の構造』（中公新書、1977）146。
11 コンプレックスは、影と深く関わりがある。自我が生まれると同時に影も生まれ、意識されずに無意識下に押し込められた体験や出来事が、日の当らぬところで蓄積されるものが影である。影は誰にでも生じるもので、普遍的無意識の領域にある。ただ、何に対して劣等感を抱くかなどは、個々によって様々であり、このような個人によって異なる影はコンプレックスと呼ばれ、個人的無意識にも関わってくるものである。
12 河合『昔話の深層』50-69。
13 河合『昔話の深層』14。
14 河合隼雄『コンプレックス』（岩波新書、1971）132。
15 「補償」はアルフレッド・アドラーが唱えた用語。「人間は意識することができないにしても、何らかの器官劣等性を有し、それを補償して強力になろうとすることによってその人の「生き方」ができあがってくる」（河合『コンプレックス』56-57）。

4

『ヴァーノン・ゴッド・リトル』における
視線の暴力

田中　雅子

　"Dirty but Clean" の頭文字からペンネームをつけた DBC・ピエールは、若いころから麻薬やギャンブルに溺れ、映画製作で多額の借金を作ったあげく、詐欺罪で逮捕されるという破天荒な経歴の持ち主だ。[1] 何をやってもうまくいかない状況を打開するため、彼は小説を書いて一旗揚げようとした。
　DBC・ピエールは、1998 年にアメリカのオレゴン州スプリングフィールドで 15 歳の高校生キップ・キンケルが起こした銃乱射事件をきっかけに執筆を始める。学校では目立たないおとなしい生徒が、密かに銃や爆弾を取り扱い、両親を殺害後に学校で 2 人を殺害、22 人に重軽傷を負わせた。翌 1999 年には、コロラド州のコロンバイン高校で銃乱射事件が起こる。犯人の 18 歳のエリック・ハリスと 17 歳のディラン・クリーボールドは、コンピューターが得意なおとなしい生徒で、校内で圧倒的支配力をもつ「ジョックス」と呼ばれるスポーツ選手たちにいじめられていた。彼らはテロや学校襲撃の計画を立て、手製の時限爆弾を学校に仕掛け、銃を乱射し、12 人の生徒と 1 人の教師を殺害し、23 人に怪我を負わせた後自殺した。犯人が特定できぬまま逃げまどう生徒たちの姿がテレビ中継され、この事件は最悪の学校銃撃事件として人々に記憶されるようになり、これを受けて銃社会アメ

リカの問題点を検証した映画『ボウリング・フォー・コロンバイン』（2002）が製作された。本作品もまた、この事件から多分に影響を受けている。[2] それは、学校銃撃の背景に学校内での支配関係やいじめ問題があったということと、事件後に犯人の友人たちが共犯の容疑をかけられ、視聴者受けを狙うマスコミが裏付けのない情報を報道したことにより多くの誤解を生んだということだ。たとえば、コロンバインの事件では、友人ブルックス・ブラウンは、かつて犯人と仲違いし「殺す」と脅されたため、銃撃計画について書かれた彼らのホームページを警察に通報していた。[3] しかし、警察はその通報をもみ消してしまう。そしてブルックスがそのことをマスコミに語り、警察の責任が問われ始めると、警察はブルックスを共犯の容疑者として名指しで発表し、それを裏付けるために曲解された「証拠」を提出してくる。彼は世間から「人殺し」と呼ばれるようになる。警察によるこの強引なやり方は、まさに『ヴァーノン・ゴッド・リトル』の主人公ヴァーノン・グレゴリー・リトルが経験することと一致する。学校でいじめられていたメキシコ系移民のジーザス・ナヴァロが、学校で銃を乱射し、教師を含め18人を殺害して、自殺する。犯人が死に、責任追及の対象を失った警察は、大した証拠もないまま、友人のヴァーノンを共犯者として逮捕監禁してしまう。正義を行うはずの警察が、恣意的に作りだした筋書きに合わせるように、「捜査」と称しいじめを行うのだ。そして、真実を伝えるはずのマスメディアも、ヒステリックな世論を作り上げ、そのいじめに加担する。このように、学校だけでなく、社会全体に行きわたるいじめが、マスメディアを通して行われているということに注目して、視聴者として映画やテレビドラマを憧れながら見ていたヴァーノンが、マスメディアの視線の暴力にさらされ犠牲となり、また無意識のうちにその視線の暴力に加担していたことも示していきたい。

I　虚構に対する憧れの視線

　まず、ヴァーノンの現実認識が、映画やテレビドラマなど視聴していた虚構作品からいかに影響を受けたものであったか、そしてそれがいかに実人生

と乖離していくかについて見ていく。彼はしばしば自分の人生を憧れの映画やドラマになぞらえる。この物語の章立てが劇のように幕仕立てになっていることが、そのことを強調している。さらに、一人称の語り手（ヴァーノン）が"you"に対し、目の前で起こることを現在形で語りかけているが、ヴァーノンのいる時間と空間は物語の進行とともに自在に移り変わるので、"you"は物語内の特定の聞き手として存在しているわけではない。刑務所の独房など、彼1人しかいないはずの所でも彼は語り続けているからだ。また、ヴァーノンとの類似性が指摘される『キャッチャー・イン・ザ・ライ』（1951）のホールデンのように、最終的に精神病院に入れられてから、過去の回想として語り始めるというような枠構造もない。[4] 目の前で起こることとそれに対するコメントを、頭の中の自分か誰かにつぶやきながら行動しているような、まるで自分の実況中継をつぶやいているような語りである。この語りによって、彼の行動がテレビ中継され、彼の内面の声がナレーションで流れるような臨場感が出る。実際に聞き手として"you"の立場に置かれる読者は、彼のいる虚構空間に呼ばれ、同じ空間で見聞きしているかのような肉薄した感覚がもてる。読者はヴァーノンから語りかけられることによって、自分も虚構内人物として取り込まれているのかもしれないという気持ちにさせられる。たとえば、メキシコ逃亡後に逮捕され独房にいる彼が「この前あんたに俺の話をしてからの夏がすべて終わった」[5]と語り始めると、"you"は刑務所にいる虚構内人物だったのか、と一瞬戸惑いを感じる。このように語りかけられることで、読者は虚構の外側に立って物語を読んでいたはずなのに、いつの間にか虚構内に取り入れられたような錯覚を起こす。

そして、ヴァーノンは自分の人生を映画やテレビドラマと同一視して語る癖があり、そのことで読者は現実と虚構の違いや、今読んでいるこの物語の虚構性を強く意識させられることにもなる。たとえば、ヴァーノンは銃乱射事件後、拘束され取り調べを受けるが、最初は楽観的である。

どっちつかずの灰色な部分はテレビじゃ見えないだろ？クソまで白か黒か判定されるって日にこんなとこにいたくないよな。俺がやったって言ってるわけじゃないぜ、誤解するなよ。その件なら俺は落ち着いてんだ。悲しいけど、落ち着いてきたよ。最後に真実が勝つってわかってるからな。何で映画がハッピーエンドか？そりゃ人生を真似してるからさ。そうだろ？俺にはわかってる。(8)

まだ経験の少ないヴァーノンにとって、想像しうる人生とは映画やテレビの中で見てきたものであり、そこに見られる予定調和的ハッピーエンドは彼にとって憧れとなる。容疑者として報道されれば、無実と明かされるまでは犯人扱いされる危険性を予見しているものの、自分の人生はハッピーエンドの映画のように進むことを願っている。なかなかうまくいきそうにもない自分の人生が、映画の中だったらうまくいくだろうに、とわずかに希望を持っている状態だ。

ヴァーノンの憧れのスターは、派手なアクションで敵を倒し、美女たちとセックスシーンを演じるマッチョな俳優、ジャン＝クロード・ヴァン・ダムだ。「俺がどんだけジャン＝クロード・ヴァン・ダムになりたいか、わかんねえだろ。こいつ［ヴェイン・グリー副保安官］のケツに銃をぶち込み、パンティー姿のモデルと逃げてぇよ」(9)。しかし、この威勢のいい妄想の後すぐに、「俺の映画なら、子犬のような顔した俺がゲロったらすぐに看護婦が送られてきて、また尋問が始まるって感じだろうな」(9)と、現実にはなすすべもない己の無力さを自嘲している。また、彼は精神鑑定医のグーセンズに、乱射事件の最中に大便をしていたと語る際にも、「こんなことヴァン・ダムには起こらねえ。ヒーローはクソなんかしねえから。セックスして殺すだけさ」(68)と比較してしまう。少年性愛者のグーセンズに肛門を弄られる際も、ジャン＝クロード・ヴァン・ダムやジェームズ・ボンドなら反撃しただろうと思うものの、実際は抵抗できない。彼は、メキシコへの逃亡を夢想し始めるが、これも映画の影響を受けている。

『カリブの熱い夜』って昔の映画憶えてるか？　その中で、かわいい女がメキシコにビーチハウスを持ってるんだ。そこなら俺も逃げきれるかも。騒ぎがおさまったらママも来れるし。そこに来たママは、嬉し泣きするんだ。ひっぱたかれたように赤い頬のドリス・リトルが。『ミザリー』に出てたキャシー・ベイツなら演じれるだろうな。（47）

『カリブの熱い夜』の原題 *Against All Odds* とは、「幾多の困難にもかかわらず」という意味で、ヴァーノンがメキシコに逃亡する第3幕のタイトルにも使われている。この映画では、元フットボーラーの主人公が探偵の仕事を引き受けるものの、捜索対象の美女と恋に落ちたため、暗黒組織を敵に回し、警察にも追われながら戦うことになる。主人公が追われながらも孤軍奮闘し、美しいリゾートビーチでセクシーなラブシーンを繰り広げるところが、彼がこの映画に憧れ、繰り返し言及する理由であると考えられる。そこに母親を加えるのは、彼の幼さとやさしさの表れであろう。また、母親がメキシコに向かう豪華客船を舞台にした『ラブボート』というテレビドラマにはまっていることや、彼女のお気に入りの曲が楽園へ恋人を連れて船出しようとする場面を歌った「セイリング」であることが明かされると、楽園としてのメキシコという憧れが母親譲りのものであったことが推測され、そこに母親も一緒にいることに納得がいく。さらに、この逃亡劇には西部劇の要素も加わる。

俺の人生のテレビ映画の中じゃ、俺はもっと無愛想で混乱した若者で、いかつくて孤独で、今より年上だ。長い影をひきずり、町を出るバスに飛び乗る。バスにはメキシコ行きと書いてある。「プシュウ」。無愛想で年寄りの運転手がバスのドアを開けてほほ笑む。すべてがうまくいく秘密を知ってるみたいに。若者のブーツが泥から踏み出す。奴のギターが静かに揺れる。通路を行くと、リーヴァイスをはいた金髪のカウガールが1人座っている。多分ブルーのパンティーをはいて。ビキニかタンガ。彼女は無愛想じゃない。どういうことかわかるだろ？（59）

このように、男らしい自分がセクシーな美女を連れてメキシコへ逃げるという夢想は、憧れの女子大生テイラー・フィギュロアを連れていくという計画に発展する。しかし、かつてテイラーが高校のパーティーで酔った時、ショートパンツを脱ぐのを手伝うというチャンスに居合わせながら、「この間抜けなヒーロー、ヴァーノン・精巣（ゴナド）・リトル」(48) は、パンティーに触れもせず、彼女の友人を呼びに行くだけだった。彼が実際にメキシコへ逃亡しようとバスターミナルに行っても、「美人なんていないしカウガールもいない」(84)。それでも、カウガールはすでにバスの中かもしれないと思いなおし、ビーチハウスに干してあるテイラーのビキニのパンティーや、裸のテイラーを想像していると、母親の友人パムに見つかり、連れ戻されてしまう。憧れの映画をまねようとしても、現実の人生はそううまくはいかないのだ。

ヴァーノンは2度目の逃亡の際、町の外でバスを止める方法が分からず次のように思う。「テレビのがっかりな点は、この世の中が実際どう動いてるのか納得させてくれねえとこだ。道のどこででもバスは止まって乗せてくれるのか？ 決まったバス停にいなきゃいけないのか？」(148)。彼はこれまで見てきた映画やドラマが実人生の参考にならず、役に立たないことを痛感する。この後、彼はテイラーを誘いに行くのだが、彼女が医者とつきあっている話を聞かされ、何も切り出せずに1人で逃げる。彼の暗い気分は映画館の比喩で表される。

> 俺の脳内映画館のスクリーン1ではテイラーのエロいクローズアップがエンドレスで上映中。けど、俺は見ないようにする。ロビーにいて避けようとする。でもちょうどそこに彼女がいて、白いケツを大きく回すんだ。スクリーン2は不朽の名作『ママ』や『ねえ、家族をアナルでやっちゃった』。俺はそれも見ないようにする。俺が見てるのは、窓に2重に映ったこのいまいましい間抜け面だ。(162)

テイラーとの逃亡という夢がかなわなくなった彼は、普段なら凝視していたであろう脳内ポルノ映画を見る気にもなれない。この映画館のアナロジーは、人生を映画と同一視していた彼が、現実の厳しさを思い知り、虚構を虚構として意識する成長点として描かれている。スクリーンを変えればすぐに他の作品に置き換え可能なシネマコンプレックス型映画館は、実体のない虚構の軽さ、儚さを表していると考えられる。

その後、ヴァーノンはメキシコに入国するが、テレビで自分のニュースを見て、どこまでも追われていることに不安になる。そんな中、彼は、「テイラーの糸、ビーチの糸、「セイリング」の糸で、頭の中で夢を紡ぎ続けようとした」(181)。テイラーとビーチハウスとパンティーと母親を希望のよりどころに、彼はハッピーエンドを求め続ける。すると、現地で親しくなったメキシコ人ペラヨの世話で、まさに『カリブの熱い夜』に出てくるような海辺の白いビーチハウスに案内される。ついに、夢想していたハッピーエンドの舞台がそろう。彼の誕生部の日、メキシコまでテイラーがお金を持って来てくれ、ビーチハウスで過ごす最高のチャンスが訪れる。しかし、実は彼女はテレビレポーターの職欲しさにテレビレポーターのユーレリオ・レデスマと結託し、色仕掛でヴァーノンから自白の言葉を引き出し、盗撮しようとたくらんでいたのだった。彼女は、虫がいるからビーチハウスは嫌だと言い、罠を張ったホテルに彼をいざなう。彼女は前戯の快感であえぎながら「人殺し」「あなたが殺した」(194)などと呼びかけ、「殺す」という言葉をオーガズムへ導くこととすりかえる。そして「殺したって言って」(195)とねだり、ヴァーノンから「おまえのために（殺人を）やった」(195)という言葉をひきだし、それをビデオカメラに収める。その場でヴァーノンは拘束され、本国へ強制送還される。

ヴァーノンは、担当の弁護士が法廷ドラマで検事や刑事を演じるブライアン・デネヒーに似ていることで、「最後には必ず真実が勝つもんだろ」(205)と無罪証明への希望を持ち続ける。人生が法廷ドラマをまねるよう、ハッ

ピーエンドを期待するのである。しかし、ヴァーノンのアリバイを証言してくれるはずのナックルズ先生が心神喪失で、ヴァーノンこそ銃乱射事件の真犯人であると証言したために、死刑判決が出てしまう。そして処刑されようとする直前、最期の音楽として希望していた「セイリング」がかかり、彼は次のことに気が付く。「サイレンが鳴ろうと、クイズ番組のブザーが鳴ろうと、人生のドラムロールが鳴ろうと、静かに死んで行くのが人間の本質なんだ」(269)。ハッピーエンドを飾るべきBGMがかかろうとも、彼は死んでいかねばならない。人生とは、BGMで脚色されるテレビや映画とは違っていて、まったく問答無用に死と隣り合わせであるという現実を、彼は認識する。

　ハッピーエンドの物語への期待を飽和状態まで高めておきながら、現実がそれを裏切るという方法は、ヴァーノンが求めたものとは逆の結果だが、劇的な効果がある。そして、処刑の寸前に、彼が願った通りに周囲の人々が動いて形勢が逆転し、無罪が証明されてハッピーエンドを迎えるという映画的なラストは、真実味に欠けるという批判も受けているが、[6] ヴァーノンに感情移入した読者にとっては心地よい。

　ヴァーノンが真似ようとする虚構と現実との乖離により、読者は映画やテレビドラマの虚構性、そして今読んでいるこの作品の虚構性を意識させられる。それと同時に、我々読者が現実社会で陥りがちな認識に関する問題点、すなわち、ヴァーノンのように映画やテレビの中のことを現実であるかのように鵜呑みにする傾向が、かなり誇張された形ではあるがリアルに描き出されている。こうした誇張は、人物描写が荒削りなカリカチュアになり、物語の迫真性がないと批判される要因にもなっているが、[7] 作者は、映画やテレビやマスメディアに操られていることに無自覚、無批判のまま視聴し、多数派として世論形成に加担していくことの危険性を、あえて映画的な方法で描いているのだ。それを、常にユーモラスでアイロニカルな笑いを散りばめた文体で、映画のようにエンターテインメント性を忘れずにやってのける点が、見事なまでにトリッキーであり、この小説の魅力となっている。

Ⅱ　マスメディアと視聴者による視線の暴力

　これまで映画やテレビを視聴する側にいるヴァーノンについて論じてきたので、次は、彼が共犯者や連続殺人犯として報道される際、見られる対象としてマスメディアからいかに歪曲され、視聴者の残酷な好奇の目に消費されていくかということに着目してみる。

　ヴァーノンを取り調べる副保安官ヴェイン・グリーは、この世を支配している２つの大きな力は、「原因と結果」(6)であると語る。そして、今ある結果から都合のいい原因を導きだそうとする。18人も殺したジーザスが自殺したため、彼に責任追及ができないが、その友人ヴァーノンは現場にいなくて生き残っているという結果から、ヴァーノンがジーザスの共犯者だったという原因を勝手に作りだし、自白証言をとろうとする。これは、検挙率を上げたい彼女個人の都合もあるが、事件の責任は誰にあるのか解明することを警察に期待し、犯人の処罰を求める世論にこたえるものである。世間が処罰の対象となるスケープゴートを求めていることをヴァーノンは次のように感じ取る。「ジーザスがあのクソみたいな悲劇を起こしたって世間の奴らはわかってんのに、奴が死んで、もう殺せねえから、スケートゴートをみつけなきゃいけねえ」(36)。ヴェインは、人は「市民と嘘つき」(6)に分けられると考え、「嘘つきは精神異常者」(6)であると決めつける。そして、ヴァーノンは精神異常者だから嘘をついているというように、彼の供述をまったく信用せず、自分たちの作り出した筋書きに合うように尋問してくる。彼を有罪にするための取り調べなので、真相解明にはほど遠く、容疑者いじめの様相を帯びて行なわれる。

　証拠もないまま一市民を拘束する強権的な警察に対するけん制として、テレビレポーターのユーレリオ・レデスマはヴェインにカメラを向け、インタビューを始める。その際、彼は「神様でもこのカメラを止めることはできない」と言ったり、逃げようとするヴェインに対し「カメラを銃の様に向けた」(26)りする。ここには、警察権力の横暴を監視するというマスメディアの大義と同時に、マスメディアのカメラが警官の銃にも匹敵する暴力的な

力を持つことが暗示されている。また、神という言葉はこの小説のタイトル『ヴァーノン・ゴッド・リトル』にも使われており、これからユーレリオやマスメディアが彼を食い物にして彼を破滅に追い込もうとすることの予兆となっている。ユーレリオは、「世間は負け犬が好き」で、「この世には負け犬と精神異常者しかいない」(33)とヴァーノンに語る。そして彼はスケープゴートを求める警察や世間を精神異常者と言い放つが、実際にはそうした世間の欲求をかなえるためにヴァーノンを利用する。

「一般市民を見くびるな、ヴァーン。奴らは正義が行われているのを見たがる。奴らの欲しがるものを与えろってことだ。」
「でも、俺何もやってないのに。」
「チッ、そんなこと誰にわかる？事実があってもなくても、人は決めつける。お前が出るとこに出て、パラダイムを塗り替えなけりゃ、誰かがそれを塗り替えるんだ。」
(……)「事実がテレビ画面に出るころまでは白か黒に見える。でも、そこにたどり着くまでには、プロ集団が山ほどのグレーをふるいにかけてるんだ。(……)」
(33-34)

ここでユーレリオは、世間とは、事実の解明よりも、白黒をはっきりとさせ、黒の容疑者を処罰することを求める恐ろしいものであること、またマスメディアの編集次第で白か黒か決まるということを親切そうに教えている。だが、実際、金儲けのためにそのパラダイムを塗り替えるのはユーレリオ自身なのである。ユーレリオはまず味方のふりをしてヴァーノンに近づき、彼の母親ドリスを魅了しリトル家に住み込む。そして、ヴァーノンが隠していたタバコ、ドリスの下着のカタログ、手足切断者の猥褻画像、幼いころの絵などを手に入れ、不気味な BGM にのせ放送する。友達が少なくコンピューターが好きな孤独な少年だったことや、性的倒錯が見られることをナレーションで指摘し、彼が銃乱射事件の容疑者として黒に見えるように編集して

いる。この報道のせいで、彼は精神鑑定に回されることになる。

　その後、ユーレリオはヴァーノンについての映画化やネット放映の権利を使い一緒に金儲けをしようと、ヴァーノンに協力を求めて次のように言う。「パラダイムが転換しないと話は終わる。話が終わると誰ももうからない」(81)。彼にとって、事実がどうかということはまったくどうでもよいことで、金儲けのできる物語を作り続けることにしか関心はない。彼は、レポーターとして、真実を伝え正義が行われるために報道しているように見える言葉をふりまくが、実際は金のために、彼が恣意的に白か黒かの色分けをした創造物を放送しているにすぎないのである。彼は神のように、「報道」という名の虚構を作り上げているのだ。この後、ヴァーノンがメキシコに逃亡すると、ユーレリオは、拘留執行官バリー・エノック・グリーがヴァーノンに射殺される現場を目撃し、自分も切りつけられたという嘘の証言を報道する。完全なねつ造である。このニュースをヴァーノンはメキシコ国境で見て次のように感じる。「後ろから波がのしかかってくる。うねりたつ波から泡じゃなく蝿があふれ出す。蝿は殺さなきゃな。ウジの群れに負ける気がした。蝿と一緒にジーザスも来て、手を振ったが、蝿に飲み込まれ、蝿に溺れ、蝿を飲み込んでいた」(166)。メキシコに逃げても、テレビ画面を通してどこまでも追いかけられる恐怖が表現されている。蝿は、彼を追う警察とマスメディアを暗示すると同時に、ユーレリオの嘘の報道に影響されて他の16件の殺人事件の犯人としてヴァーノンを目撃したと証言する人々、またこのような報道を求める一般視聴者をも暗示する。これを機に彼は連続殺人鬼として指名手配されてしまう。次に、ユーレリオはテイラーを利用して、ヴァーノンが射精しながら自白する現場を盗撮し、そのビデオを裁判で流し、ヴァーノンがテイラーにストーカー行為をしていたように印象付けようとする。この裁判で、ヴァーノンは「青白くメイクされ」(285)、法廷内の檻に入れられ、一種のショーであるかのように大々的にテレビ中継される。

　ヴァーノンに死刑判決が出ると、ユーレリオは処刑の様子をインターネットで放映する準備をする。それに先立ち、刑務所内に設置したライブカメラ

からの映像をテレビやインターネットで配信し、死刑囚のうち誰が次に処刑されるべきかを視聴者の投票で決めさせるという「究極のリアリティ番組」(245)を放送する。「魅力的に演じれる分だけ、視聴者を楽しませる分だけ、長く生きれるってことさ。そりゃまさに本物の役者の人生じゃねえかって、年寄りの受刑者が言ってたよ」(246)。ヴァーノンたちは生き延びるために、視聴者の前で役者のように演じることで、「視聴者の欲しがるものを与え」(33)、自分の人生を作り上げなくてはならなくなる。囚人たちの現実の人生が、視聴者がモニターで見て楽しむための一作品として消費されてしまうのだ。ここでは、現実と虚構が表裏一体になってしまい、虚構（テレビ放送）に現実（囚人の命）が支配されるという、通常の現実とは反転した恐怖がある。しかしながら、このような非人道的な放送を支えているのは、一般視聴者の好みであることをユーレリオは指摘する。

> そう昔のことではないのですが、すべての処刑は公開されていました。しかも街の広場で。犯罪は減り、市民の満足度は上がりました。歴史を通じて、自らの手で犯罪者を罰するのは社会の権利でした。その権利を社会に取り戻すのはまったく理にかなっています。(245)

社会正義が行われることの監視、また犯罪抑止力のために、市民が公開処刑を望んだ歴史的事実があることが述べられている。しかし、それを本来娯楽番組であるはずのリアリティ番組として配信するという行為は、囚人の監視と処刑をテレビショーとして楽しんで見る視聴者が少なからずいることを確信してのことだろう。なぜなら、死刑囚の最期の時までプライバシーを侵すだけでなく、命の長さまで左右するというこの番組は、視聴者にまさに神の視点を与えてくれるからだ。ユーレリオは、視聴者の好奇心を満たし、神のように審判を下す快感を与えることで、高視聴率つまり利益を手にすることになる。「市民と精神異常者」(6)という構図における多数派を味方につけ、投票という手段を使うことで「真の民主主義への必要な一歩」(245)とい

う言い訳を手にし、数の力で少数派の声を消している。

　これは、そもそもこの銃乱射事件の原因となった、メキシコ系移民や同性愛者に対するいじめの構図とよく似ている。ジーザスはメキシコ系というだけでクラスメイトから「不法入国者！」(17) と罵られたりしていた。そして第21章では、銃乱射事件の日、彼がクラスメイトたちから同性愛者であることを徹底的に嘲笑され侮辱されている様子が描かれる。そして彼の友達のヴァーノンもまた同性愛者であるかのように罵られている。なぜなら、ジーザスの猥褻画像が少年性愛者のサイトに掲載され、クラスメイトに知られてしまったからだ。メキシコ系移民や同性愛者に対する差別は、ヴァーノンを取り調べるヴェイン副保安官やポーコーニー保安官の言葉遣いにも表れている。ヴァーノンは、「いじめっ子が隅っこにおとなしい奴や言葉の達人を見つけたときに発する興奮のような、学校の臭い」(11) と同じ臭いを保安官のオフィスで嗅ぎとる。ヴァーノンは、学校も警察も、差別に基づいたいじめの温床となっていることを感じ取っている。そして、このようないじめは、直接罵り言葉を浴びせかけるクラスメイトのマックス・レチュガや保安官のような明らかな「いじめっ子」だけではなく、それを傍観者として見聞きし、笑ったりするだけの他の多くのクラスメイトたちの視線によって成り立っていることに彼は気付いている。「こういう場面ではクラスがさり気なくある役柄になりきるんだ、偶然の出来事に居合わせた関係ない傍観者に」(233)。これとよく似た描写が、彼の裁判の傍聴人たちにも見られる。「聴衆の注意は俺と裁判官に分かれた。その間、奴らは礼儀正しい技を操ってた。街で交通事故に居合わせても、それをすっげえ楽しんでるようには見えないようにして、実はそれを飲み干してるみたいな技さ」(74)。彼は、この傍観者たちの本音を次のように言い当てる。「隣人の悲劇は今や大きなビジネスさ。金じゃ買えねえからな」(234)。これは、ジーザスがいじめられていたときに傍観するだけでかばえなかった自責の念からの言葉である。彼は「法廷は小学1年生の教室の臭いがする」(50) と言うように、法廷にも学校と同じ臭いを感じ取っている。学校と警察と法廷がいじめの臭いでリ

ンクし、傍観者の視線に支えられたいじめの温床であることが暗示されていると考えられる。

こうした多数派による好奇と嘲笑のこめられた視線という消極的な暴力について、ヴァーノンは自分が警察とマスメディアと視聴者の犠牲者になって初めて気が付く。実は、銃乱射事件より前に彼は、同じような嘲笑の視線を、テレビで見た精神異常の死刑囚クラランスに対しそそいでいたのだった。まだ「市民」(6)であったヴァーノンにとって、テレビ画面は映画やニュースを映し出してくれる、見る対象物でしかなかった。ところが、事件後に彼が容疑者として報道され、画面の中の見られる人物となり、多数派の視線の暴力にさらされた結果、彼は精神異常の犯罪者として拘束され、頭を剃り、分厚い瓶底眼鏡をかけ、法廷で檻に入れられ、かつてのクラランスと同じ様相を呈してしまう。そして、死刑判決が下ったものの死を覚悟できない彼に、刑務所で皆から「ラサール牧師」と呼ばれている人物が救いへのヒントを教えてくれるのだが、この人物こそクラランスなのである。ヴァーノンがそのこと知るのは、最初の一般投票でラサールが選ばれ、刑場に連れて行かれる直前のことである。ヴァーノンは、かつて精神異常者という他者として見下していたクラランスの言葉によって救いへと導かれ、そのような精神的支柱たるクラランスがサバイバルゲームの第一の犠牲者になることによって自分が生き残れるという、残酷で辛い皮肉を経験する。彼はクラランスの「人が欲しがっているものを与えろ」(259)や「お前が神だ」(260)というアドバイスから、周囲の人々が欲しがっているものを真剣に考え、実行する。このアドバイスは、ユーレリオが以前語っていた報道で大衆を操る戦略と同じものである。皮肉にも、ヴァーノンを食い物にして、破滅に追い込んだマスメディアの戦略に忠実に行動した結果、彼は周囲の人々を動かし、処刑寸前に無罪を証明され釈放される。まるで神のように世界を動かして、自分の人生を手に入れるのだ。ヴァーノンの胸には今や第5幕のタイトルにもなっている「メ・ヴェス・イ・スフレス」(私を見て苦しめ)の刺青が彫られている。処刑される際、彼が世界に対し発せる最後の言葉として

彼が密かに彫ったものだ。傍観者として見ているだけでも視線の暴力に加担する可能性があることを知った彼が、見られる側の苦しみを感じながら見よと示すことで、無意識に人々が行っている視線の暴力に対する警鐘を鳴らしている。マスメディアの犠牲者、多数の視聴者の犠牲者となった傷跡といってもよいだろう。そしてこの刺青は、その文句の由来通り、磔にされたキリストの傷跡を連想させる。なぜなら、ヴァーノンが処刑のための注射針まで刺されたにもかかわらず、すんでのところで処刑が中止され、生還したからだ。彼に人類の犠牲のもと磔になり、復活したイエス・キリストのイメージが重なる。いじめと己の行為に苦しみながら死んでいったであろうジーザスの苦しみを、彼が一生消えない傷として胸に刻み、共に生きていこうとしているのではないだろうか。

　以上、マスメディアの報じる内容が制作サイドの編集、歪曲、ねつ造によって、事実とかけはなれていく危険性、またその報道によって多数派の「正義」という世論を操り、少数派を「異常」として切り捨てる数の暴力について見てきた。そして、ユーレリオの嘘の報道やヴァーノンの最期の行動によって、パラダイムの転換が行われると、いとも簡単に白黒がひっくり返ることも見てきた。このようにして作者は、安易にマスメディアを鵜呑みにし、二元論的思考で一方に偏重し、一方を切り捨てることの危うさに警鐘を鳴らしている。そして、作者は、自身の名前のように "Dirty but Clean" なものを散りばめて、一見自明に見える「綺麗か汚いか？」という二元論的概念を壊している。たとえば、ヴァーノンを慕い、逃亡資金を作るために、少女性愛者のドイチマン氏を誘惑して恐喝するのに協力してくれるエラ・ブチャードは、「小便みたいな息」（100）で脚から「サラミみたいな臭いがする」（129）というように、汚く描かれている。しかし、彼女は逃亡するヴァーノンに「私も一緒に行く」（144）とすがる。皮肉にもこれは彼がテイラーから聞きたがっていた言葉である。彼が無理だと答えると、彼女は彼に追いすがってキスし、「愛してる」（144）とささやき、ヴァーノンから報酬として山分けされた紙幣をすべて彼の手に押し付けて走り去る。この一連

の行動では、彼女の純粋さが際立っている。彼女はFで始まる罵り言葉を口にし、美人局のような恐喝をやるのだが、それでも彼女の純情は美しく肯定的に描かれている。また、この小説全体も放送禁止用語に溢れた文体で語られている。しかし、日ごろ母親のことを疎ましそうに汚い言葉で罵っていようとも、ヴァーノンは母親のことを深く愛している。そのことを読者も本人も強く意識するのは、ラサールがヴァーノンの母親のことを口汚く罵り、ヴァーノンさえも激昂させる場面だ。このように、罵りの言葉ですら愛情に気付かせるための言葉になりうるし、罵り言葉の裏に愛情が隠されていることもある。ヴァーノンの語りは、単に強がって粋がる少年言葉にすぎないのだが、マスメディアの暴力的なまでの支配力についての批判を行うという意図から、あえて放送できない言葉で語られているのだとも解釈できる。この両義的な言葉の使い方がまた皮肉の利いた魅力となっている。

注

1　DBC・ピエールの生涯については次を参照。DBC・ピエール『ヴァーノン・ゴッド・リトル 死をめぐる21世紀の喜劇』都甲幸治訳（ヴィレッジブックス、2007) 388-90。Emma Brockes, "How Did I Get Here?" *Guardian* 16 Oct. 2003 <http://www.guardian.co.uk/books/2003/oct/16/bookerprize2003.bookerprize>.

2　この銃乱射事件を扱った映画『エレファント』がカンヌ映画祭で最高賞を受賞したように、本作品もこの事件を扱ったためにブッカー賞を受賞できたと評するものもあるが、そこでは同性愛者やメキシコ系移民に対する差別やいじめといった深刻な背景が軽視されている。Ron Charles, "Columbine Dominates Europe's Concept of US," *Christian Science Monitor* 4 Nov. 2003 <http://www.csmonitor.com/2003/1104/p14s03-bogn.html>.

3　ブルックス・ブラウンが共犯者に仕立て上げられる顛末については本人による手記を参照。ブルックス・ブラウン、ロブ・メリット『コロンバイン・ハイスクール・ダイアリー』西本美由紀訳（太田出版、2004) 178-98。

4　ヴァーノンは「現代のホールデン」や「精神高揚剤を飲んだホールデン」などと評されている。Carrie O'Grady, "Lone Star," *Guardian* 18 Jan. 2003 <http://

www.guardian.co.uk/books/2003/jan/18/featurereviews.guardianreview18>.
Sam Sifton, "Holden Caulfield on Ritalin," *New York Times* 9 Nov. 2003 <http://www.nytimes.com/2003/11/09/books/holden-caulfield-on-ritalin.html?pagewanted=1&src=pm>.
5 DBC Pierre, *Vernon God Little* (2003; New York: Harvest, 2004) 203. 以下、この版からの引用については、ページ番号を本文中に括弧書きで示す。なお、日本語訳については、都甲幸治訳を参照させていただいた。
6 Jonathan Heawood, "Growing Up with Jesus," *Observer* 19 Jan. 2003 <http://www.guardian.co.uk/books/2003/jan/19/fiction.features2>.
7 Michiko Kakutani, "Deep in the Heart of Texas (via Australia)," *New York Times* 5 Nov. 2003 <http://www.nytimes.com/2003/11/05/books/books-of-the-times-deep-in-the-heart-of-texas-via-australia.html>.

5

破局への序章
──『オリクスとクレイク』における
リアリティーの崩壊──

柴田　千秋

I　はじめに

　マーガレット・アトウッドの『オリクスとクレイク』(2003)は、これより18年前に書かれた『侍女の物語』(1985)と同様、近未来を舞台にしたディストピア小説である。後者がジョージ・オーウェルの『1984年』(1949)を下敷きに、女性の視点から全体主義や管理社会の恐怖を描いていたのに対し、本作品は遺伝子組換えを中心とした科学技術の暴走によって破局を迎えた21世紀前半の地球が舞台となっており、科学技術の進歩や文明の発達が人間性に及ぼす影響を皮肉ったオルダス・ハクスレーのディストピア小説『すばらしい新世界』(1932)により近い雰囲気を持っているとも言われる。[1] また、「狂った科学者（mad scientist）」が怪物を作り出すという点では、SFの古典でもあるH・G・ウェルズの『モロー博士の島』(1896)、メアリー・シェリーの『フランケンシュタイン』(1818)、ロバート・L・スティーヴンソンの『ジキル博士とハイド氏』(1886)などとの共通点も見られる。しかし、本作品エピグラフの『ガリバー旅行記』(1726)の文言にあ

るように、アトウッドは「到底ありそうもない不思議な話」をして人々を驚かそうとしているのではなく、「ありのままの事実を述べ、読者に真実を提供しようとしている」[2]のだ。アトウッドによれば『オリクスとクレイク』はいわゆる SF（science fiction）ではなく、すでに起こっている事実に基づいて、今後現実に起こりうることを推論する小説（speculative fiction）であり、作品中に出てくる遺伝子組み換え動物のいくつかは現実に存在するし、まだ作られてなくてもその技術は開発されているという。[3] そして今日、その技術開発に資金を出すのは国家ではなく企業である。企業は利潤追求が目的であるため、科学の間違った使い方を誘発する恐れがある。本作品は、そのような科学技術の暴走が利潤追求と結びついたときの恐怖を描いていると言える。

　また、遺伝子組換えの問題に加え、本作品においては地球の環境破壊の問題も大きく取り上げられている。アトウッドが本作品の 6 年後に出した『洪水の年』(2009) は、本作品と同一の地球の破局を、別の人たち（女性 2 人）の視点から捉えた姉妹編とも言える作品である。そこには本作品の主要人物であるジミーやクレイクが脇役で登場し、彼らの考えや行動を知る上で参考になると思われる。

　本論では、上記の作品を念頭に置きながらジミーとクレイクに焦点をあて、なぜクレイクが破局の引き金を引くに至ったのかについて、まず彼らの育った時代背景、社会状況、家庭環境を探る。次に、仮想世界と現実（リアリティー）の境界が曖昧になり、本物であること（real）の意義が失われていくうちに、ついに本物の人類が滅び、それまでの現実が崩壊して破局へと至る様子を検証していく。そして、なぜジミーが生き残ることになったのかに着目し、最終的にこの作品に込められたアトウッドのメッセージを読み解いていきたい。

II　作品の舞台

　まずジミーやクレイクが育った時代背景を見てみよう。地球温暖化や自然

破壊により干ばつや洪水などが頻発し、種の絶滅が進み、地球環境は急速に劣化しつつある。ジミーの幼少期の記憶は、ウイルスか細菌に感染した動物を大量焼却する臭いから始まり、小説冒頭から不吉な感じを与える。このような家畜の伝染病や自然災害による食料危機を回避しようと、発達した科学技術、特に遺伝子工学の力により、植物だけでなく動物にも遺伝子操作が行われている。遺伝子組換え作物や遺伝子接合によるハイブリッド動物などはすでに現実のものとなっており、ジミーの10歳の誕生日には、ラクーンとスカンクの遺伝子を接合したラカンクというペットをプレゼントにもらう。これらの遺伝子操作が人間に応用されるのも時間の問題という状況だ。

　社会的には、ジミーもクレイクも両親が優秀な科学者で、特権階級に属している。最先端の科学技術に資金を提供する企業は、その秘密を守るためにエリート科学者とその家族をコンパウンドという職住一体型コミュニティーに囲い込む。そこは、一般大衆が住む犯罪と病原菌の蔓延した危険な地域プリーブランドとは違い、清潔で安全で快適である。コンパウンドは、外界の汚染された空気だけでなく、青少年に悪影響を及ぼす娯楽施設や薬物など悪徳の源も排除し、隔離されたシェルターのような人工的居住空間だ。この壁に囲まれた生活を、敵から身を守る中世の城に喩えるジミーの父に対し、母は息苦しい牢獄とみなし、対立する。父はエスカレートする企業間の開発競争の中で、豚の脳に人間の大脳皮質を移植するという、倫理の一線を越える研究に手を出す。この父や企業のやり方に批判的な母は、ジミーが思春期を迎えたころ、ついに置手紙をして家を出ていく。その後、父は同僚の女性と再婚し、プリーブランドに身を潜めていた母は、十数年後、企業に雇われた警備隊コープセコーに捕えられ、処刑される。

　クレイクもジミーと同様の特権階層の出で、家庭環境も酷似している。クレイクの父は遺伝子操作に携わる企業ヘルスワイザーの主席研究員だったが、自社の不正を告発しようとして抹殺される。その後、クレイクの母は父の上司と再婚し、クレイクはジミーの高校へ転校してくる。

　このように2人は、エリート科学者の家庭に生まれながら、片親が企業

の方針に逆らったため抹殺されるという崩壊家庭で孤独に育つ。彼らは、この類似した社会階層や家庭環境のせいで親しくなる。理数系の才能に優れたクレイクと、言葉など文系的分野を得意とするジミーは、互いの才能を補うように友情をはぐくんでいく。

Ⅲ　リアリティーの崩壊

(1)

　作品冒頭で病気の家畜が焼かれるのを見た後、幼いジミーは、アヒルの絵のついたゴム長靴をはいて消毒液の中を歩きながら、アヒルの目に毒が入ったら痛いのではないかと心配する。「それらは本物じゃないし、感情もないよ（they weren't real and had no feelings）」(15) と言われても、ジミーはその言葉を完全に信じることができなかった。幼い子供は、本物とそうでないもの、現実と想像の世界の区別がつきにくいものである。通常は成長するにつれその区別がついてくるものだが、ジミーやクレイクが育った環境では、必ずしもそうとは言えなかった。彼らは外と隔離された人工的なコンパウンドの中に暮らし、遊びも、世界の情報の獲得も、他人とのコミュニケーションも、すべてコンピューターを通じて行われた。そして、孤独な少年2人が好んで遊んだのは、インターネット上の仮想世界だった。クレイクの部屋で2人が2台のコンピューターに向かってオンライン・チェスをしていたとき、ジミーがせっかく2人いるのだから昔ながらの本物の駒を使って遊ばないかと提案すると、クレイクは「これが本物のセットだよ」、「本物のセットは頭の中にあるんだ（The real set is in your head）」(77) と言ってジミーを当惑させる。

　また、人工的な空間に育った彼らは実体験に乏しく、映像で見たものを実際に見たことも触れたこともない。しかし、本物の海やライオンを見たことがないからといって、それらが実在しないわけではない。逆に、映像で見たからといって、それらが現実に今も存在しているとは限らない。一方、ネット上の「処刑サイト」や「自殺サイト」で人が苦しみながら死ぬ映像を見

て、ジミーは不快感、不安感、罪悪感などを抱き、動揺したり興奮したりするが、クレイクは見たものに影響される様子はまったくない。クレイクは、彼らは金儲けの為にやらせをやっており、「それらは全部インチキ（bogus）だ」、「わからないもんだよ、（……）何が本物か（What is *reality*?）」（83）と言い、このサイトをにやにやしながら見る。このように、何が本物か、どこまでが本物かわからない環境の中に2人は置かれている。仮想世界と現実との境界が非常に曖昧になっているのだ。

　2人が少女オリクスに初めて出会ったのも、インターネットの幼児ポルノサイトという仮想空間においてである。2人にとって彼女は、性的欲望のために消費される仮想上の人物だった。そのオリクスは、物語の後半に突然生身の人物となって登場してくる。平たいプリントアウトに宿る単なるイメージではなく、「突如として実体を伴い、三次元になる（Suddenly she was real, three-dimensional）」（308）のだ。同様に、仮想世界のキャラクターであった「絶滅マラソン」のマッドアダムたちも、物語の後半、遺伝子接合の天才としてクレイクの研究所で働いている。こうして我々はジミーとともに、仮想世界と現実の混じり合った奇妙な空間に引き込まれることになる。また、母親らしき人物が処刑される映像をコープセコーに見せられたとき、ジミーは衝撃を受けつつも、頭の片隅で「それは本当に母親なのか（it was really her）」、「全部が作りものではないか（the whole thing was a fake）」（259）と疑う。さらに彼は、バイオテロで世界が滅んでいく様子を、隔離された部屋のテレビ画面で見ながら、これが本当の出来事だという実感が湧かず、映画か幻か悪ふざけのようにしか思えず、「信じられない（I don't believe it）」（343）と繰り返すしかないのだった。このように2人は、仮想と現実が入り混じり、何が本物かわからない、リアリティーに対する確信が揺らぐ世界に生きていることがわかる。

(2)

映像で見たものについて、フィクションと現実の区別が曖昧なだけでな

く、現実に存在しているものについても、どれが本物（real）でどれが偽物（fake）かわからず、それを問うこと自体が無意味であることを、ジミーは体験する。それは、クレイクが進学した遺伝子工学で有名なワトソン・クリック大学の研究所を訪れたときのことである。ジミーは、「偽物の岩だが本物の岩そっくりで、はるかに軽い（the fake rocks looked like real rocks but weighed less）」「ロックレーター（rockulators）」(200) をはじめ、遺伝子組換えによる新たな動植物などを目にして驚く。実験室にいる巨大な蝶が本物だろうかと問うジミーに、クレイクは、「自然界で発生したか、人の手で造られたか、別の言い方をすれば本物か偽物か（real or fake）」はもはや重要ではなく、「事が済めば、それがリアルな時間における彼らの姿になり、プロセスはもはや重要ではない」(200) と言い、人が髪を染めたり、歯を治したり、豊胸手術をするのと同じであると主張する。しかし、遺伝子操作で作りだした鶏チキーノブ（人間に不必要な頭部がなく、必要な胸肉だけを培養して作りだした異様な鶏の化物）や、実験室の囲いから出たら危険なことになる凶暴なハイブリッド動物ウルボッグを見るに至って、ジミーは「何かの一線が越えられ、何かの範囲が越えられてしまった」(206) と本能的に思う。また、遺伝子組換え生物がすでに世間を騒がせる事態になっている現状を知り、ジミーは「禁じられているものの感覚、閉じておかれねばならぬ扉が開いた感覚、足元の暗闇に秘密の人生が流れている、寒々とした感覚」(216) を持つ。もっともジミーは、直感で感じた懸念や危機感をうまく説明できなかった。

　自然を操作して作ったものが当たり前になってしまった世界では、「何が本物か」、「どこまでが本物か」という問い自体が無意味である。生物学者であり倫理哲学者であるライスとストローハンはその著書の中で、「"人工的"とか"機械的"ではないという意味で"自然"と言う言葉を使うなら、先進国の現代人の生活は一瞬たりとも"自然"ではありえない」し、「多くの生物学者は、生物種の遺伝的境界を超えるのは不自然だという考え方に反発し」、それゆえ「生物種の境界を超えるのは自然の摂理に反するという

理由だけで遺伝子操作に反対したのでは、理論闘争に負けることになる」[4]と言う。ジミーが遺伝子操作の実験に不安を覚えながらも、「本物とは何か（What is real）」(200)の問題をクレイクと論じる気になれない裏には、科学者と一般人の間のこのような考え方の違いがあるのである。これまでも人間は自然を変えてきたのであり、科学はその限界への挑戦でもある。ライスとストローハンによれば、環境保護派は遺伝子操作を「自然に対する敬意が感じられない」[5]という理由で非難し、宗教家は「神の創造した生物を改造しようとする遺伝子操作は受け入れがたい」[6]と思っているという。しかし、クレイクはそのような神も自然も信じていないのだ。ジミーがクレイクに、「君は神を信じてないと思ってたよ」と言うと、クレイクは、「自然も信じていないさ、少なくとも造物主としての自然は」(206)と豪語する。後にジミーが再びクレイクの研究所を訪れたときにも、彼の部屋の冷蔵庫には、「神がいるところ、人間はいない」、「人間であることは、限界を破ること」、「夢はねぐらをこっそり出て獲物へむかう」(301)など、彼の実験の行く末を暗示するような言葉のマグネットが貼られていた。

だが一方でクレイクは、「病気は誤った設計図で、矯正できるはずだ」、「世界をより良いものにするつもりである」[7]と『洪水の年』において述べている。本作品の中でもオリクスは「世界をよりよい場所にしたいというクレイクのヴィジョンを信じている」(322)と言っている。クレイクの父も「人類の運命の向上に貢献するのは良いことだと信じていた」(183)し、ジミーの父でさえ若い頃は、「人々の生活をより良いものにするという理想を持っていた」(57)。このことからもわかるように、科学者たちの自然へ挑戦は単に知的好奇心や傲慢さからだけ来るのではない。それには人類の幸福実現の追求という側面もある。病害虫や気候変動に強く大量生産できる遺伝子組み換えの大豆やコーヒー豆、無駄な部位が少なく可食部の多い肉などは、地球の食料資源が枯渇し農薬や廃棄物で地球の汚染が懸念される中、人類が生き延びるための選択肢の1つである。また、美しくなりたい、赤ん坊がほしい、病気になりたくないという人間の願望実現のため、我々はすでに整形

手術や人工授精やワクチン接種など人為的手段を用いている。遺伝子操作もその流れの延長線上にあり、科学は人類の幸福実現のために努力してきたと言える。

　問題は自然に対する科学の介入がどこまで許されるかという点であろう。プリーブランドの一般大衆が何の材料からできたかわからない人工の食物を食べているのと対照的に、人工物であふれるクレイクの研究所では常に一流の本物の食材が出てくる（real shrimps, real chicken, real cheese, real chocolate, real beer）（208）/（real butter）（223）/（real oysters, real Japanese beef）（289）/（real free-range capon, real sun-dried raisins）（292）。また、ジミーは偽物でない「本物の乳房（real tits）」（244, 285）をもつ女性を好む。このように、身体に取り込む食べ物や身体を触れ合う異性に関して、人は本能的に偽物（人工物）を避け本物を求める傾向がある。それは生命の根幹にかかわることだからである。クレイクには、この生命の根幹を操作することに対する危惧や逡巡が感じられないように見える。ただし、それは本人が意識していないだけなのかもしれない。ヒトの遺伝子を操作して新しい人類を開発している最中、クレイクは毎晩のように悪夢にうなされ、叫び声をあげる。自分の行っている実験に対し、無意識のうちに本能的恐怖を感じていたのだと思われる。松田雅子が指摘しているように、「これは新しい人類を創りだす際の、フランケンシュタイン博士に似た、神を畏れぬ行為に対する内面的な葛藤の表出であると言える」[8]だろう。このようなワトソン・クリック大学での一線を越えた遺伝子操作の実験は、以下に考察する「パラダイス・プロジェクト」へとつながっていくことになる。

(3)

　ジミーは、クレイクが勤める超一流企業リジューヴネッセンスのパラダイス・ドームを訪れたとき、クレイクの研究の成果、すなわち彼の理想が実現した姿を目にする。そのドームの人工の空には「偽物の月（fake moon）」が映し出され、「偽物の雨（fake rain）」が降る（302）。そこには、遺伝子

接合の研究が始まって以来必然の結果である遺伝子組換え人間、パラダイス・モデルたちが完成しており、教育を受けながら、販売されるのを待っている。彼らは地球の厳しい自然環境に対応できる能力を備え、草食で地球環境に優しく、人間の破壊的な特性や欠点となる遺伝子を除去され、現人類よりずっと平和的で完璧に美しい姿をした新人類たちである。

　現人類に代わる新しい人類モデルの製作と並行して、クレイクはブリスプラス・ピルという薬をすでに開発していた。それは性感染症を予防するだけでなく、尽きぬ性欲とその充足感を与える一方で、強力な避妊薬ともなる、夢のような薬である。結果を伴わぬ快楽という人間の欲望を満たすだけでなく、人口レベルを自動的に下げられるという点で、地球全体に有益であり、人類の未来に役立つものだとクレイクは自慢する。クレイクは、製薬会社が自社のビタミン剤などにウイルスを埋め込んでばらまき、その解毒薬を売ることで利益を得てきたことを知っていた。彼は、これと同じ手法でブリスプラス・ピルの中に強毒のウイルスを忍ばせて、世界中の人々を伝染病で死滅させることになる。彼が、利潤追求と自然破壊に向かって暴走する現代文明の崩壊を企てた背後には、どのような考えがあったのだろうか。

　クレイクによれば、地球はすでにぎりぎりの状態に置かれ、何十年も資源に対する需要が供給を上回り、飢饉や干ばつが起こっている。水や食料を求める紛争や戦争で、地球環境はますます悪化している。それゆえ、この薬により人を減らし、物をもっと行きわたらせるのがクレイクの表向きの狙いだった。しかし、もし地球が破局を迎えるまでにもう時間がないとしたら、人口の自然減を待てない状況だとしたら、しかも現人類に取って代わる、地球にとってより望ましい新人類が完成しているとしたら、貪欲な現代文明もろとも現人類をせん滅させようとクレイクが思いついても不思議ではない。実際クレイクは、「たった一世代を取り除くこと。（……）１つの世代とその次とのつながりを断てば、永遠にゲーム・オーバーだ」(223) とワトソン・クリック大学の研究所にいた頃に言っている。

　この同じ地球の状況を描いた『洪水の年』の中で、グレン（クレイクの本

名）が少年期に親しくしていた「神の庭師たち」という狂信的な環境保護団体は、歪んだ現代文明を排除し、地球環境を守るために戦う一方で、自らを「複数のノア（plural Noah）」と称し、「水なし洪水」と呼ぶ災難の到来を予知して、地球の破局に備えて生き延びるための計画を進めていた。[9] 貪欲な人類による環境破壊と資源の枯渇が進み、人口増加による世界的な食糧危機が迫っており、地球が危機的状況にあったことは『洪水の年』の中でも明らかである。クレイクも「神の庭師たち」と同じようにこの危機を認識していたと思われる。そして、地球を救うためには人口を減らす（人類を滅ぼす）しかないと思ったクレイクは、まるでゲームのように堕落した人類と現代文明を一度リセットし、地球の環境に優しくより善良な新人類たちに後を託そうとしたのかもしれない。それはまるで、旧約聖書の創世記において、神が堕落した人類を洪水によって滅ぼし、より善良なノアの子孫たちにその後の世界を任せた行為に似ている。科学者は生命を操作できるようになったときに、神になったと錯覚するのだろう。それは、『オリクスとクレイク』においてハイブリッドの動物づくりに携わる科学者たちが、「動物づくりは最高に楽しいし、神になった気分になれるよ」(51)と言っていたことからもうかがえる。ましてクレイクは、新人類を創るという究極の成果をあげたのだ。こうして、クレイク自身が神になり、いわゆる神や自然を信じないからこそ、破局へのボタンを押せたのだろう。しかし、神の領域に足を踏み込んだ人間の末路は、『フランケンシュタイン』が示している通りである。こうして、これまでの人類（本物の人間）が滅び、現代文明という実体（リアリティー）が崩壊することになる。

Ⅳ　最後の人間ジミー

　クレイクは、事が起きたらオリクスと共に死ぬことを想定していたかのように、「自分に何かあったら君にパラダイス・プロジェクトを頼む」(320)とジミーに予告していた。クレイクは、科学者でないジミーに新人類（クレイカー）たちの世話を任せる理由として、「専門家にはパラダイスの見本に

対処するための共感能力（empathy）がない。ジミーは万能型で、特に何もせずただ座っていられる素晴らしい能力がある」(321) と言う。科学者たちには欠けている、クレイカーたちの保護者となるにふさわしい「共感能力」とはどのようなものだろうか。そして、ジミーが最後に生き残る理由や、そこに込められたアトウッドのメッセージは何であろうか。

　科学者の代表であるクレイクは、少年期にネットゲームをする際、勝利に異常なまでに執着し、処刑サイトなどの残虐な映像や、ポルノサイトのような挑発的映像を見ても、まったく動揺したり興奮したりしない人物として描かれる。また、相手の痛みに共感できないクレイクの冷淡さは、細菌に感染した彼の母が泡をふきながら死んでゆく様子を彼がモニターで見たときの感想（塩をかけられたナメクジが溶けていく様子に喩える場面）からもうかがえる。ジミーは、どうしてクレイクがそんなに無感覚でいられるのか理解できない。このような、1つの事への強いこだわりや、共感能力の欠如は、クレイクが進学するワトソン・クリック大学の科学者仲間にもあてはまる特徴だった。そこには、彼と同じような「優秀な変人、半ば自閉症的で、1つの事にひたすら集中する頭脳を持ち、社会不適合型の学生たちが大勢いた」(193) と述べられている。

　このような科学者たちと対照的に、ジミーは傷つきやすい半面、人の痛みにも敏感である。母親失踪のトラウマからくる憂いの表情は、世話好きで心に傷を持つ女性たちの同情をそそり、ジミーは多くの女子学生や人妻たちにもてる。また、ジミーは言葉に対してこだわり持ち、学生時代は時間の無駄と見なされている芸術の「擁護者、守り手、保護者」(195) になろうと頑張り、就職先の広告代理店でも優れたキャッチコピーで出世する。ジミーがクレイクに唯一自慢できるのは、こうした恋愛の能力と言葉の運用能力であると言えるだろう。

　ジミーが女性遍歴を自慢するのに対し、クレイクはそのような「出鱈目で行き当たりばったりの男女関係は、非生産的で時間の無駄である」(207) と言う。また、「恋愛はホルモンが導く妄想状態のことで、惚れた方が不利

で屈辱的なものである。セックス自体も世代間の遺伝子継承問題の解決には不十分だ」(193)とし、次のように言う。

> どれだけの苦痛と(……)どれだけ無駄な絶望が、生物学上の不釣合いな縁組が続いたせいで、ホルモンとフェロモンの調整不良ゆえに生じたことか。その結果、自分が熱烈に愛している人が自分のことを愛さないか愛せないという事実にいたる。この点に関して、種として我々は哀れなものだ。不完全に単婚だ。テナガザルのように生涯続くつがいを結ぶか、罪の意識から完全に解放された自由な乱交を選べれば、性的苦痛はなくなる。もっといい計画は——周期的かつ不可避にすることだ。ほかの哺乳類と同じように。そうすれば、手に入らない人を欲しなくなる。(166)

このような恋愛やセックスについてのクレイクの考えは、後に新人類(クレイカー)を開発する際に生かされることになる。

クレイクのこの考えに対しジミーは、たとえ誤った組み合わせであろうと恋愛は芸術の原動力であり、「どんな文明も消えてしまえば、芸術しか残らない。イメージ、言葉、音楽。想像上の構造。意味は——人間の意味ってことだけど——それらによって定義される」(167)と言う。ジミーは、恋愛や芸術という人間の精神活動にこそ人間の意味を見出すのである。ジミーはオリクスと肉体関係をもった後でも、彼女の過去や秘められた思いをしきりに知りたがる。彼女を肉体としてだけでなく、思い出や感情という精神的な部分も含めた1人の人間として扱いたいという気持ちの表れである。このような「人間」や「恋愛」に関する対照的な2人の考えの違いが、「共感能力」の有無につながっていくと思われる。

クレイクは遺伝子操作により、恋愛の不成就による苦しみだけでなく、病気や死への恐怖を人間からなくし、家族関係や人種差別、階級制度やなわばり意識という災いの種を取り除いて理想的な人間を作りだそうとした。その結果クレイクが作った新人類たちは、人間としての感受性が欠如しているの

はもちろん、文字も読めず簡単な言葉しか理解できない。芸術や文明を生み出す複雑で抽象的な思考や表現方法を持たないのだ。精神的には従順な子供そのもので、とてもジミーが語り合える相手ではなかった。彼らは見かけこそ美しく完璧だが、遺伝子操作で不必要な要素を取り除いたため、現人類とは全く異なる生物（怪物、化物）となる。いわば、チキーノブの人間版だと言えるだろう。こうして、今までの人類が滅び、現代文明が崩壊した破局後の世界では、人間が本来持つ複雑な精神性や豊かな社会性は消滅しているのだ。

　この点で、新人類クレイカーたちの社会は、過去の文明を否定したうえに成り立っているハクスレーの「新世界」と類似している。そこでは、人々は読書や思考という精神活動をせず、セックスは子供の遊びで、神や神秘主義は否定され、親子関係もなく、ホルモン剤によって死ぬ直前まで若さを保てるのである。[10]「新世界」にやってきた野蛮人ジョンは、周りの人々に理解されずに自殺した。一方、破局後の世界で最後の人間となったジミーは、「スノーマン」と名前を変え、過去と決別しようとするものの、昔の思い出に悩まされ続ける。それゆえ、屈託のない楽しげなクレイカーたちに違和感を覚え、酒に酔っては、すでに死んだクレイクに大声で恨み事を言う。破局後の世界に１人だけ残された寂しさに耐えかねた彼は、「俺の"フランケンシュタインの花嫁"はどこだ」(169)と叫ぶ。破局後の世界では「怪物」はクレイカーたちではなくスノーマンであるという、皮肉な逆転が起きているのだ。[11]

　この破局後の孤独な世界でスノーマンの人間としての自尊心を保ち、失いそうになる正気を支える最後の道具は、言葉に対する愛着や執念だった。

> 「言葉にしがみつけ」と自分に言い聞かせる。変わった言葉、古語、珍しい言葉。(……) 自分の頭から消えたら、これらの言葉はなくなる。どこからも。永遠に。いままで存在しなかったかのように。(68)

複雑な言語の運用能力こそが、人間と他の生き物を区別するものである。それゆえ、スノーマンが死ねば彼の言葉だけでなく、人類の文明そのものが消えていくことになる。後に残るのは、本物の人間と言えるかどうかわからない、遺伝子操作をされた新人類（クレイカー）たちである。作品の冒頭、スノーマンはクレイカーの子供たちに物の名前を教え、世界が滅びた理由や創造主クレイクとオリクスについての新しい神話を語って聞かせる。スノーマンは単にクレイカーたちの保護者というだけでなく、「文明の語り部、言葉の運び屋」[12]となるのだ。この点で、ジミー／スノーマンは作者アトウッドの代弁者と言えるだろう。

物語の末尾に、クレイカーたちは自発的にスノーマンの偶像を作りだし、皆で彼の無事を祈る儀式めいたことを行う。クレイクが削除したはずの芸術や宗教を司る象徴的思考の萌芽、文明の兆しが見られる。他の遺伝子組換え動物の場合にもあったように、いったん作りだされた生物は、創造主の想定を超えて活動するようになるのだ。こうして、科学の粋を集めて創りだされた新人類を本物の「人間」に育てていく作業は、想像力や共感能力を持つジミー／スノーマンにゆだねられることになる。

V　結び

以上見てきたように、この作品は人口増加や環境破壊という危機的問題を抱えた地球や、遺伝子操作が暴走した現代社会の行く末を描いている。ジミーとクレイクは、何が本物かわからずリアリティーへの確信が揺らぐ、仮想と現実が混在した時代に育つ。地球の危機的状況を憂うるクレイクは、地球を救済し人類を幸福へ導きたいとの願いから、苦しみの元となる人間本来の持つ強欲さや残忍さを否定した新人類を創り上げる。本物の人間より地球に優しい新人類に地球の未来を託し、クレイクは疫病をばらまいて現人類を滅亡させる。こうして、現代文明は崩壊し破局が訪れる。ジミー／スノーマンは、恋愛や言葉や芸術に対する愛着や、想像力、共感能力を持つがゆえに、文明の伝道者、新人類の養育者として生き延びることになる。

しかし、人類最後の生き残り、文明の継承者として、ジミーはあまりにも軽く、頼りない印象を受ける。破局後の世界で、スノーマンは体力や気力が衰えていくとともに、「自己の溶けてゆく脳みそ (his dissolving brain)」(149) を自覚し、言葉の「意味の解体 (dissolution of meaning)」(39) を嘆く。自らを太陽の熱で溶ける「雪だるま」(224) にたとえるスノーマンは、地球温暖化で溶けだす氷河や永久凍土のイメージと重なり、消えゆく地球の運命を暗示しているかのようである。実際、物語の最後で、スノーマンの足は怪我による感染症のため腫れ上がり、高熱と痛みで彼の意識は朦朧としている。このままスノーマンは死ぬのではないかという不安を残したまま作品は終わる。死の影を引きずった、この瀕死のスノーマンの姿は、人間のエゴによって滅びゆく地球や人類の運命が重ねあわされているように思える。今すぐ手を打てば救えるかもしれないが、このまま放っておけば手遅れで命を落とすかもしれない。このオープン・エンディングには、地球や人類の行く末は我々の行動にかかっている、というアトウッドのメッセージが込められていると言える。

注

1　Stephen Dunning, "Margaret Atwood's *Oryx and Crake*: The Terror of the Therapeutic," *Canadian Literature* 186 (2005): 86.
2　Margaret Atwood, *Oryx and Crake* (2003; New York: Anchor Books, 2004) の巻頭エピグラフより。以下、この版からの引用については、ページ番号を本文中に括弧書きで示す。なお、日本語訳については、畔柳和代訳『オリクスとクレイク』(早川書房、2010) を参照させていただいた。
3　エリナ・ケイス、マギー・マクドナルド、岡村直美訳「ライフ・アフター・マン」伊藤節他『マーガレット・アトウッド』現代作家ガイド5 (彩流社、2008) 70-71。
4　マイケル・ライス、ロジャー・ストローハン『生物改造時代が来る』白楽ロックビル訳 (共立出版社、1999) 66-68。
5　ライス、ストローハン 71。

6 ライス、ストローハン 75。
7 Margaret Atwood, *The Year of the Flood* (New York: Nan A. Talese / Doubleday, 2009) 147.
8 松田雅子「『オリックスとクレイク』の黙示録的世界——「養育性の文化」という希望を求めて——」『新英米文学研究』189 (2009): 63。
9 Atwood, *The Year of the Flood* 91.
10 Aldous Huxley, *Brave New World* (1932; Flamingo, 1994) 26-50.
11 Chung-Hao Ku, "Of Monster and Man: Transgenics and Transgression in Margaret Atwood's *Oryx and Crake*," *Concentric: Literary and Cultural Studies* 32.1 (2006): 112-18.
12 畔柳和代「訳者あとがき」『オリクスとクレイク』464。

6

「豪奢な不思議の国」の客人
―― アラン・ホリングハースト『美の曲線』――

高本　孝子

　『美の曲線』(2004) の主人公であり、語りの視点人物でもあるのは、中流階級出身のゲイの青年、ニコラス (ニック)・ゲストである。ニックの人物造形についてもっとも特徴的なのは、彼が「とらえどころのない人物 (a puzzle)」[1] であることだ。彼は上流階級の人々と一緒にいても、また、労働者階級の人々といても、「どのように適応しているの ("How do you fit in?")」(120) と、面と向かって、あるいは遠まわしに尋ねられる。そして、名前が暗示するように、どういう社会集団とまじわっても、ニックは常に「客人 (guest)」の立場に置かれるのだ。

　この小説においては「世界」という言葉が頻繁に用いられている。そして、上流階級と労働者階級、異性愛者と同性愛者、政治家・実業家と芸術家・唯美主義者など、それぞれ対照的な2つの「世界」に生きる人々が並置されている。これら対立する2つの世界に挟まれているニックは、どの対立構図においてもどちらか一方に「はまる」ことができず、常にそのはざまで揺れ動いている。そのことは、彼が頻繁に見る、「階段の夢」(78) と名づけた夢に、象徴的に表されている。その夢とは、壁1枚を隔てて、従

業員用の狭くて暗い裏階段と、壁に肖像画が並んだ大広間の手すりつき階段とがあり、その間を走って往き来する「ハロー校出身のポルノスター、白ウサギ」(231)の後をついて走るというものだ。

　白ウサギが『不思議の国のアリス』を踏まえていることは容易に想像がつくが、テクストにはこの他にも、この小説と『鏡の国のアリス』に対する多くの言及が見られる。そこで、本論においては、この2つの『アリス』作品のモチーフがどのような役割を果たしているかについても目配りしながら、ニックがアイデンティティの確立に挫折するまでのプロセスを分析する。その分析を通じて、作者ホリングハーストが1980年代イギリス社会をどのように描き出そうとしたかを明らかにしたい。

　ニックの社会的立場がきわめて曖昧であることは、彼を形容するのにしばしば撞着語法が用いられることからもわかる。たとえば彼は「きわだっていながら目に見えない」(235)人間だとみなされるのだ。その要因の1つとして考えられるのは、彼が中流階級出身でありながら、上流階級のフェドン家と親交があることだ。そこでまず、ニックにとって「第2の家族」(171)であるフェドン家との関係について見てみよう。

　イングランド南西部の地方都市バーウィックの骨董商の息子として生まれ育ったニックは、1983年にオクスフォード大学を卒業するとすぐに、同級生だったトバイアス（トビー）の父親である保守党議員ジェラルド・フェドンの邸宅に寄宿させてもらうことになる。物語冒頭で描写されているのは、書店の新刊本の中にジェラルドの写真が載っているのを見つけ、彼と個人的に知り合いになったことを自慢に思うニックの心情だ。彼はまた、フェドン家とその界隈の私宅の所有者だけが使える共有の庭園をそぞろ歩きながら、柵の外から覗き込んでいる人々を見て、彼らの心中を思い、優越感に浸る。だが、ここでその庭園が「私有庭園（private garden）」(37)であることは示唆的だ。というのも、彼のフェドン家との関係もまた私的なものであり、公的には彼は一家と何の関係もないからだ。

ニックの曖昧な立場は、彼自身がフェドン家に対して相矛盾した心情を抱いていることによっていっそう強められる。ニックがフェドン家に対して抱いている心情は、実は単なる憧れだけではない。特に当主のジェラルドに対して、憧れと同時にひそかな優越感も抱いているのである。ニックは子どもの頃から父親につきそって貴族の私宅に出入りしており、最高級の家具や調度品に常に触れる機会があった。さらに、大学を首席で卒業した彼は、音楽や美術に造詣が深い。ゆえに、一流の芸術品や贅沢な邸宅を金で手に入れても、その価値を解することのできない無教養な上流階級の人々をひそかに見下し、「嗜好の正しさと情熱の強さに由来する権限においてそれらを所有する」(362)自分の方が真の所有者だと自負しているのだ。アンドリュー・イースタムが指摘しているように、ニックはオスカー・ワイルドら19世紀の唯美主義者たちと同じく、芸術の自律性を主張する。そして、社会学者ピエール・ブルデューの言う「文化資本」を有する自分の優位性を確保することによって、「経済資本」を有する富裕層の人々に対抗しようとしているのだ。[2]

ニックの社会的立場の曖昧さは、労働者階級の黒人を恋人に持つことによっても強められる。フェドン邸に来て間もないときに、彼はゲイ雑誌の広告欄を通じて、ジャマイカ移民の息子で区役所に勤めるレオ・チャールズと知り合う。レオに対するニックの心情は、フェドン家に対するのと同様に矛盾をはらんだものである。つまり、レオに対しての共感と優越感とがニックの心中に共存するのだ。たとえば彼はレオに対して、「フェドン邸で暮らしていることで彼を感心させたいが、それと同時に、いつでもその暮らしを捨てられると言いたい」(110)。また、心中でレオを「ありがたく絵の解説を拝聴する弟子」(118)として扱うかと思えば、ジェラルドの実母パートリッジ卿夫人がレオに対する差別をあからさまに見せるときには、レオとの「連帯感」(37)を抱く。そして、上流階級、労働者階級の「2つのグループのどちらにも居場所を持たない」ことで、「余計者の自由を味わう」(132)の

だ。

　このように、上流階級に対しては憧れと優越感、労働者階級や貧困層に属する人種的マイノリティの人々に対しては共感と優越感というように、ニックの心中ではこれらが常に微妙にその度合いを変化させている。そしてそのことが彼の周囲の人々とのかかわり方をいっそう不安定なものにし、彼の社会的立場の曖昧さを深めている。本論冒頭で触れた「階段の夢」は、ニックが自分自身のアイデンティティの不安定さを無意識に感じとっていることを表していると思われる。

　ここで注意しておかないといけないことは、この小説で描かれている1980年代のサッチャー政権下のいわゆる「上流階級社会」は、貴族をはじめとする白人の富裕層だけで構成されているのでもなければ、固定されたものでもないということだ。実に細かく上下関係が設定された社会のピラミッドの中で、出自や社会的地位や裕福さにおいて不利になる点を隠しつつ、各自が少しでも上にのしあがろうとしているのである。たとえば、パートリッジ卿夫人は下の階級の者たちをあからさまに差別するが、彼女の夫は実はナイト爵を授与した直後に没落しており、それに話が及ぶことを息子のジェラルドは常に恐れている。また、ジェラルドの妻レイチェルとその兄ライオネル・ケスラー卿は非常に裕福な貴族であり、自他ともに認める上流階級の花形だが、ユダヤ人のくせにと陰口をたたかれることもあるのだ。そんな社会にあって、中東などから来た成り上がりの富豪たちは、「アラブ野郎」（210）と差別されながらも、保守党に多額の寄付をし、金の力で爵位を勝ちとり、上流階級の仲間入りを果たすのである。

　このように、従来の階級制度を揺るがすほどに拝金主義が横行した背景には、経済格差を肯定した当時の保守党政府の政治運営があった。第二次世界大戦終戦以降イギリスの社会保障制度の基本をなしてきたのは、ベヴァリッジ報告にもとづく一連の政策であった。それら政策のもと、イギリス政府は、貧困の解消を主眼とし、全国民を対象として健康保険、失業保険、年金

などの制度を充実させてきた。だが、マーガレット・サッチャー率いる保守党は、経済復興という旗印のもと、このベヴァリッジ・プランを事実上放棄したのである。そして、保守党が行った税制改革の結果、金持ちが優遇され、かたや女性や少数民族は冷遇され、黒人差別が悪化し、「サッチャー・チルドレン」と呼ばれる若者たちが見境もなく富の獲得に狂奔することになったのだ。[3]

　このような時代風潮にあって、実業家や政治家たちに対するニックの心情もまた、上流階級の人々に対する心情と同様に、矛盾をはらんでいる。ニックは芸術の素養のない人々に対して軽侮の念を抱いているのだが、その反面、政治家や実業家などに対しては一目置いている。そして、実業家たちを親に見立てて、彼らの庇護のもとで子どものように安心していたいという気持ちすら抱いている——「彼はビジネスや政治を語るガヤガヤ声が好きだった。それは大人が与えてくれる安心感に似ていた。夜の車中での両親のおしゃべりが、後部座席で眠気を催している子どもにとっては意味不明で断片的ながら、気持ちを落ち着かせてくれるのと同じように」（416）。だが、実業家や政治家を目上に見るということは、ひるがえせば、唯美主義的価値観に拠って立つ己の存在意義をおとしめる危険をはらむはずだ。しかし、ニックにその自覚はない。

　次に、ゲイであることがニックの社会的立場にどのような影響を与えているかを見よう。まず、フェドン夫妻のゲイに対する態度だが、これは一言で言うとダブル・スタンダード的である。たとえばジェラルドはニックがゲイであることを「話に出さない限り」（154）黙認し、レイチェルにいたっては、「新しくできた、特別なお友達」（112）を招いてもかまわないとさえ言う。だが一方で、同僚議員ヘクター・モルトビーの少年買春行為が家族の団らんの場で話題にのぼったとき、ジェラルドは辞任を当然だと言い、レイチェルもゲイ行為は「下品で危険（vulgar and unsafe）」（23）だと言う。そもそもフェドン夫妻がニックを寄宿させたのは、娘キャサリンの世話役とし

て彼を利用するためだったのだ。2人は「猫の世話」(6)と称して、トビーの妹キャサリン（愛称キャット）の世話をニックに頼む。だが実際には、19歳のキャサリンの世話はたいへん荷の重い仕事だった。彼女は躁鬱病をわずらっており、過去に自殺未遂の経験があったのだ。彼らがニックに目をつけたのは、おそらくは彼がゲイであり、キャサリンを誘惑する心配がなかったからだろう。結局、フェドン夫妻にとってニックは使用人の1人にすぎなかったのだ。フェドン邸の住み込み家政婦でイタリア人のエリーナに対するのと同様、夫妻はニックに対し、単に「注意深く平等を装って」(21)接していただけなのである。

　同性愛者に対する差別はフェドン夫妻に限らない。作中人物の中でもっともリベラルな考え方を持っているキャサリンでさえ、伯父のケスラー卿のことを「ホモだろう？」と言う人に対し、言葉につまりながら、「そういうのではないわ」(54)と答えるのだ。ニック自身も、にぎやかな街中にいるだけで、「異性愛者たちからなんとなく脅かされているような感覚（a vague sense of heterosexual threat）」(29)に陥る。また、敬虔なクリスチャンの母親にゲイであることを言い出せないレオは、逢引きの場所さえ満足に持てないニックと自分の恋愛を「ホームレス・ラブ」(104)と表現するが、実際にこの小説において同性愛者はみな、いつまでたっても社会に「家」を持てない「客人」、つまりアウトサイダーとして扱われているのだ。レオがエイズ罹患により去った後、ニックはレバノン人の富豪の息子アントワーヌ（ワーニ）・オウラディと関係を持つが、ワーニもレオと同じく、ニックとの関係を家族や周囲の人々に隠す。それゆえ、ニック自身も周囲の男たちがゲイであるかどうかを知りたいと思っても、直接尋ねるのではなく、「ほのめかしやおおざっぱな話しぶり」(135)によって探り出そうとするのだ。

　このように、フェドン夫妻をはじめ、社会全体の同性愛者に対する潜在的な差別の視線に常にさらされているニックは、肯定的な自己像を形成することができない。たとえば彼は異性愛者のトビーに対する恋心を「不適切で神聖冒瀆」(24)だと卑下して隠す。また、ゲイのたまり場となっている公衆

便所を、「忌まわしい象徴」(251) と表現するなど、繰り返し否定的に言及する。これとは反対に、異性愛の実践は単なる個人的な性的嗜好の問題だけではなく、体制に進んで組み入れられることを意味する。たとえば、ニックと大学の同窓だったポール・トンプキンスは、卒業後官僚になると、ゲイであることを隠し、同じく官僚のモーガン・スティーヴンスと便宜上の結婚をした上で選挙に出る。そして、勝利演説の壇上で、「正気を失わんばかりに自信満々 (the madness of self-belief)」の様子で、「叔母にするようなキス」(364) を妻に与えるのだ。

　このような状況に対し、ニックは政治的な運動によって同性愛の大義を守ろうとは考えない。芸術に対する造詣が深い彼は、美的見地から同性愛の意義を証明しようとするのだ。大学院でヘンリー・ジェイムズの文体を研究し、「人生をつくるのは芸術である」(123) という彼の主義にしたがって、「唯美主義者」(195) を自認するニックは、同性愛行為を美しいものとして提示することで、ゲイである自己の存在意義を正当化しようとする――「ヘクター・モルトビー（少年買春をした国会議員）がズボンをおろしている姿は、想像するだにおぞましかった。（……）ニックが好ましいと思っていたのは、美しく煌びやかなゲイの営みの数々のイメージが集まって、日の当たる土手にあがった水泳者たちの姿にも似た金色の未来を映し出すことだった」(23)。一方で、たとえばキャサリンの友人である老優パット・グレイソンのような「お馬鹿な年寄りのオカマ」は、彼にとって「望ましくない未来」(72) を映し出すのである。

　そんな彼にとって、レイチェルから同性愛行為を「下品で危険」(23) だと宣告されることはたいへん深刻な問題となる。というのも、ユダヤ人貴族である彼女の上品な流儀に、ニックは「貴族的であり、かすかに異国的でもある行動規範」(7) を見出し、憧れを抱いていたからだ。そして、ジェラルドが無教養さをさらけ出したときなど、しばしば2人で「共謀」(121) の目くばせをかわす仲だったのである。ゆえに、レイチェルの言う「下品

さ」に対抗するためのゲイの「美しさ」、ひいては美というものをどうとらえるかという美学的問題は、ニックにとって自己を肯定できるかどうかというアイデンティティの問題に直結することになる。たとえばニックはリヒャルト・シュトラウスの音楽について、「華麗なテクニックを、安っぽい材料を表現するために浪費している」と感じ、彼のファンであるジェラルドの趣味の悪さに辟易するのだが、ジェラルドから「たかが音楽」(87)と言われるだろうと思うと、何も言い出せない。しかし一方で、「芸術に関する意見の不一致は、相手にとってはほとんど取るに足らないことであっても、彼にとっては口で言えないほど重要な何かを伝達する手段」(148)なのだ。なぜなら、ニック自身は無意識ながら、ケイエ・ミッチェルも指摘しているように、美意識の問題はニックにとって、「唯美主義者、観察者、アウトサイダーとしての彼の自己定義の一部」[4]なのであり、美の基準に関して自分の意見を公言せずにいることは、彼にとっては自分のアイデンティティを抑圧するに等しいからだ。

　必然的に、恋人が美しい人であるか、美を解する人であるかということも、ニックにとっては重大な問題となる。恋愛関係になったレオもワーニも、ニックにとっては美しいがゆえに愛すべき存在だったのだ。ゆえに、キャサリンから、レオに恋したのは黒人だったからだろう、と言われたとき、ニックは「セックス以上にプライベートな何かをさらけ出されたかのように」(303)恥ずかしい気持ちになる。それは、美的観点から同性愛者の自分を肯定しようとしているはずの自分の美の基準が、実は性的嗜好に大きく左右されているということが図らずも暴露されたように感じたからだろう。

　ゲイがおかれた差別的状況ゆえに、ニックはゲイとしての自分のアイデンティティを堅固にしたいと思う一方で、ゲイであることを隠したいという矛盾した無意識の欲求に常にさらされている。そして彼の美意識にはその影響が色濃く反映されることになる。たとえばヘンリー・ジェイムズについて言

うと、ニックはジェイムズの「物事を隠すと同時に暴くような文体」(50)に美を感じる。さらに彼は、「何が主題であるかを明確に言うことをためらうという、ジェイムズ的な態度を身につけ」るのだが、それは「触れない方が無難な、内に隠したセクシュアリティと深くかかわる話題が数々あるからだ」(186)。ジェイムズを研究すること自体が、ニックがゲイであることを間接的に示すわけであるが、ダニエル・ハナが指摘しているように、ニックは彼の性的嗜好に対してではなく、彼の文体に関心があるように装う。[5] そのこと自体もまた、ニックのセクシュアリティを「隠すと同時に暴く」ものである。ジェイムズだけでなく、ジョウゼフ・コンラッドにも関心を寄せるニックだが、それはコンラッドが用いた「海」のメタファーが「自己からの逃避であると同時に自己を発見」(79)させてくれるからだ。つまり、「海」のメタファーも「隠すと同時に暴く」ものなのだ。

何かを「隠すと同時に暴く」ものに美を感じるという傾向は、ニックの美意識全般に影響を及ぼしている。彼が美を見出すものは、文体に限らず、すべて相反する要素を持っているものだ。たとえばフェドン邸でのホームコンサートでシューマンの「スケルツォロ短調」の演奏を聴いたとき、ニックはそこに「愛と軽蔑」(209)を見出し、ベートーベンの「告別ソナタ」には「動揺させられると同時に安心させられる」。そして、その演奏が人生を「説明すると同時に、聴く人に疑問を生じさせる」(211)ものであり、それこそが信じるに足るものだと感じる。

このように、対照的な２つの要素の共存に美を見出そうとするニックの姿は、この小説のエピグラフとして引用されている『不思議の国のアリス』の第12章の一節を想起させる。「それはとても大事なことだ（That's very important）」と言ったあとで、白ウサギから「大事じゃない（unimportant）」という意味ですね、と念を押された王様は、「大事」と「大事じゃない」の意味を混乱してしまう。そして、意味が正反対であることをまったく意に介さず、「まるでどちらの言葉の方がより美しく響くかを試すように」、２つの単語を交互にブツブツと繰り返すのだ。言葉の響きの美しさに囚われ、言葉

の意味のちがいを顧みない王様の愚かさは、ここではニックの精神生活のありようのパロディとして提示されている。正反対の価値観の間で揺れ動くニックは、自分なりの価値観を見出し、アイデンティティを確立することができないのだ。このことは、次に見るように、アイロニーとのかかわりにおいていっそう明らかになる。

　ヘンリー・ジェイムズを研究するニックは、彼の文体の「リズム、アイロニー、そして特異さ」(183) に魅力を感じ、ことあるごとに彼の小説の引用をしてはアイロニカルな発言やしぐさを繰り返す。だが実は、アイロニーも、唯美主義と同じく、ニックにとっては単なる趣味の問題ではない。ゲイとしての自分、さらには、どの「世界」にも属さない自分のアイデンティティを守るために無意識に取っている手段だ。[6] ニックのアイロニーは多くの場合、肯定とも否定ともつかないようなメッセージを発するために用いられる。一例を挙げると、トビーの将来の見込みについてケスラー卿に尋ねられたとき、ニックは「フェドン家に対する忠実さを示す肯定の返事に、許される程度のアイロニーで部分的に留保をつけるような、きわめて微妙な声音」で「たいへん立派にやっていけると思いますよ」(49) と答える。また、ケスラー卿の邸宅での豪華なパーティで、マデイラ出身のウェイターのトリスチャオからパーティを楽しんでいるかと訊かれたときには、「肩をすくめて、アイロニカルな笑い声をあげる。それは、ホークスウッド邸の客としてトリスチャオに感心してもらいたくもあり、他の客たちを馬鹿にしたくもあった」(74) からだ。

　これらの例からわかるように、ニックは対立するそれぞれ2つの「世界」の間にあって、そのどちらにも帰属意識を持たないための手段としてアイロニーを用いている。しかし、彼のアイロニーは実際には周囲の人々にはアイロニーとして受け取られていないことが多い。そして、そのことをニック自身もうすうすと感じているのである。たとえばレオの元の恋人ピートと話したときに、彼は「よくあることだが、自分がゲイの生活に対して間違ったた

ぐいのアイロニー、まちがった知識を持っているという気分」(94)に襲われる。また、レオの無教養な母親とその妹について、好意を見せたいがために「素晴らしい人たち」だとレオに言うが、その言葉はレオにとって痛烈なアイロニーとして受け取られる――「その言葉がかぎかっこつきで、下線まで引かれて空中に浮かんでいるようにニックは感じた」(144)。[7]

　アイロニーを意図した発言がアイロニーとして受け取られなかったり、その逆に、アイロニーを意図しなかったにもかかわらず、アイロニーとして受け取られてしまったりすることは、ニックに関する限り、ある意味では必然的な結果だと思われる。なぜならアイロニーとは、自分の意図を、それと相反する要素のものとの対比をきわだたせることによって、より効果的に伝達する手段だからだ。クレア・コウルブルックは、アイロニーが社会的状況の中でのみ成立することを強調する――「言葉は社交的なやりとりと無関係に意味を持つことはできない。ある言葉がアイロニカルに用いられているとわかるのは、それが場違いだったり常識的でなかったりするからだ。ゆえに、アイロニーを認識するということは、言語の社会的、慣例的、政治的側面をきわだたせることになる」。[8] さらに、アイロニーを使うためには、自分の立場を選択することが不可欠となる――「アイロニーはもっとも明白な場合にあっても常に価値判断をともなう政治的なものだ。アイロニーを読み取るためには、その場の状況に通じておくだけでは不十分であり、その状況において、ある特定の信念や立場に身をゆだねなければならない。アイロニーにおいて公平であるとか包括的であることはできないのだ」。[9] ゆえに、対立する2つの要素の共存を良しとする態度からは、アイロニーが生じるはずがないのである。

　最終的には、唯美主義者・アイロニストとしてのニックのアイデンティティは、彼がレオと別れ、ワーニのいわば囲われ者になることで完全に見失われてしまう。富をひけらかし、他人を見下し、自己中心的で強欲なワーニは、サッチャリズムのネガティブな要素の権化だ。そして、彼専属の「芸術

顧問」（235）という名目上の仕事に就き、実質的には買春やコカインの手配をする手下になりさがることにより、ニックはワーニの拝金主義的価値観に完全に取り込まれてしまう。彼の美意識は次第に鈍化し、ワーニの俗悪なインテリアの趣味にいつしか同調するようになる——「もちろんその家は俗悪だった。（……）だが、彼は自分でも驚いたことに、いつのまにかそれが好きになっていた」（175）。

また、家具や調度品などについての知識や審美眼を誇っていたニックだったが、いつしか、「真の所有者のしるしは、一種の放擲であり、実質上忘れ去ってしまった古い材木置き場を所有すること」（271）ではないかと感じ始める。ここには唯美主義者として己のアイデンティティを守ろうとしたニックの姿はもはや見られない。

同時に、ニックのアイロニーもまったく機能しなくなる。なぜなら彼は上流階級に対し、彼らに気づかれないようにしてアイロニカルなスタンスを取ろうとするからだ。たとえば彼は、ジェラルドの銀婚式のパーティでサッチャー首相とダンスをする機会に恵まれるが、そのときの写真をトイレに飾ることで「自己アイロニー（self-irony）」（355）を気取り、自分自身にアイロニーを向けたつもりでいる。だが、そのトイレ自体、贅を尽くした成金趣味のものであるから、ニックが意図しているアイロニーは他人にはまったく通じていないのだ。結果的に、サッチャーとのツーショット写真を無邪気に居間に飾るジェラルドとなんら変わるところはない。

「自己アイロニー」は小説中でBBCの音楽評論家がシュトラウスの音楽を批判する際に用いた言葉だ。彼によれば、「音ばかり派手にたくさん用い、テンポの変化をやたらに大きくすれば」、その音楽は「自己アイロニーという落差の効果を失い、俗悪さの狂宴（an orgy of vulgarity）に陥ることになる」（86）。ここで音符の「贅をきわめた横溢さ（opulence）」が金満家たちの「富」を、「狂宴」がニック編集の雑誌のタイトル『オジー（Ogee）』を響かせているのは明らかだ。『オジー』はワーニの出資で作った、美をテーマにしたカタログ雑誌で、創刊号のみが発行される。その名前の由来は、

18世紀の風刺版画家ウィリアム・ホガースが定義した「美の曲線 (line of beauty)」、つまりS字型の曲線から成る葱花線形の模様にある。ここではニックの美へのこだわりはただの成金趣味に重ね合わされているのである。セックス・コカイン・物欲に溺れ、彼が嫌悪していたはずのシュトラウスと同様に「自己アイロニー」を見失ってしまったニックに、アイデンティティの拠りどころはもはや残されていない。

　さて、結論に入る前に、富の獲得に狂奔する上流階級社会のありようや、その中でのニックのありようを描く上で、『アリス』作品のモチーフがいかに効果的に用いられているかを検討しておこう。本論冒頭で言及した白ウサギの夢や、エピグラフの文章にとどまらず、『アリス』のモチーフは随所に見られる。たとえば、ニックは上流階級社会を「鏡の国の世界 (looking-glass world)」(55)、「豪奢な不思議の国 (the wonderland of luxury)」(427)などと形容している。また、フェドン邸の玄関ホールの床は黒と白の市松模様だが、これは『鏡の国のアリス』の中のチェス盤の世界を想起させる。[10] つまり、上流階級社会はニックにとって、自分が本来属していた世界から離れ、さまよい込んだ「不思議の国」、「鏡の国」なのだ。そして、体の大きさが変化したり、自分の名前を忘れてしまったりするアリスと同様、彼もアイデンティティ・クライシスに瀕することが暗示される。

　さらに、「鏡の国」を想起させるような鏡のモチーフも多く用いられている。その役割は2つに分けられる。その1つは、本人がそれまで気づいていなかった内実を映し出すものとしての役割である。ニックにとって、鏡の向こうの世界は「あたかもステージのように、光沢のある仄暗い空間であり、アイロニーと感傷的な告白とで揺れ動いて」(224) いる。つまり、鏡の中を覗き込む者の自己認識の度合いに応じて、その人間の真実の姿をアイロニカルに、あるいは感傷まじりに映し出すのだ。たとえば小説冒頭において、フェドン夫妻の長期不在中にキャサリンが自殺未遂事件をおこすのだが、その直後のニックと彼女を鏡は「暴かれざる危機にある2人の若者」

（10）として映し出す。そのことにより、人生経験のないニックの窮状と、そんな彼に娘を預けてバカンスに出かけるジェラルドらの無責任さを浮き上がらせるのだ。

　また、ワーニの実家での食事会の席上、ニックはふと鏡に目をやり、「間の悪い瞬間に」鏡に映った自分の顔を見てしまう。それは、ワーニの家族や親族におもねろうとして、「気の利いたセリフを連発しようとしている人間の笑顔」(184)なのだ。

　鏡のモチーフにはもう１つの役割がある。作中において、ニック本人ではなく、鏡に映った彼の姿だけが見つめられる場面が頻繁に描写されるのだが、それらの場面は、ニックが生身の人間から実体のない虚像へとおとしめられていることを暗示している。たとえばワーニはニックとセックスの最中に、相手のニックを見つめるのではなく、鏡に映った自分たち２人を見つめる。実は彼はニックではなく、鏡の向こうの、壁１枚隔てた隣の部屋でキャサリンとセックスの最中のジャスパーを相手として思い描いているのである。結局ワーニにとって、ニックは都合のよいセックス相手に過ぎないのだ。またこの他にも、トビーが車のバックミラー越しにニックに話しかける場面などがある。そこではニックは生身の人間ではなく虚像の人間、鏡の国の住人であるかのような印象が与えられているのであり、そのことはどの社会集団にも「はまる」ことができない彼の姿を比喩的に表していると思われる。[11]

　「鏡の国」や「不思議の国」をさまようアリスと同じく、上流階級社会に迷い込み、完全に自己を見失ってしまうニックだが、彼に対し、「正気を失っている(mad)」と断罪するのはキャサリンである。「猫（キャット）」の愛称で呼ばれ、上流階級の人々の偽善者ぶりを容赦なく告発するキャサリンの姿は、不思議の国の住人すべてを「正気じゃない」と言い切るチシャ猫に重なって見える——「僕らは誰も正気じゃない。僕も、君も、正気じゃない（We're all mad here. I'm mad. You're mad）。（……）正気だったら君だって、こんなところに来るもんか」。[12] キャサリンは、「美しさゆえにワーニを

愛する」と言うニックに対し、それは「正気の沙汰ではない」と明言する——「人々が美しく見えるのは、私たちがその人たちを愛するからであって、その逆ではないわ」(304)。そして、ワーニについては、「ハンサムな人のパロディ」(303) だと看破するのだ。

そのようなキャサリンに対して、ニックは「知に頼る人間として、彼女の持つ鋭い直観力に対し、正気ではないと思いながらも漠然とした畏怖の念を抱く (He felt a vague intellectual awe of her insights, however mad)」(400)（下線は筆者）が、実際に彼女はジェラルドの私設秘書との不倫をいち早く見抜き、やめるよう秘かに彼を諫めてさえいたのだ。彼女が自殺未遂を繰り返したのも、フェドン家の偽善的な生き方に無意識のうちに耐えがたさを感じていたからであろう。医師の処方によりリチウムを服用しつづけ、次第に生気を失っていく彼女の姿は、彼女がニックと同様にフェドン家の偽善と欺瞞に押しつぶされつつあることを示唆している。

物語の結末でニックを待ち受けるのは、フェドン邸からの追放という運命だ。キャサリンがジェラルドの粉飾決算と不倫のスキャンダルを新聞にすっぱ抜き、それが原因でジェラルドは議員辞職に追い込まれるのだが、彼はレイチェルとトビーに対して、そのすっぱ抜きがニックの教唆によるものだと吹き込む。そしてレイチェルらもその言い訳を進んで受け入れる。つまり、ニックはスケープゴートに仕立て上げられるのだ。ここに至ってはじめて、ニックはそれまで憧れていたフェドン夫妻の容赦ないエゴイズムと偽善をはっきりと悟る。

また、エイズに侵され、死期が近いワーニのやせ衰えた顔は、金と権力の亡者である父親バートランドとそっくりになり、このときニックはワーニの本性をも直視せざるを得なくなる。このような認識の深化を経て、HIV検査の結果が陽性と出るだろうことを確信しつつ、最後にフェドン邸の前に立ったニックは、「この世界に対し、ショッキングなほどに無条件の愛情 (a love of the world that was shockingly unconditional)」(438) を感じる。そ

して、フェドン家の邸宅のある一角だけではなく、街角すべてが美しいと思うのだ。この小説を締めくくるのは次のような文である——「この街角だけではなく、街角があるという事実そのものが、今このときゆえに、実に美しく思えた（It wasn't just this street corner but the fact of a street corner at all that seemed, in the light of the moment, so beautiful）」(438)。白ウサギの夢に見られるように、世界を2つに分けていたニックが、ここでは世界を1つのものとして捉え、そこに美を見出していることに注意したい。アイデンティティの拠りどころを完全に失ってしまったニックだが、この最後の場面は、これまでの偏狭な美意識を脱け出した彼が新たなアイデンティティの模索を始めたことを感じさせる。だが、彼に残されているのは、社会の敗残者、そしておそらくはエイズ患者としての残り少ない人生である。その一方で、ジェラルドは何事もなかったかのように企業の重役におさまり、相変わらず不倫の関係を続けていくのだ。このようなプロット展開には作者ホリングハーストのアイロニーが仕掛けられている。読者はこの結末を望ましいものとして受け取ってはならないのだ。[13]

　結局ニックは最後まで上流階級社会、ひいては、異性愛のみを正統とし、経済至上主義を標榜する社会に受け入れられることなく、「客人」のままに終わり、ついにははじき出されてしまうが、実はこの小説にはニックのほかにもう1人、フェドン邸への「客人」が登場する。小説の舞台となった1980年代に首相として実権を握っていたマーガレット・サッチャーだ。彼女は全編を通じてさまざまな作中人物たちから言及され、小説世界全体を覆う影のような存在として不気味に君臨している。だが、彼女が作中で唯一実際に登場するのは、ジェラルド夫妻の銀婚式のパーティの「客人」としてなのだ。
　ジェラルドら上流階級の者たちをはじめ、すべての作中人物が憧れと畏敬の念で仰ぎ見るサッチャーだが、彼女は実は中流階級出身であり、上流階級にあってはニックと同じく客人、つまりアウトサイダーでしかない。一見正

反対の2人だが、実際には互いの距離は意外に近いのだ。存在意義を芸術に見出すのか、それとも政治か、その違いが運命の明暗を分けたと言えよう。プロットを見てみると、ジェラルドの銀婚式における2人のダンスの場面がこの小説の1つのクライマックスを成しており、その後ニックは社会的に転落するが、サッチャーは政権を安定させるという、対照的な運命をたどる。これらのことを考え合わせると、彼女をいわば影の主人公であり、ニックの鏡像的人間と見ることもできるだろう。

　中流階級出身のサッチャーが、地方の中流階級と向上心を持つ熟練労働者たちの価値観を唱道しながら、その実、金で爵位を買うバートランドや、吝嗇で強欲な大富豪ティッパー夫妻ら、上流階級の金の亡者たちから物心両面で支持され、2度にわたって選挙で大勝利をおさめるという事実はきわめてアイロニカルである。『美の曲線』は、主人公ニック・ゲストのアイデンティティ喪失のプロセスをアイロニカルに描き出すことにより、上流階級社会の腐敗ぶりを炙り出した、すぐれた風俗小説だ。だが、鏡に映った像のようにニックの背後に寄り添うサッチャーの姿を見るとき、私たち読者は、作者のねらいがニックとともに彼女をもアイロニーに包み込むことにあったということを確信するのである。

注

1　Alan Hollinghurst, *The Line of Beauty*（New York: Bloomsbury, 2005）137. 以下、この版からの引用については、ページ番号を本文中に括弧書きで示す。

2　Andrew Eastham, "Inoperative Ironies: Jamesian Aestheticism and Post-Modern Culture in Alan Hollinghurst's *The Line of Beauty*," *Textual Practice* 20.3（2006）: 510. Pierre Bourdieu, "The Forms of Capital," *The Routledge Falmer Reader in Sociology of Education*, ed. Stephen J. Ball（London: Routledge Falmer, 2004）16-17.

3　Peter Riddell, *The Thatcher Decade*: *How Britain Has Changed during the 1980s*（Oxford: Basil Blackwell, 1989）151-73.

4　Kaye Mitchell, "Alan Hollinghurst and Homosexual Identity," *British Fiction*

Today, ed. Philip Tew and Rod Mengham (London : Continuum, 2006) 44.

5 ハナは、同性愛者の「私的な生活」が「公の場」に対して暴かれるという点で、『美の曲線』がジェイムズの小説、さらにはジェイムズ自身の小説家としてのありようを踏まえていると論じている。Daniel K. Hannah, "The Private Life, the Public Stage: Henry James in Recent Fiction," *Journal of Modern Literature* 30.3 (2007): 70-94 <http://muse.jhu.edu/journals/jml/summary/v030/30.3hannah.html>.

6 ただし、イースタムによれば、ヘンリー・ジェイムズは19世紀の唯美主義者たちのアイロニーを「機能不全のアイロニー」であるとして、自分のアイロニーとは区別していた。ジェイムズの言う「機能不全のアイロニー」とは、安易に商業主義に取り込まれるような、倫理性の欠如したアイロニーであり、その極端な例は『ある貴婦人の肖像』のギルバート・オズモンドに見られる、冷酷な無関心と欺瞞を糊塗する手段としてのアイロニーだ。イースタムは、ニックのアイロニーがジェイムズの言う「機能不全のアイロニー」であるとし、この小説をポストモダン的消費文化と結びつけて論じている。Eastham 510.

7 「素晴らしい人」という言葉は、結末部においてニック自身に対して投げ返されるアイロニーとして用いられる。レイチェルはニックに対し、「娘はあなたが素晴らしい人だと言ったわ」(408) と言い、彼を非難するのだ。

8 Claire Colebrook, *Irony* in *The New Critical Idiom* (London: Routledge, 2004) 16.

9 Colebrook 12.

10 このほかにも、ジェラルドが『不思議の国のアリス』からの引用を好んでする人物として設定されている。たとえば彼はキャサリンに「お前は牡蠣の辛抱を試すつもりだね」(7) と言う。これに呼応するように、結末部において、ニックがキャサリンのマスコミへのリーク行為をそそのかしたとして、レイチェルは彼に対し、「あなたは人の口をこじ開ける (winkle) のがお上手ですものね」(406) と、アイロニーを込めて言う。

11 このほかにも、ワーニは「いまが楽しければいいじゃないか」と言いながら、ニックと一緒に鏡をのぞき込むが、そのときニックには鏡が「過去への入り口」(224) のように見え、大学時代のワーニとの出会いの瞬間を思い出す。これはアリスが鏡の国で過去へと逆向きに進む時間を経験するエピソードを想起させる。

12 Lewis Caroll, *Alice in Wonderland and Through the Looking-Glass* (Oxford: Oxford UP, 1998) 58. ちなみに、キャサリンは途中から姿を消し、彼女がマスコミにしゃべった言葉だけが新聞記事という形で作中に登場するのだが、その点についても、アリスの目の前で次第に姿を消していき、最後には笑っている

口だけを残すチシャ猫に一脈通じるものを感じ取れよう。
13 ホリングハースト自身、小説を書くにあたっては、「物事がそれ自体のアイロニーと含意とで響き合うようにするのを好む」と述べている。Alan Hollinghurst, "I Don't Make Moral Judgments," *Guardian* 21 Oct. 2004, 20 June 2010 <http://www.guardian.co.uk/books/2004/oct/21/bookerprize2004.bookerprize>.

7

「虚構の家」
―― コルム・トビーン『巨匠』の〈内〉と〈外〉――

宮川　美佐子

　「オリジナル」という概念の正統性と権威が疑問視される現代にあって、ある作家が先行する実在の作家を主人公に小説を書くということは、必然的に複雑な問題を抱えた試みとなる。主人公にされる作家が、小説という表現形態のもつ意味に真剣に取り組んだ「巨匠」であれば、なおさらである。描き出された主人公作家の人物像は、本物(オリジナル)をどこまで再現するのか。提示される世界観や芸術観は、主人公作家のものか、後発作家のものか。
　ヘンリー・ジェイムズを主人公にしたコルム・トビーンの『巨匠』は、こうした思いを読者に呼び起こさずにはいない。この作品は、演劇界での成功という夢が『ガイ・ドンヴィル』の興行失敗で断たれる1895年から約5年間のジェイムズを描く。その一方、回想が数多く挿入されることで、現在と過去が渾然となっている。以下、本稿では作品の扱う5年間がジェイムズの円熟に向けての充電期間であるという認識のもと、『巨匠』という作品でトビーンとその主人公ジェイムズが織り成す模様を、上に挙げたような問題も考慮しつつ見ていきたい。具体的には、世界を観察しながら自らは傍観者に過ぎないという意識をもつジェイムズが、過去と現在の交錯を経て自分の

芸術の形を確認し、受け入れる姿が、特に家や部屋のイメージに託しながら描き出されていることを考察する。

I　小説家たちと伝記作家たち

　事実は小説よりも奇なりと言うが、作家と他の作家の関係という問題をめぐって、『巨匠』を取り込む網はさらに拡大する。この作品が出版された2004年を中心とする短期間に、ジェイムズを扱う小説が偶然次々に出版されたのである。[1] その中で、『巨匠』とデイヴィッド・ロッジの『作者を出せ！』は、ジェイムズを主人公兼視点人物として『ガイ・ドンヴィル』前後の時期を中心に取り上げていることまで共通し、必然的に書評や批評で繰り返し比較されることになった。ジェイムズその人を引き合いに出して評価されるリスクまでは覚悟していたであろう作家たちは、同時代の他の作家とまで比べられる羽目になってしまったのだ。トビーンとロッジの当惑は想像に難くないが、各々の作家の興味の有り様と「オリジナル」な特徴をより明確にするため、本稿でもまずはロッジの作品と簡単に比較したい。

　両作品のもう1つの共通点は、ジェイムズ研究の基本であるレオン・エデルのものをはじめ、各種伝記や資料を丁寧に参考にしてそこから大きな逸脱をしない、たとえばA・S・バイアットが『抱擁』でロバート・ブラウニングをモデルにした詩人に背負わせたような、あっと驚く秘密の真実を勝手に（または自由に）創作したりしないことだ。ジェイムズを同性愛者とするトビーンの設定に驚く読者もいるだろうが、これも彼の奇抜な着想というよりも、近年の伝記研究におけるジェイムズのセクシュアリティへの関心を反映している。『巨匠』の末尾にトビーンはかなり長い参考文献リストを挙げ、そこには性を中心にジェイムズを再考したフレッド・カプラン、ジェイムズを同性愛者と断定したシェルドン・ノヴィック、女性と性的に関わらないジェイムズと2人の女性（従妹ミニー・テンプルと作家コンスタンス・フェニモア・ウルソン）との関係を中心に描いたリンダル・ゴードンらの著作が並んでいる。[2] トビーンの方がロッジより創作が多いようだが、基本的に両

作品とも、劇の失敗以外、表面上は派手な事件の起きないジェイムズの淡々とした日常を描いている。したがってその大きな違いは、主人公ジェイムズの内面、その意識を占めているのは何かということにある。

『作者を出せ!』は、芸術的に完成度が高いものが一般社会に支持されるわけではないということを実感していくジェイムズの失意を軸に、文学と市場や大衆の関係を中心に置く。それに対し『巨匠』は、他人と深いつながりをもてないジェイムズの性格と彼の芸術との関係に焦点を当てている。アラン・ホリングハーストは、「意図的に寡黙で非社交的、会話にはしばしば詰まり、自身の欲望を満たすことも他人のそれに応えることもできない」トビーンのジェイムズは、社交的で多弁なロッジのジェイムズと同じ人物とは思えないと述べ、『巨匠』は「完全にトビーン風である——暗く、遠まわしで、抑圧されたセクシュアリティによる緊張感に満ちる——ことで成功している」[3]と結論している。

一般に伝記と小説では、前者が事実を記した客観的なもの、後者は自由に想像力を働かせて書いたもの、という印象があるかもしれないが、歴史叙述の虚構性が広く論じられるようになった現在、両者の境界は曖昧である。さらに、『巨匠』を読んで気づくのは作者トビーンの寡黙さだ。ノヴィックの伝記では、青年時代のジェイムズがオリヴァー・ウェンデル・ホームズと肉体関係をもったと断定される。『巨匠』にはそれに対応する場面はあるものの、実際に何が起きたかはジェイムズばりに曖昧な書き方で判然としない。またトビーンは、ミニーやウルソンの視点で見ているゴードンの伝記がジェイムズを「非難」しているのに不安をもち、自分の小説は「ジェイムズの目で見られた」[4]ものにした、と言う。しかしその割に、ジェイムズ研究でよく取り沙汰される、青年期に負った「はっきりしない傷」の正体も明示されないし、重要な場面で視点人物ジェイムズの心のうちが書かれないということも多い。つまり、伝記より自由に書けるはずの小説であるにもかかわらず、『巨匠』はあまりにも抑えた筆致で書かれている。

実際のジェイムズがプライバシーを守ることにこだわり、興味本位のメ

ディアを嫌い、手元にある膨大な書簡を生前焼き払ったことを考えると、トビーンのこうした遠慮は巨匠への畏れとも考えられる。加えて、ダニエル・ハナやカレン・シャージンジャーが指摘するように、ジェイムズという他人を再現することの根本的な困難の表れとも言えるだろう。[5] 饒舌に主張する伝記と、沈黙を守る小説。しゃべるジェイムズと寡黙なジェイムズ。書き手の数だけジェイムズは存在し、たとえ自伝であろうと、実際に生きた人間の多面性を捉えきることはできない。描きだせるのは、書き手のフィルターを通した世界だけだ。しかし、こうした世界観、芸術観を小説にもたらした者こそ、ジェイムズその人ではなかったか。

II 吸血芸術家、ジェイムズ

次に、トビーンの描くジェイムズの特徴をさらに詳しく見てみたい（以後本稿では、実在の人物に言及するときはジェイムズ、作品の登場人物に言及するときはヘンリーというように区別する）。すでに触れたように、『巨匠』のヘンリーは、行動すること、他者と深く関わることができない。彼はポール・ジューコウスキー、アイルランド兵士のハモンド、彫刻家ヘンドリク・アンダセンなどに惹かれながらも、積極的な言動に移ることなく彼らと別れていく。他人が自分に探りを入れるときも、褒められて嬉しいときも黙っている。アイルランドの惨状を目の当たりにしながら、兄妹と違ってイギリスを批判することもなく、むしろ自らのルーツを隠そうとする。執事夫妻がアルコール依存症になって救いようのない状態になっていっても、なかなか解雇を決意できない。

黙っている代わり、ヘンリーは徹底的に他人を観察し、それを小説にする。彼は青年時代に、妹アリスの特異な個性、激しさと裏腹の不安定さに気づき、「観察を始める」。[6] 家族がアリスをからかうとき、「ヘンリーだけが、それが完全に残酷であると理解していた、しかし他の者たちを黙らせるために彼が何かするということはなかった」(51)。夭折した従妹のミニー・テンプルは数々のジェイムズ作品のヒロインのモデルになったとされるが、ヘ

ンリーは友人のホームズとジョン・グレイを「見て」、2人が彼女に好意をもつよう仕向ける。「ホームズが彼女に惹きつけられるのを見て取ったとき、自分が2人の仲に深く関与したことを感じ、2人がお互いへの関心を募らせるのを見る以外、何も求めなかった」(96)。ミニーが亡くなると、ヘンリーは彼女をモデルに作品を書く。「死んだからには、彼は彼女の運命をコントロールでき、彼女が欲したであろう経験を彼女に提供でき、あれほど残酷に短くされた人生にドラマを準備することができた」(105)。

　このようなジェイムズ像をダニエル・メンデルソーンは「吸血芸術家（the artistic vampire）」[7]と評している。先に、『巨匠』のヘンリーを「トビーン風」と呼ぶ言葉を紹介したが、内向的というだけなら、確かにトビーンの他の作品、『ヒース燃ゆ』や『ブラックウォーターの灯台船』の主人公たちも共有する特徴だ。『巨匠』の独自性は、主人公が作家であること、したがって、観察の結果が芸術として結実し、「せめてもの救いとしての文学の勝利と、他の方法では言えないことを表す芸術の贖いの力」[8]が、他者と関われない人生の埋め合わせになっているかという問題が浮上することにある。

　生前からジェイムズにつけられていた呼び名を模した『巨匠』というタイトルがアイロニカルであることはすでに指摘されているが、[9]同時にこれはエデルが5巻にわたるジェイムズ伝の最終巻につけた題でもある。しかしこの作品がカヴァーしているのはエデルの伝記の第4巻、「危うい年代（treacherous years）」の時期だ。このずれは、「危うい年代」こそが、劇作の失敗による失意から円熟期へ移行するジェイムズの静かな充電期間であるというトビーンの主張を表しているように思える。『巨匠』は、最高傑作とされる3つの長編をジェイムズが執筆する直前で終わるのである。表面上大きな事件は起きないが、派手なエピファニー抜きで、トビーンはヘンリーの密やかな歩みを描いている。

III　家の〈内〉と〈外〉

　トビーンのヘンリーは、幼少期にあちこちを転々とし、どこか1箇所で

深く何かに関わることができなかったために、「観察者」、「参加しない者」（47）になってしまったとされる。彼は1人の時間を欲し楽しむ側面と、孤独に苦しむ側面との間で揺れ動く。この点、早々に「独身で芸術に身を捧げている」[10]と自己規定して問題を片づけるロッジのジェイムズとは対照的だ。

『巨匠』前半では、ヘンリーの孤独感が強調される。第1章で彼はこの作品に現れる最初の過去、すなわちジューコウスキーの思い出を回想する。20年前のパリで、ヘンリーは道で何時間も雨に打たれながらジューコウスキーの部屋の窓を見上げたあげく、ついに訪ねる勇気をもてずに引き返した。現在の彼は自分が部屋に入っていく姿を想像するが、「それ以上想像するのを自分に許したことはなかった」（10）。第2章では、『ガイ・ドンヴィル』上演後に傷心のヘンリーはアイルランドに滞在する。ここで彼は自分を「大いなるよそ者で、自らの憧れに合致するものをもたず、祖国を離れ、世界を単なる傍観者として窓から観察している」（44）と感じる。

第3、4、6章では、『ねじの回転』の成立過程が断続的に描かれる。第4章の冒頭でヘンリーが『ガイ・ドンヴィル』の創作ノートを見て微笑む余裕を取り戻していることが示すように、この作品の執筆は彼のリハビリの大きな一歩とされている。『巨匠』にはジェイムズの作品への直接的または間接的な言及が数多くちりばめられているが、[11] 複数の章にわたって執筆過程を詳しく描かれているのは『ねじの回転』だけだ。トビーンはカンタベリー大司教が語った「単純な話」（46）に、ヘンリーの中で他の様々な要素が加わり、化学変化を起こすように、より複雑な物語が形作られる様子を創作している。

特にはっきりと『ねじの回転』と関連づけて書かれているのは、ヘンリーとアリスの孤独な子供時代、父親の醜聞で身元を隠し怯えているだろうオスカー・ワイルドの2人の息子、悪魔が窓から覗き込んでいたという父ヘンリー・シニアの神秘体験、成人したアリスの孤立感である。さらに、ヘンリーがアイルランドで出会う10歳の少女モナも関連する。

直接的には『メイジーの知ったこと』につながっていくと考えられるモナ

だが、ヘンリーは凍える早朝、彼女が付き添いもなく庭に立つのを上階の窓から見る。モナの身振りから、「他の窓に立つ誰かと黙って交信をしているのだとヘンリーは確信」(38) し、その眼の「死んだような無気力な静けさ」(38) に興味をもち、自分も外に出て窓を仰ぎ見るが、そこには誰もおらず、モナも、何事もなかったかのような普通の様子で乳母に連れられている。この奇妙なエピソードは、『ねじの回転』で、自分ではない誰かを見上げるマイルズを見つめる女性家庭教師の姿に重なる。モナは後に仮装舞踏会でベラスケスの描く王女に扮し、子供を大人の女として扱う人々にヘンリーは不快感を覚える。ここにあるのは、幼い頃クリノリンを身につけていて、小説家サッカレーに呆れられたことがトラウマとなるアリスにもつながる、不必要に大人の世界に放り込まれた孤独な子供のイメージだ。

　ここまで挙げた場面で繰り返されるのは、家の〈内〉と〈外〉が窓によって分かたれ、そこに空回りする視線、空ろな視線が絡んでいることである。ジューコウスキーとモナに関する場合、ヘンリーは寒々しい外にいて窓の中を見通すことができない。彼が自分の人生を「世界を単なる傍観者として窓から観察している」(44) と卑下するとき、そこには内と外の不均衡の意識が感じられる。ヘンリーは『ねじの回転』で、孤独な家庭教師の「誰かに会いたい、窓辺に顔を見たい、遠くに人影を見たいという切望」(140) を描く。しかしその顔が現れたとき、「彼は彼女のために来たのではなかった。子供たちのために来たのだ」(141)。家庭教師は家の中から外のマイルズを見るが、視線は帰ってこない。窓の外に現れる邪悪な亡霊の顔は彼女を求めていない。

　〈内〉と〈外〉に関する問題提起は第 9 章で再び現れる。1899 年、5 年ぶりにイタリアに向かうヘンリーはウルソンとの交流を回想する。彼女と過ごしたヴェニスは、その思い出を鮮やかに甦らせる。ウルソンはヘンリー以上に社交嫌いとして描かれており、2 人は互いに深入りしないようにしつつ長年友情を温め、ヘンリーは「彼女の幸せというものは、2 人がお互いから保っていた距離と、他の仲間は誰も要らないということとの完璧な均衡にあ

ると信じた」(228)。しかし 1893 年の秋に、ヘンリーはウルソンが 2 人の友情を周囲に触れ回っていると思って気分を害し、彼女との口約束を意図的に破ってヴェニスに行かなかった。ウルソンはその冬その地で自殺した。ロンドンで一報を知ったヘンリーは「窓のところに行き」、助けを求めるように「狂ったように外の通りを見つめた」(238)。しかし、ウルソンの死を理解する鍵は彼自身の内にあるのだから、窓の外に助けはない。彼女の死は、その幸福についてのヘンリーの考えが誤っていたことも示しており、ヘンリーは自分の冷淡な態度がウルソンを追いつめたことを自覚する。

　最初の衝撃が過ぎると、ヘンリーは「彼女がその霊気(オーラ)の情熱、本、思い出の品、服、書類で満たしていた部屋」(242)を思う。「彼女はたいていの人間よりも部屋の方を好んでいた。部屋が彼女の聖なる場所だった」(242)。彼女の死後 3 ヶ月経って、実際にヴェニスで遺族とともにウルソンの部屋に入るヘンリーは、この情景を彼女が予見、計画していたと感じる。

　　これが彼女の最後の小説だ、と彼は思った。彼らは皆割り当てられた役割を演じているのだ。(……)コンスタンス[ウルソン]は遺族らの衝撃を受けた顔を想像できたろうし、ヘンリー・ジェイムズが冷たい共感をもって彼女たちを観察することも分かっていただろう。彼女は、自分自身の感情さえ遠く切り離して注意深く何も言わない、という彼の能力に微笑んだだろう。こうしてこの部屋で起きている光景は(……)、自分が死ぬと分かっていたときに、歪んだ興味とともに彼女に思い描かれただろう、とヘンリーは信じた。彼らは彼女の作中人物であり、彼女は彼らのために脚本を書いていたのだ。そして彼女はこれらの場面にヘンリーが彼女の技巧(アート)を認めることも知っていた。彼がそれを認めることこそ彼女の夢の一部だった。どこを見ようと、何を考えようと、彼は彼女の計画の鋭さを感じ、(……)自分から自由になろうとしたらしい小説家兼友人の行動を演出することは何と甘美なものか、というある種の悲しげな笑いを感じとることができた。(244)

ここまで、小説の舞台となる外の世界を見るための視座だった部屋は、ここで、それ自体が小説の舞台と化している。〈外〉が〈内〉に侵入し、その境界が崩れているのである。また、他人を観察し、自らは作者としてある意味支配的な立場にいたヘンリー自身が、死んだウルソンの視線の下に、「彼女の作中人物」として組み込まれる。ヘンリーがこの事態と彼女の技巧を認めているのは、彼の彼女に対するせめてもの罪滅ぼしに思える。

「さびしく広がる、誰にも会わない海」(248)を愛したウルソンが、窓から身を投げることで、外界と完全に切り離されていない、したがって孤独とも無縁でいられない部屋を逃れるのは、史実とはいえ、『巨匠』における部屋や窓の象徴性に重なる。ヘンリーはウルソンの遺品である服を処分する羽目になり、困ってその海に沈めようとするが、果たせない。これはゴードンがジェイムズ伝の冒頭に置いた挿話で、櫂でどんなに突いても服が沈まず無数の「黒い気球のように」[12] 浮いてくるというものだ。櫂で服を突くという暴力性と、抑えても従わず戻ってくる、幽霊のような黒いドレスがもつフロイト的なイメージの力は明らかで、トビーンもロッジもこの情景を自作に取り入れ、それぞれ印象的な場面を描き出している。

そしてウルソンの死後5年、1899年のヘンリーは、「潟の外の荒れ狂う海とそこにある虚無」(257)、「光も愛もない水の混沌」と「同じものとなって水の上を漂う彼女」(258)をある夜想像して、逃げるようにヴェニスを去る。ウルソンは世界を見るための部屋からも去って完全な虚無の世界に行ってしまったのである。最終章でヘンリーは「密林の獣」の着想を兄一家に語るが、これは明らかに自分とウルソンをモデルにしている。

IV 「世界都市」と「小説の家」

ヘンリーはウルソンの部屋を「聖なる場所」と捉えていたが、根無し草として孤独を感じている彼自身にとっても、「彼を世界から守る」、「必要な殻」(123)としての家の必要性は繰り返し語られる。そんな彼にとって大きな重要性を持つのが、ライで見つける理想の家ラム・ハウスだ。バシュラール

は『空間の詩学』で、人を保護する「隠れ家」や「凝縮した家」から、宇宙と直結する「膨張する家」まで、家という根源的なイメージの様々な側面を語ったが、ラム・ハウスもこれらの多面的な性質をもつ。[13]

　第6章で、以前からこの家を「痛いほどに、貪欲に」(122) 見ていたヘンリーが、空き家になったと聞いて、「電報を打とうと、次の汽車に乗ろうと、きっと手に入れられない」(123) と、彼らしい後ろ向きの焦りと共にライに急ぎ、夢中で家の中を見て回った後契約をする場面は、ほとんど恋愛のような執着を感じさせる。「ラム・ハウスは外を見るための古く美しい窓を提供してくれるだろう、そして外の方からは、彼が招いてはじめて中を覗き込める」(123)。外で震えていた彼は、これまでの仮の宿舎ではない「自分の家(ホーム)を見つけたのだ」(125)。

　しかし、外の脅威からの防壁とはなっても、当初この家はそれ自体で理想的なものとは描かれない。「傍観者」ヘンリーは今度は、屋根裏に閉じ込められるヴィクトリア朝小説のヒロインたちのように、空ろな〈内〉を恐れるからだ。彼は「悲しく、どうしようもない自己の単調さを打ち破る」(140) 何かが窓に訪れるのを待ちわび、家の中の孤独な家庭教師に自分を重ねながら、『ねじの回転』を完成させる。

　ラム・ハウスが単に隠れ家という以上の、より積極的で抽象的な価値を得ることが示されるのは、作品の重点が過去から現在に移りだす最後の2つの章においてである。第10章、最終章では、それぞれ、ヘンリーがローマで知り合う青年アンダセンと、兄ウィリアム一家が物語の中心となる。そしてアンダセンとウィリアムの双方が、ヘンリーに自分の芸術の有り様を確認させることになる。

　アンダセンの美しい容姿と無垢に惹かれるヘンリーだが、芸術に関しては譲ることがない。アンダセンは「巨大な建物とモニュメントが並び、各文明の最上の建築と彫刻が立つ世界都市 (world city)」(286) を建てるという野心を語る。「人類が象徴的に一緒になる」ことに興味をもち、顔のない筋肉質のトルソーばかり作る彼の関心は、人類を語っても個人に向くことはな

い。美辞麗句で飾られ、文明の統合というイデオロギーを担う、[14] 彼の文字通りの「大きな物語」は、ヘンリーのこだわる細やかな観察、個々人の微細な心の揺れと完全な対照を成す。ヘンリーはアンダセンの都市に比べ、自分の作品が「取るに足りず、同時にすべてである（nothing and everything）」（287）という感慨をもつ。

　ウィリアムとの再会はさらに複雑である。過去においていろいろと緊張関係にあったジェイムズ兄弟だが、ラム・ハウスに来てもウィリアムはヘンリーに、アンダセン同様に、国家や歴史というイデオロギーを背負った「大きな物語」を押しつけようとする。「イギリスには憧れが、真実を求める叫びがない」（316）と述べ、「イギリス風俗のちまちました話ではなく、アメリカの歴史」（317）やピルグリム・ファーザーズのことを書けと言う兄に、ヘンリーは実際にジェイムズが手紙に残した言葉、「歴史小説には致命的な安っぽさがある」（317）で厳しく切り返す。終始沈黙を守ってきたヘンリーは、ここではじめて声を上げて他人に反論するのだ。

　しかしウィリアム一家はヘンリーに対立だけをもたらすのではない。ウィリアムは父ヘンリー・シニアと同種の発作を起こし、ヘンリーは兄一家が通ってきた戦いを知る。このことは彼に、兄一家へのより深い理解をもたらす。ある夜皆でゆったりと過ごしながら、姪に年来の夢を訊かれたヘンリーは、「古いイギリスの家」（336）で静かな時間を過ごすこと、という趣旨の答えを返す。さらにウィリアムは、幼い頃ヘンリーがチャールズ・ディケンズの『デイヴィッド・コパフィールド』の朗読を隠れて聞いていて物語に引き込まれ、泣き出したという逸話を披露する。黙って聞いているヘンリーは、その時自分がいた「房のついたテーブルクロスや衝立」（337）のある重厚な部屋と母の優しさをありありと思い出す。このとき彼は、他の者が現在と切り離し片付けてしまう過去が、彼には現在と直結してなまなましく感じられる、という自分の特異性を意識する。やがてヘンリーが兄一家を見送った後、作品は次のように締めくくられる。

ラム・ハウスは再び彼のものになった。彼は沈黙と空(から)の状態を楽しみながら歩き回った。(……)彼は階段を上がったり下がったりし、部屋から部屋へ入ったが、まるでそれらもまた彼に従い、取り戻せない過去に属し、房のついたテーブルクロスや衝立や薄暗い片隅のある部屋に、さらには記憶され、捉えられ、保持されるように、彼が窓から世界を観察してきた他のすべての部屋に合流するかのようだった(as though they (……) would join the room with the tasseled tablecloths and the screens and the shadowed corners, and all the other rooms from whose windows he had observed the world, so that they could be remembered and captured and held)。(338)

　これは結末にふさわしい複雑な文章だ。ここまで、『巨匠』は外の世界に参加しないことへのヘンリーの疎外感や罪悪感を描くことで、世界と部屋の不均衡、世界に対する部屋の従属性を示してきた。しかしここでは、入り組んだ文章も示すように、部屋と世界が強く絡み合い結びつけられている。「記憶され、捉えられ、保持される」という語句は部屋にも世界にも等しくかかっているように感じられるが、厳密にはこれは部屋にかかっており、重点は世界から部屋へと密やかに移っている。[15] 作家ヘンリーの観察によって部屋と世界がつながり、部屋には意味をもった過去の記憶が充満しているのだ。
　この一節は、実在のジェイムズが『ある貴婦人の肖像』の序文に記した「小説という家(house of fiction)」の有名な考えへの言及とも考えられる。この序文でジェイムズは、「小説という家」には無数の窓があり、そこから作家たちが世界を観察し描いているという趣旨のことを述べている。[16] ジェイムズのメタファーでは作家は複数だが、重点が観察対象の世界より、見る窓によって千差万別の世界を提供する「小説という家」の方にあるという点では、『巨匠』の結末と一致する。
　トビーンはこのジェイムズのイメージを借り、さらにはジェイムズが触れない家の内部、つまり各部屋にまで踏み込んでいく。彼はヘンリーの記憶の

中の過去の部屋とラム・ハウスの現実の部屋とを「合流」させ、一体とすることで、この家があたかも非現実の空間に変容したように感じさせる。部屋から部屋を歩き回るヘンリーは、現実の場所そのものでなく、そこにまつわる記憶や連想をチェックしているように見える。このときラム・ハウスは、ヘンリーに「必要な殻」を提供する場所から、より特別な小説創造のための空間、「虚構の家(ハウス・オブ・フィクション)」になっていると言えるだろう。アンデセンやウィリアムが切り捨てていく個人の密やかな過去に、ヘンリーは意味を見出し、現在につなぎとめようとする。それを支えるこの家は作家の意識であり、世界を観察し様々な記憶と融合させて新たなものを生成する根幹となる場所だ。

　その原風景となるのが、幼いヘンリーが、母の愛情とともに、なまの現実ではなくディケンズの小説の力をまざまざと感じた部屋であるというのも示唆的である。この家は過去と現在、現実と虚構が入り混じる場となっている。その意味で、陸と海がせめぎあい、侵食によってその境界が曖昧となる土地にラム・ハウスが立っているというのもふさわしい設定だ。[17] こうして、『巨匠』の結末では、〈外〉の世界と家の〈内〉の区別は意味を成さなくなり、ヘンリーはもはや疎外を感じる必要はない。

　ラム・ハウスに移った頃、ヘンリーは「役に立たず、値段も高すぎるもの、高価だが彼の目を捉え、共にありたい、近くに置きたいと思うような、値打ち以上の意味をもつもの」(128)を買いたいと願い、骨董店で古いタペストリーを気に入るが、目利きを自認するウルズリー令夫人に反対され、買うことができない。

「『気に入る』どころではありません」彼女は言った。「これは疵物(きず)ですよ。修復されて、一部は最近のものです。お分かりになりませんか？」
　彼はそれをより注意深く見て、作品の他の部分から目立ってはいるものの、彼にはやはり色褪せたように見える薄紅と黄の糸を目で追った。
「これは私たち皆を欺くために作られたのです」ウルズリー令夫人は言った。
「まったく素晴らしい、まったく美しい」ヘンリーは独り言のように言った。

(131)

　ヘンリーはあらためて1人で骨董屋を訪れたらしく、最終章でこのタペストリーはラム・ハウスに飾られている。より正確には、ウルズリー令夫人の来訪で、ヘンリーがこれを外して隠す様子が描かれている。タペストリー＝織物はもちろんテクストのメタファーと言える。疵物であっても過去と現在が交じり合った織物が、親しい女性たちの悲しみという「高すぎる」代価を支払ったヘンリーに、「値打ち以上の意味をもつもの」とされて「虚構の家」に飾られているのはふさわしいことと言えるだろう。
　さらに、『巨匠』という作品自体が、家のように構成されているとも言える。第3章はアリス、第5章はミニー・テンプル、第7章はアメリカでの青年時代と南北戦争、第9章がウルソンと、各章（特に奇数章）が1つのまとまった過去と死者の思い出に割かれて区切られ、各章の中心人物は他の章にはほとんど現れず、章と章のつながりは表面上あまり感じられない。しかし一方で、現在のヘンリーは知人や親類にミニーやウルソンの面影を繰り返し見る。こうした書き方は、『巨匠』の各章が各人の思い出に捧げられる独立した部屋であること、しかも同時に故人が現在の生者につながることで、過去と現在が連結していることを示し、作品全体は、過去に立脚して現在を生きるヘンリーの人生を重層的に表している。

V　トビーンとジェイムズ

　結末部分で家の〈外〉と〈内〉を連結させたヘンリーだが、気をつけたいのは、これが芸術家の勝利として無条件に称揚すべきものとして提示されているわけではないことだ。「吸血芸術家」の犠牲者、つまりミニーやウルソンの残像の力は大きく、作品全体に影を落としている。タペストリーを隠すヘンリーには、自分の判断の正当性を声高に主張する気はない。それは彼に意味をもっていても、他人から見れば疵物だ。結末部分でさえ、注意深く読むと、「空の状態」という表現は曖昧だし、1人家を歩き回るヘンリーは家

に憑く亡霊のようでもある。トビーンはそれを繕わない。この作品が読者をしてヘンリーに共感させるのか、それともアイロニカルに読むことを促すのか、批評家の意見も分かれてきた。

　トビーン自身のジェイムズに関する言葉も曖昧である。2001年に発表した評論で、彼はジェイムズのことを「純粋に冷たい人生」「そのセクシュアリティのため、凍りついたまま世界に取り残された同性愛者」[18]と評した。これはゲイ・アクティヴィズムの立場からジェイムズを批判的に捉えたとみなされ、『巨匠』もこれと絡めて考える論者がいる。[19]しかし、『巨匠』の執筆過程を語るエッセイ「より精妙な網」では、トビーンはジェイムズにもっと共感的で複雑な態度を表明し、主人公ヘンリーに自分自身を投影したことを明かした上で、「ここでは、ジェイムズは、良いとか悪いとかの言葉が意味を成さないくらい、良くも悪くもあり得る」[20]と述べている。

　重要なのは、ヘンリーの歩みのかたわら、その欠点について本人がある程度の痛切な自覚を持たされること、さらにその犠牲者である女性たち自身が、ヘンリーを登場人物と化すウルソンの部屋や浮かび上がる服に表されるように、テクスト内で抹消されることなく存在を主張していることだろう。ゴードンの伝記では、ジェイムズ自らがウルソンのドレスを必死に櫂で突く。一方トビーン版では、服を沈めようとするゴンドリエにヘンリーは「放っておけ！」（225）と叫ぶ。

　ヘンリーと女性たちの対等な存在感について、非決定的、両義的、ポリフォニックと呼び方はいろいろあるだろうが、トビーンがジェイムズを単純に神格化せず、巨匠に正面から取り組んだことは確かだ。[21]ジェイムズの主人公たちのように、視点人物ヘンリーは限界をもっている。そしてそのヘンリーを描く自分自身の視点に限界があることの自覚を、本論の最初の項で触れた作者トビーンの寡黙は示している。限界ある主人公を描く限界ある作者。謎の交信相手を見るモナを見るヘンリー。来訪者ヘンリーを想像するウルソンを想像するヘンリー。本作に頻出するこの種の視線と想像の交錯は、現実の在り処の曖昧性、現実そのものの曖昧性を示している点でジェイムズ

的である。〈外〉を見る者や想像する者は、自分の意識の〈内〉でしか現実を構築できない。

『巨匠』という作品にとっての究極的な外部は、ジェイムズその人だろう。ジェイムズやその作品をまったく知らない読者と、トビーンが仕掛けたジェイムズ作品への密かな言及の数々を探偵よろしく見つけることができるジェイムズ愛好家とでは、この作品に見出す面白さが大きく異なるのは当然のことだ。しかし一方で、ジェイムズの作品や既成の伝記だけからは測りしれない新しい見方をこの作品は提供してくれる。『巨匠』はジェイムズという外部の世界に依存、連結して成立しながら、「単体で読む値打ちがある」[22]という自らの家=世界を創り出したのである。その有り様自体が、ヘンリーの世界と家の関係を反復してはいないだろうか。

注

1 他にこの年のブッカー賞を受賞した Alan Hollinghurst, *The Line of Beauty*（ジェイムズは直接登場するのではなく、主人公の研究対象）、David Lodge, *Author, Author*（2004）、Emma Tennant, *Felony*（2002）、Michiel Heyns, *The Typewriter's Tale*（2005）がある。

2 ロッジの作品は、ジェイムズをむしろ肉体的な接触全般に嫌悪感をもつ人物として強調しているが、ホモセクシュアルの可能性も完全には排除していない。

3 Alan Hollinghurst, "The Middle Fears," *Guardian* 4 Sep. 2004, 5 Aug. 2010 <http://www.guardian.co.uk/books/2004/sep/04/fiction.henryjames/print>. この書評を書いた後に、ホリングハーストは『美の曲線』でブッカー賞を受賞する。ジェイムズと他の作家の競争を大きなテーマとしているロッジには、これはより皮肉な状況と言える。ロッジはエッセイ "The Year of Henry James" の中で、『巨匠』に比べ、『作者を出せ!』が低い評価しか得られなかったことを嘆いているが、トビーンもまたブッカー賞を手にすることはなかった。David Lodge, "The Year of Henry James; or, Timing Is All: The Story of a Novel," *The Year of Henry James: or, Timing Is All: The Story of a Novel*（London: Harvill Secker, 2006）75-102.

4 Colm Tóibín, "A More Elaborate Web: Becoming Henry James," *Henry James*

Review 30（2009）: 232.
5 ハナはジェイムズの性的なプライヴァシーを公にすることへのトビーンのアンビヴァレンスを見て取る。シャージンジャーもジェイムズ表象の困難に注目し、表象不可能なものを描き出すのは結局できなくても、周囲を囲むこと（小説のテクスト）で輪郭を与えてその存在を示すことはできる、とキャサリン・ベルゼイの解釈によるラカンの現実界と芸術作品との関係をあてはめて論じている。Daniel K. Hannah, "The Private Life, the Public Stage: Henry James in Recent Fiction," *Journal of Modern Literature* 30.3（2007）: 70-94. Karen Scherzinger, "Staging Henry James: Representing the Author in Colm Tóibín's *The Master* and David Lodge's *Author, Author!: A Novel*," *Henry James Review* 29（2008）: 181-96.
6 Colm Tóibín, *The Master*（New York: Scribner, 2004）48. 以下、この版からの引用については、ページ番号を本文中に括弧書きで示す。
7 Daniel Mendelsohn, "The Passion of Henry James," *New York Times* 20 June 2004, 5 Aug. 2010 <http://www.colmtoibin.com/books/fiction/themaster/reviews/newyorktimes.html>.
8 Janet Maslin, "The Hours of a Master at an Awkward Age," *New York Times* 31 May 2004, 5 Aug. 2010 <http://www.nytimes.com/2004/05/31/books/books-of-the-times-the-hours-of-a-master-at-an-awkward-age.html>.
9 「私生活の統御」との地口という読みが多い。
10 David Lodge, *Author, Author*（London: Penguin, 2004）62. ただしこれは、視点人物ジェイムズによる性からの逃避の合理化とも読める。なお、日本語訳については、高儀進訳『作者を出せ！』（白水社、2004）を引用させていただいた。
11 マターソンは「特に目立つもの」としてだけでも17の作品を挙げている。Stephen Matterson, "Dreaming about the Dead: *The Maser*," *Reading Colm Tóibín*, ed. Paul Delaney（Dublin: Liffey, 2008）140.
12 Lyndall Gordon, *A Private Life of Henry James: Two Women and His Art*（London: Vintage, 1999）1.
13 ガストン・バシュラール『空間の詩学』岩村行雄訳（筑摩書房、2002）64。マターソンは『巨匠』に現れる部屋のイメージに注目しているが、孤立という意味を強調し、窓や家にはこれを結びつけていない。Matterson 137.
14 アンデルセンの世界都市の構想は、歴史上、独裁政治が巨大建築を利用したことをも想起させる。パオロ・ニコローゾ『建築家ムッソリーニ 独裁者が夢見たファシズムの都市』桑木野幸司訳（白水社、2010）参照。
15 コーラ・カプランは、最後の段落で「社会性と唯我論が、喚起されるととも

に未決着のまま残される」と述べ、あえてこの部分を「『記憶され、捉えられ、保持される』ものとしての世界」とパラフレーズしているが、この表現も、世界と部屋の強いリンクを示していると言える。Cora Kaplan, *Victoriana: Histories, Fictions, Criticism* (New York: Columbia UP, 2007) 73.

16　Henry James, "Preface to the New York Edition," *The Portrait of a Lady*, ed. Robert D. Bamberg (New York: Norton, 1995) 7.

17　「ライとウィンチェルシーが動く土地、終わりのない浜辺の変化に属していると考えることは彼[ヘンリー]に喜びを与えた」(187)。長期間の侵食によって崩れ、海に呑まれていく土地というのは、トビーンのこだわるイメージで、故郷エニスコーシーを舞台にした『ヒース燃ゆ』『ブラックウォーターの灯台船』にも登場する。

18　Colm Tóibín, *Love in a Dark Time and Other Explorations of Gay Lives and Literature* (New York: Scribner, 2001) 35.

19　クィア批評の立場を取るエリック・サヴォイは、『巨匠』を読んだ後でこのジェイムズ評を読むと失望する、と書いているが、「より精妙な網」でのトビーンの態度は、サヴォイのジェイムズ観に近いと思われる。他にはメンデルソンやアプダイクが、トビーンのヘンリーへの共感よりアイロニーを強調している。Eric Savoy, "Subjunctive Biography," *Henry James Review* 27 (2007): 35. John Updike, "Silent Master," *New Yorker* 28 June 2004, 5 Aug. 2010 <http://www.newyorker.com/archive/2004/06/28/040628crbo_books>.

20　Tóibín, "A More Elaborate Web" 232.

21　トビーンとロッジを比較し、「本物」のジェイムズを描くことに捉われすぎず自分なりのジェイムズを創ったトビーンを、ハロルド・ブルームの「影響の不安」を用いて高く評価するパーキンの論文は興味深い。J. Russel Perkin, "Imagining Henry: Henry James as a Fictional Character in Colm Tóibín's *The Master* and David Lodge's *Author, Author*," *Journal of Modern Literature* 33.2 (2010): 114-30.

22　Michael Dirda, rev. of *The Master*, by Colm Tóibín, *Washington Post* 27 June 2004, 5 Aug 2010 <http://www.washingtonpost.com/wp-dyn/articles/A4011-2004Jun24.html>.

8

ジョン・バンヴィルの『海』の方法

加藤　洋介

I

　ジョン・バンヴィルの小説『海』で、一人称の語り手マックス・モーデンは、語りの現在から1年ほどまえに妻と病院を訪れたときを回想する。ガンに侵された妻に死期が迫っていることを、医者から宣告される場面である。モーデンは病院の3階の窓から外を見おろす。彼の視線は、まず病棟のまえに立っている1本の木をとらえ、次に駐車場の車やそこを横切っている女性に移る。木の種類、車が反射する日光、女性の服装などがモーデンの視点を通して報告される。これだけを見ると、文学のジャンルとして典型的なリアリズムの描写、離れた窓の視点から現実世界を観察し報告する文学の描写である。しかしながら、『海』は明らかにリアリズムの小説ではない。ふつうリアリズムの小説における現実世界の再現は語りの視点である観察者をそこにとり込んだり、物語の語り手や作家の生の一部を間接的に反映する鏡として機能したりするが、ここでは、描写される現実とモーデンの内面意識はそれぞれ異なる次元に存在する。2つの世界の分離または非連続は、背後にいる妻の存在をモーデンが窓ガラスの反映に認める瞬間に顕在化する。医者から死期を宣告されることを予想している妻の映像がモーデンの視野に侵入し、不調和をもち込み、外の世界がモーデンの内面意識から完全に隔

たっていることを明らかにするのである。そして、モーデンは「もはや外の世界は耐えがたくなり、窓に背を向けた」。[1] さらに、病院から帰宅すると、「はじめての経験ではなかったが、日常の事物が冷然と落ち着いている様子に驚いた。いや、そうではない。冷然としているわけでも、落ち着いているわけでもない。ただ無関心なのだ（……）」(20)。「無関心」(indifference) は小説のなかで繰り返しつかわれることばであり、重要な意味を負わされていることをつけ加えておこう。『海』は、自分をとりまく世界の無関心に傷つき、疎外と孤独を感じている人物の物語であり、その主題は、この世界に生きながらそれに対して関係を築けないこの人物の内面の分裂である。

　限定的に見れば、これはモーデンの個人的問題である。彼の育った家庭は貧しく、両親は粗野で、喧嘩がたえなかったという。モーデンは家庭を離れたいという願望と上品な生活への強い憧れをもちながら成長し、美術史家になった。その過程で、芸術の言語とイメージを獲得し、それらを通して現実を解釈するようになった。「彼女はいつもテニエルの描いたアリスを思わせるところがあった」(44)。「こんなふうに鏡に映った自分の顔を観察していると、ボナールが（……）浴室の鏡に映った自分を描いた晩年の作品を自然に思い出した」(130)。芸術の言語とイメージは、彼の意識のなかで閉ざされた内面世界を構築するようになった。つまり、「幼くてまだ一部では動物だったころ」に「小さな生き物と一体になる能力」(158) をもっていたと語る彼と現実世界のあいだに、距離をもち込み、その関係のあり方を根本的に変えたのである。さらに、この移行の過程は名前を変えるという行為にも及んだ。マックスはもともと美術史家としてのペンネームとしてつかいはじめたものと思われるが、最後まで明かされることのない彼の本当の名前をテクストと彼の回想から排除する。「どうして彼女はいつもおまえをマックスとよぶの？（……）おまえの名前はマックスじゃないのに」(210) という母のことばは、彼が美術史家として新たに形成しようとした世界の虚構性を間接的に指摘しているように見える。彼は娘にも美術の専門家になることを選択させ、彼女を自分が構築した世界に引き込もうとしたが、それが不幸な

結果をもたらしたことは2人の会話から明らかである。彼女は過去に博愛主義の若者と恋愛し、慈善活動をはじめたが、モーデンはそれを才能の浪費と考え、2人の交際に反対し、知識人としての娘の生活に社会の現実が侵入することを阻止しようとしてきた。しかし、妻の死を通して、モーデンは自分の生の虚偽を見つめるようになり、彼の意識から世界についての経験的知覚を排除してきた言語への不信と懐疑を深める。彼は自問する、「言語はなんと不正確なものか、なんと不十分なものか」(66)と。

　他方で、もっと視野を広げて、美術史家としてのモーデンの成長は今日の知識人の自己成型のあり方を間接的にあらわすと考えれば、この小説を同時代の知の貧困に対する批判として読むことができる。科学者を主人公にしたバンヴィルの一連の小説と比較すると、この解釈にとって有益な視点が得られる。たとえば『コペルニクス博士』(1976)や『ケプラー』(1981)のような小説では、世界を言語によって解釈し、それに秩序を与えようと試みる学者がその中心的位置を占める。「はじめ、それは名前をもたなかった」という『コペルニクス博士』の冒頭の一文は、世界に対する幼少期のコペルニクスの認識に言及するものである。「それはまさに物自体、生き生きとした物だった」[2]とつづき、言語化されるまえの直接的、経験的知覚を提示する。その後コペルニクスはことばを獲得し、それによって表象される世界の秩序と法則を発見していく。こうしてコペルニクスは、成長の過程で、世界を解明していく科学の歴史を反復するのである。それはことばと世界、ことばと物の対応の関係を構築していく過程だと言い換えてもよい。これに対して『海』の主人公は、現実世界の解釈や分析に関心をもたないだけでなく、むしろこの世界に対して意識的に背を向けようとする。彼の専門領域は限定的で閉鎖的なものであり、その特殊な言語とイメージは、それが構築する彼の内面世界を現実世界の描写に結びつけられない。ジョージ・スタイナーが「ことばの世界は縮んだ」[3]と表現した状況、現実世界の解釈や分析を科学が扱うようになり、人文学の言語がそれらの機能を放棄した状況が、ここにはある。その結果、モーデンはひじょうに不安定な内面の世界に生きること

になる。
　モーデンの抽象的な生のあり方は彼自身による選択だったが、それでも彼は意識と無意識の両方の次元でつねに1つの記号の実体を探し求めてきたと思われる。それは家庭である。人生の回想において彼が両親について語ることはひじょうに少なく、そのことが示すように、両親とともに過ごした少年時代の家庭の不幸な記憶を彼はおそらく意識的に払拭しようとする。彼の父はある日とつぜん彼と彼の母をアイルランドに残してイングランドへ去った。この出来事は父の無関心にさらされた少年の心を深く傷つけ、疎外感と喪失感を彼に与えたと思われる。病院から帰宅する場面で、家庭のなかの事物がとつぜん見慣れないもののように感じられたことを彼は「はじめての経験ではなかった」と語るが、そのとき彼は父の失踪を思い出しているのかもしれない。その後、母によって育てられたが、彼が他人の養子になっても「わたしは構わない」(108)と言い放った母のことばは、彼の記憶に刻まれた。少年時代の彼にとって、家庭は実体のない記号のように感じられたと想像される。彼は自分の結婚式に母を招待しなかったが、このこともまた、結婚によって形成される新しい家庭から、過去の家庭の記憶を排除しようとする衝動のあらわれとして解釈できる。新しい家庭は芸術の言語とイメージを通して形成される。たとえば、ボナールとその愛人マルトの関係に、またそれを描いたボナールの絵画に、彼は自分と妻の関係を重ね合わせて見ようとする。ボナールの絵画は単にそれを反映する鏡というよりも、むしろ彼がそれを形成するための範型として機能してきたと思われる。ところが、妻の病気が判明すると、妻は生の現実を見つめるようになり、2人の関係においてそれを覆い隠してきた芸術の言語とイメージの虚偽を指摘するようになる。妻の死によってモーデンの家庭はふたたび実体のない記号になるが、同時に、それまで芸術の言語とイメージを通して認知してきた家庭それ自体がじっさいには抽象化された現実だった、という事実にモーデンは気づきはじめる。「わたしにとって、すべては何かそれとは異なるものだった。わたしはしだいにこの事実に気づくようになった」(138)。妻の死後、この認識の

変化のなかで——具体的に言えば、芸術の言語とイメージに対する不信の高まりのなかで——彼は家庭を探し求める夢を見る。夢で雪のなかをさまよう。家庭をめざしているが、それがどこにあるのかがわからず、ただ歩きつづける。雪はモーデンの認識のなかで実体を失った世界の象徴。このなかで家庭は具体的イメージをともなわず、空疎な記号としてあらわれる。この夢を見て、モーデンは少年時代にグレイス一家に出会った場所であるバリレスへ行くことを決意する。過去への回帰はモーデンの知的成長とは逆方向の動きであり、その過程を中断するものだが、結局、求めているものはバリレスで見つからない。物語の最後に娘が恋人と婚約したことが報告され、わずかに家庭という記号の実体が示されるが、モーデン自身は最後までそれを明確にはつかめない。

　スタイナーは言う、「現代の作家が使用できる言語は、外部から強いられる制約と、内部から生じる堕落に挟撃されている」[4]と。外部から強いられる制約とは、科学の優越によって強いられる言語領域の縮小の圧力である。内部から生じる堕落とは、やはり科学の優越が引き起こす言語の堕落である。つまり、言語は一方で現実世界に秩序を与える役割を科学の抽象的数式に譲ったが、他方でその客観的性質を模倣するようになり、人間の生の表現としての機能を著しく制限するようになった。モーデンについて言うと、彼は美術史家としての人生においてさまざまな文章を生産してきた。現在はボナールの研究論文を準備しているという。この種の言語は現実からの避難所を彼に提供するはずだった。ところが、美術の領域で彼がつかう言語は論理的、科学的であることをめざす言語、科学の客観的な記述の方法を模倣する言語であるために、彼の内面の表現を排除してしまう。それは、本質的に経験的知覚と結びつかない抽象的言語である。自分自身の言語によって裏切られることは、もう1つの夢によって象徴的に暗示されている。その夢で彼は遺書を書こうとするが、タイプライターに不具合があり、Iの文字を打ち出せない。それまでに獲得した言語が一人称の表現を拒否するという意味である。

モーデンの知的成長は以上の窮境に陥る過程だと言ってよい。自分とは何かをめぐる彼の疑問と不安はこの状況であらわれる。結婚生活において「わたしたちが何かを欠いていたという確信、わたしが何かを欠いていたという確信を、わたしは払拭できない。ただ、それが何だったかはわからない」(218)というモーデンに対して、それは「わたし」を表現するための言語だと言うことができる。鏡に対するモーデンの一連の強迫観念──「鏡に対してわたしは多くの問題を抱えている」(128)──もまた、自己を適切に表現できない彼の窮境を象徴的に暗示する。じっさい、彼は次のようにはっきりと語る──「いや、わたしがめざしているものは、この現実世界における表現の瞬間だ。そう、まさにそれだ。自分自身の全的な表現だ」(185)と。この発言は、前後の文章とは明らかに異質であり、強い肯定の語調をもち、モーデンの不安定な自我を反映する回想から区別されなければならない。バンヴィルは芸術の役割を「混沌に対して統一的秩序を与えること」[5]だと定義するが、モーデンの分裂した自我は──彼の発言が示すように──現実の生からの逃避を求めながら、同時に芸術と現実の生の統合の可能性も求めている。

　一見、『海』は妻に先立たれた孤独な男による人生の回想のように見える。しかし、彼の孤独と分裂を、彼自身が漠然と意識している言語の問題としてとらえ直すと、今日の言語の状況がもたらす知の貧困を扱うことが見えてくる。『海』は、モーデンの内面の分裂を通して、今日の言語の堕落とそれが引き起こす人間的表現の困難を明らかにする。モーデンは明らかに自らの死を見つめているが、死は言語を放棄する瞬間でもあるから、バリレスへの旅によって示される小説全体の大きな動きは、言語に対する不信からその放棄への展開だと言える。が、死は終着点ではない。言語を超えた世界が、この小説の題である海によって象徴的に提示されているからである。

II

　この小説の最も重要な象徴は海である。しかし、この象徴は──この小説

のほかの重要な抽象的イメージと異なって——自律的記号として意味をあらわすというよりも、むしろ一貫して個人的なものであり、モーデンの記憶と結びついて意味を成す。海の象徴的意味を解釈することは、このイメージがモーデンの意識のなかで形成されてきた複雑な連想を理解することを意味する。それが個人的なものであることを強調するのは、ここにこの小説の新しい言語実践の鍵があるからである。

　海をめぐるモーデンの連想を分析してみよう。まず、死の連想がある。グレイス一家と過ごした少年時代の夏に、彼はその双子のクロエとマイルズの溺死事故を目撃した。クロエとマイルズはモーデンに背を向けたまま並んで沖に向かって歩いていき、やがて彼の視野のなかで姿を消した。小説の最後でモーデンは泥酔して海岸にたどり着き、波打ち際で眠り、危うく波に飲み込まれそうになるが、そのとき彼は死の願望によって海に引き寄せられている。また、死んだ妻に「おまえのセイレンの歌声が聞こえる」（132）と語りかけるように、彼は妻の死後の存在を海に想像していて、海を死者たちの世界として理解していると思われる。「おそらく生のすべてはそこから旅立つための長い準備に過ぎない」（98）という彼の人生観は、したがって、海をめざす旅として具体的にイメージされているわけである。

　モーデンにとって、死は別の世界への移行を意味する。彼がクロエとマイルズの死について直接の言及を避ける事実は重要である。彼らは死んだというよりも、むしろモーデンを離れて別の世界へ移行したように報告される。テクストの記述はこうである——

　　その後、あっという間にそのすべては消え去った。つまり、われわれの視野にあるすべてのものが消え去ったということである。瞬間的に波立ちが起こり、小さな白波が白さを際立たせたが、その後は何もなかった。無関心な世界は閉じたのである。（244）

この小説の書き出し——「彼らは去った」——についても同じことが言える

が、ここでモーデンは彼の認識の限界を意識している。「われわれの視野にあるすべてのもの」の向こう側に、クロエとマイルズが移行したもう1つの世界、モーデンの認識の及ばない領域が想定されているのである。

また、海は沈黙の世界でもある。海と沈黙の結びつきの強調は、第1に、「わたしをとり囲む沈黙は海のように重かった」(65) とか、「海の近くのこの辺りでは夜に独特の沈黙が訪れた」(71) といった表現によって繰り返し与えられる。第2に、モーデンの認識の限界は同時に彼の言語の限界でもあり、クロエとマイルズは彼の言語による表現の及ばない世界へ去ったという解釈が成り立つ。溺死事故の直前にクロエは波打ち際で家庭教師のローズと激しく口論するが、そのことばをモーデンは聞きとれず、彼女が最後に発することばはテクストに記録されない。口論の内容それ自体はおそらく重要でない、とルディガー・イムホフは述べるが、[6] この見方は正しいと思われる。重要なことはむしろ、クロエがこの瞬間に象徴的次元で言語の世界と沈黙の世界の境界にいることである。クロエとマイルズが双子であり、ことばをつかわず感情を共有できるという物語の設定は、この解釈と結びつけて理解しなければならない。また、決定的事実として、マイルズは話さない——

> マイルズは生まれたときから口が利けなかった。あるいはただことばを発しなかっただけかもしれない。医者たちは彼が頑なに沈黙を守る理由を見つけられず、困惑を語ったり、疑念を語ったり、その両方を語ったりした。(82)

溺死事故が起こらなければ、マイルズはその後モーデンに対して何かを語ったかもしれない。あるいは、当時モーデンはクロエと恋愛していたので、2人の関係のその後の展開のなかでモーデンは彼らの沈黙を共有したかもしれない。とくに2人の性的接触すなわち感覚的、経験的知覚は、対象に対して距離を置くモーデンの視覚中心の認識およびその言語表現とは種類の異なるものとして重要な意味をもつ。ところが、事故によってこれらの可能性は失われた。要するに、事故は、クロエによって共有されるマイルズの沈黙の

世界がモーデンの生から完全に失われた瞬間である。だからこそ、クロエはモーデンの意識のなかの抽象的イメージに還元されない存在として、つまり彼の芸術の言語を拒否する存在として、「わたしの記憶の目のまえで一定の距離をとったままゆれ動いている」ように感じられるし、「彼女はいつも焦点を結ばず、わたしが前進しようとすると、それに合わせて後退する」（139）のである。

　海がこれらの記憶と結びついて表象する言語を超えた世界は、こうしてモーデンの生から切り離されるけれども、海はそれ自体で 1 つのイメージとして彼の意識のなかで生きつづける。ある朝、洗面器に張った水とそれが反射する光を見つめていると、「一瞬、現実か想像かわからない世界の、どこか遠い海岸へ移動した」（132）。海は 1 つのイメージに還元され、連想によってモーデンの日常の場面と重なり合い、新しい意味を獲得していく。それはまた、ボナールの晩年の絵＜入浴する裸婦と犬＞の浴槽の水および日光の反射と結びつくし、そのモデルになったボナールの愛人マルトと同じように長い時間を浴槽で過ごした妻の記憶とも結びつく。さらに、この記憶は死後に海へ去ったように認識される妻のイメージとも重なり合う。こうしてモーデンの日常の次元で、海のイメージを中心として、具体的知覚と結びついて形成される新しい複雑な連想の体系があらわれ、彼の内面意識のなかで 1 つの秩序を形成することが示される。

　物語はモーデンの恣意的な回想にもとづいて進むように見えるが、最終的には秩序をめざす動きがある。その転換点は、海岸で眠ったモーデンをブランデン大佐が救出する場面であり、その場面のあと、それまで死を求めてさまよっていたモーデンの口調に明白な変化があらわれる。「ああ、そうだ、生は可能性に満ちているんだ」（260）と生を肯定するようになるし、大佐に対しては「おそらくあなたはわたしの生を救った」（262）と感謝する。彼はその後の生を執筆につかうと想像されるので、これは実質的に言語への回帰である。バリレスを離れる日には大佐から万年筆を贈られる。それによって、この小説がこの万年筆で書かれているという事実が明らかにされ、

この小説それ自体が言語への回帰の具体的実践であること、海のイメージが引き寄せる新しい連想の複合体がこの小説の新しい言語実践であることが示唆される。

III

小説がはじまってすぐにモーデンは、「だめだ、書けない。こんなでたらめな書き方しかできない」(40) と語る。このことばが示すように、『海』の方法は実験的である。すなわち、何らかの秩序や構想にもとづいて物語が展開するのではなく、モーデンが彼の過去の記憶を恣意的に語る過程で秩序が形成されていくのである。一般に記憶は瞬間的で断片的なものであり、小説でそれらの断片を扱うとき、通常、それらを因果関係にもとづいてつなぎ合わせたり、時間の流れに従って配置したりすることで物語を展開する。しかし、『海』ではそうした因果関係や物語の連続はむしろ意図的に断ち切られる。というのも、モーデンの絵画的想像力は、過去を静的で断片的なイメージに還元し、物語が連続的に前進する動きを抑止するからである。1つの映像を喚起すると、次にそれを展開するのではなく、とつぜん別の時点の異質な映像に転換するのである。

『海』の方法を理解するために、印象派の連作との比較が有益であるかもしれない。モネの一連の有名な作品でよく知られるように、印象派の連作は、対象となる事物の本質よりもむしろ環境のなかで変化していくその様相を強調する。この強調は、いくつかの点で『海』の方法の基礎にあるものと似ている。というのも、過去の出来事はそれをあらわす言語のなかでたえず変化していくことをモーデンが認識しているからである——「わたしたちはこんな表現をつかわなかったはずだ。(……) いまになって当時のことばで語ることは何とむずかしいのだろう」(34)。この時間の意識のなかで、過去はそれ自体で意味をもつものではなく、その回想のコンテクストにおいて多様に変化し、その意味を刷新してあらわれる。

この立場を言語の領域にもち込むと、論理的に、固定された意味の拒否と

してあらわれる。ふたたびスタイナーの視点をもち込むと、ことばの意味は辞書や文法によって規定されるというよりも、むしろ本質的に日常における個人の使用によって生産されるものだ、とスタイナーは言う。『バベルの後に』で彼はこう述べている——

> 意味はつねに個人によることばの用法が及ぶと思われる範囲の総体である。日常の言語について——たとえその一部についてであっても——完全な辞書や論理的文法をつくることはできない。なぜなら、どんな単純な言及でも、あるいはどんな単純な「名づけ」でも、1つの特定のことばに対して個々の人間が必ずそれぞれの異なる連想を与えるからである。これらの相違こそが日常の言語使用の生命である。[7]

これまでに見てきたように、海の象徴的意味はモーデンの生のなかで、また彼の語りのなかで変化していくので、ここでスタイナーの言う意味の多様性と変化の強調をバンヴィルは共有していると考えられる。ことばは個人の日常のなかで複雑な連想を蓄積していくものであり、そのような理解にもとづいて言語を実践していくことで、科学の優越の時代に、生命的で人間的な文化を回復できる、とバンヴィルは理解する。

同様に、モーデンは芸術作品の完結性という観念に対しても異議を唱える。一般に、1枚の絵は作品として独立したものとみなされる。印象派の連作を構成する作品も例外ではない。ところが、モーデンは芸術作品が創作の過程の一部であることを強調し、次のように述べる——

> われわれは1つの仕事を完結するが、たしか詩人のヴァレリーが語ったように、本物の仕事を行なう人間は仕事を完結することがない。仕事の過程でそれを放棄するだけである。友人と——まちがっていなければ、ヴュイヤールだった——リュクサンブール美術館を訪れたボナールについて、面白い逸話がある。この友人が警備員の気をそらしているあいだに、絵の具箱をとり出し、それまでそこに

何年も展示されてきた自分の絵の一部を修正したというのである。(41)

　ここには、文学と絵画の新しい関係の可能性が示されていることをつけ加えておこう。モーデンはボナールを「ひじょうに偉大な画家として評価するが、ずいぶんまえに認めたように、ボナールについてわたしは何らの独創的な視点をもたなかった」(40)と語る。すでに一部を書いたというボナールについての研究を彼が完成することはおそらくないと思われる。なぜなら、彼は海岸で眠る場面において美術史家としての生を象徴的次元で終え、その種の言語を放棄すると思われるからである。しかし、われわれの視点を転換し、ボナールの世界をこの小説にもち込むことで、それに新しい意味と連想を付与すると考えるとどうだろう。つまり、ボナールの絵についてこの小説のインターテクスチュアリティを考えるのである。一方で、モーデンは現実を解釈するためにボナールの絵をつかうが、他方で、それを個人的な言語によって語り直し、新しい生の現実を重ね合わせる。そのときボナールの絵は完結したものではなくなり、モーデンの言語のなかで開かれたテクストとしてあらわれる。

　以上、われわれは『海』の方法について、スタイナーの言語論を参照しながら論じた。科学の優越の時代に人文学の言語をどうやって回復するかという問題を、バンヴィルはこの小説でスタイナーと共有している。さらに、もっと視野を広げれば、スタイナーの背後にあるケンブリッジ英文学からバンヴィルの実践への系譜を明らかにできるだろう。要するに、科学に対抗して、人間的な言語、人間を描くための言語を模索してきた人文主義の系譜に、バンヴィルを位置づけられるのである。『海』は、その具体的実践として評価できる小説である。

注

1 John Banville, *The Sea* (London: Picador, 2005) 15. 以下、この版からの引用については、ページ番号を本文中に括弧書きで示す。
2 John Banville, *Doctor Copernicus: A Novel* (1976; New York: Vintage, 1993) 3. ジョン・バンヴィル『コペルニクス博士』斉藤兆史訳（白水社、1992）8。
3 George Steiner, *Language and Silence: Essays on Language, Literature, and the Inhuman* (New York: Atheneum, 1967) 24. ジョージ・スタイナー『言語と沈黙——言語・文学・非人間的なるものについて』由良君美ほか訳（せりか書房、2001）41。なお、バンヴィルとスタイナーの関係については、John Kenny, *John Banville* (Dublin: Irish Academic Press, 2009) を参照。
4 Steiner 27. スタイナー 44。
5 John Banville, "Physics and Fiction: Order from Chaos," *New York Times Book Review* 21 April 1985: 42.
6 Rüdiger Imhof, "*The Sea*: 'Was't Well Done?'" *Irish University Review: A Journal of Irish Studies* 36 (Spring / Summer 2006): 173.
7 George Steiner, *After Babel: Aspects of Language and Translation* (1975; Oxford: Oxford UP, 1998) 206-07. ジョージ・スタイナー『バベルの後に——言葉と翻訳の諸相』亀山健吉訳（法政大学出版局、1999）354。

9

コナン・ドイルの虚構の伝記と探偵小説
──ジュリアン・バーンズ『アーサーとジョージ』──

今村　紅子

　19世紀のフランスで写実主義を確立した作家であるギュスターヴ・フロベールは、『ボヴァリー夫人』（1857）のエンマ・ボヴァリーのモデルは誰かと尋ねられると決まってこう答えたという。「ボヴァリー夫人は誰かって。それは僕のことさ」。[1] 名探偵シャーロック・ホームズの生みの親、アーサー・コナン・ドイルも同様の質問をされるとフロベールの機知に富んだ答えに倣って返答した。「誰がホームズかといえば、それは僕だと告白すべきでしょうね」。[2] フロベールとドイルは、自分たちが生んだ強烈なキャラクターと作家自身が同一視されるという経験をしたばかりではない。それぞれの作品の威光に終生悩まされ続けた作家たちでもあった。[3]

　現代イギリスを代表する作家であるジュリアン・バーンズは、『フロベールの鸚鵡』（1984）と『アーサーとジョージ』という小説で、19世紀のフランスとイギリスを生きた2人の作家の生涯をテーマにした作品を描いた。フロベールとドイルは実人生と虚構のはざまで物語を紡ぎ出しながら、同時代の歴史や精神史を描き続けてきた作家でもある。バーンズも過去の物語や歴史、人生というものにとくに関心を払う作家であるといっていいだろう。

　『10 1/2 章で書かれた世界の歴史』（1989）でバーンズはノアの方舟の話

から第二次世界大戦の実話を盛り込んで人類の歴史を解き明かす試みをおこなった。『イングランド、イングランド』(1998)でバーンズが投げかけた「最初の記憶とは何か」[4]という問いは、そのまま『アーサーとジョージ』における主人公アーサーの「最初の記憶」[5]の問題として呼びおこされている。本稿ではバーンズ3度目のブッカー賞最終候補作入りを果たした『アーサーとジョージ』において、物語と歴史、実人生と虚構がどのように扱われているかを中心に考察したい。

　ちなみに『フロベールの鸚鵡』でバーンズが、フランスのメディシス賞外国小説部門に輝いたのは1986年のことだった。フロベールの短編「純な心」の鸚鵡をめぐる話、その生涯をたどった年譜や動物誌、そして『ボヴァリー夫人』のパロディを描いたこの作品は、フィクション、伝記、批評としての要素を兼ね備えた小説として高く評価されている。そのエピグラフには「友人の伝記を書くときは、仇を討ってやるくらいの気持ちで書かなくてはならない」(エルネスト・フェドーへの手紙、1872年)[6]とフロベールが綴った書簡の1節がかかげられている。

　そして、バーンズが第10作目の小説で、フロベールのつぎに小説の主人公に選んだ実在の人物は、タイトルに名前を冠した名探偵の生みの親アーサー・コナン・ドイルと、名もなきバーミンガムの事務弁護士ジョージ・エイダルジである。[7]ジョージの母親はスコットランド人だが、父親はインドのボンベイ出身のパールシー教徒で、今はスタフォードシャーのグレイト・ワーリーでイングランド国教会の教区牧師をつとめている。ジョージは当時では珍しい混血の青年だった。彼らの教区では匿名の脅迫状や贋広告による悪戯が頻発していて、エイダルジ家はその標的とされていた。そんな折、教区内で家畜の腹が切り裂かれる残忍な事件が連続して発生した。1903年、警察が証拠不十分なままで、ジョージを真犯人として逮捕するという事態に発展する。この奇怪な事件の謎を解くために、アーサーは秘書のアルフレッド・ウッドを従えてホームズさながらに奮闘する。しかし、懲役刑が執行されたこの事件の無罪判決を勝ち取ることはできないまま、エイダルジ事件の

真相は闇に葬りさられてしまうのである。

人種差別の問題が背後に潜んでいるこの冤罪事件を題材とした『アーサーとジョージ』は、バーンズがドイルの日記や伝記、歴史資料に丹念にあたり、細部まで目配りをして描いた小説である。[8] 歴史的事実や伝記的記録によって浮かび上がったアーサーやジョージの人物像は、想像力を介在したエピソードが盛り込まれることで真実味を増し、その人物造形に人間らしさや面白みが加わっている。現実と想像の世界が混在するこの小説は、歴史と伝記に基づいた虚構の物語であることはいうまでもない。[9]

作品の舞台となった後期ヴィクトリア朝の大英帝国は、新たな読者層の誕生とともに探偵小説をはじめとする大衆小説が流行した時代だった。当時のイギリスでは初等教育法（1870）の成立以降、国民全体の識字率が急激に向上したばかりではない。印刷技術の発達や印紙税の撤廃（1855）にともなって、安価な定期刊行物を手にした大衆が小説を楽しむ時代が訪れた。文学と大衆の関係が大きく様変わりしたこの時代、知的中産階級の人びとを惹きつけたジャンルのひとつが推理小説／探偵小説だった。道徳規範が崩れたヴィクトリア朝社会において、勧善懲悪を旨とするホームズ物語は、人々の倫理観に訴える作品として読者の関心をひいた。

探偵小説をはじめとする多くの小説においては、事件の解決や大団円とともに物語が完結するいわゆる「閉ざされた終わり」が伝統的に守られてきた。『アーサーとジョージ』の中盤にいたるまで、2人の人生はそれぞれが独立した別個の物語として不連続に語られる構造となっている。つまり、現実と虚構が共存するアーサーとジョージの生涯をたどる物語は、多層的テクストの集合体として収斂する仕組みをとっている。そこでは、物語の「始まり」から「終わり」にこだわりながら、戦略的に個人史が綴られているだけではない。人生が死をもって有機的に完結する結末は用意されず、無限の解釈を誘発する「開かれた終わり」が読者に提示されるのである。

本稿ではドイルの探偵小説の手法を応用した『アーサーとジョージ』の物語の構成を分析することを出発点とする。虚構の伝記として描かれたアー

サーとジョージの半生を顧みることによって、2人の数奇な出会いの経緯をたどってみたい。さらに、冤罪事件の歴史的真実を炙り出すために、アーサーとホームズがどのように重ねられ、名探偵さながらの謎解きの手法がいかに活用されているかに注目する。読者に心地よい結末を与える探偵小説の手法は、はたして実人生を物語る際に有効なのだろうか。当時、フランスで起こったドレフュス事件は人種差別の問題ばかりではなく、作家が新聞攻勢を仕掛けて世論を動かしたという意味で、エイダルジ事件と通底していた。事件の経緯をなぞって虚構の物語を構築する作家（探偵）が、真実に近づくことは可能なのだろうか。歴史的事実と伝記に基づいた2人の虚構の人生をたどりながら、アーサーとジョージをめぐる「真実」の意味を考察したい。

I

　ドイルが探偵小説を手がけるときに念頭においていたのは、創作前に物語の結末を決めておくということだった。論理的で意外性のある推理と、みごとなホームズの謎解きは、あらかじめ決められた結末に向かって進んでいく。この創作手法をバーンズはアーサーとジョージの生涯をたどる際に応用している。

　『アーサーとジョージ』の章立ては「始まり」、「終わりのある始まり」、「始まりのある終わり」そして「終わり」になっている。「終わりを知らずして、どうして始まりが意味をなすのだろう」(193)という一節はドイルの創作方法そのものを映し出している。そして、それぞれの章には、主人公たちの名を呈した「アーサー」、「ジョージ」、「ジョージとアーサー」、「アーサーとジョージ」という題がついている。[10] この作品は「始まり」と「終わり」をキーワードとして物語の骨子が作られているのである。

　『アーサーとジョージ』というタイトルから、2人は一心同体であるような印象を持つ読者は多いだろう。しかし、1859年生まれのアーサーと、1877年生まれのジョージには18歳の年齢差があり、2人の生い立ちから青

年期に至るまでの時間軸には大きなずれがある。その時間差を示すために、第1章にあたる「始まり」では、ジョージを語るときは過去時制が、そしてアーサーを語るときには現在時制が効果的に用いられている。住む土地や環境、世代も異なる2人は、「始まり」の章では互いの存在すら知らずに人生を歩んでいる。

　小説の中盤までアーサーとジョージの物語は完全に分裂していて、それぞれ幼少期、少年時代、青年期を描いた短く完結したテクストが交互にあらわれる構成となっている。したがってアーサーとジョージが出会うその日まで、分離した物語が1つになる瞬間は訪れない。眼科医から職業作家に至るアーサーの半生と、法律を学び事務弁護士になるジョージの歩みの過程が、幼少期の記憶と視覚の問題を起点として時系列に沿って配置されている。語り手は場所と時間を自由に行き来しながら、登場人物をめぐる2つの時代や出来事を、視点を変えながら読者に伝えてくれる。

　第2章に入っても、アーサーとジョージの物語は2人の人生と同様に交差することなく、物語は分裂したまま平行線をたどり続けている。この章のタイトルである「終わりのある始まり」は、アーサーとジョージの人生で何かが終止符を打ち、何かが始まることを示唆している。ここでいうアーサーにとっての「始まり」は14歳年下のジーン・レッキーとの1897年の出会いであり、「終わり」は1906年に訪れた妻トゥーイ（ルイーザ・ホーキンズ）の死を意味している。

　アーサーの人生は「死」という終結点を契機として、新しい何かが「始まる」仕組みになっている。幼少期のアーサーの最初の記憶の始まりは祖母の遺体を見た経験にあった。人生の門出である結婚もまた「死」とは切り離せない。アーサーが担当して間もなく亡くなった髄膜炎の患者ジャック・ホーキンズの姉が、1885年にアーサーの妻となったトゥーイであった。結婚から8年後に結核を患ったトゥーイは、余命数か月の宣告をされた。その後、専門医から見放されながらも13年間にわたる闘病生活を経た末、1906年に永眠する。アーサーは献身的に妻に尽くす結婚生活を送る一方で、9年

間にわたってジーンへの恋心を募らせていた。ジーンが現れてからのアーサーの人生は「過去もなく、心に思い描く未来もなく、今現在があるだけ」(171)の物語として現在時制で語られている。プラトニックなジーンとの恋愛関係の始まりは、アーサーにとって新たな人生の始まりでもあったのである。

一方、毎朝定刻の汽車でバーミンガムに通勤していた事務弁護士ジョージの「いつも通りの24時間の生活」(93)は1903年を境に一変する。グレイト・ワーリーの連続家畜殺傷事件の犯人として不当に逮捕されたジョージの物語は、懲役7年の判決を受けてから3年後に仮釈放されるまで、すべてが過去の出来事として描かれている。これは1903年から1906年にいたる獄中生活で、ジョージの人生の時間が予期もせず突然停止してしまったことを象徴している。釈放された1906年に、ジョージはこの冤罪事件についての相談をアーサーに申し出ている。それは2人の人生が初めて交錯した「始まり」でもあった。

3章目にあたる「始まりのある終わり」は、1906年に服役生活を終えて自由の身になったジョージが、新たな人生を踏み出す「始まり」であったばかりではない。エイダルジ事件の捜査に乗り出したアーサーが、事件の「始まり」に今一度立ち返り、その真相を究明することを意味している。

「始まりのある終わり」という3つ目の章題には、小説と同様のタイトル「アーサーとジョージ」が付されている。アーサーがエイダルジ事件解決に乗り出そうと決意したときから、これまで平行線をたどっていたアーサーとジョージの人生がついに重なり始めるのである。今まで2つに分裂していたテクストも、この章を境に1つになり物語は佳境を迎える。

1907年、アーサーとジーンの結婚式にはジョージが賓客として招かれていた。アーサーの新たな人生の門出である結婚式は、ジョージにとっては、社会復帰への第一歩となる新たな「始まり」でもあった。

小説の最後となる「終わり」の章は、エイダルジ事件から23年の歳月を経た1930年、『デイリー・ヘラルド』紙に掲載されたアーサーの死亡記事

から始まる。アーサーの葬儀は肉体が死滅しても霊魂は生き続けるというスピリチュアリズムの思想に則って、アルバート・ホールで執り行われた。人生の終焉であるはずの死は、本来霊的な存在である人間が肉体を脱ぎ捨てて新たな世界へと旅立つ「始まり」である。スピリチュアリズムでは人の「死」をそのようなものとしてとらえている。実際、葬儀の場面の語りが、過去時制から現在時制へと移行したのは、アーサーの霊魂が今ここに存在することを示唆している。「死」が宗教観や思想によって簡単に定義できないように、人生や物語の「終わり」にも多様な解釈が可能である。それは読者がホームズ物語を読み続ける限り、名探偵は虚構の世界で活躍し、アーサーも人々の記憶のなかに永遠に生き続けるということでもある。

『アーサーとジョージ』は、多層的なテクストを土台とした「始まり」と「終わり」という枠組みの中で、複雑に絡み合った実人生と冤罪事件の記録が詳細に語られた作品である。しかし、この作品の構成は、筋道の通った推理に導かれて終わりを迎える探偵小説の単純明快なパターンとは異なる。歴史も個人史も無限の解釈が成り立つように、アーサーとジョージの人生にも正しい道筋や結末というものは用意されてはいない。

『アーサーとジョージ』は「見ること」についての問いを残したまま、「開かれた終わり」という形で幕を閉じている。

　　彼は何を見ているのだろう。
　　彼は何を見たのだろう。
　　彼は何を見るのだろう。（367）

読者に多様な解釈を委ねるこの問いは、そのまま作品冒頭の言葉である「子どもは見たがるものだ」（2）に繋がっている。物心ついた子どもが何かを「見たい」と願う欲求は、大人になっても尽きることがない。スピリチュアリズムの概念に従えば、「死」を経験して初めて見える世界もある。さらに探偵には、凡人には計り知れない観察眼と好奇心が不可欠だ。そして、アー

サーは眼科医として出発し、ジョージは極度に視力が悪い身体的特徴があった。冒頭と結末に合わせ鏡のように並置された視覚の問題は、「真実」を探求する人間の根源的欲求の象徴でもあり、作品全体を貫くテーマでもある。『アーサーとジョージ』は「見ること」を出発点として、歴史や人生の「真実」が永遠に謎に包まれていることを示す円環の物語でもある。

Ⅱ

　ある人物の生涯を歴史的事実と照らし合わせながら、その人の生きざまや人となりを甦らせたものが「伝記」であるならば、『アーサーとジョージ』は2人の生い立ちから青年期を交互に語り、その後1つに交錯した2人の人生をたどった虚構の伝記といえる。作品から浮かび上がるアーサーとジョージの世界は、性格、価値観、生まれ育った環境、暮らした土地などがすべて異なるばかりではない。小説家と事務弁護士、アイルランド人の血を引くスコットランド人とパールシー教徒を祖とする混血児、騎士道ロマンスと聖書物語、スピリチュアリズムとキリスト教。それぞれの特徴を並べても共通点は見当たらない。

　アーサーの物語は死体との遭遇から始まる。幼いアーサーの「最初の記憶」(2)は祖母の遺体の記憶である。アーサーは、母親が語り聞かせてくれた物語の世界から「ものごとの善悪」(4)を知り、『アーサー王伝説』の騎士道精神から、奉仕の精神や正義を学んだ。エディンバラ大学で外来患者助手を務めると、患者の生活や職業を言い当てるジョウゼフ・ベル博士の診察手法を、後にホームズの物語に応用した。犯罪捜査においてホームズが医学や科学的な知識を駆使する原点はここにある。

　ジョージには「最初の記憶」(3)がなく、想像力とは無縁の少年時代を送っていた。手にした書物は、牧師館にあった聖書物語だった。エイダルジ家では、「真実を話す」ことが当然とされて、「ほら話」や「嘘」(4)は嫌悪されていた。ジョージは「私は道であり真理であり命である」(4)という聖書の一説に影響を受けたが、法律を学ぶとキリスト教の教義に疑問を抱

くようになる。メイソンカレッジに通い法律を学びながら、私生活では鍵が掛かった父の寝室で眠り、父の髭剃りを使う奇妙な日々を送っていた。

　好奇心と想像力に富んだアーサーは、ウィーンへの留学後に眼科医となり、サウスシーで開業する。そのかたわらに執筆した読み切り連載のホームズの物語が『ストランド・マガジン』に掲載されると人気を博して、結局作家の道を選ぶこととなった。

　一方、想像力が乏しく融通が利かないジョージは、バーミンガムの事務弁護士となる。ジョージの視力が極端に悪いことは、一種の寓意と捉えることができる。つまり、現実を直視して、真実を見抜く観察眼の有無が、眼科医のアーサーと視力の弱いジョージの生涯に擬して語られているのである。

　イングランドに生まれて教育を受け、国教会の教義を信じ、イングランドの法律を司る事務弁護士として半生を費やしたジョージにとっての故郷は、もはやインドではない。しかし、アイルランドに出自を持つスコットランド人のアーサーと、インド人の父を持つ混血児のジョージは、他民族や他国との対比により構築されるイングリッシュネスの概念では、「他者」として排除される。これは、アーサーがジョージに向かって、自分たちは「正式にはイングランド人ではなく、かろうじてその仲間入りを許されているにすぎない」(217) と告げる言葉に集約されているだろう。

　ジョージは、頻発するエイダルジ家への悪戯や、自分が冤罪事件に巻き込まれた原因が、人種的偏見に起因することを認めようとはしなかった。しかし、ジョージの不当な逮捕について、スタフォードシャー警察長のアンソンは、混血であることがその一因であると明言した。グラッドストーン委員会が、人種問題に関連した質問状に対して無回答だったことは、差別的偏見が司法の場でも温存されていた事実を映し出している。

　実際、ヴィクトリア朝期には科学者や有識者によって構築された卑劣な人種差別観がまかり通っていた。当時の人類学では、白人と有色人種は異なる種を起源とする人種多元論が優勢を占めていた。[11] 白人のアイデンティティー構築の際には、有色人種は明らかに「他者」として位置づけられて、

蔑視の対象とされていたのである。

　人類学や遺伝学、骨相学や観相学などを応用して、犯罪者の身体的特徴を類型化したチェーザレ・ロンブローゾの犯罪学は、当時スコットランド・ヤードでも採用されていた。ジョージの身体的特徴である大きな眼窩や、精神的特徴である愚鈍さや自己顕示欲の強さは、隔世遺伝による先祖返りを示す生来性犯罪者説の条件と奇妙に合致していたのである。[12]

　ところで、アーサーは10代でカトリックの信仰に疑問を持ち、その後サウスシー時代にテレパシーの実験に参加したこともあったのだが、やがて降霊現象などの超自然現象に関心を持つようになった。1893年になると心霊研究協会に入会し、晩年はスピリチュアリズムの世界に傾倒していった。

　病弱だった最初の妻トゥーイは、ヴィクトリア朝の良妻賢母の典型である「家庭の天使」そのものだった。儚げな妻のために、アーサーはサリー州のハインヘッドにアンダーショウという名の邸宅を建てた。一方、2番目の妻であるジーンは、しだいにスピリチュアリズムの世界に理解を示し、霊媒として死者との交信を行うにいたった。伝統的な社会規範に縛られずに、恋愛や結婚をし、社会生活を営むジーンの姿は、世紀末の「新しい女性」を体現していた。スピリチュアリズムの概念では、肉体の死後も生前の人格を伴って、霊魂は生き続ける。アーサーの葬儀に参列したジーンは、肉体を脱ぎ捨てたアーサーの霊魂の存在を確信していたのである。

III

　『アーサーとジョージ』では、バーンズが想像した虚構の世界と、伝記や歴史的資料に基づいた事実の境界線は曖昧になり消滅しているような印象を受ける。しかし、読者は作品の最後に記された著者による覚書を通して、この物語は現存する歴史的、個人的な資料を精密にたどって創作した虚構の伝記であることを再確認する。

　ジーンからアーサーへの手紙を除いては、署名があっても匿名でも、すべて引用

した手紙は本物です。新聞や政府の報告書、議会の議事録、アーサー・コナン・ドイル卿の著作の引用も同様に本物です。(360)

　この小説の創作は、現存する古い私的文書や公的文書を紐解くことから始まっていて、作品内で当時の資料に出会うことは19世紀末に生きた人物の息吹を感じる瞬間でもある。アーサーの生涯に関しては、ドイルの自伝『わが思い出と冒険』(1924)に多くを依拠している。作品後半部、ジョージが実際に『わが思い出と冒険』のエイダルジ事件の関連箇所を読み、当時のアーサーの本音を垣間見て、事実と自伝の齟齬に戸惑う場面がある。また、ホームズ物語からは『バスカヴィル家の犬』(1901)を連想させる場面が散見される。ポニーが腹を切り裂かれた現場に残った犯人の「足跡」(184)の問題は、検死現場から離れた地点に残る『バスカヴィル家』の魔犬の足跡を連想させる。また、1904年、獄中でジョージが読んでいた小説も『バスカヴィル家の犬』だった。

　さらにジョージの唯一の著作である『鉄道法』(1901)の表紙の複製が、小説内に掲載されている。小説家アーサーのみならず、文筆家としてのジョージの一面を我々は目に見える形で知る。登場人物の著作や伝記、それに新聞記事などが物語に差し込まれることで、実在の人物の息遣いや思考方法、当時の状況がより真実味を帯びてくるのである。とくに顕著な例は、エイダルジ事件の冤罪を晴らすために、ジョージが世論喚起の手段とした新聞投稿の場面を作品内に組み込んだ箇所である。

　ジョージが仮釈放された1906年は、フランスでユダヤ人のアルフレッド・ドレフュスに対する冤罪事件の無罪が再審の末に勝ち取られた年でもあった。1894年、陸軍参謀本部に勤務するドレフュスは、ドイツへの情報漏洩の嫌疑がかかり、筆跡が似ているという理由で逮捕されて、証拠不十分のまま有罪判決を受けた。作家のエミール・ゾラは新聞の一面に質問状を掲載し、真犯人を隠匿した軍部の不正やユダヤ人に対する人種差別問題について論陣を張った。アーサーはフランスのドレフュス事件に倣って、混血であ

るために差別を受けたエイダルジ事件でも、世論を喚起して司法と警察の不正を糾弾するつもりだった。バーンズ自身もダグラス・ジョンソンのドレフュス事件についての著書を参考に、エイダルジ事件の物語化に取り組んでいる。[13]

　アーサーがジョージから冤罪事件についての相談を受けた 1906 年は、ドレフュス事件の冤罪が晴れた年であっただけではなく、長く病の床にあった妻トゥーイが亡くなった年でもあった。妻の死で気力を失っていたアーサーが、初めて精力的に取り組んだ仕事が、エイダルジ事件の真相を伝える投稿記事の執筆だった。「哀しみを忘れるには仕事が一番さ」[14] と「最後の事件」（1893）でホームズがワトソン博士に言った小説内の言葉は、アーサーの実人生を映し出すことになった。

　1907 年 1 月 11 日と 12 日の『デイリー・テレグラフ』に、2 日間にわたって著作権なしで掲載された、ジョージの無罪を説いた記事は、「シャーロック・ホームズの捜査」（284）と題されて本国のみならず世界へと波及した。アーサーはこの記事で、ジョージに不利な証拠への反論をあげて、人種的偏見に満ちた警察と司法当局の不正を訴えて世論を喚起した。この記事をめぐっての反響は大きく、J・M・バリーやジョージ・メレディスなどの作家の支持も受けた。このプロパガンダ作戦は内務省を動かし、特別調査委員会が組織されるに至った。しかし、アーサーが描いたジョージの姿は、実像とはかけ離れた虚飾に満ちたものだった。作家が生んだ作中人物と紙一重に脚色されたジョージ本人は、真実と虚構が入り交じった虚像に戸惑いを感じていた。

　一方で、ジョージが家畜殺傷事件の犯人として逮捕された際に発行されたバーミンガムの『デイリー・ガゼット』紙の新聞報道は、有色人種に対する偏見に満ちたものだった。感情が欠落した愚鈍な表情の東洋人と形容されたジョージは、猟奇的な事件の真犯人として祀り上げられていた。「エイダルジ（Edalji）」の名字を東洋人と報道した記事を見たジョージは、自分が中国人に間違われることに嫌悪感を示した。実際、この名字を正確に発音でき

るイギリス人はいなかった。ジョージは「イーダルジ (Ee-dal-ji)」(84) という間違った呼び方との区別を明確化するために、「エイダルジ (Áydlji)」(84) と強調して発音したのだった。

　物語のみならず、投稿記事や新聞記事に及ぶまで、創作されたテクストには書き手（作者）の意図やイデオロギーが反映されている。作者にはテクストを統括する絶対的な権威があるばかりではない。作者の周辺にある歴史的言説や文化的側面などの多様な価値観が、テクスト構築には深く関係している。

　アーサーがエイダルジ事件の捜査を請け負った背景には、幼少期から培われた正義感、つまりフェアプレイの精神があった。[15] 帝国主義思想が蔓延した時代、有色人種のエイダルジ家に対する人種的偏見に満ちた匿名の脅迫状や贋広告による嫌がらせは後を絶たなかった。1903年にグレイト・ワーリーで発生した家畜殺傷事件では、地元警察が、混血の青年ジョージ逮捕のために証拠を捏造し、司法当局はジョージに有罪の判決を下した。警察と司法の不正という前代未聞の事態は、アーサーが重んじるフェアプレイ精神の道理に反するものだった。

　そもそもイギリス人は、世界を統治する大英帝国の一員として、ルールを遵守して不正を正すことが、国民の当然の義務であると考えていた。イギリス人の誇る正義感やフェアプレイ精神の根底にあるのは、中産階級のイデオロギーが生み出した価値観でもある。19世紀のパブリックスクールの実技科目にも採用されたクリケットは、この精神の根幹を成す組織力を重視したゲームである。[16] 学生時代にクリケットの主将を務めたアーサーは、チームに貢献し、ルールに従って正々堂々と戦う精神を培った。イギリス人にとってフェアプレイ精神はスポーツのみならず、外交活動でも重要である。インドで植民地経営をしていたイギリスと、中央アジアに南下をはじめたロシア間の緊張が高まった19世紀初頭、政治的情報合戦や国家間のスパイ活動は、「ザ・グレイト・ゲーム」と呼ばれた。ゲームはルールに則って行われるものであり、それはスポーツでも外交活動でも、事件の謎解きにも応用されな

くてはならない。アーサーのホームズ物語の根幹を成す思想は、フェアプレイ精神にほかならない。

IV

　奇妙な冤罪事件に巻き込まれたたジョージは、事件の真相を解き明かす人物として、名探偵ホームズの作者アーサーに相談を持ちかける決意をする。難事件をつぎつぎと解決して、民間諮問探偵を自認していたホームズが住むベイカー街221Bには、世界中から謎解きや事件解決を求める手紙が送られていた。近年は秘書のウッドが手紙を選り分けて、アーサーが関心を持ちそうな内容の手紙を、書斎の木箱に入れることになっている。エイダルジ事件の記事が載った新聞の切り抜きとジョージの手紙は、無事にアーサーの手元に届いたのである。
　この瞬間から、アーサーは名探偵ホームズに、ウッドはホームズの相棒であるワトソン博士へと変貌する。『アーサーとジョージ』は、2人が出会うまでの個人史をたどる虚構の伝記物語から、エイダルジ事件の謎解きを中心とした探偵小説仕立ての物語に様変わりする。ホームズ物語の手法にあてはめると、まず初めに複雑怪奇な事件が持ち込まれる。つぎに不可解な状況に対して、ホームズは意味深長な言葉を残し、ワトソンや依頼人を困惑させる。最後に事件解決に至る謎解きが披露されるという展開である。そもそもワトソンは、ホームズの友人であり伝記作家として、物語を第3者の立場から読者に伝える役割を担っていた。
　捜査依頼を受けたアーサーは、ロンドンのチャリング・クロスにあるグランドホテルで、ジョージと会見する機会を設ける。ホームズは依頼人が現れると、衣服や持ち物を見て、人物の職業や性格を瞬時に言い当てた。アーサーはジョージの新聞の読み方を観察した結果、極度に視力が悪いこの青年が、嵐の晩に家を抜け出し、足元の悪い暗闇で猟奇的な犯罪に手を染めるのは困難であると推察する。
　ジョージの依頼内容は、スタフォードシャー警察、四季裁判所そして内務

省によるエイダルジ事件の捜査と判決の誤りを正して、ジョージの無罪を勝ち取ることだった。アーサーは、ウッドとともにグレイト・ワーリーの現地調査を行う過程で、不可解な問題に突き当たる。それは家畜殺傷事件が、1892年、1896年、さらに7年の空白期間をおいて1903年と不連続に発生しているという問題である。この時点で、事件の真犯人として浮かび上がってきた人物が、ウォルソー校を放任されたロイデン・シャープという不良少年だった。肉屋の徒弟として働き、1895年12月30日にリヴァプールから年季奉公として船に乗る。その後一時家に戻ってから、10か月間を家畜運搬船で働き、1903年には陸に戻っている経歴がある。さらに、家畜運搬船から持ち出した乱切刀(ランセット)を所有していた。アーサーは過去の脅迫状を読み直すうちに、「海」という言葉が頻出することに気がつく。つまり、7年の間隔は、シャープが航海に出ていた期間と一致するのだ。脅迫状の中に出てくる「俺はこの上なく切れ味がいい（I am as sharp as sharp can be）」(292)という文面は、愉快犯シャープを表していたのである。

　物的証拠を前に真実にたどり着いたアーサーの謎解きは、名探偵ホームズそのものであるが、すべての証拠は「推測の域を出ないもので、ほとんどが噂」(304)に基づいたものだった。アーサーの行動は、ジョージを逮捕するためにかつてスタフォードシャーの警察が辿った捜査過程と皮肉なことに酷似していたのである。ジョージは、アーサーが現実と虚構を混同している様子に対して「アーサー卿は自分で作りあげたホームズ像の影響を受けすぎていた」(305)と怒りをあらわにする。つまり、アーサーは作家（探偵）として、シャープの犯した「罪」を物語として再構築したにすぎないのだ。

　アーサーはウッドとともに私的調査を推し進め、エイダルジ事件が冤罪である証拠を揃え、新聞投稿を利用して再審要求活動を繰り広げた。世論に押される形で、内務省は1907年3月1日金曜日に調査委員会を開催する運びとなった。しかし、これは実際には再審ではなく、被告本人の出席さえ認められないものだった。しかも委員会の構成員には、人種差別論者で州警察長アンソンの親戚が入っていた。

アーサーとジョージは関係者の責任追及と謝罪、そして賠償金の支払いを要求したが、それらは一切受け入れられなかった。内務省によるグラッドストーン委員会の報告書では誤審が認められ、家畜殺傷事件の犯人はジョージではないと判断された。警察が提出した捜査証拠は「辻褄が合わず、確かに矛盾」(307) するものであり、一転評決は「恩赦 (free pardon)」(310) に変更される。ジョージは、法律協会への再入会が認められたが、1903 年の匿名の手紙がジョージの筆跡であるという嫌疑はついに最後まで晴れることはなかった。

　　無実にもかかわらず有罪。グラッドストーン委員会はそう主張した。イギリス政府は内務大臣を通してそう主張した。(……) 無実にもかかわらず賠償には値せず。無実にもかかわらず謝罪には値せず。無実にもかかわらず強制労働を伴う 3 年の懲役刑に相当する。(316)

　ジョージは事務弁護士として、評決内容が覆らない事実を知っていた。イングランドの司法制度こそが人々を混沌から真実へと導く正論であると、長年信じ続けてきたその制度自体にジョージは裏切られた。つまり、ジョージがアイデンティティーの拠り所としていたイギリス国家と法律は、パールシー教徒の血をひく混血の青年を最終的に切り捨てたのである。

Ⅴ

　最後に『アーサーとジョージ』が舞台化されて、イギリスのバーミンガム・レパートリー・シアターとノッティンガム・プレイハウスで、2010 年 3 月から 5 月にかけて上演された芝居の報告を本論の結びの言葉に代えたい。なお、小説を演劇に脚色する際の問題点は、先に考察した小説版『アーサーとジョージ』の作品構成の問題とも関連している。
　レイチェル・カヴァナー演出、デイヴィッド・エドガー脚色による、2 時間半にわたる芝居『アーサーとジョージ』は、探偵小説の手法を演劇作品に

応用した構成となっている。つまり、初めに結論があり、事実と証拠を結びつけながら真実へ進むパターンである。本論でも考察したように小説では、2人の個人史が交互に語られて、物語が時間をかけてゆっくりと構築される仕組みになっている。しかし、上演時間に限りがあり、探偵小説に基づいた芝居となれば、物語の中盤以降まで主要人物が対面しない展開には無理がある。したがって、本芝居ではアーサーとジョージが、チャリング・クロスのホテルで会見した場面から物語は始まる。背景では馬の嘶きがこだまして、事件の伏線となっている。グレイト・ワーリーの家畜殺傷事件やエイダルジ事件の裁判場面は、回想シーンとして劇中に盛り込む工夫がなされている。

小説版『アーサーとジョージ』のテーマでもある「始まり」と「終わり」を備えた物語構成と、作品の主題である「見る」ことに関連した問題は、劇作でもしっかりと受け継がれている。芝居のやま場は、ジョージに対する人種差別の根深さを描いた場面である。しかし、ジョージは我が身に降りかかる、有色人種蔑視の「真実」をいつまでも見極めることができない。ジョージの視野の狭さに比例した狭量な人生観は、芝居でも小説でも顕著に描かれている。

演劇作品というものは、舞台と客席が一体となった瞬間に初めて完成へと近づくものである。『アーサーとジョージ』に用意された「開かれた終わり」に明確な答えはなく、観客は物語の結末を自由に解釈することができる。つまり、「開かれた終わり」は観客と役者がともに舞台を創りあげるという意味で、理想的な演劇形式でもある。「あなたには何が見えますか」[17]という観客へ向けた最後の問いかけは、『アーサーとジョージ』のみならず、「真実」の意味を問い続ける人生の普遍的なテーマでもある。

注

1　ギュスターヴ・フロベール『ボヴァリー夫人（下）』伊吹武彦訳（岩波文庫、1960）344.

2 Samuel Rosenberg, *Naked Is the Best Disguise: The Death and Resurrection of Sherlock Holmes*（London: Penguin, 1975）156-157.
3 本来ドイルが専念したかったのは歴史小説であり大衆が喜ぶホームズ譚ではなかった。ホームズ人気が自分の作品の高尚な作風をかすませてしまうことに嫌気がさしたドイルは、ホームズをモリアティ教授と組み合ったままライヘンバッハの滝へ突き落として殺してしまおうと決意する。
4 Julian Barnes, *England, England*（London: Jonathan Cape, 1998）3.
5 Julian Barnes, *Arthur & George*（London: Jonathan Cape, 2005）2. 以下、この版からの引用については、ページ番号を本文中に括弧書きで示す。
6 Julian Barnes, *Flaubert's Parrot*（London: Vintage, 1990）7.
7 本稿では『アーサーとジョージ』作品内の登場人物としての表記は「アーサー」とし、実在のアーサー・コナン・ドイルを表す場合には「ドイル」と記す。
8 アーサー・コナン・ドイルは生涯に2度、冤罪事件に関与している。その1つが本作品で扱われるエイダルジ事件で、もう1つの事件はイギリス裁判史上に残る誤審事件といわれるオスカー・スレイター事件（1908）だった。
9 Vanessa Guignery, *The Fiction of Julian Barnes*（London: Palgrave Macmillan, 2006）129.
10 グレイト・ワーリーで発生した家畜殺傷事件の捜査に関連する章のみ「キャンベル」警部補の名前を冠した題名が付けられている。
11 George W. Stocking, *Victorian Anthropology*（New York: Free Press, 1989）248-59.
12 ピエール・ダルモン『医者と殺人者——ロンブローゾと生来性犯罪者伝説』鈴木秀治訳（新評論、1992）135-49。
13 Douglas Johnson, *France and the Dreyfus Affair*（London: Blandford Press, 1966）73-87.
14 Arthur Conan Doyle, "The Final Problem," *The Complete Sherlock Holmes*（London: Midpoint Press, 2001）199.
15 富山太佳夫『シャーロック・ホームズの世紀末』（青土社、1993）290-306。
16 ピーター・ミルワード『イギリス人と日本人』別宮貞徳訳（講談社現代新書、1978）90-98。
17 David Edgar（Adapter）and Julian Barnes（Author）, *Arthur & George*（*Stage Version*）（London: Nick Hern Books, 2010）123.

10

人間としての生き方を求めて
—— カズオ・イシグロ『わたしを離さないで』——

池園　宏

I

　カズオ・イシグロの第6作目の長編『わたしを離さないで』(2005) は、クローン人間という特異な存在を題材としている。1996年にイギリスで生まれたクローン羊ドリーについて知る我々読み手は、この小説が先端的遺伝子工学を痛烈に批判する諷刺作品なのかという先入主を抱きがちである。だが本作品は、その特殊な題材から推察されるような空想科学小説や反ユートピア小説とは趣を異にしている。イシグロは自己の創作プロセスについて、「小説を書いているとき、私は決してジャンルの観点からは考えません。まったく違ったやり方で書くのです。それはアイディアから始まります」[1]と述べている。本作品の場合、もともとはイギリスの田舎の農家に住む「学生」について書くことを1990年に思いつき、その後の紆余曲折を経た後、最終的にクローンという着想が加わって現在の形になったという。[2] この経緯からもわかるように、この作品に上記のような定まったジャンル的枠組みを当てはめるのは相応しくないであろう。

　このことを裏づけるように、イシグロ自身も、「いかなる点においても、

これが予言や警告の書であると示唆したくはありませんでした。この物語には、人間としての我々の生き方と明確な暗喩的つながりを持たせたかったのです」[3]とコメントしている。また別の機会には、「ここでの戦略は、我々はとても不可思議な世界を、とても不可思議な人々の集団を目にしているのだけれど、徐々に、目にしているのはそうした不可思議な世界などではなく、これはみんなの物語（everybody's story）なのだということを感じてほしいというものでした」[4]とも述べている。これらの発言に共通するのは、作者の関心がクローンそのものの問題というより、人間存在のあり方というはるかに根源的、普遍的な主題に向けられているという点である。確かに、小説中には「介護人（carer）」「提供者（donor）」「終了する（complete）」といったクローンに関わる特殊な用語が頻出し、クローン問題を巡る種々のエピソードが挿入される。しかし、たとえば小説第1部や第2部に登場する学校生活の詳細な描写に見られるように、そこで集団生活を営み、友情やいじめ、恋愛や嫉妬など、悲喜こもごもの経験を共有する生徒たちの群像は、我々の世界のそれと大差は感じられない。この作品を読む際に読み手が感じるノスタルジックな既視感は、この小説の大きな魅力となっている。クローンという架空の存在を通して、実在の人間存在そのものの意味を問うという意味で、この作品を「実存主義的寓話（an existential fable）」[5]だとするレヴ・グロスマンの指摘は妥当であろう。小論では、クローンとしてあらかじめ決定づけられた運命の中で、自己存在のあり方を認識し、人間と変わらぬ生を営んでいく主要人物たちに焦点を当て、イシグロが人間の生き方や尊厳性をいかに提示しようとしているのかについて考察してみたい。

II

他の多くのイシグロ作品と同様に、主人公兼語り手であるキャシー・Hは、現在から過去へと回帰しつつ、自らの物語を展開する。現在31歳である彼女の記憶の根幹を成し、かつ最も印象深く描き出されているのは、小説第1部、幼少期から思春期までのヘイルシャム（Hailsham）における牧歌

的な学校生活である。ヘイルシャムは、人間に臓器を提供するクローンの養育を目的として、1950年代から1960年代頃に設立された施設の1つである。我々がクローンという人工的存在に対して抱きがちな先入観とは裏腹に、イギリスの伝統的な寄宿学校とよく似た雰囲気を持つこの施設で、[6]生徒たちは通常の人間と同様に独自の個性を身につけながら成長する。ジャスティン・バーリーは、「個人（individuals）としての重要性をすべて拒むように作られた環境で、主要人物たちが自らの個性（individuality）を形成し保持する様子」[7]をイシグロが注意深く重層的に描き出している点を指摘する。人間は周囲との関係を相対的に認識することにより、自己のアイデンティティを確立していくものだが、この小説のクローンたちも通常の人間と変わらぬプロセスを辿るよう描かれていく。キャシーの過去の記憶はランダムに並べられているが、作品中に言及される時間的手がかりをもとにその時系列を再構築すると、生徒たちが自己の存在を認識していく諸段階が浮き彫りとなる。以下、キャシーたちの「知る」プロセスに着目しながら、彼らが自己認識を行っていく様子、「知識と無知、希望と恐怖の交錯」[8]を見てみよう。重要なのは、彼らの認識はたえず漠然とした不完全な状態のままで、いつまで経っても自分が何者かという問いへの明確な答えが見つからないという点である。

　ヘイルシャムの生徒たちは、クローンを巡る諸事実について幼少期から徐々に感知させられているが、その理解は常に部分的であり、それが本質的にいかなる意味を持つのか、背後にいかなるシステムが働いているのかは容易に把握されない。キャシーは「確かに、早くも6歳か7歳の頃には、漠然としたやり方だが、臓器提供について常に知っていたような感じがする」[9]と、自らのあやふやな認識について述べている。それと前後する5歳か6歳の時点で、キャシーは友だちと「ギャラリー」の話題に興じるが、その後も「それが存在していることを確実に知っている者は、実は誰もいなかった」(28)。ギャラリーとはヘイルシャムから離れたどこか外部の場所で、そこには彼らが作成した絵画や詩などの芸術作品のうち優れたものが選別さ

れ、展示保管されていると噂されていた。8歳の頃、キャシーら生徒たちはギャラリーの担当者である謎の女性「マダム」を驚かす計画を実行するが、不意打ちされた彼女は彼らを「蜘蛛」（32）のように恐れる様子を見せる。そのときの状況についてキャシーは、「自分たちについて——自分たちが何者なのか（who we were）、保護官や外部の人々とどのように異なっているのかということについて——少しは知っていたが、その意味についてはどれもまだ理解していない年齢にあった」（33）と述べている。9歳か10歳の頃、「保護官」＝教師役の1人ルーシー先生は、煙草の害について生徒たちに警告し、彼らは「特別」（63）なのだから体を健康に保つようにと諭す。このときのことをキャシーは、「深い意味においてではないが、私たちは自分らが保護官や外部の普通の人々とは異なることを確かに知っていた。はるか将来には臓器提供が待っていることを、おそらくは知ってさえいた。だが、それが何を意味するのかは、実際には知らなかった」（63）と述懐している。

ルーシー先生は、保護官の中では唯一例外的に、生徒たちに対して、「前途に何が待っているのか、自分たちが何者なのか（who you were）、何のために存在するのか（what you were for）について、より多く自覚」（244）させねばならぬと考えた特異な人物である。キャシーが15歳になると、ルーシー先生は生徒たちが臓器提供のために作られた存在であることを初めて明言し、「問題はね、思うに、あなたたちが教えられているようで、教えられてはいないということ。教えられてはいても、誰も本当に理解してはいないのよ」（73）、「もしあなたたちが見苦しくない人生を送るつもりなら、自分たちが何者なのか（who you are）、前途に何が待っているのか知らなければならない、1人1人がね」（74）と持論を主張する。しかし、彼女は結果的に主任保護官のエミリー先生たちから危険人物と見なされ、ヘイルシャムからの解雇処分に遭ってしまう。そして、キャシーたちに自己の存在のあり方を知らしめようとした唯一のメンター的人物が消失するこの事件を最後に、ヘイルシャムという楽園時代を回顧する第1部は終了する。

このようにキャシーらの認識行為は不完全な状態に留められるが、この点についてイシグロは、それが必ずしもクローンという特殊事情によるものではなく、我々人間の子供時代に共通する現象であると説明している。

> 私はこの世界を子供時代のメタファーにしたかったのです。つまり、中にいる人は、外界が十分理解できないということです。子供が生きている、言うならばバブル（気泡）の中に流れ込む情報を、大人たちがかなり慎重にコントロールできる場所です。我々は、もちろんいろいろな点からみても、このような施設の中で成長するわけではありませんが、大人の中で生きていても、子供時代というのは、こういうものだと思います。精神的な面からみると、子供というのは言わばこのようなバブルの中に入れられて、それはまったく正しいことなのです。子供を人生の厳しい現実から守るためです。[10]

イシグロの主張は、未成熟な子供の保護育成という観点から考えれば、十分に理解できるものである。だが同時に、この言説にはイシグロの意図とは別のネガティブな含意も読み取れることに着目したい。大人の配慮や善意によって情報が「コントロール」されることは、必ずしも子供の幸福に直結するとは限らないであろう。事実、小説において、キャシーらの自己認識には諸々の弊害がもたらされ、それが後の人生にまで影響を及ぼす結果となっている。大人が良かれと思って施した行為でも、結局は子供に不利益をもたらすという皮肉な事実が、作品では展開されているのだ。これにはもちろんクローンという物語設定が関与しているわけだが、同時に、子供の成長や進路を左右する大人の恣意性の是非という問題は、当然のことながら人間全般にも共通する普遍的なものなのである。

　クローンに関するすべての事実が暴露され、決定的かつ衝撃的な形で理解されるのは、それぞれ大人に成長し、介護人と提供者となったキャシーと旧友トミー・Ｄが、エミリー先生とマダムに直接対面する物語終盤の場面においてである。過去の諸々の真相について詳細な説明をする中で、エミリー

先生は生徒たちを保護するというヘイルシャムの責務に言及し、「ええ、時としてそれは諸々のことをあなたたちから隠すこと、あなたたちに嘘をつくことを意味しました。そう、多くの点で私たちはあなたたちを騙していました」(245)と、教育者たるかつての自らの存在基盤を揺るがすような発言をする。さらに、彼女はその長い説明の最後に、自分たちが異質なクローン人間に対する「恐怖心」や「嫌悪感」(246)を抱いていたという驚愕の事実をも暴露する。この発言は、かつてマダムが自分たちを蜘蛛のように恐れていたというキャシーの言葉によって誘発されたものであるが、それはまさしく、生徒たちに「良い人生」(238)を授け施したはずのクローン養成機関が、実は極めて表層的、偽善的な側面を内包していたという真実を物語っている。エミリー先生とマダムに別れを告げて帰る途中、車から降りたトミーは、暗闇の中、自暴自棄な叫び声を上げつつ地面の上をのたうちまわる。この痛ましいエピソードは、大人の配慮や介入が生徒にもたらした悲劇を端的に表すシーンだと解釈できる。このように考えれば、上記のイシグロの考え方は、その適用の仕方により、やはり両刃の剣となりうる危険性を孕んでいると言えよう。

Ⅲ

　真実を適切な形で知らされず、認識を不当に遅らされたまま成長した生徒たちは、大人になった後にその報いを受けることになる。その様子は提供者や介護人となったヘイルシャム出身者が描かれる小説第3部に著しい。着目したいのは、このような遅れてくる認識によって生じる苦悩を示唆する表現として、この最終部には「遅すぎる (too late)」あるいはそれに類する言葉が頻繁に用いられているという点である。いくつか例を見てみよう。

　キャシーの旧友ルースは、長年ぶりにキャシーと再会した際、かつて学生時代に自分が彼女とトミーの仲を意図的に遠ざけたという事実を打ち明ける。過去への後悔と罪滅ぼしの念に駆られたルースは、キャシーにトミーとの関係を取り戻してほしいと懇願する。ヘイルシャム出身のカップルは、

互いの愛情が真実であることが証明されれば、数年間にわたる臓器提供の猶予（deferral）が可能と噂されていた。だが、猶予申請を勧めるルースに対し、キャシーは「それには遅すぎる（too late）。あまりに遅すぎる（Way too late）」（212）と反論する。また、その1年後に、キャシーは新たに交際を始めたトミーと初めての性交渉に至る。だが、愛情の確認行為であるその共同作業には違和感が伴い、キャシーは、「今こうしているのは嬉しい。でもこれほど遅く（so late）なってしまったのは残念だ」（218）と言っているかのようなトミーの悲しい様子を感じ取る。これらは確かにルースの個人的な嫉妬によって生じた遅れではあるが、その背後に、妨げられた認識という問題が関わっていることに着目したい。ルースが上記の告白をしたのは、座礁したボートを見に3人で遠出したときのことである。この場面では、彼女の肉体的衰弱ぶりが何度も言及されている。この時点でのルースは、臓器提供作業の失敗によって死期が近いことを自ら感じ取っていたと考えられる。このため、過去を悔いる彼女は、臓器提供猶予の手段を用いることにより、旧友キャシーとトミーを延命させようと試みているのだと言えよう。しかし、この猶予についての噂は結局何の根拠のないものだったことが、ルースが「終了」すなわち死亡した後になって判明する。噂についての真実がしかるべき早期に知らされていれば、ルースの告白によってキャシーたちが虚しい希望を抱き、結果として絶望感に苛まれる事態は回避されえたであろう。また、「終了する前に彼女にすべてを知ってほしかった」（260）というキャシーの言葉が示すように、ルースが自分の願いの結果を知る機会も永久に遅らされることになる。確固たる真実を知らされない環境によって、3人はみな人生への虚しい期待感と失望感に翻弄されているのだ。

　同様のパターンは、トミーの絵を巡るエピソードにも表れている。ヘイルシャムやそれに続くコテージ（the Cottages）時代、彼は自身の画才のなさにコンプレックスを抱いていたが、大人になってキャシーと再会し、交際関係を始めた後も依然として絵を描き続けている。後にマダムに会った際、トミーはギャラリーの目的について、生徒が愛し合っていると申し出てきたと

きにその真実を確認するためだったのではないか、という自己の見解を述べる。このことからわかるように、彼が絵を描き続ける理由は、自分たちの臓器提供猶予を認めてもらうためだったのである。しかし、この考えはトミーの思い込みに過ぎなかったことが後に判明する。ギャラリーに関する真実を知らされていなかったがゆえに、トミーは長い間無駄な努力を重ねる羽目になったのだ。真実を知る直前、トミーはマダムに対し、絵の提出について「たぶんあまりに遅すぎる（way too late）とはわかっていますが」(232)とためらいがちに述べるが、すでにクローン施設隆盛の時代が終わり、その最先鋒だったヘイルシャムが閉鎖された現時点において、作品の提出は文字通り遅すぎたのである。さらに問題なのは、彼の絵を見たキャシーの感想である。彼女は、絵には何かが失われていると感じ、それに続けて、自分たちの行為は何をやっても「遅すぎ（too late）」(221)で、かつてあったしかるべき時期を逃してしまったという思いに至るのだ。このようにキャシーたちは次々に幻滅を味わうが、これらはすべて自己の存在について十分な知識と自覚を持ちえなかったことに起因する悲劇だと言えよう。

　イシグロは、以上のような遅すぎる認識による悲劇が、我々人間全般にも通じるものであると述べている。

　　私が自らに、そしておそらくは読者に向けたメッセージは、人生は実にすばやく過ぎ去っていくものだということだったと思います。人生は手からすり抜け、機会も手からすり抜け、遅すぎる（too late）事態になるまで、何が大事なターニングポイントだったのかわからないことがよくあるのです。この上ない善意を持ちえても、遠大な視野を持たないがゆえに、諸々のことをそのまま通過させてしまうこともありえます。そして、知らぬ間に、無益な人生を送ってしまうのです。[11]

ここには、自分の意のままに進まぬ人生の悲哀に対するイシグロの同情心が表れている。だがその場合、自らの過失によって手後れとなるのはやむを得

ないとしても、先に論じたような、周囲の作為的情報操作によって遅らされた認識がもたらす影響はより深刻である。このような認識の遅延により、キャシーたちの人生の重要な機会は次々に失われてしまうのだ。この作品においては、「遅すぎる」という表現と同様に、「失われた（lost）」という語も重要なキーワードとしてたびたび使用されている。トミーの稚拙な絵について、「まだ遅すぎる（too late）ことはない、今からすぐに始めて、失われた時（the lost time）を取り戻すべきだ」（100）と助言するルーシー先生の言葉からも明らかなように、この両者は密接な関連を持っている。以下、「失われた」という表現に着目して考察を進めたい。

　この言葉がクローズアップされるのは、ヘイルシャム時代の地理の授業で、エミリー先生がノーフォークはイングランドの「ロストコーナー（lost corner）」（60）だと発言した際のことである。これはノーフォークが辺境の地であることへの言及だったが、その一方で、ヘイルシャムにあった遺失物保管場所を想起させる言葉でもあった。このため、ノーフォークは紛失したものを最終的に取り戻す場所として、生徒たちの記憶に強く刻みつけられる。キャシーにとっても「慰みの真の源」（61）として、小説中たびたび言及されることになる。その中で最大のエピソードは、ルースの複製元の人間「ポシブル（possible）」（126）を探しに出かけるノーフォークへの旅である。

　この旅は小説第2部のコテージ時代の中核を成すエピソードとなっている。比較的短いこの時代における生徒たちの認識作業の大きな特徴は、自分の複製元の人間に関心を持ち、それを現実の外部世界に探し求める点である。ポシブル探しの理由について、キャシーは「私たちはみな様々な程度で信じていた。複製元の人間を見れば、自分たちが本来何者なのか（who you were deep down）という点についていくらかは洞察できるだろう、またおそらく、自分の人生に何が待ち受けているのかがいくらかはわかるだろうと」（127）と述べている。キャシー自身も、予期せぬ性衝動の高まりに恐怖心を覚えたことがきっかけとなり、秘かに自己のポシブルをポルノ雑誌の女性の中から発見しようと試みる。彼女はその理由を、「自分がどうしてこ

のような存在なのか（why I am the way I am）」(166) を知るためだと説明する。以上から明らかなように、クローンにとってポシブル探しとは、自己の失われたルーツの追求に他ならない。そしてノーフォーク行きは、ルースのポシブルという遺失物が発見される可能性を秘めた地への、期待と不安の旅なのである。さらにこの旅で興味深いのは、キャシーが子供の頃紛失したジュディ・ブリッジウォーターのカセットテープを街の中古品店で見つける、というもう1つのエピソードである。両者の共通点として注目したいのは、どちらもオリジナルの対象を発見、回復することができない点である。店先でようやく見つけたカセットテープは量販されたコピーの1つに過ぎなかったし、最初は本物かと思われたポシブルについても、キャシーたちは最終的には人違いだという意見に落ち着いてしまう。これらのエピソードがキャシーたちに突きつけているのは、失われたものはその実物を回復することが非常に困難なのだという厳しい現実である。自己のポシブル探しが失敗に終わると、ルースは捨て鉢になって、自分たちクローンは麻薬中毒者、売春婦、アル中、浮浪者、囚人などの「屑」(152) から生成されたのだと言い放つ。その真偽は小説中明らかにされないが、このような衝撃的で絶望感漂う場面を伴ったノーフォークへの旅が示すのは、喪失感の虚しさ、ならびに取り返しのつかない人生に対する悲哀である。

IV

この小説には遅れてくる自己認識や喪失感が特徴的に描かれており、またそれらが我々人間にも通ずる普遍的テーマであることを考察してきた。人間が人生で遭遇する最大かつ最終的な喪失は生命の喪失である。イシグロはこの作品で「老化（aging）」や「死（mortality）」というやはり普遍的な問題を扱ったことに言及している。[12] また、スーザン・ラムはこの小説を「人間の状況、人生の短さや死の不可避性に対するメタファー」[13] であると指摘している。コテジを出た後、介護人から提供者へと重要な役割を担う20代に、クローンたちは急ぎ足で人生を通過し、最後には終了＝死を迎える。ト

ミーのように最大でも4回の提供で終了を迎える事実から、多くの提供者は30歳前後には死に至ると考えられる。キャシーはむしろ例外的で、31歳の現在も介護人として12年目の長いキャリアを続けているが、その職も年末には辞する意向が示唆されている。イシグロは「確かに私は、このストーリーの中で、若い人がかなり早く年を取る状況を人工的に作りました。つまり、彼らが30代になると、もう老人のようになるのです」[14]と述べている。この小説においては、遅れてくる認識やそれに伴う喪失感と、短く圧縮された人生において急速に迫り来る老化や死との間の緊迫した状況を描き出すことに、その主眼の1つが置かれていると言えよう。この意味で、小説のタイトル Never Let Me Go は「わたしを逝かせないで」という意味にも解釈できるだろう。

　イシグロは、人間に不可避である死への対処の仕方について、以下のような持論を述べている。

　　概して我々はそれぞれ違った方法で死をのがれようとします。死後の世界を信じたり、もっとささいな方法としては、作品を残したり、我々自身の記憶や、人生で達成したものを残したり、我々を愛してくれた人や友人の思い出を残すようなことをするのです。何とかして、ある程度は死を克服することができます。私はこの本の登場人物がそういう観点からしか、死について考えないようにしたかったのです。特にこの本の中心に、真の愛を非常にロマンチックな方法で見つけることができるという希望を置きたかったのです。こういうふうにしても死を打ち負かすことができる、これは、世界中のどの文化をみても存在する、一種の深い神話です。心中する恋人同士などについて、本当にロマンチックな話がたくさんあります。どういうわけか、愛は、死を相殺できるほど強力な力になります。愛があるからと言って、永遠に生きることはできませんが、どういうわけか、愛があると、死がどうでもよくなるのです。私はそれに相当するものがほしかったのです。それゆえ、実際の逃亡、物理的な逃亡には関心がありませんでした。[15]

イシグロは愛というきわめてベーシックな人間的要素に、キャシーらクローンたちが早すぎる死から救われる道を見出そうとしているのだ。ティム・アダムズは、「この小説の人々は、我々すべてと同様に、愛は自己の運命から免れさせてくれるようなあらゆる類のことを可能にすると、不合理にも信じているのだ」[16] と述べ、普通の環境で育てられた「我々」人間との共通性を指摘している。

　愛の問題に関連して、この作品が「守ろうとする愛情に満ちた衝動を称賛する小説」であり、登場するクローンたちは「自らがこよなく愛するものを生きて守り続けたいと情熱的に望んでいる」[17] と述べるルース・スカーの見解は傾聴に値する。この「守る」というモチーフは、死と愛の結びつきを考察する上で非常に重要だと考えられる。介護人になったキャシーは様々な提供者の世話をするが、最終的には子供時代の愛情に根ざした友人を介護することにより、死期を目前にした彼らを物理的精神的に守ろうと試みる。ここでトミーの描いた絵について再度考察してみたい。ネジや歯車といった金属的特徴を持つ奇妙な動物たちの絵は、ルイス・メナンドが指摘するように、自己の投影だと解釈できるだろう。[18] 機械仕掛けの印象を与える動物は、複製可能な機械のように世間から見なされるクローンたちの姿とオーバーラップする。キャシーが「傷つきやすい」(172) と感じたこれらの動物について、トミーは「どうやって自らを守るか (how they'd protect themselves)」(164)(172) を考えなければならないと述べる。この言葉を実践するかのように、キャシーは介護人として、ルースやトミーらヘイルシャム出身の提供者の世話を引き受けるのだ。

　さらにつけ加えれば、このように他者を守ろうとする以前に、彼ら自身が守られた存在であったという事実も忘れてはならない。先に「子供を人生の厳しい現実から守る」ことの大切さを説くイシグロの言葉を引用したが、実際、ヘイルシャムの生徒はクローン保護という理由により外界から手厚く守られる。そこで直接の保護を担当するのは、その名も保護官 (guardian) という名の大人である。後に当時を回想したエミリー先生は、「私たちはこれ

らの年月の間あなたたちを守ったのだよ（sheltered）」(245)、「私たちがあなたたちを守って（protected）やらなかったら、今日のあなたたちはないでしょう」(245) とその自負心を覗かせている。エミリー先生やマダムの偽善性については先に論じた通りだが、その一方で重要なのは、キャシーがヘイルシャムという「守られた世界（a protected world）」[19] の中で庇護されたという経験を大切にし、そのことが、同じように庇護されていた脆弱なクローン仲間を守ろうという意志を生んでいるという事実である。

　ここでキャシーがルースの介護人になったプロセスについて考察してみよう。着目したいのは、その直接の要因がヘイルシャム閉鎖の事件と深く関わっている点である。コテージを出て7年目に旧友ローラと再会した際、キャシーはヘイルシャムが閉鎖された話を交わす。閉鎖の噂はその1年前に別の旧友ロジャー・Cから聞かされていた。そのときキャシーは、今や介護人や提供者となって全国各地に離ればなれになってはいるが、「出身の場所によってどうにかいまだに結ばれている」「私たち（us）」(193) に想いを馳せる。自分たちの保護施設であったヘイルシャムの喪失が、守るべき絆の重要性をキャシーの中に呼び覚ますのだ。数ヶ月間考え抜いたキャシーは、自分がすぐに行動しなければ、まだ時間的猶予があると思っていた多くのものを「永遠に手放す（let them go forever）」(195) ことになってしまう危険性を認識する。このため、彼女はローラと会って数週間後にルースのもとを訪ね、その介護人となるのだ。さらにその後キャシーとルースは連れ立ってトミーを訪ね、ルースの死後にキャシーは彼の介護人を引き受ける。この間、束の間ではあっても、彼ら3人はコテージ時代以来断絶していた信頼関係を徐々に取り戻していく。

　「手放す」という表現は、小説のタイトル *Never Let Me Go* を想起させる。このタイトルは、前述のカセットテープに収録されていた曲の名前からとられている。11歳の頃この歌を耳にしたキャシーは、何度もリフレインされるそのフレーズの意味を、不妊だった女性が赤ん坊を授かり、その子から引き離されたくないという願望を吐露したものだと解釈する。後年キャシー

は、これが子を産めないクローンである自身の意識の反映だったかもしれないと振り返っている。11歳当時のキャシーはその歌に合わせて部屋で踊り、それを目撃したマダムは涙を流していた。だが、大人になってマダムと再会したとき、その涙の理由がキャシーの秘めた悲しみへの共感などではなかったことが明かされる。マダムは、クローンとしての使命を背負ったキャシーが、ヘイルシャムという「優しい旧世界」から、外部の「厳しく残酷な世界」へと「旅立たせないでと（never to let her go）」(249) 懇願しているのだと解して泣いていたのだった。歌詞に関するこの解釈のずれもまた、キャシーの遅れてくる認識の皮肉な一例だと言えるだろう。

　小説タイトルの第一義的な意味が、以上のような歌詞を巡る内容にあることは間違いない。しかしながら、ヘイルシャム閉鎖以後のキャシーの行動に着目すれば、このフレーズには、かつての仲間から「自分を引き離さないで」というノスタルジックかつ悲痛な願望が込められていると解釈することが可能だろう。作品中には小説タイトルに類似する表現が何度か登場するが、その多くが同様の意味を含んでいる。たとえば、ヘイルシャム出身者がコテージへ移り住んだとき、彼らは「お互いを離ればなれにさせる（let each other go）ことはできない」(109) という心境を共有している。また、自分とキャシーのことを激流に流されるカップルに譬えたトミーは、「2人は手を離し（let go）、ばらばらに漂流せざるをえない」(259) という消極的発言をする。これらからもわかるように、*Never Let Me Go* というタイトルには、仲間から引き離されたくないという強固な連帯意識が込められている。そしてこれこそが、キャシーにかつての仲間を守ろうという意識を芽生えさせ、その介護活動を促進させる大きな動因となっているのである。

V

　しかしながら、愛情の対象を守ろうとするキャシーの尽力にもかかわらず、周囲の提供者は次々と終了に至り、その結果、死の喪失感が彼女の中で増大する様子が作品中では描かれる。介護人として車での長距離移動を常と

するキャシーから伝わってくるのは、「1 人きりで何時間も、回復センターから回復センターへ、病院から病院へと田舎を運転しては、寝泊りするのです。心配事を話す相手も、一緒に笑い合う相手もいない状態で」(189) という言葉に示されるような、圧倒的な孤独感である。「孤独こそがキャシー・H の回想物語の状況である」[20]というジョン・マランのコメントは、こうした彼女の現況を的確に言い表している。

　ルースやトミーら守るべき旧友を喪失した後、1 人残されたキャシーの精神的支柱となるのは、生前の彼らの記憶、そしてヘイルシャムの記憶である。

> 数日前、提供者の 1 人と話していたのですが、記憶が、最も大切な記憶でさえもが、驚くほど急速に消え失せていくことへの不満をもらしていました。でも、私はそれには賛同しません。私が最も大事にする記憶、それらが消え失せることはないのです。私はルースを失い、それからトミーを失いました。でも彼らの記憶を失うことはありません。(……) おそらく、今やヘイルシャムを見つける機会はなくなるでしょう。考えてみると、ヘイルシャムがそうやって存在していくことを嬉しく思います。それはトミーやルースの記憶と似ています。これまでよりも静かな生活が持てるようになったら、たとえどの回復センターに送られようと、私はヘイルシャムを一緒に運んでいきます、頭の中で安全にね。そうすれば誰も奪い去ることのできないものとなるでしょう。(261-62)

　ここには、物理的に失われたものでも、その精神的記憶は容易に失われることはないというキャシーの固い信念が窺える。物理的保護の後には精神的保護の可能性が残っているのだと言い換えてもいいだろう。確かに、いったん失われたものは回復しがたいというのは動かしがたい現実である。ルースやトミーが生き返ることはありえない。ヘイルシャムも 2 度と目にすることはない。しかし、物理的、肉体的には取り戻せないそれらの存在も、キャシーの記憶という精神的な領域においては回復、保持しすることが可能なの

である。小説のタイトルを借りて表現すれば、記憶を「離さない」のである。

記憶の中で昇華されたこれら人間や事物は、さながらヘイルシャム時代の賑やかな催し「販売会」や「交換会」で生徒たちが収集し、大切に保管していた「宝物（collections）」(35)のごとく、変わらぬ輝きを持ち続けることになる。「ヘイルシャム出身の旧友と顔を合わせると、彼らが遅かれ早かれ自分たちの宝物について郷愁に駆られる（nostalgic）のにいつも気づくのです」(35)というキャシーの言葉は、両者の結びつきを明確に示すものである。過去に対するノスタルジックな記憶がイシグロの作品群の底流にある重要なファクターであることを考え合わせれば、小説中に何度か言及されるこの「宝物」の持つ価値の大きさは容易に理解できるだろう。それを大事に保持し続けるのと同じく、キャシーはルースやトミー、そしてヘイルシャムという、過去の愛情に裏打ちされた思い出を大事に守ろうとする。イシグロの言う「我々を愛してくれた人や友人の思い出を残す」行為を実践するのである。

さらに着目したいのは、キャシーが自己や他者の定められた運命を静かに受け入れる姿勢である。クローンであるがゆえの役割、そして早すぎる老化や死は、自身ではどうしようもできない不可避的現実であるが、キャシーはそれに抗ったり、そこからの逃避を試みたりすることはしない。この点に関するイシグロの見解を見てみよう。

　我々は自らに与えられていると思われる運命を受け入れます。自らに与えられている諸状況を受け入れるのです。思うに私は、究極的には、このような本を書きたかったのでしょう。すなわち、自分が死すべき存在であることや、それから逃れられないこと、ある時点を越えると誰もが死に、永遠に生きるのではないといったことを、人々がいかに受け入れるのかについての本です。そうしたことに対して憤る手段はたくさんありますが、最後にはそれを受け入れなければならないし、またそれに対する反応の仕方も様々にあるのです。ですから、私は『わたしを離さないで』の登場人物たち

に、我々が老化や衰弱や死といった人間の状況を受け入れるのとよく似たやり方で、自分たちが晒されていると思われるこの恐ろしい計画に反応してほしかったのです。[21]

　ここにも、運命の受容という命題に関して、クローンと人間をオーバーラップさせるイシグロの姿勢が見て取れる。人間が人生の避けがたい局面を受け入れるのとまったく同じように、キャシーらクローンは、臓器提供という生まれつき定められた使命や、それによって狭められる自らの人生のあり方を静かに受容するのだ。このことを端的に示していると思われる小説最後の場面を見てみよう。
　トミーが終了したと聞いてから2週間後、キャシーは再度ノーフォークを訪問する。そこで彼女は、眼前に現れるトミーの幻影に取り乱すことなく、「たとえどこでも、自分がいるとされているところ（wherever it was I was supposed to be）」(263)へと立ち去っていく。この表現は、介護人から提供者へという既定のルートについて、「結局それが私たちの行っているとされていること（what we're *supposed* to be doing）なのよね」(207)と述べたルースの言葉を想起させる。キャシーが向かおうとする進路は、ルースやトミーらが歩んだのと同じ道程なのである。小説冒頭に示されているように、現時点におけるキャシーはまもなく介護人を辞する意向を固めている。作品中には明言されていないが、介護人を辞めることはすなわち、自分が提供者となり、近い将来に終了する＝死と向き合うことを意味しているのだ。上の2つの引用に用いられている受動態構文に注目したい。この小説では、クローンの運命や使命を説明する際に、多くの受動態が用いられている。「あなたたちの人生は定められています（Your lives are set out for you）。（……）あなたたちは各自そうするために作られているのです（That's what each of you was created to do）。（……）あなたたちはある目的のためにこの世に生み出され、将来はすべてが決定づけられているのです（You were brought into this world for a purpose, and your futures, all of them, have been decided）」(73)というルーシー先生の言葉は、その典型的な例

である。また、人工的に「作られた子供たち（created children）」（241）であるクローンは、子を生むという能動的な生殖、創造行為とは無縁である。これらはみなクローンが生まれながらにして受動的な存在であることを暗示する要素である。しかし、はたしてキャシーが自らの運命を受け入れる姿勢はまったく受動的、消極的なものなのであろうか。最後にこの点について考察してみたい。

　イシグロはキャシーの人物像について、「私は彼女に自分が年齢相応の振る舞いをしていないと感じる人になってもらいたかったのです。友人すべてが次の段階に行ってしまっているのに、彼女はぐずぐずと留まっていたのです」[22]という意義深いコメントをしている。キャシーは介護人を辞めて次の段階へ進むことで、自己の人生における「遅すぎた」そして「失われた」状況を修復是正する作業を行おうとしているのだと解釈できるのではないだろうか。この意味で、彼女が自らの死という運命を受け入れるやり方は、そのネガティブに見える筋書きとは裏腹に、むしろ主体的、能動的なものだと言えるだろう。「これは死についての物語だが、かなり肯定的な（positive）物語にしたかったのです。このやや否定的で陰鬱な筋書きを立てることによって、生きるということに関して、実際はかなり肯定的で価値のある（positive and valuable）ものに光を当てることになるだろうと思ったのです」[23]というイシグロの主張はこのことを裏づけるものである。物語の結末に関して、シンシア・F・ウォンは「精神的な希望に彩られた肉体的な死」[24]の間際にある主人公像を読み取っているが、これは過去の記憶を大切に抱きつつ自らの運命を主体的に受け入れるキャシーの姿勢と重なり合うものだろう。この結末はそのまま、介護人を辞める意向を示す小説の冒頭へとつながっている。そこでキャシーは、6年前から提供者を自ら選択できるようになったため、進んでヘイルシャム出身者を介護するようになったことを説明する。物語が始まって2ページ足らずの間に「選択する（choose）」という語が10回も用いられている事実は、まさに現在のキャシーの能動的な生き方を暗示するものであろう。ほどなく彼女は介護人を辞めて提供者になる＝死に近づ

く選択を行う。だが、キャシーにとって生の放棄は選択の放棄ではなく、むしろ限られた人生における最後の意義ある選択なのである。

　クローンに与えられた人生は確かに短く狭いものであるが、その極度に規定され限定された決定論的運命の中で、ささやかながらも自己の自由意志を働かせ、可能な範囲内で自律的選択を行おうとする真摯な姿を、この小説は提示している。客観的に見れば不遇あるいは失敗に思われる人生でも、自身にとって満ち足りたものとすることが可能なことを示しているという意味で、この小説は人間の幸福追求のあり方を読み手に問うている作品だと言える。エミリー先生が語ったように、ギャラリーの目的は、芸術作品を通してクローンたちにも人間と同じような「魂（souls）」（238）が存在することを立証することにあった。この小説の主人公はクローンという特異な存在ではあるが、これまで検証してきたキャシーの認識や葛藤のあり方、そして運命の受け入れ方は、彼女が普通の人間と変わらぬ独自の魂を持っていることの何よりの証左であろう。そして、我々読み手はそのようなキャシーのひたむきで等身大の生き方に共感し、無意識のうちに自らの姿を重ね合わせる。イシグロは、クローンという特殊な題材を用いることにより、従来の作品とは別の視点から人間の生き方を模索、提示し、その存在の崇高さと深遠さに新たな光を当てているのだ。

注

1　John Freeman, "*Never Let Me Go*: A Profile of Kazuo Ishiguro," *Conversations with Kazuo Ishiguro*, ed. Brian W. Shaffer and Cynthia F. Wong（Jackson: UP of Mississippi, 2008）196.
2　大野和基「『わたしを離さないで』そして村上春樹のこと」『文學界』2006 年 8 月号：136-37。
3　Christina Patterson, "Kazuo Ishiguro: The Samurai of Suburbia," *Independent* 4 Mar. 2005, 16 Sept. 2010 <http://www.independent.co.uk/arts-entertainment/books/features/kazuo-ishiguro-the-samurai-of-suburbia-527080.html>.

4　Cynthia F. Wong and Grace Crummett, "A Conversation about Life and Art with Kazuo Ishiguro," *Conversations with Kazuo Ishiguro*, ed. Brian W. Shaffer and Cynthia F. Wong (Jackson: UP of Mississippi, 2008) 216.
5　Lev Grossman, "Living on Borrowed Time," *Time* 3 Apr. 2005, 17 Sept. 2010 <http://www.time.com/time/magazine/article/0,9171,1044735,00.html>.
6　Nicholas Wroe, "Living Memories," *Guardian* 19 Feb. 2005, 15 Sept. 2010 <http://www.guardian.co.uk/books/2005/feb/19/fiction.kazuoisiguro>.
7　Justine Burley, "A Braver, Newer World," *Nature* 26 May 2005, 17 Sept. 2010 < http://www.nature.com/nature/journal/v435/n7041/full/435427b.html>.
8　Siddhartha Deb, "Lost Corner," *New Statesman* 7 Mar. 2005, 16 Sept. 2010 < http://www.newstatesman.com/200503070047>.
9　Kazuo Ishiguro, *Never Let Me Go* (London: Faber, 2005) 75. 以下、この版からの引用については、ページ番号を本文中に括弧書きで示す。なお、日本語訳については、土屋政雄訳『わたしを離さないで』(早川書房、2006) を参照させていただいた。
10　大野 131。
11　Karen Grigsby Bates, "Interview with Kazuo Ishiguro," *Conversations with Kazuo Ishiguro*, ed. Brian W. Shaffer and Cynthia F. Wong (Jackson: UP of Mississippi, 2008) 202.
12　Wong and Crummett 213-14. 大野 135。
13　Susan Ram, "Raw Emotional Intensity" *Frontline* 22.22, 22 Oct.-4 Nov. 2005, 16 Sept. 2010 <http://www.flonnet.com/fl2222/stories/20051104000607300.htm>.
14　大野 135。
15　大野 135。
16　Tim Adams, "For Me, England Is a Mythical Place," *Observer* 20 Feb. 2005, 16 Sept. 2010 <http://www.guardian.co.uk/books/2005/feb/20/fiction.kazuoishiguro>.
17　Ruth Scurr, "The Facts of Life," *Times Literary Supplement* 13 Mar. 2005, 17 Sept. 2010 < http://www.powells.com/review/2005_03_13.html>.
18　Louis Menand, "Something about Kathy: Ishiguro's Quasi-Science-Fiction Novel," *New Yorker* 28 Mar. 2005, 16 Sept. 2010 < http://www.newyorker.com/archive/2005/03/28/050328crbo_books1>.
19　Adams.
20　John Mullan, "On First Reading *Never Let Me Go*," *Kazuo Ishiguro*, ed. Sean Matthews and Sebastian Groes (London: Continuum, 2009) 112.

21 Sean Matthews, "'I'm Sorry I Can't Say More': An Interview with Kazuo Ishiguro," *Kazuo Ishiguro*, ed. Sean Matthews and Sebastian Groes（London: Continuum, 2009）124.
22 Wong and Crummett 215.
23 Wong and Crummett 220.
24 Cynthia F. Wong, *Kazuo Ishiguro*, 2nd ed.（Tavistock: Northcote, 2005）86.

11

帝国との共犯性という遺産
――キラン・デサイ『喪失の継承』――

松田　雅子

I　はじめに

　ニューデリー出身の女性作家キラン・デサイは『喪失の継承』によって、女性作家として最年少の 35 才という若さで、2006 年のブッカー賞を受賞した。The Inheritance of Loss というタイトルのとおり、インドにおけるイギリスの植民地支配が残した負の遺産が、独立後もインドの人々にどのような影響を与えているかを探究した作品である。小説の背景となる場所を、インド北部・カリンポン、イギリス・ケンブリッジ、アメリカ・ニューヨークの 3 カ所に設定し、独立後のインドの村における生活、第二次世界大戦中イギリスでのインド人留学生の異文化体験、および戦後覇権国家となったアメリカに移民として不法滞在するインド人労働者の暮らしが描かれる。大戦後は第三世界から先進国への移民によって世界の経済システムが成り立ち、周辺と中心との関係が、植民地から宗主国へと場所を移動して、幾重にも創り出されている 1986 年前後の状況に焦点を当て、やがて 90 年代のグローバリゼーションへと移行していく時代の様相が描かれている。
　歴史学においては、1980 年代以降、単独のイギリス史に代わって、複数

の国々を扱ったイギリス帝国史研究が盛んになった。その転換をもたらした最大の要因として、カルチュラル・スタディーズの影響によって、他者認識やオリエンタリズムなど、文化・思想面についての分析が活発に行われるようになったことがあげられる。その結果、植民地と本国の関係も、一方的な支配従属の関係というより、相互に影響し合う関係として考えるべきだとされ、「中核と周辺双方からの複眼的な視点」という多面的なとらえ方が求められるようになった。それはまた、西洋世界と非西洋世界の「遭遇」のありかたこそが問題なのだという認識をもたらした。[1] この作品は、そういった旧植民地に関する問題意識を具象化した小説であるということができる。

　この小説の3つの異なる場所での出来事を結びつけていく中心的な事件は、1986年インド北部でのネパール系インド人によるゴルカ民族解放戦線の独立運動である。デサイは1999年に13年前のできごとを振り返って書き始め、完成には7年以上を費やし2006年に作品が出版された。[2] ところが、執筆の間に2001年のニューヨークで9月11日アメリカ同時多発テロが起こったのである。この小説にはテロについての言及はもちろんないが、ニューヨークの底辺で働く第三世界の移民の人々の追い詰められた困難な生活が、克明に描写されている。いわゆる世界の中核都市におけるポストコロニアル体験である。このような点が評価され、出版直後の『ニューヨーク・タイムズ』の書評では、「作品の時代背景は1980年の中頃に設定されているが、9月11日以降の最上の種類の小説であるように思われる」[3] ときわめて好意的な評価を得ている。

　しかし、一方で、カリンポン出身でシッキムの大学研究員であるカワスは、作品におけるネパール系の人々について、あるいはゴルカ民族解放戦線について、作者の理解と共感が充分ではないという批判を寄せている。[4] この小説では、戦前のイギリス、戦後のアメリカ、およびインドでの、民衆レベルでの軋轢に焦点が置かれている。しかし、カリンポンのプロットにおいて、インド人のなかに2つの階級の対立が見られることが、評価が分かれる原因だろう。インド人の間の対立とは、親英的なエリートのインド人と、ネパール

系インド人を含む労働者階級インド人の分断である。エリート的なインド人に焦点を絞れば、いわゆる「共犯的ポストコロニアリズム」が生まれ、労働者階級のインド人を前景化すれば、「対抗的ポストコロニアリズム」[5]になる可能性が生じてくる。

　植民地独立から現代までの、半世紀以上にわたるポストコロニアル文学の全体像を俯瞰するために、ミシュラとホッジは「対抗的ポストコロニアリズム」と「共犯的ポストコロニアリズム」の２つの分類を提議している。前者の明白な形は、独立直後の時期にみられ、その論点として (a) 人種差別、(b) 第二言語、(c) 政治闘争を取り上げていることが特徴であるとする。[6] その他のポストコロニアル文学は、おおむね後者に分類され、実質的にはポストモダンの形態を取ると定義している。彼らは「帝国との共犯性」という問題意識にスポットををあて、そこにポストコロニアル文学変容のモメントや新たな可能性を見出そうとしている。[7]

　この小説では、たしかに人種差別、言語と文学、政治闘争が取り上げられているのだが、中心となる視点人物はイギリス的価値観を持ち、英語だけを話し、現地語を自在に操ることができないインド人少女サイである。そこで、「対抗的」な要素が、どのように「共犯的」な要素と絡み合っているのか、またそのとらえ方にはどのような独自性があるのか、本作品におけるポストコロニアリズムの特徴を具体的に検討していこうと思う。その際に、(1) 作品の構成、(2) エリート階級の没落、(3) 民族と階級の対立、(4) 言語・文学、(5) 移動の問題──旅・場所の転位・アイデンティティ、(6) ポストコロニアリズムの諸相という６つの項目を立てて、考察を進めていく。

Ⅱ　作品の構成

　『喪失の継承』の主要な人物たちは、カリンポンに住むイギリス化されたエリートのインド人たちと、インド社会の底辺の人々、およびマイノリティであるネパール系インド人の３つのグループに分かれている。ヒロインである 17 歳のサイは、イギリス化されたインド人で、結末ではインドを離れ

る決意をするので、15 歳でインドからイギリス、さらにアメリカへと移住した作家自身の経歴が色濃く投影されている。[8]

　小説全体は 53 章から成り立ち、かつてひとりのスコットランド人が世界の屋根ヒマラヤの麓で暮らしたいというロマンティックな夢を実現しようとしてカリンポンに建てたという壮麗な屋敷「チョー・オユ」に住む 3 人の住人（祖父と孫娘サイ、その料理人）について、3 つのプロットが語られる。それらは交錯しながら、モンタージュ手法で切り替わり展開していく。重複もあるが、大体の章の分量は、(1) サイの祖父ジェムバイ・パテル（判事）の回想 ── 8 章、(2) 料理人の息子ビジュのニューヨークにおける移民生活 ── 16 章、(3) カリンポンにおけるサイとギャンの恋愛、上流階級の人々と外国人の暮らし、ゴルカ人の反乱 ── 30 章である。このような 3 つの場所における 3 人の声のポリフォニーによって、インドの村の人々の過去・現在・未来の像が描かれ、それぞれの人物が代表する階層の価値観が明らかにされる。

　判事の回想では、イギリスの植民地政策に協力し加担してきたインド人でさえも苦しんだ人種差別と、それを切り抜けなければならなかった恥辱と誇りの内面の葛藤が描かれる。この部分はかなり重苦しい雰囲気を醸し出す一方で、ニューヨークでのビジュの移民生活は、擬音語や文字表記の視覚的工夫を駆使しながら、悲惨さを笑い飛ばしてしまうような、陽気なトーンで描かれている。これはアメリカ文化を中心としたグローバリゼーションの持つ、表層はあくまでも明るい、ポストモダンな雰囲気の反映でもある。世界の若者をひきつけてやまないお祭り気分のメトロポリスが、カリンポンの静けさと対照的に描かれている。この陽気なトーンはまた、デサイのデビュー作『グアヴァ園は大騒ぎ』(1998) に通じるものがある。

　サイとギャンのプロットは民族対立による反乱を背景にしたロマンスであり、各プロットのトーンにはこのように、かなりの変化がある。(1) は悲劇的な基調音、(2) は転調し、悲劇ではあるがカーニバル的に描かれ、(3) はロマンスでサイとギャンの階級的な違いが対位法的に描かれている。

Ⅲ　エリート階級の没落

　ヨーロッパによる非ヨーロッパの植民地化は 1930 年代までに、地球上の 84.6％を占めるまでになっていた。[9] この圧倒的な、過去の植民地体験が現代のさまざまな民族の生活や認識の枠組に及ぼした影響を表現する重要な方法として、ビル・アッシュクロフトはいくつかの文化的表現形式をあげ、そのなかでも文学の役割を最も重視している。[10] ニューヨーク同時多発テロはポストコロニアリズム理解の重要性を象徴するできごとであったが、それ以後、さらなるポストコロニアル文学の作品が待たれていた。

　この小説では植民地の人々のなかに、また、それを受け継ぐ社会の人々の間にさまざまな位相のグラデーションがあることが明らかにされる。そのなかで、植民地時代から特権階級として君臨してきた、エリートのインド人と白人系の外国人から成るコミュニティの人々は、独立後も豊かな生活を享受してきた。しかし、ゴルカ解放運動のために、銃や家族同様のペットを盗まれたり、財産を没収されたり、あるいはインドを追われることになったりして、その勢力は急速な衰えを見せる。

　このようななかで『喪失の継承』の大きな特色のひとつとして、イギリスの植民地統治に加担してきた「インド高等文官」というインド人エリート階級の自己形成が描かれていることがあげられる。ここで明らかになる判事の内面的な喪失の物語では、T・B・マコーリーのいう、イギリス人とインド人の仲立ちをするインド人エリート、すなわち、帝国と共犯的な生き方を選んだインド人の栄光と悲惨が鮮やかに表現されている。[11]

　判事は 1957 年に 38 歳の若さで裁判官の職を退き、カリンポンで隠遁生活を送っている。彼は第二次世界大戦中ケンブリッジ大学に留学し、帰国後インド行政府で出世の階段を登って行ったけれども、内実はインド人同胞から疎外され、イギリス人からは差別を受けつつ利用されたというものであった。その結果、内的なストレスとトラウマのために妻の虐待にはけ口を求め、家族との交流も絶ってしまう。晩年にはその代償行為としてペットの犬マットを愛玩し、犬が誘拐されると、喪失のショックに狂ったように感情を

ほとばしらせる。料理人が語る華麗な出世物語というストーリーで粉飾されていた、判事の過去の真実が暴露されるのである。判事が主張する「現在が過去を変える」[12]という言葉は、植民地統治に対する、この作品が発しているメッセージのひとつであるが、判事は苦しかった過去を物語として語ることによって、そのトラウマを修復しようとする。その意味で、判事の語りは、8章ともっとも短いが、基調音として全体を貫く重要な部分である。

　前述のように、インドにおけるイギリスの巧みな植民地政策は、「イギリス人と、イギリス人が支配する何百万もの民衆とのあいだの通訳となるべき階級——血と肌の色においてはインド人でありながら、趣味、見解、道徳、そして知性においてはイギリス人であるような階級」[13]を作り出すことであった。こうした階層が、人口3億といわれた植民地インドと、それを統治するわずか1,300人ほどのイギリス人高等文官との仲立ちをしたのである。このようなイギリス化したインド人エリート階級の養成は、インドにイギリス的生活様式を広めることで、イギリス商品の需要を拡大する目的も持っていた。題名となっている「インヘリタンス」という言葉の語源は『オクスフォード新英英辞典（第2版）』によると、「正当な後継者として認められること」である。イギリスがインドを去った後の「正当な後継者」とは、この「通訳となるべき階級」の人々なのであろうか。

　子どものころから成績優秀だったジェム（判事）は、貧しい一家の希望の星としてミッションスクールに学び、父親は息子を判事にしようと夢を描く。莫大な留学費用を捻出するため、慌ただしく政略結婚の華燭の典をあげた後、ケンブリッジに渡ったジェムの留学生活について、彼の徹底した疎外的状況が描かれている。22回下宿探しを断られた挙句に、ようやく見つかった宿では、夕食でも暖かい料理が出ることは1度もない。誰とも1日中話をせず、笑うと白い歯が見えて、黒い肌の色が強調されるかもしれないと恐れ、臭いがするのではないかと強迫的な心理状態に追いつめられる。「自分が人間だという気がほとんどしなくなり」、彼は「ぺしゃんこの影」（39-40）になったと感じる。

1942年の公開選抜試験受験では、1日18時間の猛勉強をしたが、300人中48番にしか届かず失敗してしまう。しかし、まさにその直後、インド人を多数採用するというイギリス政府の新方針が突然発表され、ジェムは最下位でかろうじて追加合格する。彼は、まるで濁流に浮かび流される木の葉のように、イギリスの植民地政策に翻弄され続ける。さらに、自身に対するいじめに加えて、自分と同じ若いインド人留学生がパブの裏で暴行と辱めを受けているのを、黙って見過ごしてしまうという事件が起こる。このような幾重にも重なった恥辱と無力感が、帰国後、妻に対するドメスティックバイオレンスとして爆発する。
　5年後帰国するとき、ジェムはイギリスから化粧用パウダーを持ち帰ってくる。パウダーはインド人官僚をより白人に近い風貌に見せかけるために、法廷に立つ前に使用されるのである。そして、インド人判事はイギリス人に代わって、同胞でありながら常にインド人に不利な判決を下さなければならないという役目を課せられていた。カールしたかつらをつけ、パウダーを塗ったインド人裁判官が土地の人々に不利な判決を下すやり方は独立後も続き、植民地時代は依然として続いていると語り手は説明する。個人的には、判事は今でも家でのディナーの正装としてパウダーを使っているので、エリート階級の滑稽な擬態が暴露されている。
　女性の化粧道具を使用させられることには、イギリスに協力するインド人男性が、男性としての力を喪失していることを示唆する。その代償作用として、夫婦間のセックスは、夫の怒りや憎しみを発散する手段となり、妻を攻撃することによって、傷つけられた自己の回復をめざすという悲惨な企てになる。「妻に対して残酷に振舞う誘惑に抗えなかった。自分が学んだ孤独と恥の感覚を幾度も彼女に教え込んだ」(170) という負の連鎖のメカニズムである。
　妻のニミがインド的なライフスタイルにどっぷりと漬かったままなので、ジェムの苛立ちはいっそう募り、さらに過激な暴力行為に及ぶようになる。ニミは次第に生気が乏しくなり、人物としてのリアルさを喪失し、判事の影

のような、消してしまいたいインド的自我の表象となっていく。インドにいながら、ニミが相談相手も、助けてくれるものもいない全く孤立した状態で、一方的な虐待を受けるという境遇は、ジェムの留学体験と対を成し、植民地インドを表象する彼女のイメージを作り上げている。

　出産のためにニミが実家へ帰ると、判事は妻子と縁を切ってしまう。家族のしがらみに囚われているのが最大の問題であるというインドの中流階級で、[14] こういうことが現実的なのか疑問にも思えるが、それからまもなくニミはストーブの火で焼け死んだという知らせが入る。彼女の焼死は、未亡人が焼身自殺をする、インドの風習のサティの連想を誘う。彼女の死に関して、判事は長年罪悪感に苦しんできたが、一方チョー・オユの隠遁生活では、犬のマットをまるで恋女房のように愛玩し、溺愛している。小説の最後で、判事の銃盗難事件の嫌疑をかけられ、警察から虐待を受けた男の妻が判事に取りなしを求めて何度も訪問してくるが、判事は無視して受け付けない。男の妻は困窮のあまり、ひそかにマットを連れ去って行く。この女性の行動は、あたかもニミに代わって復讐を果たしているかのようである。マットの誘拐によって、判事は痛切な喪失の痛みを、自らのものとして引き受けざるを得ない。ニミと男の妻が自らの内面を伝える語りによる抵抗は欠落しているけれども、男の妻の行為は雄弁であるといえよう。これまで、チョー・オユの長年にわたる腐食とパラレルに、判事の地位、富と健康の衰えが示唆されてきたが、かろうじて保ってきた彼の精神的優位性が、マットの誘拐で急速に崩れていくからである。

　かつて、留学から33年経った頃（1977年）、判事の留学時代の唯一の友人ボースがチョー・オユへやって来たことがあった。彼はインド人も白人の高等文官と同じ額の年金をもらえるように訴訟を起こしている。インド人官僚は、独立後もイギリスに協力してきたのに、劣等な地位に甘んじなければならない不条理が明らかにされる。宗主国の植民地人に対する差別的戦略に対し、バーバは「支配文化の自律性」の神話が崩れていくのは、宗主国の虚偽性を直接に弾劾する言葉によってではなく、むしろそれを「真似る・繰り

返す」行為が行われながら、しかしけっして完璧に「真似る・繰り返す」ことができないということが、時差を持った、他の場面において明らかになった時だと主張する。[15] 独立後もボースの要求が通らない事実に、帝国の差別的虚偽性が表されている。

ボースは、白人がインドから退去したということは評価できるけれども、現在では「彼らはリモートコントロールしている」(206) と、グローバリゼーションを分析し、過去にあった抑圧は変わらず残っているという。彼は文化的・普遍的権威としての「イギリスの規範」に疑義をはさみ、判事もまた自らの疎外体験を回想することで、イギリスの道徳的権威を揺るがしている。このプロットでは、植民地時代にイギリスに協力してきた「共犯的」エリートたちの帝国に対する対抗的姿勢と、エリートに対する民衆の抵抗を描くという点で、対抗的ポストコロニアリズムが示されているといえる。

IV 民族と階級の対立

サイの父は宇宙飛行士として、インドがソ連と共同しておこなった、最先端の科学技術を駆使する宇宙旅行計画に参加したが、ソ連で交通事故に会い、妻とともに帰らぬ人となった。それまでサイはキリスト教の修道院に預けられ、そこでは、すべてイギリス風がインド風に勝ると教えられてきた。祖父に引き取られた後は、近所に住むローラとその妹ノニが母親代わりの役を務めている。ローラたちは毎年イギリスへ出かけていき、下着にいたるまでマークス・アンド・スペンサーで購入するという、徹底したイギリス式生活様式の信奉者であり、カリンポンに住むインド人エリート階級を成している。

小説の結末で、ゴルカ民族解放戦線はインド政府との和平条約に調印してカリンポンを立ち退くが、その過程でこのようなエリート階層のインド人を中心に形成されていた共同体が解体する。インドに骨を埋めようとしていたスイス人のブーティ神父は本国へ帰国させられ、亡夫の遺産で豊かに暮らしていたローラと妹のノニは財産を失う。「何世代にもわたる人々が分かち合

うべき借金」(242) を返さなければならない責任をその一身に負わされたのは、事もあろうに彼女たちだったのである。インド独立の際に温存されてきたエリート階級の優位性など、引き延ばしにされてきた、国内での階級の対立の解消に、ようやく手が付けられようとしているといえるだろう。

　イギリスからの分離独立後も、植民地時代のインドの体制は基本的に変わらず、ゴルカ人の反乱は、それに不満を持つネパール系インド人の蜂起である。その反乱の根底にある、エリートとマイノリティのインド人との間の差異が、サイとギャンの恋によって明らかになる。ヒンドゥー教徒でありながら、クリスマスを祝うサイに対し、ギャンは批判の言葉を繰り返す。

　　「まるで奴隷だな、西洋を追いかけてひとりで慌ててるんだ。きみたちみたいな人間がいるせいで、僕たちはどこへも行けない。」(163)

　　「きみは物真似がしたいだけ。それはまったく明らかだ。自分の頭で考えられない物真似人間さ。わからないのか？きみが真似しようとしてる連中、やつらはきみなんか要らないのさ!!!」(164)

独立後も残る、イギリスの擬態としてのエリートの生活スタイルには反発が大きく、現地の人々から糾弾されている。

　一方ギャンはイギリスの軍隊にゴルカ兵を出してきたネパール系のインド人である。彼の家族は代々イギリス軍のために戦って来たという物語が語られる。サイの祖父は1943年にケンブリッジでまったく戦争の影のないエリートの留学生活を送ってきたが、他方ギャンの曽祖父はイギリスのためにトルコで戦死し、祖父は日本と戦って、ビルマで戦死した。祖父の弟はフィレンツェで戦死し、伯父は負傷して帰ってきた。イギリスのために命がけで戦って、同じ給料、同じ待遇では決してなかったと大きな不満と怒りが残っている。インド行政府に勤めていたボースの、イギリス人と同額の年金がもらえないという不満とは、また次元が違う問題である。

ゴルカ人の青年たちは、独立後も自分たちはいまだ「正義の欠如」(157)した境遇にいると感じる。イギリスはインドに自由を保障して去っていき、すべてのものが保護されたが、自分たちは取り残されたと思っている。最近では地域の森林が外国人の手で売られ、外国人の懐を肥やしているというグローバル資本主義の萌芽も見られる。彼らにとって、過去の憎しみは決して終わることなく戻ってくるが、それは現在が満たされていないからである。

ところで、小説におけるネパール系インド人の描き方について、前述のカワスは、彼らに対する作家の共感が薄いことを問題であると抗議している。彼の主張は、(1) 作品はゴルカ軍反乱のダイナミクスの持ついろいろな局面の理解に欠けている、(2) ヒンディー語のスラングがよく用いられるが、ネパール語は出てこない。デサイは本作品執筆の調査のため、2002年にカリンポンに滞在したと語っているが、わずか6週間であったという、(3) カリンポンに雨期はあるけれども、ヒマラヤの麓なので、土砂降りの雨が続いてトカゲや爬虫類や蛾などの亜熱帯の動物の跳梁に悩まされるというのは現実にはないというものである。[16]

たしかにカワスが指摘するように、ネパール系の人々への共感は薄いともいえるが、結末では、エリート階級の没落により、次第にイギリス的インド人の直接的な影響が払拭されつつある様子が描かれている。したがって、独立後も残っていたイギリスの影響が、薄れつつあることを描いているという点で、対抗的ポストコロニアリズムの要素が強いといえるだろう。

V 言語・文学

インド系作家が英語で小説を書くとき、当時の識字率はわずか10パーセント台にすぎなかったので、1950年代まではほとんどが海外の読者を想定していた。[17] 2001年になると識字率は64.8パーセントまで上昇するが、いまだに「英語文学の主たる読者をインドの大衆であると考えられない状況」[18] にある。そのような事情ではあるが、インド英語文学は、海外の読者を対象にその出版量は多く、大きな存在感を持っている。[19] しかし、英語を

駆使できるのはおもにエリート階級に限られているうえに、そもそもインド人が英語で書いているということ自体が、言語の持つ価値観にからめとられているという点で、共犯的ポストコロニアリズムであるという指摘がある。[20]

　日常語についていえば、サイは英語と片言のヒンディー語以外は話せないので、自分の狭い階層の外の人間とは会話できない。じつは日常生活でたった1人の話し相手である料理人とも、満足できるコミュニケーションが取れているのかさえ、危ういのである。料理人との会話も、英語話者とヒンディー語話者のあいだの、たどたどしさがつきまとい、「複雑な語彙を必要とするようなどんなことにも立ち入らない」(19) という状況であるからだ。このような彼女は一見、自分がインド人らしくないことを恥じているように見えるが、インド人らしくないことは、サイの社会的地位が高いことを証明する事実である。落下すると見せかけて、不思議なことに上昇するのだという説明があるが、母国にいながら異邦人であることが、社会的優位を占める条件であるとされ、インドエリート階級の矛盾が露呈している。

　文学に関しては、英文学という学問分野が成立したのはインドにおいてであるといわれる。もともと、現地人の支配を維持するためのイデオロギー的な支えとして成立発展してきたといういきさつがあるからだ。それゆえに、帝国の文化事業の中心的な地位が、英文学に与えられたのである。[21] そのような事情を実証する1つの事例として、カリンポンに住む主要人物たちは最大の娯楽として読書を楽しみ、図書館は生活の中で重要な役割を果たしている様子が描かれる。英文学に親しむことで、彼らはその価値観を内面化しているといえる。彼らが読む英文学の本は、ジェイン・オースティン全集、『ジェイン・エア』、P・G・ウッドハウス、アガサ・クリスティ、アンソニー・トロロープ、『嵐が丘』などである。また、語りの地の文の中に、ロバート・ブラウニングの『ピッパが通る』やオースティンの『自負と偏見』の一節がパロディ的に使われているので、語り手は英文学の作品を読みこなし、自家薬籠中のものとしている。

　また判事はかつてインド高等文官の試験の面接で、ひどいインドなまりを

嘲笑されながらも、ウォルター・スコットの詩の暗唱をすることで難関を切り抜けたことがあった。若いころを思い出し、判事がギャンに詩の暗誦を求めると、ギャンはインドの小学生だったら誰でも知っている、インドへの愛国心を歌ったラビンドラナート・タゴールの詩を暗誦した。イデオロギー教育としての英文学はインドの教育現場からは退き、代わって国民詩人がその地位を占めていることが明らかになる。

ローラ、ノニと、スイス人のブーティ神父は、英文学について、あるいはポストコロニアル文学について共に語り合う。イギリス人作家がイギリスについて書いたものはすばらしいが、インドについて書いたものは真実とはかけ離れているので、読むと体の具合が悪くなると彼らはいう。これはポストコロニアル文学では、現地のインド人の視点を重視すべきであるという主張で、この作品についての作者のメタ批評的視点が示されている。

ローラとノニはポストコロニアル文学の先駆者、V・S・ナイポールについても論じる。ノニはナイポールの『河の湾曲部』を、これまでに読んだ作品の中で最高の一冊であるという。一方、ローラは、ナイポールは過去にばかりこだわって進歩していない、植民地時代の感性から自らを解放しようとしていない「植民地神経症」(46)であると批判し、今では「完全に国際社会になった新しいイギリス」(46)のことを書くべきであるとイギリス寄りの意見を述べる。イギリスで人気の食べ物が、フィッシュ・アンド・チップスから、インドのチキン・ティッカ・マサーラになったほどの劇的な変化が起こっているので、それに対応すべきだと主張する。ノニも、ナイポールはどうして彼自身が今住んでいる場所のことを、たとえばマンチェスターの暴動を書かないのかと疑問を呈する。このような意見は、判事の「現在が過去を変える」という主張に通じるものがあり、ポストコロニアル文学についての作者自身の見解を反映している。

VI 移動の問題──旅・場所の転位・アイデンティティ

植民地時代における異文化への困難な旅は、判事のプロットで詳細に描か

れた。ビジュのプロットでは、現代のグローバリゼーションの時代に、世界の中核都市へ移民として出て行く人々の旅は、自由と上昇への手段ではなく、新たな植民地的状況へとみずからを貶めるディアスポラであることが、明らかにされる。場所から場所への、ある文化から他の文化への移動が時代の特徴であり、アイデンティティの二重性、すなわちポストコロニアルな主体形成は多くの人々に共通する問題になっている。「心はある場所にありながら、頭では常に別の場所の人々のことを考えている」(311)という状況、自己と場所との有効な同一化の関係性をどのように発展させるかという問題を描いているという点で、[22] ポストコロニアル文学の重要な論点が示されている。

ビジュのニューヨーク移民生活のプロットでは、読者はメトロポリスでのポストコロニアルな情勢を体験的に知り、経済的、文化的疎外に悩む移民の困難な状況に共感することができる。ニューヨークのレストランでビジュは、本物の植民地時代を体験する。上の階ではフランス人やアメリカ人といった裕福な植民者たちが食事を楽しみ、下の階では貧しい各国の同胞が彼らの食事を作っている。メキシコ人、インド人、パキスタン人、コロンビア人、チュニジア人、エクアドル人、ガンビア人、グアテマラ人などである。「ニューヨーク底辺のキッチンには全世界があり」(22)、植民地時代の状況が世界的な規模で人々をまきこみながら、ポストコロニアルな世界に出現している様相が描かれる。[23] 脱植民地化の時代であるにもかかわらず、図式的な両勢力の対立の構図が存続し、旧植民地の人々の葛藤には激しいものがある。

まず、インドからアメリカへ向かう人の流れは、大河のようになって、インドのアメリカ大使館へ押し寄せる。その表現は、ジェイン・オースティンの『自負と偏見』の冒頭の文章を思わせる。

<u>この部屋には、誰もが認める事実があった。インド人は、アメリカに行くためならいかなる辱めも受けるという事実だ。</u>頭に生ゴミをぶちまけられても、アメリ

カに入り込みたくて泣きついてくるに違いない（……）。(184)　(下線は筆者による)

　しかし、ようやくアメリカへ渡っても、移民は極貧の生活を強いられる。特に住生活と衛生・健康面の劣悪さには目を覆うものがある。日も差さない高度文明社会のビルの谷間は、カリンポンの自然のすがすがしさやカンチェンジュンガ山の崇高さと対比され、そのなかでネズミが跋扈し、ネズミは一種移民という存在のメタファーとなっている。社会の底辺で動き回ったあげく、ビジュは「大統領の名前さえ知らない、川の名前も知らず、旅の名所について聞いたこともない。自由の女神、ブルックリン橋も」(286)という、観光とは全く無縁のまま帰国する決意を固める。
　移民にとって最大の問題は、自分の文化的アイデンティティをどう保っていくかということである。ザンジバル出身のサイード・サイードは、自己のアイデンティティに序列をつけ、問題を乗り切っている。第1にムスリムであり、第2にザンジバル人で、第3にアメリカ人だとしている。そこで彼をメンターにしているビジュも同じく、インド人のアイデンティティを守ることにするが、葛藤は依然として続く。

　　ここに居続けたらどうなるだろう？ ハリッシュ＝ハリーのようにもうひとりの偽の自分を作り出し、それを鍵として背後の自分を理解したりするのだろうか。彼にとって、生きることはもはや生きることではなく――死でさえも、何を意味するだろう？ それはもはや本当の死とは無縁のものだった。(268)

　移民生活の結果、ビジュはグローバリゼーションの抑圧的な世界システムをはっきりと理解することができたと感じ、父親のもとへ、自然美に溢れる故郷へとふたたび戻ってくる。経済的には、観光、製茶、製材で細々と暮らす地方であり、貧乏人同志がわずかな富をめぐって争っていて、ビジュはアメリカで蓄えた資金をすべて、ゴルカ民族解放戦線の兵士に取られてしまう。

しかし、父と子の深い愛情の交流は、判事やサイが体験することのなかったものであるととらえることができるだろう。

旅はこのように困難に満ちているが、一方、若いサイが最も興味を持っているのも旅なのである。ギャンとの恋に破れたサイは、インドを出て行く決心を固める。サイのメンターとなる人物は、高等教育を受けたノニ、BBCでレポーターとして働く、ローラの娘ピヤーリ・バネジルと、CNN で働く、セン夫人の娘ムンムンである。ローラは娘に「インドは沈みゆく船よ。（……）扉は永久にはひらいていないのよ（……）」（47）と国を出ていくように忠告してきた。

また、インドでは珍しいことに、サイにはほとんど親族がいないので、彼女の周りには祖母、母親、娘と受け継がれていくインド文化の生活的伝統が欠けている。この設定は彼女がインドという大地に生い立った、イギリス文化の申し子であることを表象する。さらに、子どもを養育するインド女性が登場しないことは、おそらく、サイがインドの文化のなかに根を下ろし、家族を形成していくことは不可能だろうと思わせる。

ニューヨークでビジュは、高学歴のインドの若い女性たちに出会い、「運の良いことに合衆国では、インド女性はまだ虐げられていると思われていて、彼女たちは並外れていると賞賛される。その結果、実際以上によく見られるという不幸な事態を招いているのだ」（50）と思う。セン夫人も、「ムンムンはアメリカで嫌な思いをしたことはないわ」（131）とアメリカについて、肯定的な見方である。

このようなことから、インド人エリート女性であるサイには、将来欧米世界に移動することで活躍できる場が開けているようだ。これまで虐げられてきたインド女性に、現代では大きな活躍の可能性があることを示すのは、欧米の読者に贖罪的な安堵感をもたらすかもしれない。しかし、彼女の旅もまた、インド人としてのアイデンティティが揺すぶられる、困難に満ちたものになる可能性は強いだろう。

この小説にはまた、さまざまな場所についての観光的な関心が見られ、読

者のエキゾチシズムや旅心を駆り立てているのも、その特徴である。カリンポンの自然やヒマラヤ・ネパールに近い秘境シッキムやブータンの描写――世界を探検し、西洋の知によってその謎を解明する『ナショナル・ジオグラフィック』的な視点がある。[24] 判事のロンドン・ケンブリッジ観光、ビジュのニューヨーク観光も旅の一例である。幼いサイがデーラ・ドゥーンの修道院からカリンポンまで鉄道旅行をするときのインドの村々のパノラマ的な描写には、ラドヤード・キプリングの『キム』（1901）を思わせるものがあり、読者のインドについての見聞を広めるのに貢献している。

Ⅶ　ポストコロニアリズムの諸相

　最後に、この作品で展開されている、コロニアリズムについての考え方をまとめてみよう。これに関しては、植民地時代の行政官ハロルド・ハードレスとエベレストへ最初に登ったエドモンド・ヒラリーについて、サイの意見が述べられている。インド人に対する人種差別政策を得々と開陳する、ハードレスの著作に対し、サイは「その子孫を捜し出して刺し殺してやりたい」（199）と激しい怒りに駆られている。また、ネパール人シェルパ、テンジンについて、「[ニュージーランドの登山家] ヒラリーが [エベレストへの] 最初の一歩を踏み、植民地事業のために他人の土地に旗を掲げているあいだ、荷物を持って待たされていた」と描写し、所有という行為を特権化する西洋人を批判する。「人類は山を征服すべきなのだろうか。それとも山に支配されていることを望むべきなのか。シェルパは、栄光を得ることもなければ、所有を主張することもない。山は神聖なものという人たちだっているんだ」（155）と東西の自然観の違いを示している。

　したがって、インド人とイギリス人（西洋人）という構図が描かれるときには、作品は厳しくコロニアリズムを批判する。しかし、インド人の間での対立、すなわち、エリート的インド人とインド的インド人の抗争を描く場合には、エリート的な視点が前景化される。この作品は登場人物のそれぞれの喪失の体験を描き、ポストコロニアルなインド社会を公平に映し出そうと

試みている。それは、「サイは鏡だ、周りのあらゆる矛盾を映し出している」（262）という言葉に表され、視点人物としてのサイの客観性が強調される。しかし、前述のように彼女はイギリス的インド人で、インド人共同体との接触がほとんどなく、かなり傍観者的立場である。

　ポストコロニアル文学はもともと「対抗的ポストコロニアリズム」を掲げて出発した。この作品でも対抗的な要素は多いけれども、イギリス的インド人の立場から描かれているところにその特色がある。ボースが感じている「彼はイギリス政府とその役人たちが、船から探検帽を投げ捨てるところを思った。必死で学んだイギリス文化から抜け出せないでいるインド人たちを、軽々と置き去りにして」（205）という悔しさは、エリート階級のインド人たちの思いに通じ、全体的な基調となっている。

　このようにエリート的インド人の心情を描くことで、過去についてのノスタルジアにあふれたムードを作り出し、その一方で、彼らに対するゴルカ兵の粗暴な挙動はことさら強調されている。したがって、ネパール系インド人読者の共感を得ることは難しい。しかし、カリンポンに留まり、その経済、政治、文化的遺産を継承していく後継者は、おそらく知的なエリートのギャンと労働者のビジュである。旅へ出かけようとするサイに託した作者の国外脱出の夢に思いを馳せると、村に残りそこで生きることの重要性を、作者は明確に意識していなかったのではないかと思われる。

　かつて、批評家レイモンド・ウィリアムズは『田舎と都会』において、地方文学を考察するときには、農村社会の現実だけではなく、この社会に対する観察者の位置を見てとらなければならないと述べた。[25] それに加えて、ポストコロニアル文学の場合は、英語で書くことのできる観察者はおおむね植民地のエリート層で、外部に対しては、彼らが植民地の大衆を表象することになるというねじれた関係性にも注意を払う必要がある。[26] この作品では、サイが主たる観察者の役割を果たしているが、彼女が一般民衆を代表するということはできない。しかし、帝国との共犯的な生き方を選んだインド人たちの現実生活での退潮が、インドの将来に新たな展開をもたらすだろうとい

う予測は明確に書き込まれている。そこで、この作品の立場は「共犯的ポストコロニアリズム」の要素が色濃いが、結論的には「対抗的ポストコロニアリズム」に収束していくということができる。

　小説は、インドが誇る自然美、ヒマラヤの高峰カンチェンジュンガが人々に語りかけている真実は、手を伸ばせば容易につかむことができるのだと感動的な文章で終わりを迎える。しかし、サイは一瞬真実をつかんだ気持ちになったとしても、結局故国を後にする決心をしているので、この分裂のなかに、彼女も将来アイデンティティの二重性に悩むだろうと感じさせるものがある。

　この作品で描かれたゴルカ独立運動が終息したあと、とくに21世紀に入ってからのインドの経済成長には目覚しいものがある。それを背景に文学においても、発展するインド社会を描いた『ホワイト・タイガー』が2008年度ブッカー賞を受賞し、経済的成長を遂げてなお階級差に苦しむ、インドの光と影が描かれた。そのような流れを考えると、インドで輩出する情報技術産業の企業家たちは、会計学を専攻し、サイに物理を教えたギャンの後裔であるといえるかもしれない。

＊本稿は『長崎大学環境科学部総合環境研究』第13巻第2号（平成23年6月発行）に掲載された拙論「喪失を受け継ぎながら――The Inheritance of Loss におけるポストコロニアリズムの諸相――」に加筆修正を施したものである。転載を許可してくださった長崎大学に謝意を表します。

注

1　木畑洋一編著『イギリス帝国と20世紀　第5巻――現代世界とイギリス帝国』（ミネルヴァ書房、2007）365。
2　谷崎由依「訳者あとがき」『喪失の響き』（早川書房、2008）500。
3　Pankaj Mishra, "Wounded by the West," *New York Times* 12 Feb. 2006, 15 Nov. 2010 <http://www.nytimes.com/2006/02/12/books/review/12mishra.html>.

4 Vimal Khawas, "Kalimpong: An Inheritance of Loss!" 15 Nov. 2010 <http://jaiarjun.blogspot.com/2006/01/kiran-desai-interview_20.html>.
5 Vijay Mishra and Bob Hodge, "What is Post(-)colonialism?" *Textual Practice* 5.3 (1991): 399-414.
6 Mishra and Hodge 409.
7 木村茂雄編『ポストコロニアル文学の現在』(晃洋書房、2004) 206。
8 谷崎 499。
9 木村 i。
10 Bill Ashcroft, Gareth Griffiths, and Helen Tiffin, *The Empire Writes Back: Theory and Practice in Post-Colonial Literatures* (1989; Oxon: Routledge, 2010) 1.
11 粟屋利江『イギリス支配とインド社会』(山川出版社、1998) 13。
12 Kiran Desai, *The Inheritance of Loss* (New York: Grove Press, 2006) 208. 以下、この版からの引用については、ページ番号を本文中に括弧書きで示す。なお、日本語訳については、谷崎由依訳『喪失の響き』を参照させていただいた。
13 粟屋 13。東インド会社の教育文化面の政策として重要なものは「英語教育の重要性」を説いた1835年のT・B・マコーリーによる「教育に関する覚書」("Macaulay's Minute") であり、イギリス的なインド人の育成を目指した。
14 Aravind Adiga, *The White Tiger* (London: Atlantic Books, 2008) 150.
15 Homi K. Bhabha, *The Location of Culture* (1994; New York: Routledge, 1998) 88-91.
16 判事の出身地グジャラート州はステップ気候であり、他方カリンポンは温暖冬季少雨気候である。カリンポンにも雨季があるが、降雨量はかなり少ない。29 June 2011 <http://indiaing.zening.info/map/India_Climate_Map_html>.
17 松木園久子『「村」のなかのインド』(大阪大学出版会、2008) 4。
18 松木園 10。
19 松木園 11。
20 Mishra and Hodge 400.
21 Ashcroft, Griffiths, and Tiffin 3-4.
22 Ashcroft, Griffiths, and Tiffin 8.
23 翻訳には、Hiroshima people の箇所がなぜか欠落している。
24 作品中に『ナショナル・ジオグラフィック』についての言及が9回ある。
25 Raymond Williams, *The Country and the City* (1973; New York: Oxford UP, 1975) 165.
26 松木園 17。

12

ヘガティ家の罪と罰
―― アン・エンライト『集い』 ――

永松　美保

はじめに

　2007年、ブッカー賞受賞作であるアン・エンライトの『集い』のプロットは、アイルランドの12人兄弟という子沢山の家庭、ヘガティ家の7番目に生まれたリーアムが、40歳という人生半ばの年齢でブライトンの海岸で入水自殺をし、リーアムと年齢的、精神的に一番身近であった妹ヴェロニカが彼の亡骸をブライトンまで引き取りに行き、ダブリンでの葬儀に一族が集うというものである。『集い』というタイトルも、ここに由っているのである。こうしたプロットを記してみると、『集い』という作品がシンプルなものに思える。

　アイルランド出身のエンライトは、ブッカー賞に『集い』がノミネートされたとき、インタビューに応えて、次のように語っている。

　　私は、常に大きなプレッシャーの下で仕事をしています。(……) 私は、「まっすぐな」小説を書きません――時々、「素晴らしい」もの、あるいは、「簡単な」ものを書くというプレッシャーを感じますが、(……) 自分に書けることをただ書いているだけです。[1]

1962年生まれのエンライトは、20世紀イギリス文学を代表するアイルランドが輩出した実験小説家ジェイムズ・ジョイス（1882-1941）、そして、彼女に先だってブッカー賞を受賞したジョン・バンヴィル（1945- ）らがなした偉業を、後に誕生した者の宿命として意識せざるを得ないのは確かであろう。彼らの作品は、単純なものではない。そして、エンライトも、彼女自身の言葉が示唆しているように、先述した『集い』のプロットのシンプルさに対して、作品自体はかなり複雑なものとして仕上げている。作品を複雑にしている要因として、下記のことが指摘できると思われる。
　世代をまたがる登場人物の多さとその人間関係の複雑さ、主人公であり語り手であるヴェロニカの語りの信憑性の問題、[2] 作品自体は39章に区分されてはいるものの、章ごと、あるいは、章内ですら、場面が過去の出来事から現在の出来事、現在の出来事から過去の出来事へと何の前触れもなく飛ぶヴェロニカの語りの自由奔放さゆえに物語の中にまた物語があるという印象を読者に与えやすいこと、そして、著者エンライトによる現在時制の多用である。こうしたことが、一読では、一般読者にこの作品を解読困難なものとしている。[3]
　『集い』は、1998年という現在を生きる39歳の語り手ヴェロニカが、兄リーアムの自殺をきっかけに、他言できなかったヘガティ家のタブーである過去の出来事をヴェロニカの視点から語っていくという作品展開であるので、作品の多くの部分はヴェロニカが過去の出来事について回想したり想像したりする場面から成っている。そして、時々、窺える現在の出来事が過去の出来事と複雑に交差している。また、『集い』は、世代を超えて幾重にも錯綜した人間関係とその複雑な人間関係の狭間で生きることを余儀なくされた者たちの人生を語り手ヴェロニカの心の動きとともに描いた作品である。
　本稿では、錯綜した人間関係の狭間で、生を全うすることを許されなかったリーアムに見るヘガティ家の祖母・母親世代が自己を律することができずに犯した罪、そして、それを引きずる形で生きることを強いられたヴェロニカ世代の生きざまに焦点を当てて、『集い』という作品を解読していきたい。

I　祖母世代と母親世代の罪

　物語の冒頭で、我々読者が最初に耳にする事件として、リーアムの死がある。人生の半ばで、自らの生を絶つという選択をせざるを得なかったリーアムの人生には、2人の女性——祖母と母——の大きな存在がある。

　物語の冒頭、語り手ヴェロニカは回顧録を記すと語った後、「兄リーアムは鳥が好きだった。(……) 死んだ動物の骨が好きだった」(1) と幼い頃のリーアムの無邪気さとともに少年の持つやんちゃぶりを示唆する。その後、ヴェロニカは純粋だったリーアムの死を告げ、「兄の死の発端は、何年も前にまかれていた。(……) リーアムの話がしたいのなら、それでは、私は彼が生まれるずっと前から始めなければならない」(13) と語り、前世代の者へと話を変えることに言及する。リーアムの自殺の遠因となっていることは間違いないヘガティ家の前世代の者たちがどういう人物であり、どのような人生を送ったのか、ここで検証してみる必要がある。

　ヴェロニカは、1925 年、当時 19 歳だった自分たちの祖母エイダ・メリマンと 23 歳だったランバート・ヌジェントがベルベデア・ホテルのロビーで出会ったことを語る。ランバートは、ホテルのロビーで目にした、若く美しいエイダに惹かれ、言葉も交わしていない最初の出会いですでに彼女への肉体的欲望を覚えている。最初にエイダに出会い、彼女をデートに誘ったランバートと同じく彼への恋心を抱いているように思えるエイダが、結婚への階段を上っていくのが通常であろうが、エイダはランバートとの最初の出会いのときに彼をホテルまで車で迎えに来ていたチャーリー・スピレンとの結婚を選択するのである。チャーリーは当時としては珍しく車を所有しており、2 人のデートにも脇役の運転手として同席している。ヴェロニカは、ランバートからのデートの誘いに応じて、友人も含めて 4 人でドライブに出掛けたエイダが、チャーリーの運転する車の後部座席で一緒に座ったランバートに触れる行為に対して、「同情 (compassion)」もしくは「軽率さ (thoughtlessness)」だと述べている。ここで、ヴェロニカは、はっきりエイダがランバートの「関心 (attention)」(107) を引こうとしていたと指摘し

ている。ヴェロニカは、エイダとチャーリーとの結婚の経緯を詳細には語っていない。しかしながら、こうしたエイダによるランバートへの恋愛感情のようなものが仄めかされた後に、エイダがチャーリーとの結婚を選択することに関して、ヴェロニカはエイダの選択を快く思っていないのは確かである。

　以下は、ヴェロニカによるエイダのチャーリーとの結婚選択に関する分析である。

　　恐らくエイダにチャーリーを選択させるのは、彼女の正義感であろう。（……）選択は、なされたのであった。（……）チャーリーはエイダを得、ヌジェントは彼女を失ったのである。（……）エイダは、浪費家の男に何故夢中にならなければならなかったか不思議に思いながら、たぶん、頭の中で計算をしていただろう。（……）エイダは、あらゆる選択は運命的なものだと悟っていなかった。エイダのような女性にとって、あらゆる選択は、なされるやいなや、誤りなのである。
　　（109-10）

　ヴェロニカは、エイダによる人生の計算の結果がチャーリーとの結婚という選択であり、彼女が物事を的確に判断できるタイプの女性でないことを示唆するとともに、チャーリーとの結婚というエイダの選択が、経済的なことも含めて、彼女の人生を困難な方向に導くことになることを予告している。

　ヴェロニカは、祖母世代、および、母世代を語るに際して、母、つまりは女性の側の罪を強調して語っているので、作品を通して、チャーリーもエイダの娘モーリーンの夫も、その存在は希薄である。モーリーンの夫は、作中、名前（ファースト・ネーム）すら言及されていないのである。しかしながら、祖母世代の後世へガティ家の者に対する罪を鑑みるとき、我々はチャーリーの存在にも注意を払う必要がある。結婚後、定職に就いていたようには思えないチャーリーは、競馬で負けて、所有していた家もランバートの手に渡し、その後、長い歳月に及ぶ彼ら夫妻とランバートとの間に借家賃

貸関係を存在させる。そうすることで、否応なしに、彼らとランバートとの交友を持続させ、エイダにランバートに対して経済的負い目を感じさせるのはチャーリーの罪である。実際、ヴェロニカがリーアムの死後見つけ出した、ランバートからエイダへの家賃催促の手紙によって、エイダが彼に精神的負担を覚えていたことが明らかになる。

　ヴェロニカを通して知るエイダについて、我々は物事を見極めきれない愚かな女性という印象を拭えない。ヴェロニカは、エイダの愚かさがブレンダン叔父の精神障害、実母モーリーンの絶え間ない妊娠という彼女の性(さが)に繋がり、究極的には私たちの人生を台無しにしたとエイダの責任を指摘する。しかしながら、モーリーンに対するヴェロニカの描き方は、もっとシニカルである。

　　何日か、私は母を思い出さない。母の写真を見るが、母は私から抜け落ちてしま
　　う。(……)率直に言って、私の母は、とても曖昧な人物で、自身を見えてすら
　　いないということは、あり得ることだ。(3-4)

　ヴェロニカは、祖母エイダが的確に物事を判断できる人物でないことを非難するとともに、母モーリーンに対しては「曖昧」[4]で、自身すらも見えていない人物だと批判する。そして、作品の冒頭でのヴェロニカによる、リーアムは母を好んでいなかったという説明や、「お母さんに話すな」という言葉は、子供の頃の数多い兄妹たちの「呪文（mantra）」(9)のようなものだったという紹介から、モーリーンが幼かった子供たちに否定的にしか捉えられていなかったことが分かる。

　その後、ヴェロニカから告げられたリーアムの死に対する、モーリーンの開口一番の反応は、ヴェロニカが想像していたように単に「ああ（[o]h）」(8)という言葉である。状況判断が鈍い、自身すら見えていないモーリーンにはあり得る反応である。リーアムの死の紹介と前後して、ヴェロニカは母の多産と、多忙さと妊娠に追われ生命誕生の記録すら残していないこの世

に誕生することなく亡くなった兄妹たちへの思いから、母、そして、その性(さが)を許せないという気持ちを語っている。作品の冒頭での、ヴェロニカによるこうしたモーリーンの紹介で、読者はモーリーンという人物像を漠然と捉えることができる。そこには、慈愛に満ちた一般的母親のイメージではなく、リーアムの死になんらかの関係がある人物という印象が残る。

　次なる世代をこの世に生み出すのは母親であり、母と子の間には、子が胎児期には母体と一体となるからか、父と子との間以上に深い愛や絆が存在するのが通常だと思われる。作品の冒頭で、ヴェロニカは祖母エイダを否定的に紹介するとともに、「エイダは私たちを駄目にしたに違いない」(45) という意識を抱いている。母モーリーンに対しても同じく否定的に紹介するとともに兄姉の短命、および、胎児期に生を断たれた兄妹たちの不幸ゆえに、「私は母を許したことがない。(……) 母を許さない」(7-8) という意識を抱いている。こうしたヴェロニカの意識は、2代に及んで通常の母子関係を否定している。それとともに、このことは、作品展開上、我々読者に母なる者の存在が重要な鍵を握っているのではないかということを感取させる。

　作品の冒頭で、ヴェロニカは2代に及ぶ母親たちをそれぞれ物事を的確に判断できない人物、自身すら見えていない曖昧な人物だと批判し、生活から乖離した所で生きている彼女たちを非難している。こうした非難の後、ヴェロニカは曖昧なモーリーンがその生涯で作り出したものを「紅茶（[c]ups of tea」、「子孫（[d]escendants)」、「金（[m]oney)」、「異性愛の者（[h]eterosexuals)」(185-86) だと言う。そして、その4点の中でもヴェロニカは「子孫」を強調して、リーアムの葬儀に集まった一族の多さを見るモーリーンの表情に、「彼女［母］は自分が生み出した人々に喜んでいる。彼女は幸福なのだ」(207) と、モーリーンの単純さを見逃していない。ヴェロニカはこうした母の表情に触れても、「曖昧な娘の果てしない曖昧な妊娠」(223) とモーリーンの12人の出産と7回に及ぶ流産という絶え間ない妊娠を、その曖昧な性格とともに非難している。厳格なカトリック国であるアイルランドでは、中絶がかたく禁じられているために、多人数の兄妹を持つ家

庭は珍しくはない。しかしながら、ヴェロニカは母が生み出すこともできなかった兄妹たちも含めて、若くして生を断たれた兄姉たちの不幸と、そうした状況をもたらすことになった母の性格に起因する性へのだらしなさが容認できないのである。ヴェロニカがモーリーンの絶え間ない妊娠を非難するのは、ここにリーアムの悲劇の遠因があると彼女が考えているからである。

こうした現実が見えていない母親の多産による子育て不能が、物事を的確に判断できない祖母に子供たちを委ねる機会を作り出し、リーアム、ひいては、ヴェロニカの不幸に繋がることになる。現実を直視することなく絶え間なく妊娠し続ける母親を持ったこともヴェロニカたちの不幸であれば、物事を見極めきれない祖母に幼くして預けられたこともヴェロニカたちの不幸である。

Ⅱ　ランバートの罪

前章では、主にヴェロニカの目から見た祖母と母親の性格を考察することで、彼女たちの自己を律することができない行動がもたらした彼女たちの罪というものを検証してみた。ここでは、チャーリーとの結婚後も既婚者エイダの周辺に存在し続けているランバートとはどういう人物であり、彼が犯す罪とはどういうものであるのかを検証してみる。

ヴェロニカは、1人の人間が生涯で愛せる者について、次のように述べている。

> 私たちに愛するように与えられた人々は、あまりに少ない。(……) もし、19歳で愛する者を片手で数えることができるなら、40歳では、もう片方の手の指で不足するということはないだろう。私たちに愛するように与えられた人々は、あまりに少なく、彼らは、皆、心にいつまでも残る。(15)

上記の言葉は、40年近い人生を歩いてきたヴェロニカの実感であり、また、エイダとの結婚に至らなかったランバートのリーアムへの性的虐待を暗示す

るような人間の執拗さを指摘するものである。
　エイダとの結婚へと人生の駒を進めることができなかったランバートは、別の女性と家庭を持ったにもかかわらず、先述した借家賃貸関係を理由に常にエイダの周辺に存在している。物心つく幼児期と自分の周囲のことが徐々に見えてくる8歳という年齢からしばらくの期間を祖母のもとで過ごしたヴェロニカは、当時を回想して、ランバートのエイダへの思いを感取している。一例を挙げると、「ヌジェントは、まだエイダを愛していただろう。あるいは、彼女を欲していただろう」（138）、「彼［チャーリー］以上に、もっと、あるいは、少なくともはっきりとその妻を愛している男性」（232）などである。子供の目にも、ランバートのエイダへの思いは感受できたのである。
　一方のエイダに関しては、ヴェロニカは「彼女は、決して1人の者も愛したことがなかった。彼女は、1人である」（139）と捉えている。ヴェロニカの分析によると、エイダは夫チャーリーにも彼女に長く好意を寄せているランバートにも愛を覚えていない、愛することが不能な人物である。[5] ランバートが報われない愛に苦悩していることが確かな反面、エイダは彼に対して表面的優しさは表しながら、チャーリーの存在を理由にランバートとは一線を画そうとしているように思える。現実を的確に判断できないエイダと家計を維持する能力のないチャーリーが、ランバートが与える影響を軽視して、自分たちの自宅に自由に出入りできる口実を彼に与えていたことがヘガティ家の世代を超えての不幸に繋がっていく。
　こうした大人の複雑な愛情関係が展開されている中、エイダ宅に預けられた思春期前のキティ、ヴェロニカ、リーアムの3人は、幼児期に滞在した時よりも長期にわたってエイダ宅に滞在し、学校もそこから通っている。悪戯盛りの3人は3人で戯れたり、まだ夜を恐れる年齢であるリーアムがヴェロニカたちのベッドに潜り込むなどして、寝起きをともにし、他の兄妹たち以上に親密な関係を構築していく。今一つその存在理由がはっきりしないランバートの主人然とした様子で祖父母宅に居座る姿が、子供の目に奇異

に映ったであろうが、先述したようにヴェロニカは祖母に対する彼の満たされない愛を感取している。ランバートは、言葉も交わしていないエイダとの最初の出会いで、すでに彼女への肉体的欲望を覚えるほどに性欲旺盛な人物である。その彼の既婚者エイダへの一方通行的思いが高じて、作品の冒頭でヴェロニカが示唆した事件が起こるのである。

　エイダへの報われない愛と、4人の子供を儲けながらも妻キャサリンとの満たされない夫婦関係に苦悩するランバートは、エイダへの断ち切れない愛の代償、あるいは、「復讐（revenge）」（236）として、かろうじて9歳のエイダの孫リーアムに自慰行為を手伝わせるのである。ワイヤー・フェンスに放尿したり、バスの駐車場に忍び込むという悪戯を喜んだり、夜1人になることを恐れるまだあどけない年齢のリーアムである。そうした年齢で、満たされない大人の歪んだ肉欲の餌食となり、自慰行為を手伝わされた無垢なリーアムが受けた衝撃と恐怖感は、生涯、心に影を落とすものである。肉欲が何であるのか分からない年齢であるとはしても、リーアムは自分がランバートに強いられた自慰行為の善悪に対しては判断ができたはずである。それゆえに、彼は恐怖感を覚えているのである。そして、直近の兄が強いられた「肉体の罪（a crime of the flesh）」（1）の現場をたまたま目撃した、これまた肉欲に無知な年齢である8歳のヴェロニカが受けた衝撃と恐怖感も計りしれない。ヴェロニカは、その日の祖父母宅の居間の重苦しい空気の記憶と、その日を境に、リーアムの目に「大いなる虚しさ（great bleakness）」（146）があるのを見てきたことに言及している。リーアムが9歳という年齢で初めてランバートから性的虐待を受けたのは確かであるが、ヴェロニカは「ヌジェントが最後ではなかったと思う」（163）とも述べ、ランバート以後にもリーアムが他者から虐待を受けていたことを示唆している。

　ヴェロニカは、「子供は痛みを理解しない。（……）あるいは、成長するまで、痛みの感じ方を知らないとほぼ言えるだろう」（129）と述べている。ヴェロニカの指摘通りだとすると、ここでリーアムが経験した恐怖と衝撃は、彼の深層に残ることとなり、成人後の彼の人生に影を落とすことにな

る。「リーアムは、貧しい者、生活に事欠く者、孤独な者（……）を愛した、彼は問題がある者を憐れんだ」(167)。この引用は、事件後の彼の愛は、彼同様に心に傷を持った者にしか向かわないということを示し、彼の心の傷の大きさを表している。そして、リーアムは、最後は、カトリック教徒にとって大罪である自殺という形で生涯を閉じるのである。

III　ヘガティ家の罰

　西洋社会では、プライバシーの概念が東洋社会より浸透していることもあって、[6] リーアムが10代、そして、それ以後の人生において、家族と密接な関係を構築していないことが、彼が児童期に身近な大人から性的虐待の被害を被る体験をしたことと直接的関係があるのかどうかは分からない。しかしながら、ランバートとの一件以後、やんちゃだった彼の姿は薄れ、成人後も、彼は人生を器用に歩いてはいない。たびたび、ヴェロニカは、10代のリーアムの美しさと線の細さに触れ、児童期の活発さをなくした事件以後の彼の成長の様子を伝えている。そこには、青春を謳歌しているようなリーアムの姿も、家族に心を開いているようなリーアムの姿もない。ここで、先の事件がリーアムとヴェロニカにどのような傷をもたらしているのかを検証してみたい。

　ヴェロニカが、リーアムと年齢的、精神的に一番近く、また、ヴェロニカの視点から作品が語られていることもあって、読者はリーアムとヴェロニカは密な関係だったという印象を抱く。2人の関係に近親相姦的愛情を読み込む読者も存在している。[7] ヴェロニカは、表面的には家族史の1つとして、ランバートとリーアムの一件を語り継ぐことを、リーアムが性的虐待の被害に遭っている現場を目撃し、彼に一番近い存在だった彼女の使命と感じている。しかしながら、数十年後の今になってヴェロニカが過去の事件を明らかにするという行為に至るのは、薄幸のリーアムへの名誉回復の思いだけからとは思えない。過去を明らかにすることで、過去に縛られ続けている自らからも解放されて、新たな人生を歩いていこうとの思いがヴェロニカに存在し

ていたのは確かである。そうでなければ、ヴェロニカがリーアムの死から5ヶ月もの間、精神的にさまよい続け、やっと自分の行き場が夫トムと暮らす家しかないと悟る結末にはならないであろう。

　病院の運搬係としてその生涯を過ごしたリーアムは、ランバートとの事件の後、大学に進学し、学費を工面するためにロンドンに渡り、時々講義のための帰国はしても、在学中に亡くなった祖母エイダの葬儀のための帰国はしない。このことは、リーアムがランバートとの一件で、14年という歳月が流れていても過去の事件へのこだわりが消えていないことを示唆している。[8]

　作品では、ランバートの肉欲の被害を被ったのはリーアムで、児童期の彼への性的虐待、および、その後のランバート以外の者からの同じような虐待が彼の人生を狂わせ、最終的に彼は自殺という形で生涯を閉じることになることに焦点が置かれている。しかしながら、同じく児童期に大人の歪んだ性欲の場面を垣間見たヴェロニカ自身もまた被害者である。ヴェロニカと夫との性生活が上手く行っていないことは、確かに、リーアムの存在がヴェロニカに影響を与えていることは否めないであろうが、彼女自身が児童期に性的虐待の2次的被害に遭ったことも関係していないとは言えない。エンライトは、ヴェロニカ自身もまたランバートによる性的被害を被った者であると読者が読み込むことを期待しているような描き方をしているように思えるし、ジョン・セルフは、性的虐待はリーアムだけではなく、ヴェロニカの身にも起こったことだと断定している。[9]実際、ヴェロニカも「そのことは、私にも起こったこと（……）かしら」(224)と混乱し、上記の見解を支える言葉を発している。

　ランバートとの一件は、リーアムには自殺という結末をもたらしているが、実害を被ったかどうかは定かでないヴェロニカにはどのような影響をもたらしているのだろうか。ヴェロニカは、次のように自分の人生を分析している。

　　私は、自分の人生を引用符号の中で生きてきた。私は、鍵を取り、他の多くの人

たちのように「夫」と「性交」ができる「家」に帰ることができた。(……) そして、私は、引用符号を嫌がっているようには見えなかった。あるいは、兄が死ぬまで、その中で生きていることに気づいてすらいるようには見えなかった。(181)

　ヴェロニカは、自分の人生でありながら、第三者的に自分の人生を捉え、兄の自殺という現実を突き付けられるまで、自らの人生に、特に、引用符号の言葉に現実感を覚えていないのである。ヴェロニカは、今、リーアムの自殺を契機に、自らが体験したことを回想し、記録に残すという作業を行っている。その際、先述したように、祖母エイダの物事を的確に捉えることができない性格、母モーリーンの自身すら見えていない曖昧な性格を非難し、そうした彼女たちの性格による判断の誤りが現在の自分たちの不幸をもたらしていると2人を責めている。その彼女が、自らの人生を振り返って、リーアムの死に至るまで自分が「引用符号の中で生きてきた」と現実感のないことを言うのである。その深層には、何があるのであろうか。
　ヴェロニカもランバートによる性的虐待の直接的被害者だったのかどうかは、ヴェロニカの描き方が曖昧で、作品からははっきりしない。しかしながら、ヴェロニカが少なくとも性的虐待の2次的被害者であることは間違いない。心理学的には、「幼い子どもがトラウマを受けた場合、その子は最も受動的で無力な存在となる」[10]と言われている。この見解に照らし合わせてみると、先に検証したように、幼い年齢でランバートによる性的虐待の被害を被ったリーアムが、その後の人生で存在が薄くなるのは当然である。そして、リーアムへの性的虐待の現場を目の当たりにした幼いヴェロニカが受けた衝撃も相当な程度のものであり、そのことがトラウマになって、ヴェロニカが「引用符号の中で生きてきた」と自らの人生の受動性を語るのは理解できることである。『集い』は、ヴェロニカが記憶を掘り起こし、過去を回想していくことが作品展開の中心である。そうした過去の出来事が中心の展開の中で、時々、読者にはヴェロニカの語りによる現在の出来事が垣間見え

る。ヴェロニカは、現在の出来事を語る際に、過去の忌まわしい事件が起きた時代に生きたエイダ、ランバート、ブレンダン叔父、そして、リーアムの亡霊を見たり、自らがランバートのペニスを握っている妄想に苦しめられていることを語っている。また、母親の保護を必要とする幼い2人の子供を残して、事件が起きた時代に存在していた場所へ夜中にドライブしていることも語っている。科学的には、前者の光景は非現実的なものであり、後者も現実から乖離したヴェロニカの行動である。エリアナ・ギルが指摘しているように、「未解決のままになっているトラウマは、夢、想起、体感、行動的な再現といった形で意識内に漏れ出てくる場合がある」。[11] このことに鑑みると、過去の事件の衝撃が未解決のまま深層に残っているヴェロニカにとっては、彼女の状態は不思議なことではない。

　今まで30年ほどもの長い間、ヴェロニカがリーアムと彼女自身に起こったことに封印をし、リーアムの自殺を契機として、初めて過去の事件を明らかにするという行動に出るのを不思議に思う読者も存在すると思う。一見、これはヴェロニカの特異な性質ゆえの行動と捉えるむきもあるが、幼かった彼女が事件から受けた衝撃が大きければ大きいほど、「虐待の秘密を守らねばならない」[12] という守秘意識にヴェロニカが縛られていたと解釈すれば、ヴェロニカの行動は納得できるものである。リーアムもヴェロニカも肉欲というものにまったく無知な幼い年齢であったがゆえに、余計にその行為に恐怖を感じることで、2人の間にある種の同族意識が芽生え、単なる兄妹以上の感情が生まれることにも繋がっていく。また、その恐怖感ゆえに、ヴェロニカが「引用符号の中で生きてきた」（181）という受動的意識に縛られることも可能なこととなるのである。

　以上のように、ランバートによる性的虐待の事実は、リーアムの人生だけではなく、少なくともその現場を目撃したことは確かであるヴェロニカの人生にも大きな影響を与え、彼女は混乱と恐怖に満ちた受動的な人生を送ることになった。ヘガティ家の前世代の母なる者を中心とした判断の誤りが、ランバートが与える影響を軽視して彼女たちの周辺に彼が存在し続けることを

許し、その結果、現世代の彼女たちの子孫に不幸な人生を強いている。

終わりに

　ヘガティ家の過去の世代に属する人物たちの人物造形を分析することで、筆者は彼らが意識せずに犯した罪とはどういうものなのか、そして、それらが現世代である彼らの子孫たちの人生にどのような影響を与えているのか、心理学的視点から中心に考察してみた。主人公であり、語り手でもあるヴェロニカが物事の事実関係に関して捉え方が混乱し錯綜しているのも、彼女自身が経験した出来事の衝撃の大きさが彼女に与える心理的影響を考慮すると、納得が行くものである。しかしながら、それらを文学的見地から考察してみると、著者エンライトが作品にさまざまな技巧を加え、多面的に作品を読み込むことを可能にするための手法だと解釈でき、『集い』は実験小説に近い作品のように思える。

　ヴェロニカの祖母エイダは、ヴェロニカが指摘するとおり、物事を的確に判断できるような人物ではなく、彼女なりの計算の結果がチャーリーとの結婚であった。チャーリーも含めて、彼女たちはランバートが与えるヘガティ家への影響を過小評価し、彼との交友を深め続けたことが、現世代の者たちの不幸を招いている。ヴェロニカは、事件から30年近い歳月が流れても、ランバートの悪霊に苦しめられているのである。しかも、ヴェロニカはその悪霊を現実の世界で認識したものなのか、夢の世界で認識したものなのかも判別できないのである。そして、ヴェロニカは、リーアムとランバートとの過去の事件の様相が、リーアムではなく自分自身がランバートから性的虐待を受けているという様相に変化して、再現されるという幻想にも苦しむのである。このことは、明らかに、ヴェロニカにとって過去の衝撃が過去のものになっていないことを物語っている。「エイダが、私たちを駄目にしたに違いない」(45)という意識が、ヴェロニカから抜けないことも、彼女のこうした現実ゆえである。

　ヴェロニカは、母モーリーンに対しても、祖母エイダに対するのと同様

に、幼い頃から否定的捉え方をしていた。過去を回想していく中で、ヴェロニカ自身が把握できない過去のことを母に問いたい思いに駆られるが、ヴェロニカはリーアムの死で一族が遠方から集まって来ているこの状況をどれだけ理解できているのか分からない母の様子ゆえに過去を問うのを諦める。それが、彼女の年齢からきている老いの症状なのか、過去を掘り下げられることを厭っている彼女の曖昧な性質からのことなのかは、はっきりしない。ヴェロニカは母に事件当時の状況を問うことはやめても、母が自分たちを祖母のもとに追いやり、自分たちを守りきれずに、最後には、リーアムの死を招いたと思っている。それゆえ、ヴェロニカは母の罪深い見極めの悪い性質への非難の思いを消すことはできない。作品の冒頭で、ヴェロニカが吐露した「彼女［母］がしたことの重大さ」（5）という意識に繋がるものである。冒頭で、ヴェロニカが批判的に捉えた祖母の物事を的確に判断できない性質、母の自己すら見通せない曖昧な性質というものが、作品の終わり近くで展開されるリーアムの死に関してのヴェロニカの言動に見られる両者への捉え方に上手く繋がっている。[13]

　ヘガティ家の過去の世代が熟慮することなく行ってきたさまざまな人生選択は、通常ならば、彼らが壁にぶつかりながらも、彼らにのみ影響を残すものとなったであろう。しかしながら、ランバートという予期せぬ悪影響を残す者の人格を見誤ることによって、前世代の選択ミスという罪がその罰として現世代を生きる者へ苦しみ続ける人生と自殺という選択をもたらした。人生は、歩いてきた道を白紙にすることも、逆戻りすることもできないものである。ヴェロニカは、「母の愛は、神の最大の冗談である」（213）と述べている。冗談とは、笑いやおもしろさをもたらすもののことであるが、ヘガティ家の2人の母は子供たちに対して彼女たちなりの愛の形で愛を抱いてきたはずである。しかしながら、2人が子供たちの人生に笑いやおもしろさをもたらさず、苦悩をもたらしたことは、2人が母という存在であることを考慮すれば、哀しすぎるものである。

＊本稿は、「Anne Enright: *The Gathering*」、『英米文化』41（2011）で発表した拙稿と一部重複する箇所がある。

注

1　"Anne Enright: 'I Bring All of Myself to a Book,'" *The Man Booker Prizes*, 8 July 2011 <http://www.themanbookerprize.com/perspective/articles/99>.
2　物語の冒頭で、ヴェロニカは「私が8歳か9歳の夏、祖母の家で起こったことを書き留めたいが、実際、本当にそのことが起こったかどうか私も定かではない」と述べ、冒頭から自らの語りの信憑性を揺るがすようなことを語っている。ヴェロニカの語りの信憑性は、読者サイドから見ると疑問ではあるが、概して、人間の記憶は曖昧で、断片的なものである。この作品は、ヴェロニカの記憶を頼りに物語が展開するので、彼女の語りに疑問を覚えるというのは、ある意味当然のことである。上記引用は、Anne Enright, *The Gathering*（New York: Black Cat, 2007）1 に拠る。以後、この版からの引用は括弧内に頁数を記す。なお、日本語訳は拙訳である。
3　様々な者が、『集い』の錯綜した語りと作品中に同時に1つ以上の物語が存在し、場面が過去から現在、現在から過去へと急遽変化したり、エンライトによる現在時制の多用等で、一読では作品を解読することが困難であることを指摘している。"*The Gathering* by Anne Enright," *Reading Matters: Book Reviews of Mainly Modern and Contemporary Fiction* 20 Sep. 2007, 9 July 2010 <http://kimbofo.typepad.com/readingmatters/2007/09/the-gathering-b.html>.
4　原書では、「曖昧」というモーリーンの性格を表す言葉として、"vague" が用いられている。*Webster's Encyclopedic Unabridged Dictionary of the English Language*（1989）によると、人を "vague" という語で説明するときは、"not clear or definite in thought, understanding or expression" の意味である。また、*Webster's New World Dictionary: Third College Edition*（1988）には、似たような表現ではあるが、"not sharp, certain, or precise in thought, feeling or expression" とある。モーリーンの状況を正確に捉えきらない、はっきりしない性格、そして、ブレンダン叔父の精神障害に多少似ているかのような、後先考えずに延々と妊娠し続ける彼女の愚かな性格を表す言葉として適切な語である。
5　ヴェロニカは、ここでは、「エイダは、決して1人の者も愛したことがなかった」と述べているが、結婚後1年を過ぎた頃のエイダとチャーリーとの仲の良さに言及もしており、エイダのチャーリーに対する愛情は二面的要素がある。
6　簗田憲之、橋本尚江編『イギリス文化への招待』（北星堂、1998）361-64 を参

照。また、ヴェロニカは西洋人の家族関係を示唆するものとして、自らの家族関係に関して次のように語っている。「大家族に大いにプライバシーというものがあった。(……) 私たちは、これが立派な生き方だと思った。ある意味、私は今もそう思っている。」(164)
7 Cf., *"The Gathering," Publishers Weekly* 23 July 2007: 44.
   ヴェロニカとリーアムの2人が幼児期、児童期を通して、家族の中で親しい関係を構築する環境が与えられていたとはいえ、そこには幼児期、児童期を2人とともに過ごしたキティの存在はない。それゆえ、2人の関係は彼らだけに共通する過去の出来事が影響を与えていると読み込むことも可能である。
8 リーアムは、ランバートによる性的虐待の直接的被害者である。P・B・ムラゼックとC・アダムズ・タッカーによると、虐待のダメージは年齢が幼いほうがより大きく、性的虐待の場合、性交などのように性器の接触が多くなるほど、否定的インパクトは大きくなるものである。このことを踏まえると、ヴェロニカ同様、リーアムが祖母とランバートとの関係を感取していたのなら、彼の祖母に対する否定感情は理にかなったものである。ムラゼックとアダムズ・タッカーの虐待のダメージに関する学説に関しては、エリアナ・ギル『虐待を受けた子どものプレイセラピー』西澤　哲訳（誠信書房、2001）6 を参照。
9 John Self, "Anne Enright: The Gathering," *Asylum* 16 Aug. 2007, 8 July 2010 <http://theasylum.wordpress.com/2007/08/16/anne-enright-the-gathering/>.
10 ギル 25。
11 ギル 28。
12 ギル 7。
13 ヴェロニカの母に対する否定的感情は、リーアムの葬儀が終わって、彼女がリーアムと自分に起きたことを明らかにする決意をし、自らの居場所を探してさまよい続ける頃から、段々と変化する。物語の結末で、ヴェロニカは自らの居場所がトムとの家しかないと悟り、新たな人生へ踏み出そうとするが、それと連動して、彼女の母への感情も変化してきている。彼女の中で、過去の事件を明らかにすることで、過去の呪縛から逃れることが徐々にできるようになったことを示唆しているのだと思える。

13

「人間」になりたかったホワイト・タイガー
――自己検証の旅――

ブラウン馬本　鈴子

I　はじめに

　アラヴィンド・アディガは、処女作である『ホワイト・タイガー』で2008年ブッカー賞を受賞した後のインタヴューで、『ガーディアン』紙の記者に以下のように語っている。

> 中国と一緒に、インドが大きな変化を経験しながら、西欧のようになりつつある今こそ、わたしのような作家が社会の残酷な不公平（the brutal injustices of society）を明るみにすることが重要です。これはフロベールやバルザック、そしてディケンズが19世紀末にやったことで、その結果、イギリスとフランスはよりよい社会になったのです。インドという国の批判などではなく、より壮大な自己検証（self-examination）のプロセス――これこそわたしがやろうとしていることなのです。[1]

　元々ジャーナリストとして、成功を収めていたアディガであるが、小説家として取り組んだこの作品が描くインドの実情が我々読者に与える衝撃は絶大

である。なぜなら遠い国の実情として読む新聞の記事と違い、小説の読書体験によって、読者はインドの知られざる世界を実際に目のあたりにすることになるからだ。[2] 作者は、主人公バルラム・ハルワイの体験を通して冒頭引用の「社会の残酷な不公平」を明示しながら、人間の尊厳の問題、そして人間としてなすべき正しい行いとは何かを問いかけ、弱者をないがしろにした発展や裕福さばかりを追求する現代社会への警鐘本として読者に「自己検証」を促すためにこの小説を書いた。

「拝啓、首相殿」[3]——この小説は、バンガロールの企業家にして思想家と名乗る男「"ムンナ"ことバルラム・ハルワイ」（12）または自称「ホワイト・タイガー」から中国の温家宝首相に送られる手紙という書簡体形式をとっている。貧しい少年時代を経て使用人となり、罪を犯した果てに成功を収めるまでの半生を綴ったこの手紙には、執筆者の会社の URL や住所、E メールアドレスが載っていて実にリアリスティックだ。バルラムが犯した罪とは、田舎の家族が死の報復を受けることを承知の上で主人アショクを殺害して金を奪ったことだ。その後バルラムは、別人になりすまして、警察を買収しながら企業家として成功を収めた。しかし当然のことながらこの手紙が実際に投函されるとなると、バルラムの本当の身元が割れて、未来志向の差出人が何よりも切望していた自由は再び奪われてしまう。バルラムは語る。

> 理解していただきたいのは、閣下、インドは＜光＞（Light）のインドと＜闇＞（Darkness）のインドという２つの国だということです。海はこの国に光をもたらします。インドの地図上では海に近いところはどこも豊かです。けれど、河はこの国に闇をもたらします——あの黒い河は。（14）

確かにインドの地図を見ると華やかなボリウッドのムンバイなどは海沿いにあり、小説の舞台に近いブッダガヤやヒンドゥー教聖地の河があるヴァーラーナシはまだまだ開発途上である。＜闇＞の出身から、暴力や殺人、あるいは不当な取引を行ったりして＜光＞の世界の企業家まで登りつめてきたバ

ルラムのような男は、急成長を遂げる新興国においては、小説だけでなく、現実においても普遍的な存在なのではないだろうか。たとえば、主人公と同じ村の出身で、豚飼いの息子からバスの車掌になり、最後には大物政治家に成り上がるヴィジャイという人物は、牛飼いからビハール州長、そして鉄道省長官にまで登りつめたラルー・プラサッド・ヤダヴという実在の人物を髣髴とさせる。自らも主人の命と引き換えに成功を収めた元使用人は温家宝首相に問いかける。

　でも、ひょっとすると、この国の首相をはじめ、世界の要人たちは（あなたもふくめて）みんな、トップに登りつめる途中でだれかしら人を殺してきたのではありませんか？（318）

　バルラムはカースト制度が崩壊した後のインドの状態を「動物（animals）がたがいを襲ってはずたずたにするジャングルの掟」（63-64）に例えて、「いちばん獰猛でいちばんがつがつしたやつらが、ほかの動物を食いつくして腹をふくらませました。大事なのはそれだけ、腹の大きさだけでした。女だろうが、イスラム教徒だろうが、不可触民だろうが、腹のでかい者がのしあがれるのです」（64-65）と表現している。
　「動物」という言葉だが、この小説のテーマを理解する上で重要なキーワードである。なぜなら人の善と悪のイメージに人間と動物のメタファーが使われることが多いからだ。冷静冷酷な企業家精神を自負する「ホワイト・タイガー」という名の主人公はもちろん、悪玉である主人たちの名前はみな動物の名で村人から呼ばれている。すなわち、アショクの我儘な兄ムケシュは「マングース」、アショクの父で地主の「コウノトリ」、そして故郷の他の地主たちはそれぞれ「スイギュウ」、「イノシシ」、「カラス」といった具合だ。愛憎、敬意、軽蔑の入り混じった複雑な感情をバルラムは主人のアショクに抱いているためか、アショクには動物の名前はない。無防備さゆえにアショクが「コヒツジ」と故郷で呼ばれるのではと、バルラムが考えることは

あっても。

　また動物の肉食のイメージと、人間が別の人間を搾取するイメージが重なる場面もある。たとえば、ベジタリアンのアショクに対してイノシシは「菜食主義の地主なぞ聞いたことがないぞ。(……)それは不自然だ。肉を食べるからたくましくなれるんだ」(82)と言う。またバルラムの故郷の村の地主であるコウノトリたちは、以下のように表現されている。

> この動物ども(Animals)はみんな、村のすぐ外にある地主の居住区に住んでいました。(……)村に出てくる必要があるのは餌を食う(feed)ときだけでした。(……)動物ども(Animals)は息子や娘をみんなダンバードやデリーにやってしまいました。子供たちはいなくなりましたが、動物ども(Animals)はラクスマンガールに残って、村と村に育つものをかたっぱしから食いものにしたので(fed on the village, and everything that grew in it, until there was nothing left for anyone else to feed on)、とうとう村人は食うにも困るようになりました。(25-26)

これらは小作人を搾取して繁栄する地主のイメージと重なる。ほかにも、久々に実家に帰ったバルラムは、兄のキシャンが前よりいっそう痩せて色黒になっているのに気づく。そして祖母のクスムがバルラムのためだけに特別に作ってくれていた赤い骨付きのチキンカレーをみて、バルラムは「なんだかキシャンの体から取った肉を出された」(85)ような気がするのであった。したがって上で挙げたトップに登りつめるために人を搾取してきた「世界の要人たち」(318)はもちろん肉食の「動物」であると示唆されている。

　小論では、バルラムが「人間」らしい暮らしを得るために「ホワイト・タイガー」、すなわち「動物」にならなくてはいけなかったパラドックスについて説明する。そして使用人のバルラムが、家族が皆殺しになるのを承知の上で、主人アショクの喉を切り裂いてお金を奪い、企業家として成功を収めるというこの物語によって、小説家としてのアディガが我々読者にもたらし

た人間らしさとは何かという認識の問題についても考察をしてみたいと思う。

II 人間らしい生活とは

「動物には動物らしい暮らしをさせ、人間には人間らしい暮らしをさせる。ひとことで言えば、それがわたしの哲学です」(276) とバルラムは言うが、人間らしい生活とはそもそも何であろうか。それは少年時代のバルラムにとっては成り上がりのヴィジャイ、そして使用人になってからは主人のアショクが送る裕福な暮らしであった。

アショクはお金持ちの息子で、アメリカの大学に留学していた。家族の反対を押し切り、インド人には珍しい恋愛結婚によってキリスト教徒の女性と結婚した。一見、インドの因習を軽蔑し、見聞も広く、現代的に見えるエリートだ。しかし世間知らずだということもあり、人を見る目や自分の信念に必ずしも賢明さが発揮できないところにアショクの悲劇がある。たとえばアショクは、バルラムの一般教養のなさを指摘し、「問題は彼［バルラム］が……2、3年かな、そのぐらいしか学校に行っていないということだ。読み書きはできても、内容を理解できない。人間が生焼け (half-baked) なんだ。この国ははっきり言って、彼のような民衆であふれている。なのにぼくたちはこの輝かしい議会制民主主義をこういう者たちに託しているんだぞ。それがこの国の悲劇のすべてなんだ」(10) と言う。これはアショクがいかにインドの社会の実情に無知であるかということを物語っている。なぜなら、バルラムの住む＜闇＞の世界では政治家が警察を買収していたので、一般大衆が選挙権を自分の意思で行使することはできなかったからだ。また、アショクはバルラムのことを、頭は悪いが、家族思いで信心深くて、正直者であると見ているが、これも間違いである。バルラムは、祖母のクスムを憎んでいるし、信心深くはないし、とりわけ正直でもない。信仰にすがろうにも＜闇＞の世界は過酷過ぎてどの神にも見捨てられていたのだ。またバルラムが子供の頃、抜き打ち検査で学校の様子を見に来た視学官は彼の聡明さに

気づき、「きみ、きみはこの悪党と愚か者のジャングルにあって、ただひとり聡明で、勤勉で、活発な少年だ。ジャングルでいちばん珍しい動物はなんだ？1世代にたった1頭しか現れない生き物は？」(35) と言う。もちろん、その生き物こそインドのベンガルトラの白化型であるホワイト・タイガーである。視学官はバルラムの才能を伸ばそうと進学を勧めるが、不幸にも従姉の結婚式で多額の借金をしたバルラムの家族は彼を学校から退学させ、出稼ぎに送り出す。しかし、視学官との出会い以降、「ホワイト・タイガー」は、バルラムのアイデンティティになった。バルラムとは、教養などは「生焼けの人間」(10) であり、企業家精神においては聡明な「ホワイト・タイガー」であるという2面性を持つ人物である。なお、ホワイト・タイガーのアイデンティティが持つより深い意味については、後に詳しく述べる。

さらに作者も、語り手のバルラムが「生焼けの人間」であることを読者に印象づけるために、バルラムに物忘れをさせたり、極論を述べさせたりする。たとえば、バルラムは世界4大詩人のイクバール、ルーミー、ミルザ・ガリブ以外の1人が思い出せなかったり、革命を成功させて、奴隷を解放したり支配者を殺した4人の人間が、アレキサンダー大王、アメリカのエイブラハム・リンカーン、中国の毛沢東と、もう1人はヒトラーだったかもしれないと言ったりする。さらに、バルラムは白人が滅びるという説を持ち出すときには、その理由として、男色とドラッグの他に、白人の脳と睾丸を萎縮させるために日本人が携帯電話を開発したという噂話を真剣な口調で語る。[4]

ところで、インドで＜光＞と＜闇＞の人間を取り巻く環境の違いは、様々である。バルラムの経験を通して作者は、「金持ちはつねに人生で最良のものを手に入れ」、貧乏人は金持ちの「残り物しか手に入れられない」(233) という階級の違いによって生じる不公平を様々な側面から暴露する。

たとえば、食事である。庶民の食べ物を食べたいというアショクの要望で、バルラムが連れて行ったある茶店の場面を見てみよう。「いいもんだな、おまえたちの食事をするのは！」と言うアショクに対して、バルラムはにっ

こりとしながらも「おれもいいもんだと思いますよ、あんたがたの食事をするのは」(239)と密かに思うのであった。貧乏人がする食事の意外なおいしさと料金の安さに感心するアショクであるが、それは高級ホテルの豪華な食事を食べ飽きたからゆえの発言である。[5] そして病院である。バルラムは兄キシャンと一緒に、結核で苦しむ父をベッドもろくにない不潔な公立病院に連れて行ったが、汚職の進むインドでは貧しい人のためのこうした病院に医者がいることはほとんどなく、父は治療を受けることもできずに無惨にも床の上で血を吐きながら亡くなってしまう。一方、アショクの父であるコウノトリは軽い腹痛を起こしただけで「5つ星ホテル」(180)のように清潔な私立病院で最高の治療を医者から受ける。

　また、アメリカ風の町グルガオンにある、イギリス風の名前がつけられた豪華なマンション、バッキンガム・タワーBには、アショクのような金持ちが住んでいるのだが、その地下には使用人専用の不潔な共同部屋があり、バルラムたちはインターホンで主人たちの呼び出しにいつでも対応できるように24時間待機させられている。マーケットも、酒の銘柄も、利用する売春婦の質まで、階級によって差がある。

　不公平は、サービス、住居、消費物質だけでなく、空気の質にまで及ぶ。空気汚染が深刻なデリーでは、バイクやスクーターにしか乗れない人間はマスクをするしかないが、エアコンが装備されている車に乗る金持ちたちは、外の空気を吸わずにすむ。その様子をバルラムは以下のように観察する──「金持ちの車は着色ガラスの窓をぴたりととざして、黒い卵（dark eggs）みたいに道を走っていきます。ときどきその卵が割れて、金の腕輪をきらめかせた女の手が窓から現れて、空になったミネラルウォーターのボトルを道に投げ捨てます。するとまた窓がするするとあがって、卵はぴたりと殻をとざします」(134)。これは、環境問題を万人共通の改善課題として意識する先進国とは違い、インドのような急成長を遂げつつある国が、まだまだ自分さえ──「黒い卵」の中さえ──良ければそれでいいという、近視眼的な環境後進国であることが顕著に表現されている場面である。物語の中の金持ちた

ちが、ヨガやウォーキングなど自分たちの健康を気遣う一方で、社会全般の改善に尽力するまでには余裕がないのは何とも皮肉である。

　以上のようにインドでは教育、選挙権、福祉をはじめ、消費物資から環境に至るまで豊かな者と貧しい者では異なってくるのだ。ある日アショクの妻から股ぐらをかく癖や外観の不潔さを叱責されたバルラムは「父はどうして股ぐらをかいてはいけないと教えてくれなかったのか。どうして白い泡で歯を磨けと教えてくれなかったのか。どうしてわたしを動物みたいに生きるように (to live like an animal) 育てたのか。どうして貧乏人はこんなに不潔に、こんなに醜く生きているのか」(151) と思う。バルラムにとって貧しい者の暮らしが人間らしい生活とは正反対に感じられたことは言うまでもない。

III　人間らしい生活を脅かすものとは

　金持ちによる貧乏人の搾取のほかにも、人間らしい生活を脅かすものがある。「鳥籠」(Rooster Coop) (173)——バルラムがインドにおける家族のしがらみを説明するときに使うたとえだ。インドでは、貧しい人間は家族という名の「鳥籠」に入れられていて、永遠に奴隷として主人にこき使われる。なぜなら、主人の金を奪うなどして使用人がその「鳥籠」から脱出したら、残された家族たちは主人から痛めつけられ、殺される運命にあるからである。インドでは、家族のつながりは神聖であると考えられているので、普通の人間は家族を犠牲にして自由の身になることなどできない。だから「一握りの人間が残りの 99.9 パーセントの人間をあらゆる面で強力に、巧妙に、狡猾に教育して、永遠の奴隷にしたてあげる」(175-76) ことが可能なのだ。ここでも「鳥籠」という比喩を使って、貧乏人が鳥、すなわち「動物」にたとえられているのは興味深い。

　こうした家族の神聖化のために、バルラムは家族自体からも搾取されることになる。たとえばバルラムの祖母クスムは、バルラムが運転手として稼いだ給料を家族に送金することが当然であると思っている。そこで、送金が途

絶えるとバルラムを結婚させて経済的に拘束しようとしたり、送金していないことを主人に伝えるという脅迫の手紙をバルラムに送ったり、ついには甥のダラムを監視役としてよこしたりする。

また主人たちは都合によってバルラムを家族扱いしたりしなかったりする。たとえば、アショクの妻のピンキーがひき逃げ事故を起こしたときは、バルラムを「家族の一員」(167)と呼び、彼にひき逃げの罪を押しつける。本当の家族であるクスムは抗議するどころか、バルラムの裁判で自白の立会人になることを承知し、孫が忠実な使用人の役目を果たすことを誇りに思う始末である。そしてアショクは、ひき逃げ事件の後で妻に逃げられて自暴自棄になっていた時期に、バルラムから献身的に励まされたにもかかわらず、兄のムケシュが来ると態度を変えてムケシュに次のように語りかける。

> アメリカにいたころは、家族なんて邪魔なだけだと思ってた。(……)でも、家族がいなければ人間はひとりぼっちだ。まったくのひとりぼっちだ。この1週間ぼくには毎晩この運転手（this driver）しかいなかった。やっとまともな人間（someone real）がそばに来てくれたんだ——兄さんが。(188-89)

酒漬けの日々を過ごす傷心のアショクを支えたバルラムの献身ぶりは、妻に代わって食事の世話をしたり、飲みすぎて吐いたアショク嘔吐物を手で拭ってあげたりと、実際の家族以上のものであったのに、結果としてバルラムは感謝されるどころか侮辱されたのである。バルラムがアショクに失望したのは、アショクがバルラムのことを家族として見ていなかったことではなく、階級の低いバルラムを人間として見ていなかったことである。バルラムをただの「運転手」であり、「まともな人間」だと扱っていなかったというのは、人間としてのバルラムへの最大の侮辱である。また、アメリカで生活したことがある金持ちのインド人が、神聖な家族という価値観を簡単に捨てたり重視したりする軽薄さが窺える発言でもある。中途半端に欧米志向を取り入れたり、民主主義化したようでいながら根本的な差別意識においては因習的な

ままのアショクのような金持ちのインド人への作者の皮肉が読み取れる。
　一方、現在バルラムが経営する会社で、彼は16人の運転手の主人となったが、かつての苦い経験から以下のような方針を貫いている。

　　かつてわたしは主人に仕える運転手でしたが、いまは運転手たちの主人です。彼らを使用人あつかいして、ひっぱたいたり、いばりちらしたり、ばかにしたりはしません。家族の一員などと呼んで侮辱したりもしません。彼らはうちの従業員で、わたしはそのボスです。それだけです。彼らは契約書にサインし、わたしもそれにサインし、おたがいにその契約を履行する。それだけです。(302)

かつてバルラムが受けた待遇とは対照的である。彼は、運転しながら後ろの席の主人たちに酒を注いだりすることも含め、運転手という仕事以外にも、使用人として家の掃除や家事をさせられ、時には家族として主人のひき逃げの罪を負わされそうになったこともあった。アショクが家族の神聖化という因習的なインドの価値観に逆戻りしたのに対して、皮肉にもアメリカで生活したこともないバルラムが契約で成り立つ現代的な上下関係を実践しているのが面白い。
　アディガは、インドの進展を妨害するものとして、「汚職、人々のためのヘルスサービスの欠如、そして家族は神聖であるという信念です」[6] と言っているが、この小説では家族が神聖かどうか、という問題を論じているのではなく、家族の神聖化によって個人の自由が奪われたり、搾取される者がでてきて、個人の尊厳や人間らしい生活が脅かされる現状を問題視しているのである。
　前述したが、バルラムの人間らしい生活への憧れは、最初はもっぱらアショクのまねをすることから始まる。たとえば、使用人階級の者は入店を許されない大型ショッピングモールにアショクのような格好をして入ってみたり、インドタバコを止めて歯をホワイトニングしたり、酒を買ってみたりすることである。そしてムケシュなど他の主人たちの封建的な態度とは違い、

アショクもまた使用人であるバルラムが少しでも人間らしい生活ができればと願った。たとえば、故郷ではバルラムたち使用人の部屋を改善しようとしたり、長距離の運転は自分が交代で行おうとしたりした。そしてデリーに移ってからは、バルラムに劣悪な環境の使用人フロアではなく別の場所を借りて住むように勧めたり、皮膚病の治療代を申し出たりした。

しかし、使用人を中途半端に人間扱いしたことと、本性は偽善者に過ぎないアショクの弱さとが、バルラムの主人への愛憎を募らせる。そしてアショクが道徳的に堕落していく過程で、バルラムは彼を殺害する決意を固めていく。ピンキーのひき逃げ事件後のアショクの道徳的に堕落した生活はひどくなる一方であった。妻が出て行った後、アショクはデリーの政治家に賄賂を渡すのにますます忙しくなり、つきあいから政治家の悪ふざけに便乗して白人の売春婦を買った。その一方、離婚もまだ成立していないうちに昔の恋人ウーマと早くもよりを戻した。ムケシュと金の話をするアショクを観察していたバルラムは、「この2人のあいだに実際はちがいなんかない。（……）どっちもあのコウノトリの息子」（242）に過ぎないと気づく。アショクの堕落ぶりに失望したバルラムは、無断で車を使用したり、主人のまねをして自らも白人の売春婦を買おうとしたりする。そしてついには、コウノトリ一家が脱税するのを黙認する見返りに、アショクが政治家に渡すことになっている金を横取りする誘惑に駆られる。運転手仲間が教えてくれた、運転手として一生を過ごした場合の最高の人生シナリオも金持ちたちの生活とは程遠いものであったが、今やその運転手の地位さえも危うくなっていた。バルラムは、アショクを殺して金を奪えば、故郷の家族は惨殺によってその報復を受けることをわかっていた。そしてたとえ主人を殺さなくても、どのみちコウノトリ一家のことだから、バルラムが金を盗んだだけで家族を皆殺しにするだろうことも重々承知していた。良心の呵責と自分の生き残りのための野望とのはざまで八方ふさがりのバルラムが手に取った本には、「汝は長年その鍵を探してきた ／ だが、扉はつねにあいていたのだ！」（253）と書いてあった。バルラムは、この先人間らしい生活を送るためには、申し訳ないが

アショクと家族を踏みつけてでも扉の先へ進まなければならない、とでも思ったのであろう。ついに、バルラムの決意は固まった。

アショクを殺害する前日に、バルラムはアショクの許可を得て甥のダラムをデリーの国立動物園に連れて行く。出発の直前に、バルラムはアショクが彼に代わる運転手を面接している姿を密かに見て、自分の首が確実となったことを確認する。しかしアショクの殺害は決意していたので、彼のバルラムへの裏切りは罪悪感の気休め程度にしかならなかったであろう。ところで敵の動向を遠くから静かに見守るこのバルラムの様子は、ホワイト・タイガーのような猛獣がシマウマなどの草食動物を射止めるのに、遠くから狙いをつけて襲撃のタイミングを図っているイメージと重なる。

動物園で最後に2人が行き着いた先には1頭のトラがいた。ホワイト・タイガーである。トラと柵越しに目が合った瞬間、バルラムは気絶する。ホワイト・タイガーの檻のそばの「この檻の中にあなたがいると想像してみてください」という掲示をみて、バルラムは「俺には想像できる、苦もなくできる」(177)と思うのであるが、それはもちろん「鳥篭」という檻に閉じ込められる自分の姿を連想したからであろう。「鳥篭」に監禁されている限り、結局のところ「村を離れてもあいかわらず、身も心も尻の穴も主人に所有されている」(169)のである。その自分はといえば、かつてはその聡明さゆえにホワイト・タイガーにたとえられたのだ。自分に催眠術をかけるかのように、ただひたすら同じところを行ったりきたりするホワイト・タイガー。このままではバルラムの人生も檻の中の動物と同じ運命をたどるであろう。「使用人や奴隷」ではなく人間らしい暮らしをする「人間」になるためには、別の人間の命を奪わないといけない。しかし「人間」になるために、人間が人間の命を奪った時点で、その人間は卑劣な「動物」になり下がってしまうというパラドックスが生じる。バルラムは、「鳥篭」から脱出できる方法について以下のように言っている。

家族が主人につかまって痛めつけられ、焼き殺されても平気な人間——そうい

う人間ならこの籠から脱出できます。それには並みの人間ではなく（no normal human being）、化け物か人非人（a freak, a pervert of nature）であることが求められます。

　すなわち白いトラ——ホワイト・タイガーであることが。(176-77)

したがってバルラムのおかれた状況では、「人間」になるために「鳥篭」の檻を越えるのにはホワイト・タイガー——すなわち「動物」にならなくてはならないのだ。

Ⅳ　おわりに

　そもそも「動物」と「人間」では何がちがうのだろうか。作者は、『ホワイト・タイガー』の中で、人間らしさとは何を意味するのかを読者に考えさせる。そのヒントは、バルラムの行為や思考に隠されている。

　アショクを殺害して奪った金を元に、企業家として成功した今、バルラムが警察につかまる可能性がまったくないとはいえない。

　でもわたしは、たとえこのシャンデリアがみんな床に落ちてきても、たとえ刑務所に放りこまれてすべての囚人のくちばしを尻に突っ込まれても、たとえ木の階段をのぼらされてロープを首にかけられても、あの晩デリーで主人の首を切りさいたのは失敗だったとは、けっして言いません。

　むしろこう言うでしょう。使用人（a servant）でないというのがどういうことか、1日でも、1時間でも、1分でも知ることができたのだから、それで本望だと。(320-21)

確かに「使用人」ではない自由な「人間」になるというバルラムの本望は、アショクの命を奪って手に入れた金で実現された。しかしそのためには、前述したように、家族の犠牲を黙認する冷酷な「ホワイト・タイガー」になるしかなかった。コウノトリ一家とのかかわりによって、裕福な暮らしぶりや

洗練された外見だけが人間を人間らしくするとは限らないことをバルラムは学んだに違いない。彼が成功し人間らしい上質な生活を手に入れた今もなお、忌わしい記憶を呼び起こしそうな「ホワイト・タイガー」という名を自称し続けるのは、「動物」のように残虐な自分が傷つけた人々への弔いの気持ちを背負い続けるという決意の表れなのかもしれない。

ところでアショクを殺害した後、バルラムは甥のダラムを見捨てなかった。迷ったあげく、彼は危険を承知でダラムを迎えに行き、一緒に逃亡する。また、温家宝への手紙を書いている最中に、バルラムの従業員が死亡事故を起こす。バルラムの息がかかっている警察の副所長が事件をもみ消しにしてくれたので、会社に損害はなかった。しかし翌日彼は、35,000ルピーを持参して、[7] 自ら社長として被害者の少年の家に謝罪に行くのだ。そして死亡した少年の兄を将来雇用してもいいとまで申し出る。さらに、バルラムは将来の展望について、次に不動産で3、4年儲けたら、すべてを売り払って、その金でバンガロールの貧しい子供たちのために英語学校を始めたいと語る。

こうしたバルラムの内面性は、アショクや家族の命を犠牲にしても自らの自由を優先させた「ホワイト・タイガー」の利己主義、冷酷さとはかけ離れている。人間らしい生活を送る高尚な「人間」になりたいが、そのために他の人間を殺さなければならなかったというバルラムのジレンマは、解決することができない。なぜならインドのような弱肉強食の社会では、作者の小説が告発しているように、バルラムのように本当は人間らしくありたい人間が、場合によってはそうなることを阻まれているからだ。しかし、どのような状況下においても少しでも他者を思いやる振る舞いをすることに人間らしさが掛かっているのではないか、とこの小説は読者に問いかけているように思える。すなわち、重要なのは主人を殺すというバルラムの行為が正しかったのか、間違いだったのか、という問題ではないのだ。かつてバルラムの父は「父さんはな、一生ロバみたいにあつかわれてきた。だから息子の1人ぐらいは――せめて1人くらいは人間らしく生きて（live like a man）ほし

いんだ」(30) と言う。しかし金持ちのムケシュのように物質的に裕福な生活を送る者が内面的に人間らしいかといえばそうではない。ムケシュの本性は「マングース」すなわち残酷で自己中心的な「動物」である。むしろバルラムの父のように貧しくても、「名誉と勇気を重んじる」(23) 誠実な男性こそ実は、真の尊厳ある「人間」なのである。ジレンマの最中にあってもなお、何が人間らしい行いや感情なのかという点に正義の問題を据える「自己検証」、これこそ作家の創作の動機ではないであろうか。

注

1 Stuart Jeffries, "Roars of Anger," *Guardian* 16 Oct. 2008 <http://www.guardian.co.uk/books/2008/oct/16/booker-prize>.

2 さらにジャンルについて言及すれば、この小説の使用人が主人を殺すという大まかな内容自体が、主人公の運転手仲間たちが愛読する『マーダー・ウィークリー』という大衆雑誌によく出てくる陳腐な殺人のパターンであり、多くの使用人の密かな夢を反映している。この大衆雑誌と小説『ホワイト・タイガー』は、沈黙を破り、秘密を暴露するという点で共通している。なぜなら、雑誌は使用人たちが共通して持つ妄想を物語っているが、一方、小説は成功者たちの多くが密かに抱える暗い過去に焦点を当てたと言ってもいいからだ。

3 Aravind Adiga, *The White Tiger* (London: Atlantic Books, 2008) 5. 以下、この版からの引用については、ページ番号を本文中に括弧書きで示す。なお、日本語訳については、鈴木恵訳『グローバリズム出づる処(ところ)の殺人者より』(文藝春秋、2009) を参照させていただいた。

4 ちなみに、白人が滅びるというバルラムの説は、小説の中の実情とはパラドックスになっている。『新文学入門：T・イーグルトン『文学とは何か』を読む』(岩波書店、1995) の中で大橋洋一が「現在、いわゆる第三世界の国々は、たとえ独立しても、かつての宗主国あるいは欧米諸国からの経済支配から脱することができないでいるし、文化的にも従属的な地位から脱することができないでいる」と指摘するように、『ホワイト・タイガー』では、アウトソーシングに依存するインドの経済から、アショクが住むバッキンガム・タワーBというイギリスかぶれの名前、憧れの高級酒ジョニー・ウォーカーや白人売春婦、美白ク

リームに至るまで、欧米の影響が点在している。しかしながら、注1の『ガーディアン』の記者 Stuart Jeffries に対してアディガは言う。

> 中産階級は特に自分たちのことを未だに植民地支配の被害者だと考えています。でも私のような誰かが自分をあなた（ここでアディガはまたも私に植民地時代の圧制者の役を振り当てた）の被害者だと考えるのはもう意味がないことです。インドと中国は西欧に支配されるには強力になりすぎましたから。私たちは被害者意識を超越して、私たちの進展を妨害するものに対して責任を負っていかなくてはなりません。（Jeffries）

急成長を遂げつつあるインドなどが、植民地時代の白人の被害者であるという意識から脱却して、自分たちの責任で社会を改善していかなければならないという点においては、バルラムの極論である「滅びる白人」とはインド人の自立という作家の決意表明であるとも言える。

5　貧しい者と金持ちの口にする食べ物の値段の格差についてアディガは興味があるらしく、第2作目となる *Between the Assassinations*（New York: Free Press, 2009）にも言及がある。

6　Jeffries.

7　自分が起こした死亡事故の責任をおしつけられたバルラムに、アショクの妻ピンキーが渡した金額は、わずか4,700ルピーであった。

14

『ウルフ・ホール』とイングリッシュネス
―― トマス・クロムウェルにおける
　　　　　　　　　　ステートとネーション ――

金子　幸男

　2009年のブッカー賞受賞作品である『ウルフ・ホール』は、ヘンリー8世の宰相トマス・クロムウェルの伝記という形を借りた歴史小説である。前半では、子供時代、クロムウェルが父親の暴力に苦しんだ末にとうとう家出をし、大陸に渡る様子が描かれる。大陸を放浪して帰国すると、40歳を越えた彼は敬愛するトマス・ウルジー枢機卿に仕え、没落する卿に寄り添い忠誠を示しながらも、次のキャリアにつながる手を抜かりなくうつ。後半ではクロムウェルがヘンリー8世に重用されるようになっていく過程が描かれる。その背景に描かれるのは、ウルジー卿の果たせなかったヘンリー8世の離婚、国王とアン・ブーリンとの結婚、長女エリザベスの誕生、イングランド国教会の設立、そしてトマス・モアの刑死などである。クロムウェルは生前すでに人々の憎しみを買い、[1] また、従来のクロムウェル像も、聖人として描かれるモアとは対照的に、罪人として描かれていた。ロバート・ボルトの1960年の劇『わが命つきるとも』はそのような聖人と罪人という対照的な人物像を提示していた。[2] ところがヒラリー・マンテルはこのクロムウェルとモアの伝統的な像に修正を試みた。マンテルは、モアが「イギリスの生

んだ最も偉大な徳をもった人間である」というサミュエル・ジョンソン博士の見解を逆転して、残酷で不気味なモア像、知性を乱用し、退屈な父親をもち、娘との間に奇妙な関係を保っているモア像を提示する。それに対して、クロムウェルは人に傷つけられ、人を傷つける人物だが、状況全体を抜け目なく把握し、イングランド全体に何が起こっているかを理解している賢明な人物として描かれている。[3]

　著者がペーパーバック版の最後につけたポストスクリプトによれば、チューダー朝に関する知識は、歴史学者Ｇ・Ｒ・エルトンによるところが大であるとのことだ。[4] そこで、エルトンをひもといてみると、そこに現れてくるクロムウェル像は、まさしくこの小説に出てくるクロムウェルそのものと言っていいくらいだ。1485年、鍛冶屋の息子としてロンドンのパトニーに生まれたクロムウェルについて、エルトンは次のように言う。

　　彼はきわめて冒険的で風変わりな経歴を追求して外国に出かけた。イタリア戦争には兵士として参加しながら財を築き、後にはアントワープに利害とコネのある商人となった。コモン・ローの十分な知識を得てからは弁護士業を始めた。彼自身がカンタベリー大司教トマス・クランマーに語ったところでは、彼は若い頃は大変なごろつきだったという。たくさんの信じがたい話が残っているが、それらに一致しているのは、驚いたことに彼がヨーロッパ中をさまよったということ。疑いのないことだが、この時期に彼は人間と世界についての理解を得ただけではなく、彼の生きた時代と国に起因する偏見にとらわれない、驚くほど自由な見解を持っており、幅広い言語に関する知識を持っていたということだ。彼は心地よい会話ができ、ウィットに富んだ男との評判を得ており、古い友人と恩人を忘れることはなく、召使に対してはよき主人、お客にとってはよき保護者として知られていた。[5]

また、クロムウェルは政治家としては驚くほど冷静に古い体制を壊し、当時の反教権主義には同情的だった。[6]

悪人でもなく聖人でもなく、このようなユニークな人物を通して浮かび上がってくるこの歴史小説の世界は一体何を描いているのか。それを追求するのがこの論の目的だが、結論を先に言うと、この小説は、チューダー朝イングランドのステート（王国の制度的・機関的な部分）とネーション（王国の臣民）が歴史的人物であるクロムウェルに体現されて展開していく世界を描いているということ、そのために悪党役ではなく、ある程度共感できる頼もしい人物としてクロムウェルを描いているということだ。そのステートとネーションがイングリッシュネス（イングランドらしさ）を構成すると考えれば、トマス・クロムウェルはチューダー朝初期のイングリッシュネスの担い手と言っていい。本論文では、この点について、細かくみてゆきたい。

I 「ステート」と「ネーション」という言葉

まず、「ステート」と「ネーション」という2つの言葉の意味を明確にしたい。アントニー・D・スミスは、ステートとは一群の制度的な活動のことであると述べ、その制度・組織面に注目する。[7] アーネスト・ゲルナーも、「「ステート」とは、秩序の強制に（……）特に関係する1つの制度、あるいは制度の集まりである。ステートが存在するのは、警察権力や裁判所といった秩序を強制する専門の機関が、社会生活の他の部分から切り離されているところにおいてである。そのような機関こそが、ステートなのである」[8] と述べている。また、スティーヴン・グロスビーは、「ゆるやかにステートを定義すれば、それは1つの構造であり、諸制度を通じて法律を用いながら領土に統治権を行使し、領土内の個人と個人をそのメンバーとして関係づけるようなもの」[9] と言っている。したがってステートは、立法制度、行政組織、司法制度、教会・修道院などの宗教組織、教育機関などをさすと考えてよいだろう。このような制度、組織はステートの成立要件としてあげられる領土、国民、主権を維持するためのものであろう。[10] また同じスミスによれば、ネーションとは、「特定の名前を持った人間集団が、歴史上の領土、共通の神話と歴史的記憶、大衆的・公的な文化、全構成員に共通の経済、共

通の法的権利・義務を共有している」[11]ときのその人間集団と定義できる。簡単に言えば、名前と歴史をもった、文化共同体、経済共同体、法的共同体のことである。以上をまとめると、ネーションとは人間の集合体（共同体）であり、ステートは特定の領域の統治を目的としたさまざまな制度の集合体である。ネーションは人間からなるものであるのに対し、ステートは政府、官僚制、議会、軍隊などの制度が集合してできたものである。もちろんステート運営のためには、その役職に人間がつかなければならない（大臣、官僚、議員、軍人等々）。しかし国家それ自体は人間のことではなく、その役職を担う人間が入れ替わっても存続していく非人格化された制度のことである。[12]

ステートとネーションの上記の区別を念頭におくと、スミスは、14世紀までにはイングランドでネーションの前段階といっていいエスニックな過程（出自に関する神話、歴史的記憶、英語と教会にもとづく共通の文化、故国への愛着など）が発達しており、チューダー朝ルネサンスと宗教改革までにはイングランドのナショナル・アイデンティティが確立していたと言っている。[13] ネーションの意識は特に貴族と上層中産階級に見られた。[14] ロバート・コルズもまた、14世紀までにはイングランドのナショナル・アイデンティティに必要なすべてのものがほとんど出そろったと言う。[15] さらにチューダー朝においては、行政機関として、大法官府、大蔵省、宮廷、枢密院、教会、法曹界が整備されていたということから、[16] ステートを構成する官僚制度がしっかりと整っていたことが覗える。また教会と政府に革命的変化を引き起こしたチューダー朝時代には、「イングランドというステートは、少なくとも自分たちの眼に映ったかぎりでは、1つの法律、1つの教会、1つの言語、1人の国王のもたらす平和、荘厳なる権威をもった」[17]と言われていることから、法律、教会（イングランド国教会）、国王の地位というステートが安定したのであり、また「公的な文化」を形成する英語という1言語の力を借りてネーションが確立していった時代であると言える。

本稿ではステートとネーションという言葉を一貫して使うが、その理由

は英語の"state"と"nation"の訳語として通常使われる「国家」と「国民」が、18世紀末以降に成立した、市民権の行き渡った、国民主権の近代的な国民国家を連想させ、英語の原語の持つ歴史的な幅の広さを持たないからである。[18] 近代主義者は、ネーションは18世紀末以降、産業主義（ゲルナーの説）や出版資本主義（ベネディクト・アンダーソンの説）の影響を受けて、インテリやブルジョワが主導して形成したと言う。[19] 彼らが言及するネーションであれば「国民」という訳語で構わないだろう。しかし前近代主義の立場を取る論者は、英語のネーションという語を、18世紀以前のルネサンス、中世、古代の集合的・文化的共同体の人々に対しても状況に応じ使用する。[20] 筆者はそのような市民権と国民主権を持たない人々に「国民」という言葉をあてることには抵抗がある。これから考察するマンテルの小説が描くのは16世紀前半のイングランド王国という絶対主義君主制のステートと、その国王に従う義務があるネーションであるが、後者は臣民と呼ぶほうがまだふさわしい。チューダー朝は君主とそれを取り巻く官僚（貴族と上層中産階級）が中心になり商人の経済力に依存して成立している王国であり、国王が無制限に近い権力を持ち、臣民が住んでいる。[21] そのような王国には、国家というよりも、どの時代の体制に対しても使えるステートという言葉のほうが望ましい。[22] 時代的な射程の長い、ステートやネーションという言葉のほうがふさわしいと筆者は考える。

II　ステート：ウルジー卿とクロムウェル

　まずは、ステートの側面についてみてみたいが、クロムウェルが就任した数々の官職、および彼とウルジー卿の関係にステートが反映している様子を考察してゆきたい。
　ステートについては本小説中、明確に語られる個所がある。

> イングランドが何であるのか、その範囲なり境界なりを述べるときだ。港の守りの数や辺境地帯にある壁の数を数えるのではなく、自己統治能力を評価すること

だ。国王は何であり、国王が臣民にはどのような信頼をよせ、どのような保護を与えるべきかを言うべきときだ。道徳的、物理的な外国からの侵入に対してどのような保護を与えるのか、イングランド人に神に語りかける術を教えるのが好きな輩の要求から、いかに自由でいられるようにしてやるのか。[23]

「自己統治能力」や「国王が臣民にはどのような信頼をよせ、どのような保護を与えるべきか」という言葉の背後には、それを現実化する諸制度が控えていることを読者は理解する。

先ほど言及したコルズは、さらに次のように言う。

チューダー・ステートは政治的行政機構であった。絶対主義ではなかった。大法官府、大蔵省、宮廷、枢密院、教会、法曹界に政治家が配置されていた。政治の時代に、貴族たちは鎧を脱ぎ始め、守りをといたカントリーハウスに身を落ちつけ始めた。[24]

コルズはチューダー朝は「絶対主義ではなかった」と述べるが、この主張は政治的行政機構の整備を中心にチューダー・ステートを見ていることから出てきた主張だと考えられる。実際には、議会に目を向ければ、そこは国王が通したいと思う法律を制定するところであり（たとえばローマ法王と絶縁するために1530年代に制定した種々の法律）、国王単独で法律を制定する機能を議会が代替するという考え方（King-in-Parliament）がなされていた。いまだに議会の権限外のことは国王の布告（proclamations）によって法律を作ることが可能な時代でもあった。また、人々は臣民として神の次に、国王に従う義務があった。したがって、チューダー朝のヘンリー8世の時代はあくまでも官僚制が整いつつあった絶対主義の時代であると筆者は考える。[25]

さて、上の引用中、政治・行政・司法をつかさどる諸制度のほとんどにクロムウェルは関係している。いかに彼がステートを支えていたかは、彼の

キャリアを列挙してみるだけで分かる。大法官かつヨーク大司教でもあったウルジー卿の右腕として、法律・財政面で彼をサポートし、その他に庶民院議員、国王のカウンシル・メンバー（法律起草ができる）、宝石保管庫の管理人（国王の歳入・歳出の管理ができる）、大法官府の文書課事務係、大蔵大臣、国王の主席秘書官、記録長官、教会関係事代理人（修道院閉鎖権限を持つ）を歴任もしくは兼任している。以上は小説中に表れている職階のみをあげたものであるが、いかに彼に権力が集中しているかが分かるであろう。

　クロムウェルはまず、ウルジー卿のもとで、自分の法律・財政の知識を生かしながら、一部修道院財産没収とそれによるオクスフォードのカーディナル・カレッジ設立の仕事に従事する。各地を転々としたことのあるクロムウェルにとっては、修道院の堕落は熟知している事柄だったので、仕事ははかどった。ウルジーはヘンリー8世の離婚の成立にむけ、法王クレメンスの同意を取りつけようと奔走する。まず、神聖ローマ帝国皇帝カール5世の軍がローマを略奪し、法王も囚われの身となったが、その法王をフランス王の力を借りて解放するというウルジー卿の計画は失敗する。イングランドで国王の離婚裁判を法王特使も招いて行うという策も、裁判が延会になり失敗、あげくのはてには、法王クレメンスは神聖ローマ皇帝と条約を締結する。皇帝はスペイン国王も兼ねているので、現王妃キャサリンの出自であるスペイン王家の意向に反してまで法王が離婚に同意することはあり得なくなる。国王の支持を失ったウルジー卿は、イングランド国内でローマ法王の治外法権を認めたという教皇尊信罪で逮捕され、ヨーク近郊からロンドンに向かう途中で病死する。本小説ではウルジー卿の没落を扱っているため、晩年の政策的な失敗が強調されてしまうのであるが、歴史上、ウルジー卿はその組織を操る能力と、国王の望んでいることを察する能力ゆえに大出世し、大法官にまでなる。彼はヘンリー8世とその王国のために多大な尽力をした人物なのである。軍事的には対フランス軍遠征軍（1513年）を組織し成功に導き、法律改革の点では、星室庁において貴族と地方の役人の権力の乱用を厳しく罰し庶民の利害を守ったため貧民の味方と言われた。また対フラン

ス戦費調達のための税制改革、第一次囲い込みによる村の生活破壊を防止するために地主の規制強化にも乗り出した。ヨーロッパにおけるイングランドの地位を押し上げるために、和平条約を締結するお膳立てをし（1510年代前半）、1510年代後半、新たに王位についたフランス王フランシス1世やスペイン王カルロス1世兼神聖ローマ帝国皇帝カール5世の間で、イングランドの利害のためにパワーバランスを取ろうとした。[26]

このように、ウルジー卿もクロムウェルもステート形成のために辣腕をふるい、多大な貢献をした公人であったと言ってよい。

Ⅲ　ステート：トマス・モアとクロムウェル

ウルジー卿亡き後、ステート形成をするにあたってクローズ・アップされるのは、継承法（アンの子供たちの王位継承を定める法）と至上法（国王が国教会の長であることを定める法）をめぐるクロムウェルとトマス・モアとの対決である。前者は、キャサリンとヘンリー8世との結婚の無効を認めるか否かにかかっており、結婚の正当性を主張する立場のモアには認められない。後者も、ローマ法王を長とするカトリック教会の立場をとるモアにとっては認められない。この2つの法律は、これまでのようにローマ法王を頂点とするカトリック・ヨーロッパをイングランドよりも上におく世界観から離れて、イングランドというステートを至上とすることができるかどうかを問うものであった。このクロムウェルとモアの出会う場面は緊張感にあふれたものだが、その反対に、モアが私権剥奪法案（反逆罪や重罪の犯人が死刑判決を受けた場合に、市民としての権利や資格を喪失すること）とともに死刑になりそうなところを、クロムウェルがヘンリー8世に命乞いをし、モアが寿命をのばすという、前者が後者に慈悲をかける場面もある（560）。[27]

圧巻なのは、何といっても、モアとクロムウェルが火花を散らす場面である。モアはトマス・オードリー大法官、クロムウェル、カンタベリー大司教トマス・クランマーに向かって「君たちには議会が後ろに控えているというが、私には天使と聖人のすべてが背後にいる。またキリスト教会、1つの身

体であり分離できない教会が設立されて以来、多くの世代にわたり亡くなったキリスト教徒の仲間たちすべてが控えているのだ」（566）と言う。ここでは、モアとクロムウェルの対立が、議会が象徴するチューダー・ステートとカトリック教会のコスモポリタニズムとの対立であることが示唆されている。これに対しクロムウェルは以下のように言い返す。

> 嘘はいつついた嘘でも嘘。君の分離できない教会とやらは、信徒が良心に従っているというときに、彼らを迫害し、火あぶりにし、八つ裂きにし、お腹を切り裂いてはらわたを犬の餌にするのだ。君は歴史を味方につけているというが、歴史とは何だね？ それはトマス・モアにおもねる鏡だ。私は別の鏡を持っている。それを掲げると、うぬぼれの強い危険な男を映し出す。それをぐるりと回すと殺人者を映す。（566）

キリスト教徒の死者たちすべてを味方だとするモアが、歴史を味方につけたと言うのに対して、クロムウェルはステートの秩序の維持に携わる役人として、モアの殺し方の残忍さを取りあげ、彼を殺人者だと弾劾している。その殺し方が残忍であればあるほど、モアら旧勢力の終わりも近いことを我々は認識する。というのは、迫害し残酷な殺し方をする場面では、旧勢力が暴力、残忍さ、腐敗と等価で、道徳的大義を失っている姿が示されているからだ。またモアは、厳しい拷問はキリスト教世界全体と法が背後にあるから許されるという（628）。そのように強気な姿勢を見せるかと思えば、彼はひるむ様子を見せるときもある。それは、モアが至上法に署名しない場合に、斬首という楽な刑ではなく、生きながらはらわたを引き抜く拷問死を行う可能性を、サフォーク公チャールズ・ブランドン（ヘンリー8世の旧友）が示唆したときのことである。なかなか本心を表に出さなかったモアは、法務次官リチャード・リーシュとの対話の中で、国会は世俗のみに関われるが、精神的な事柄、宗教的な事柄は扱えないというローマ・カトリック的な考え方を披歴したため、クロムウェルらは彼を死刑にする正当な理由を得

(632)。モアは、はらわたを引き抜いてではなく、きれいに死なせてほしいとむせび泣く（637）。

　このような聖人とはかけ離れた生々しいモアであるが、昔はクロムウェルが憧れを抱いたこともあった。クロムウェル7歳のとき、ランベス・パレスの料理人をしているおじのつてで、そこに入り込み、夜食の食事を青年モアに持って行った際、一度短い会話を交わしたことがあった。何を読んでいるのかとのクロムウェルの問いに、「言葉、言葉、ただ言葉だけ」（113-14, 592-93）とモアは答えているのだ。ハムレットがポローニアスに答えた言葉を反響させるこのモアのセリフは、モアがハムレットと同じように自意識過剰で病的なところがあるという点を示唆しているのであろうか。それとも中身がないということを言っているのであろうか。マンテルのポストスクリプトによれば、クロムウェルがモアと会ったかどうかは確かめようがないが、モアが14歳の小姓だったとき、おじがランベス・パレスに勤めていたので、可能だったかもしれない出会いを演出したとのことである。[28] 勉学中の青年モアに対するクロムウェルのあこがれがよく伝わってくるエピソードである。モアのために命乞いや楽な死に方を国王にお願いしたことを思えば、クロムウェルはモアに対する畏敬の念、特に古典の知識に対する畏敬の念を引き続き持っていたのではなかろうか。

　まとめると、クロムウェルは、モアのギリシア・ローマの古典人文学の学識にもとづくコスモポリタニズムに対しては畏敬の念を持っていたが、ローマ・カトリック的なコスモポリタニズムは拒絶し、イングランドらしさを模索する人間として、カトリック的なモアには挑戦したと言ってよいだろう。その2人が対峙する場面は、単なる私的な対立を表現している場面ではない。それは継承法と至上法というイングランドのステート形成を決定づけた2つの法案に対する2人の正反対の姿勢が明らかになる、きわめて公的な場面なのである。

Ⅳ　ネーション：英語と商人

　次に、ネーションの分析に入ろう。イングランドというネーションは、「イングランド人」(the English) という特定の名前を持った人間集団であり、古代ローマの基礎を築いたイーニアスの曾孫ブルータスが、アルビナ島 (Albina) の巨人族を倒して建国したという建国神話を持ち (65-66)、スコットランドやウェールズと境を接し、海にも囲まれた領土をもち、そこに法的共同体、経済的共同体、文化共同体が成立している。このネーションについて、その構成メンバーがどういうものかを、まず英語という言語の観点から眺めてみたい。ネーションの基本的特徴である公的文化には、言語、宗教、慣習、伝統などが含まれると考えられるから、英語はネーションの公的文化を支えるものである。ただしイングランドの場合には、この英語という言語文化の問題がキリスト教の問題と関係して立ち現われてくる。

　小説の初めのほうで、クロムウェル自身がキリスト教に関してプロテスタント的な資質を見せ、ドイツから送られてきた海賊版ウィリアム・ティンダル訳聖書を開く場面がある。煉獄、法王、聖遺物、修道士、修道女など聖書のどこに書いてあるというのかと、トマス・モアに問うている自分を彼は想像してみる (40)。カトリックと対照的なプロテスタントの考え方に対する言及よりも、ここでは対象となる聖書が英訳であることを重くみたい。ギリシア語でもラテン語でもなく、土着語である英語で書かれたということが、イングランドのアイデンティティ形成と重要な関わりがあることは容易に見て取れるだろう。クロムウェルの同僚の弁護士・司祭リトル・ビルニーもティンダルの影響を受ける。反物商人の親方ハンフリー・モンマスがティンダルを半年かくまっていたことが発見され、一時ロンドン塔に幽閉されるが、証拠不十分で解放される (125)。食料雑貨商人で庶民院議員のジョン・ペティがティンダル訳聖書所持の疑いでモアに連行される (300-01)。その他、火刑に処せられた法廷弁護士ベイナムは、イングランドは800年間神秘の中に閉ざされていたが、ティンダルの英訳出版後わずか6年で真実の光を浴びていると言った (454)。オクスフォードの元学生でロンドン塔に

幽閉されたジョン・フリスはルターの英訳をし、ティンダルの英訳聖書に関係している (433-34)。逮捕されたフリスは移送の最中に逃げる機会を与えられたが逃げずに火刑にかけられることを選んだ。フリスとともに、「仕立て屋」の見習いも死んだ (479-80)。このように、ティンダルの英語でつながった者たちの職業は、学生、聖職者、商人である。彼らが、チューダー朝のもとでの新しいネーションを構成する有力メンバーだったのであろう。

　クロムウェルが英訳に理解を示すのに対し、ヘンリー8世はあくまでも英訳を認めない。ヘンリー8世はステートの中心に位置しているかもしれないが、離婚問題に気をとられてしまい、英訳聖書がローマに対して持つ積極的意義、イングランドらしさを強調できる絶好の機会であるということがまだ理解できていない。したがって国王は、ネーションの動向をクロムウェルほどには察することができないでいる。クロムウェルはフリスやペティに対して同情的であることからも分かるように、きわめて同時代のネーションの動向に敏感な人物である。ネーションのエッセンスを内面に抱え込んだ人物と言ってもよいだろう。

　火刑の炎は、一方で犠牲者を焼く炎でありながら、英訳聖書をとおして新教に魅きつけられた人々の勢いが、つまり新しいネーションの勢いが燃料源になって燃えている松明でもある。この炎は、旧教のあせりを示す炎であると同時に、新教の未来へと通じる道を照らし出してもいる。火刑の場面は、旧勢力が暴力、残忍、腐敗と等価であることを示す。特にクロムウェルが子供の頃見た、ロラード派女性の火あぶりの残酷な様子は、数ページにわたり詳細に描写されている (353-57)。ロラード派は、ティンダルではなくジョン・ウィクリフの信奉者である。しかし、ウィクリフがウルガタ聖書 (ラテン語訳聖書) から英訳聖書を完成させ、反教会主義、聖書主義を貫いた宗教改革の先駆者とみなされていることから考えて、ティンダルへと流れていく一派と考えてよい。そこで、ここではこの2派を同列に扱ってよいだろう。火刑の犠牲者は老婆で、聖人崇拝を拒絶して、聖人像を単なる木とみなす異端の考えを持っていること、火がつけられると群衆が叫びながら前に近寄っ

て見ようとすること、老婆は火に包まれて叫び声をあげ、火刑が終わると骨や鎖についたままの肉の描写が痛ましいこと、クロムウェルが鍛冶屋の息子として火の強さに関心を示していること、骨をつぶす係の男が頭蓋を鉄棒でたたきつぶそうとすること、老婆の悪臭がただよっており、雨が降る夕方、ロラード派の仲間たちがやってきて骨を拾い、クロムウェルも手伝うと、手の甲に老婆の脂肪まじりの煤をこすりつけられたこと、などが語られる。他にも火刑にあったのは、トマス・ハットン司祭、弁護士兼司祭ビルニー、法廷弁護士ベイナム、元オクスフォード大学生フリスと仕立て屋の見習いである。異端と言われてモアにより火刑に処せられた者たちが、実は、最終的にイングランドのローマからの分離、イングランドのアイデンティティの確立に貢献することになるのである。

　新しいネーションの発展は、英語という言語文化だけではなく、商業活動の面でも顕著であった。登場する商人たちは国際的である。自分とアンとはすでに結婚していると主張して、国王とアンとの結婚を邪魔しようとするハリー・パーシーに対し、クロムウェルは彼の経済的基盤の脆さを指摘して脅した後、次のように考える。

　　世界は彼[パーシー]が考えている場所によって動かされているのではない。彼のいう辺境の砦からでもなく、ホワイトホールからでさえもない。世界はアントワープから、フィレンツェから、彼が思ってもみなかったような場所から動かされている。リスボン、そこからは絹の帆をはった船が西へと向かい太陽に焼きつくされる。城の壁の内側からではなく会計事務所から、ラッパの響きではなく算盤をはじく音から、銃のカチッという仕組みによってではなく、銃、鉄砲鍛冶、火薬、弾薬の支払いをする約束手形のページの上に走らせるペンの擦れる音によって、世界は動かされているのだ。(378)

新しいネーションの担い手としてのイングランドの商人は英語で結びついているが、しかし、商売の取引相手が大陸にいることから国際的でもある。商

人の論理である、世界は「アントワープから、フィレンツェから、(……)動かされている」という国際的な考え方は、この時代のイングランドのネーションを考えるときに忘れてはならないが、特にこの作品では、クロムウェルにこの国際性が凝縮されているといってもいい。彼の精神は外に開かれているものとしてある。このことは、次節で彼の家オースティン・フライアーズを取り上げるときに再度言及することになろう。

V　ネーションとクロムウェル

クロムウェルは、ティンダルの英訳聖書に引きつけられる人々への共感から、ネーションのエッセンスを内面に抱えている人物として見てもよいと前節で述べておいた。そのクロムウェルをつぶさにみると、そのつきあう人間、またその能力の1つ1つがネーションを体現しているのではないかと考えたくなる。

>　彼[クロムウェル]は新約聖書のすべてをラテン語で暗記していると言われており、枢機卿の召使としてふさわしい(……)。彼の言い方は低い声で早口であり、その態度はしっかりとしている。彼は法廷にいても、波止場、司教の宮殿、宿屋の中庭、いずこにいても、平然としている。彼は、契約書を作成し、隼を調教し、地図を描き、通りのケンカを鎮め、家に家具を入れ、陪審員を選ぶことができる。彼はプラトンからプラウトゥスまで昔の作家からいいところを引用して見せるだろう。彼は新しい詩を知っており、イタリア語で暗唱することもできる。彼は四六時中働いており、起きるのも最初なら、床につくのも最後であった。彼はお金をもうけては使う。彼は何にでも賭ける。(31)

この引用から分かることは、彼が、法廷、波止場、司教邸、宿屋で落ち着いていられるということから、法曹界の人間、船乗りをはじめ海の仕事に従事する人間、聖職者、酒業・宿泊業の人間とのつき合いがあるということだ。また、契約書、隼、地図、家具という言葉からは、商取引、狩猟、軍隊・役

所、家具製造業に関係する人間と接点を持っていることが分かる。界隈の世話役となれば町の平民とのつきあいもある。また文学に強い人間であることも分かる。1つ1つの能力が同じものを持つ別の他者へとつながって、その他者の集合体からネーションの一部を垣間見ることができる。

　ハンス・ホルバインが描いたクロムウェルの肖像画は、さらに別の側面を伝える。その絵を見た息子グレゴリーは彼が「殺人者のように見える」(527) と言う。実際にクロムウェルは兵士としてフランス軍に従軍したこともあり、ヨーロッパ各地を放浪していたことから、人を殺したこともあったかもしれない。彼のナイフさばきの見事さは軍隊仕込みであろうが、それは彼とメアリー・ブーリンが話をしている際、背後から近寄ってきた不審者に気づいてナイフを素早く突き立てようとしたところに見てとれる。それは嫉妬したメアリーの知り合い、ウィリアム・スタフォードだった (413)。クロムウェルはフランス軍兵士として社会の下層とのつき合いもあっただろうから、イングランドにおいても下層とのつきあいがあっただろうと推定できる。それは彼が下から上まで満遍なくつき合い、話をすることのできる人物であったことを示唆し、彼をイングランドというネーションのシンボル的存在とみることを可能にする。このようなとらえ方は、クリスチャンである限りは身分の上下はなく、囲いこみで貧窮しているような下層の農民たちも字が読める時代がすぐそこに迫っており、イングランドは別のありように変化するという、クロムウェルの平等主義的な考え方によって支持されるだろう (539)。

　クロムウェルという1人の人間だけではなく、彼の家であるオースティン・フライアーズをネーションの縮図と見ることもできる。ここにはさまざまな人間がやってくる。彼はまず自分の子供以外も引き取り育てている。たとえばレイフ・サドラーというある貴族の執事の息子を預かり (129-30)、2人の孤児リチャードとウォルターを引き取り (170)、イングランド領（当時）カレーでは、錬金術師たちの宿屋にいたクリストフという子供を、本人の希望に応じて連れて帰る (423)。オースティン・フライアーズは一種の

捨て子養育院だ。また、イングランド中のジェントルマンがその子弟を鍛えてくれと送ってくる場所でもある（534）。国家運営の技術、秘書の書記術、外国ものの翻訳、宮廷人としての読書など、プライドを押しつぶさぬようにして1人1人の価値に気づかせていくやり方をとる教育者としてのクロムウェル。決してムチを使って教育することはなく、模範で示す（251）。これらの若者たちに、下々の者がやるような仕事も習わせる。彼らは詩編を学び、鰭肉を切り取るナイフの使い方や果物ナイフの使い方を覚え、ナイフによる護身術や、相手の手首のひねり方を学ぶ。キッチンで特別なウェハースの作り方を学ぶ（342-43）。クロムウェル一家は日曜日には弓の腕前を競う試合をする（254）。このようにオースティン・フライアーズは一種の教育機関ともなっている。

また、この家は貧民収容施設ともなっている（535）。春になると、門前に立っていた貧しい男たちの一部が家の住人となる。読み書きができない者たちの情報収集能力はばかにできないのだ。ウィットに富む者となるのにジェントリーである必要はない。馬番少年と犬飼育人は伯爵の機密情報を聞くこともある。暖炉の火をつける少年も秘密を耳にすることがある。

さらにオースティン・フライアーズは慈善施設でもある。ある時は、門前の男たちにスープを提供する（321）。春のイースター・ディナーでは大盤振る舞いである（445-46）。多数の乞食はもちろん、料理の質がいいので、長老参事会員までくる始末だ。クロムウェルの知り合いだというフランス人、ドイツ人、フィレンツェ市民もやって来る。その召使らも来る。クロムウェルは教区の相談役も引き受けている（419）。あるとき、エセックスの破産した小さな商人の娘で、暴力的な夫に見捨てられたヘレン・バーがやってくる。彼女は帆を縫い合わせる仕事をもとはしていたが、ロンドンに出てきてからは洗濯屋で働いていた。教会が屋根裏部屋を都合してくれたが、子供を住まわせるのはだめなのだそうだ。教会の慈善行為のよくないところだとクロムウェルは思う。そして彼女に、偽善的な女性たちの奴隷になるのではなく、自分の所で働き学ぶようにと言う。ヘレンは夜間学校に通っていた

が「キリストの使徒である聖パウロ」のことも知らなかったのだ。農場にはミルクを撹拌し、嵐を吹き飛ばす妖精パックがいたので民間伝承の世界にはなじみがあったが、彼女はキリスト教の世界に育ったのではなかった。父は町の生活は苦手なのだから一家は農場に留まっていればよかったとヘレンは思っている (419-22)。クロムウェルはこのように零落した女性も引き取っている。

　ここまで見てきただけでも分かるように、オースティン・フライアーズには社会階層の上から下まで、その当時のネーションの構成メンバーのかなりが集まっている。クロムウェル自身がネーションの体現であるとするならば、この住処もそうである。ただし、クロムウェル家はネーションの縮図といっても、イングランドの外にも開いているので、国際的である。自分の家族のことを考えながらクロムウェルは次のように考える。

　　それ [クロムウェル一家] は、王朝ではないが、その出発点ではある、と彼は考える。今のような静かな瞬間はまれだ。なぜなら彼の家は毎日人々でごった返すからだ。ウルジー卿のもとに連れて行ってもらいたいと思っている人々。絵のモデルになってもらいたいと思っている画家たち。本を小脇に抱えた厳かなオランダの学者たち。リューベックの商人たちは、厳粛なドイツの冗談をとうとうと並べたてている。短期滞在の音楽家たちが不思議な楽器をつまびき、イタリアの銀行代表が騒がしい秘密会議をしている。錬金術師は処方を提供し、占星術師は好意的な運命を提示する。孤独なポーランドの毛皮商人たちは、誰か自国語を話す者はないかとさまよっている。印刷業者、彫版工、翻訳者、暗号解読者、詩人、庭園デザイナー、カバラ主義者、幾何学者がいる。(93)

　この顔ぶれは本当に国際色豊かといっていい。上記の引用は、クロムウェルが商売をやりながら、ウルジー卿に仕え、法律・経済の問題を引き受けていたときの様子を記述したものである。当時のヨーロッパとのつながりを考えれば、この国際色は当たり前と言えよう。オースティン・フライアーズとい

うネーションの縮図ともいうべき場所に多くの外国人が入り込んでいるということは、大航海時代を経て大英帝国へと展開していく今後のイギリス社会を暗示しているとも取れるのではなかろうか。

　ネーションは、小説に実際に描かれる範囲内では、クロムウェル、オースティン・フライアーズの家人とそこに集う者、およびティンダル訳で結びついた異端のレッテルを張られた者たちのことであると言っていいが、理論的には、この小説におけるネーションは、それよりはるかに多くの人々を含みうると示唆されている。というのは、法律を通すということは、人を選ばずすべての人間に等しく効力が及ぶということであり、ヘンリー8世への忠誠を知るにはイングランドとウェールズのあらゆる地域に人をやって誓いを取ってくる必要があるとクロムウェルが言っているからである（574）。法律は、作品中に顔を現さないすべての人間に適用されるのである。「アダムが耕し、エヴァが紡いでいたとき、誰が紳士だったか」とは1381年に起きたワット・タイラーの乱の指導者ジョン・ボールが言ったとされる言葉であるが、それがまさにあてはまるような状況だと言えよう。アン・ブーリンのお腹の子を跡継ぎと認めることで、ヘンリー8世に対する忠誠を示す誓いを取ってくるといっても、埋葬された者たち（死人たち）の帝国には通じない。小鬼や妖精、蛮人、聖人、亡霊、流れてしまった胎児、何世代もの死者たちには無理だ（575）。しかし生を営んでいるすべてのイングランドとウェールズの者たちは、ネーションとして、等しくステートが課す法律に従わなくてはならない。

結　び

　第2部2章の冒頭で、語り手はブリテン島の建国神話を語る。ギリシアの33人の姫君たちが夫を殺害した後、アルビナ島（ブリテン島のこと）へ流れつき、デモンと交わって巨人を生む。姫たちはその巨人とさらに交わり巨人を生み、巨人はブリテン中に広がった。イーニアスの曾孫ブルータスがやってきて巨人とその頭領ゴグマゴグを討伐、その後、ブルータスとその子

孫たちが、ローマ人がやってくるまで支配した（65-66）。チューダー家はこのブルータスまでさかのぼるのだが、ブリトン人聖ヘレナの息子、コンスタンティンの家系を通じてだった。アーサーはブリテンの高貴な王であり、コンスタンティンの孫だった。彼はギネヴィアという名前の3人の女と次々に結婚した。彼の墓はグラストンベリーにあるのだが、彼は死んではおらず、復活の日を待っているということだ（66）。

　このように語り手は、ネーションの特徴の1つである共通の神話を、イングランド人に代わって語っていると言ってよい。その際、「アーサー王伝説」と「ブルータス伝説」を利用しているのは、「チューダー朝による、王朝の歴史的アイデンティティの1つとしての伝説の利用」[29]であり、「ヘンリー8世によって生み出された国教会が、自らの歴史的正統性を主張するために、ローマ教会とは別個の歴史の系譜を必要とした」[30]ということだろう。語り手は、伝説の時代には「司祭も教会も法もなかった」（65）と言っていることから、ステートが成立する以前の伝説の時代と、チューダー朝のクロムウェルの時代、すなわち法制度が整備された時代との違いを強調し、後者の優位を強調したかったのかもしれない。

　アイデンティティの探求は、この作品においては共通の神話の探求以外にも、1人の歴史的重要人物、トマス・クロムウェルをめぐって展開されてきた。彼とウルジー卿との関係、彼とトマス・モアとの対決は、ステート形成がどういうものかを明らかにしてくれるものであった。また、ティンダルによる英訳聖書の影響を受けた者たちの悲惨な運命、クロムウェル本人のつきあう相手や彼の能力・資質それ自体、そしてオースティン・フライアーズに暮らし、また集う人々を通して、読者はチューダー朝ネーションとはどういうものかを知るのである。このような構成を持ち、イングリッシュネスを追求する本小説の語りは、スティーヴン・コナーがいうところの「強化的ナラティブ（consolidatory narrative）」と言っていいだろう。個人および集団のアイデンティティを強化する機能をもったナラティブである。[31] クロムウェルが従来の悪党像を脱して、いわばレオナルド・ダ・ヴィンチのような、実

務における万能の天才として好意的に描かれたのも、彼がチューダー朝イングランドのアイデンティティを一身に背負う者であったからに他ならない。

なぜアイデンティティ探求を、歴史小説という形を取って、チューダー朝まで遡ってしなくてはならなかったのか。1つにはニック・ベントリーが言うように、1950年代以降の移民の流入によって、イギリスが多文化的なネーションになり、それが社会や文化を激しく変えたという状況を考える必要がある。[32] 今も続くこの状況の中で不安を感じたイギリス人自身が、自らのアイデンティティの起源を問うべく、激動のチューダー朝にまで遡っていったということになるのではないかと思われる。70年代以降に歴史小説の人気が高くなり今も続いているというのはそういうことが関係しているのではなかろうか。[33] 特に庶民の立場から歴史をとらえ直す傾向が80年代、90年代にかけ強くなってきたことを考えると、[34] 上にいる権力者から見た歴史小説と言ってよい『ウルフ・ホール』は、その傾向に反したものと見えるかもしれない。しかしクロムウェルに拾われたヘレン・バー、国王の離婚問題において反対派に利用され、再婚後の国王の不幸を予言した、修道女の「聖なる乙女」、火刑の場面で記憶されるだけのロラード派の老婆など、数々の端役の中に、そのような庶民の目線からみる歴史に対する作者の敬意は感じ取れる。

チューダー朝ステートとネーションを体現し、イングリッシュネスの化身といっていいトマス・クロムウェル、彼は激しい変化を経験しつつあったチューダー朝イングランドだけでなく、現代イギリス／イングランド社会のアイデンティティについて考えさせてくれる人物なのである。なぜならば彼は、イングランド人、いやイギリス人が共有する大切な歴史的記憶であるからだ。イギリス人読者は変化の激しい現代イギリス社会において自らのイングリッシュネスに思いをはせることができるのである。

注

1 Christopher Taylor, "Henry's Fighting Dog," rev. of *Wolf Hall*, by Hilary Mantel, *Guardian* 2 May 2009, 6 June 2010 <http://www.guardian.co.uk/books/2009/may/02/wolf-hall-hilary-mantel>.
2 Olivia Laing, "The Tudors' Finest Portraitist Yet," rev. of *Wolf Hall*, by Hilary Mantel, *Observer* 26 Apr. 2009, 7 June 2010 <http://www.guardian.co.uk/books/2009/apr/26/hilary-mantel-wolf-hall>.
3 A. N. Wilson, "The Best Is History," rev. of *Wolf Hall*, by Hilary Mantel, *Financial Times* 13 Aug. 2010, 31 Jan. 2011 <http://www.ft.com/cms/s/2/0c06fa58-a668-11df-8767-00144feabdc0.html>.
4 "P.S.," *Wolf Hall*, by Hilary Mantel (London: Fourth Estate, 2010) 12.
5 G. R. Elton, *England under the Tudors*, 3rd ed. (London: Routledge, 1991) 127.
6 Elton 127.
7 Anthony D. Smith, *Nationalism: Theory, Ideology, History*, 2nd ed. (Cambridge: Polity, 2010) 12.
8 Ernest Gellner, *Nations and Nationalism*, 2nd ed. (Ithaca: Cornell UP, 2006) 4.
9 Steven Grosby, *Nationalism: A Very Short Introduction* (Oxford: Oxford UP, 2005) 22.
10 田中浩「国家」『日本大百科全書（ニッポニカ）』*JapanKnowledge* 西南学院大学図書館学術ポータル（福岡）2011年7月3日 <http://www.jkn21.com/body/display/>、および、野村甚三郎『国境とは何か　領土・制度・アイデンティティ』（芙蓉書房、2008）序章を参照。
11 Smith, *Nationalism* 13.
12 大澤真幸、姜尚中編『ナショナリズム論・入門』（弘文堂アルマ、2009）47。
13 Anthony D. Smith, *National Identity* (Reno: U of Nevada P, 1991) 56-57. スミスのネーション観は、人間社会に普遍的についてまわるものであるという原初主義または永続主義の立場でもなければ、近代（18世紀）になって過去の痕跡を払拭して初めて成立したものであるという近代主義の立場も取らず、2種類の考え方をエトニという概念を介して総合する立場である。彼は近代におけるネーションの台頭を、エトニという過去のエスニックな集合的文化的アイデンティティの文脈においてとらえるのである。エスニック共同体（エトニ）がネーションの基礎にあると彼は考えるのだ。Smith, *Nationalism* 60-63, 90-93. このようなエスノ・シンボリックなアプローチからのネーションの分析は彼の代表作である次の名著を参照のこと。Anthony D. Smith, *The Ethnic Origins of Nations*

(Oxford: Blackwell, 1988). ちなみに、このエスニック共同体 (エトニ) とは、「特定の名前を持った人間集団が、故国との関係を持ち、祖先についての共通の神話、共有された記憶、1つまたは2つ以上の共有された文化を持ち、ある程度の団結が少なくともエリート層に見られる」ときのその人間集団のことである。Smith, *Nationalism* 13.

14　Smith, *Nationalism* 78.
15　Robert Colls, *Identity of England* (Oxford: Oxford UP, 2002) 17-18.
16　Colls 15.
17　Colls 15.
18　市民権とネーションについては、今村仁司、三島憲一、川崎修編『岩波　社会思想事典』(岩波書店、2008) 102 の「国民／ネーション」の項を参照。市民権については、Richard Bellamy, *Citizenship: A Very Short Introduction* (Oxford: Oxford UP, 2008) を参照。
19　産業主義がネーション形成を引き起こしたとする考え方は以下のとおり。農耕社会と比べ産業社会は流動性の高い社会であるため、見知らぬ者とのコミュニケーションや文書を読み書きする力が重要となる。そのような読み書き能力を社会の全構成員が身につける必要が生じるが、その教育を担えるのは制度的にもコスト的にみても国家しかないので、国家が単一の言語の読み書き能力を身につけた人々の範囲（ネーション）と一致するようになる。このようなネーション形成のメカニズムについては、Gellner を参照。出版資本主義がネーションを生み出すという有名なアンダーソンの考え方のエッセンスは次のようなものである。国語化してゆく俗語で書かれた新聞や小説の大量生産・流通・消費という 18 世紀出版資本主義の隆盛に伴い、読者である人々が同じ言語を共有する見ず知らずの人間との間に、境界線のある１つの世界についての像を共有するようになり、自分たちを１つの国民として想像し、我々という意識を生み出す。これがアンダーソンのいうネーション形成の過程である。Benedict Anderson, *Imagined Communites: Reflections on the Origin and Spread of Nationalism* (London: Verso, 1983) を参照。
20　Liah Greenheld は、16 世紀イングランドにおいてネーションやナショナリズムが発生したと論じている。Liah Greenfeld, *Nationalism: Five Roads to Modernity* (Cambridge: Harvard UP, 1992) 27-87.
21　参考までに修道院解散が行われた後 (1534 年) の議会の構成メンバーは以下のとおりである。貴族院は、貴族 55 名と主教 25 名であり、29 名いた修道院長が零になったので、聖職者の権力は大幅に削られた。庶民院 310 名中、74 名がイングランドの州 (county) 代表、236 名が町 (town) とバラ (borough) を代表する。出身階層としては、州代表とバラの代表の一部が下

級貴族 (the lesser nobility) であり、バラの代表には、商人階級、国王の行政官 (royal administrator) が含まれる。Angela Anderson and Tony Imperato, *An Introduction to Tudor England 1485-1603* (London: Hodder Education, 2001) 128.

22 都市国家、封建国家、絶対主義国家と時代の古い体制に対しても、「国家」という言葉が使えないというわけではないが、筆者は「国家」を近代国家のためにとっておきたい。

23 Hilary Mantel, *Wolf Hall* (London: Fourth Estate, 2010) 338. 以下、この版からの引用については、ページ番号を本文中に括弧書きで示す。

24 Colls 15.

25 Anderson and Imperato 124-29. 歴史的には国王を含めた議会（制限選挙による構成）の主権がイギリスで認められるのは、名誉革命後のことであり、ルソーが人民主権を主張するのはさらにその後のことである。今村仁司、三島憲一、川崎修編『岩波 社会思想事典』（岩波書店、2008）153-55 の「主権」の項を参照。議会の構成員の制限選挙が普通選挙の方へと推移していくのは周知のように 19 世紀から 20 世紀初めにかけてのことである。

26 ウルジー卿の功績については、Anderson and Imperato 110-120 を参照。エルトン 74-97 を参照。

27 以下、テキストからの直接の引用ではないところでも、大部な作品のどのあたりなのかがすぐに参照できるように、適宜ページ数を括弧内に示した。

28 "P.S." 12.

29 指 昭博編『イギリスということ——アイデンティティ探求の歴史』（刀水書房、1999）90。

30 指 90。

31 Stephen Connor, *The English Novel in History: 1950-1995* (London: Routledge, 1996) 133.

32 Nick Bentley, *Contemporary British Fiction* (Edinburgh: Edinburgh UP, 2008) 17.

33 Suzanne Keen, "The Historical Turn in British Fiction," *A Concise Companion to Contemporary British Fiction*, ed. James F. English (Oxford: Blackwell, 2006) 171.

34 Keen 178.

15

「非現実的な現実」を描くおとぎ話
―― A・S・バイアット『子供たちの本』――

水尾　文子

I

　A・S・バイアット（1936–）のおとぎ話への関心は、彼女自身が書いたポストモダン的なおとぎ話『ナイチンゲールの目に宿る精霊』（1994）やインタビューでのおとぎ話への言及や書評によく現れている。[1] 2003年、バイアットは、「ハリー・ポッターと幼稚な大人」と題した記事を『ニューヨーク・タイムズ』紙に寄稿し、現代イギリス社会を寓意的に描いていると評されるJ・K・ローリングの『ハリー・ポッター』シリーズ[2]がおとぎ話としての資質に欠けると主張した。バイアットのローリング批判の要諦は、おとぎ話の普遍性はそれが創り出す世界と「現実社会との共生」[3]にあるのに、『ハリー・ポッター』シリーズはそれを欠くという点にある。バイアットが言う「共生の（symbiotic）」関係は、ローリングの小説に顕著に見られるような、魔法使いの世界を隠れ蓑にして、現代イギリス社会を寓意的に描くことではない。バイアットは、『ハリー・ポッター』シリーズに描かれる世界が、「現実社会の諷刺である」[4]と指摘し、一方で、「神話やおとぎ話の中の魔法は、木や生き物や見えざる力といった人間ではないものとの接触」[5]が目的であると書く。おとぎ話は、作者の思想的、政治的なイデオロギーを

直接伝達する手段として利用されるべきでないとバイアットは強調している。超自然的要素に満ちたおとぎ話には、読者である子供たちが生きる現実社会がどのように投影されるのだろうか。その答えが、バイアットが言う「共生」が意味するところであろう。

　おとぎ話と現実社会とのこの「共生」の問題をめぐり、『子供たちの本』(2009)は、おとぎ話の役割についてのバイアットの考えが文学的に実践された一つの例である。バイアットが『子供たちの本』の着想を得たのは、次の２つの出来事からだという。１つ目は、おとぎ話と社会主義運動という一見不似合いなものに何らかの接点があるという発見。児童文学作家で社会主義者という２つの顔を持つイーディス・ネズビット（1858–1924）に興味を持ったバイアットは、おとぎ話研究の権威ジャック・ザイプスから、おとぎ話は社会主義者の表現手段と見ることが可能だと教えられる。我々読者も知るように、『砂の妖精』をはじめとしたネズビットのファンタジー小説には政治活動が直接描かれてはいない。それではザイプスはおとぎ話と社会主義運動にどのようなつながりを見出していたのだろうかという疑問がここで生まれる。２つ目の出来事は、著名な児童文学作家ケネス・グレアム（1859–1932）、アリソン・アトリー（1884–1976）の子供や、Ｊ・Ｍ・バリー（1860–1937）が作品のモデルにし後に自身の養子にしたルウェリン＝デイヴィス家の子供たちが、不幸な人生の結末を迎えた事実である。バイアットは、児童文学作家がその子供たちを創作の対象にすることで彼らのプライバシーを侵害したことが原因だと考えている。[6] 上に挙げた２つの出来事は、一見相互につながりがないと思われるかもしれない。しかし、どちらも、バイアットに、創作と現実社会との関係とおとぎ話の役割についての疑問を投げかけている。ここにも、バイアットが先のローリング批評で強調したおとぎ話と現実社会との「共生」を読み解く鍵があると見ることができる。

　『子供たちの本』は、児童文学が隆盛を極め、社会主義運動が盛んであった 1895 年から 1919 年までの激動期のイングランドを背景に、児童文学作家でフェビアン協会会員のオリーブ・ウェルウッドとその子供たちを中心と

して、オリーブが子供１人１人のために書いたおとぎ話と子供たちの成長を並行して描いている。小論では、オリーブの長男トムと長女ドロシーの成長とオリーブが書くおとぎ話との関係に焦点を当て、『子供たちの本』において、おとぎ話はエドワード朝という子供たちの現実社会をどのように反映し、子供たちの成長にどう関与しているのかを探る。それを探ることにより、バイアットがこの小説を通して提示するおとぎ話と現実社会との「共生」とはどのような関係であるか、また、オリーブという社会主義者であるおとぎ話作家にどのような創作上の意図を託しているかを考察したい。

II

　この小説の読者は、子供たちがエドワード朝（1901–1910）という時代枠の中で成長するのを強く意識させられる。では、エドワード朝とはどういう時代だろうか。『子供たちの本』の語り手は、子供観を通してこの時代の特徴についてこう語る。「フェビアン協会会員や社会科学者や作家や教師は、ヴィクトリア朝にはない子供観を持っていた。それは、子供たちには自主性と欲望と知性が備わっており、人形でもミニチュアの大人でもないという見方である」。[7]これはきわめてまっとうな子供観である。アドリエンヌ・ガヴィンとアンドリュー・ハンフリーズも指摘するように、この時代には、子供を独立した人格と見なすようになっていたし、[8]また、バイアットが作品中で言及しているフロイトのエッセイ「小児の性欲」（1905）は、小児性欲の存在を論じて、そのセンセーションゆえにこの時代に広く知られていた。子供が保護されるべき無垢な存在という、ロマン主義以降ヴィクトリア朝にかけて強く支持されていた子供観[9]との間に大きな断絶を感じざるを得ないが、その断絶は、バイアットが作品中で強調することでもある。

　失って初めてその重要性に思い当たるのは我々がよく経験することだが、子供は無垢な存在であるとするヴィクトリア朝の子供観の崩壊は、子供の無垢に対する大人たちの憧憬を生み出した。『子供たちの本』の語り手は、前段落で引用したエドワード朝の子供についての定義の後、こう続ける。「し

かし、彼ら[フェビアン協会会員や社会科学者や作家や教師]の多くは、白銀時代を、永遠なる子供時代に対する欲望を持った時代であると考えていた」(394)。バイアットが、ヴィクトリア朝を黄金時代、エドワード朝を白銀時代と呼んだ意図は明らかであろう。ギリシア神話の黄金時代は、神と人間が共存し悪の概念が存在しなかった時代である。[10] しかし、それに続く「白銀時代」には、神と人間の共存も悪の不在も過去のもの、憧憬の対象となった。子供の無垢が当たり前と信じられた時代と、それが失われ、憧憬の対象となった時代、という設定である。この憧憬は、ヴィクトリア朝に子供時代を享受した大人たちが抱く、失われたものを取り戻したいという気持ちの表れであろう。ジョナサン・ローズは、エドワード朝を「イングランドにおける子供時代の歴史的な転換期」[11] と見ているが、彼の考えもバイアットが『子供たちの本』で展開している歴史観と通底している。

　子供の無垢性が大人の憧憬の対象であるという考え方は広く行き渡り、それが過去に例を見ない空前の児童文学の隆盛をもたらした。[12] バリー、ネズビット、グレアム、ラドヤード・キプリング (1865–1936)、ビアトリクス・ポター (1866–1943) が次々と子供を主人公にした作品や、子供向けの作品を生み出したが、このジャンルには、その作者である大人の欲望が当然ながら潜んでいた。たとえば、ジャクリーン・ローズは、精神分析学の観点から、『ピーター・パン』は「無垢というものを、子供の特性としてではなく大人の願望の一部として提示」[13] していると論じている。「無垢」という概念は、エドワード朝の大人たちが抱くヴィクトリア朝の子供観への憧憬を象徴していたのである。

　子供観の変遷と並んでエドワード朝を特徴づけるのは、社会主義運動の台頭である。エドワード朝の子供観を社会主義運動に巧妙に利用したのが、のちに初代労働党党首となるケア・ハーディ (1856–1915) であった。ハーディは、1895年、主に労働者階級を読者層に持つ社会主義新聞『レーバー・リーダー』におとぎ話を連載し、子供の読者を獲得して、社会主義者に育て上げようとしたのであった。ハーディの目的は「読者である子供たちに階級

闘争の論理を説明する」[14]ことであったとキャロライン・サンプターは書いている。当時、おとぎ話は、安価に購入できたことから、労働者階級の子供たちの間で広く購読されていた。労働者階級の子供たちに身近な存在であったおとぎ話を上手く利用し、ハーディは、『レーバー・リーダー』の子供向けコラムに、「巨人退治のジャック」というおとぎ話を連載し、「労働十字軍」という少年同好会を設立した。子供には空想物語の英雄と自分を同一化させる傾向があり、おとぎ話の単純な善悪二分法は、まだ現実の複雑さを十分理解できない子供の世界観の形成に一役買ったのである。おとぎ話の世界の怪物が現実の世界での資本主義に相当し、いずれの怪物もやがて退治される対象であるという考えを子供に持たせようというハーディの戦略は、ある程度奏功したと言える。「巨人退治のジャック」は、空想物語を隠れ蓑にした、作者ハーディの政治的イデオロギーの直接的な伝達手段である。

『子供たちの本』にも、政治活動に身を投じる子供が登場する。オリーブの甥チャールズは、自身が受けてきた「キリスト教的躾」のもとに、「キリストの教えは平等化と無秩序」(59) であると確信する。その後彼は、家庭教師ヨアヒム・ジュスキントの無政府主義運動に感化されて、その思想に傾倒し、カールと名乗って活動を始める。ある日、機関紙発行所を訪れたチャールズは、無政府主義団体の機関紙『トーチ』に、『アラビアン・ナイト』の物語が掲載されていることを知る。この場面は、ハーディが実際に書いていた社会主義のおとぎ話を想起させる。また、オリーブの末娘ヘッダは、「これこそが自分の使命だと確信し」(569)、婦人参政権運動に身を投じる。どちらの登場人物の例からも、当時盛んであった社会主義運動が子供たちに与える影響力の大きさを垣間見ることができる。

III

『子供たちの本』において、オリーブが書くおとぎ話は、特に長男トムと長女ドロシーそれぞれの成長に大きな影響を与える。トムは、ヴィクトリア朝の遺産といえる子供の無垢性を持った少年である。彼は、現実社会に

違和感を抱き、喧騒を離れて自然の中で生きることを志向する。1895年、13歳のトムは、大人たちから将来の夢について聞かれ、「森の中に住みたい（……）ただこの両親の家にいられたら」(52)と返答する。彼は、両親の敷地にある「森と樹上の小屋」(169)のことばかり考えている。現実からの逃避願望を常に持つトムは、自身を空想の世界に位置づけている。ウィリアム・モリスの『ユートピアだより』に描かれる夢想家は現実の問題を直視してないと批判する従兄チャールズに対し、トムは「残念だけど僕はまさにその夢想家だよ（"he feared that was what he was, a dreamer"）」(176)と言う。「恐れる（fear）」を意味する動詞が使われていることから、トムは、現実から空想の世界への自身の逃避志向が、現実社会から求められる生き方にそぐわないと認識していることが分かる。このように、13歳のトムの無垢性と現実社会との関わりが小説冒頭から描かれる。

　トムにとって相対する関係にある現実社会とおとぎ話の空想世界は、パブリック・スクール入学をきっかけにますますその溝を大きくする。マーロウ校に入学したトムは、上級生ハンターから苛められる。辛い学校生活で、トムの唯一の心の拠り所は、母オリーブから送られてくるおとぎ話『地下の国のトム』である。上級生の目を盗んで学校の地下室に行き、学校生活という社会的現実からおとぎ話の世界に逃避するトム。彼には、おとぎ話の世界が自分の居場所を確認できる空間で、現実社会は非現実なのだ。

　　その物語は厄介なものだった。学校という故意にプライバシーを奪われた環境で、子供にかえって目立たないように数十ページもの物語をどうやって読むというのか？どこにどうやって身を隠したらよいのか？それでも、物語はなくてはならないものだった。『地下の国のトム』を読むトムこそが本当のトム。上級生ハンターの目を逃れるトム、語形変化を暗唱するトム、洗面台を洗い卑猥な冗談に耳を貸すトムは、にせもので、男子生徒の格好をしたぜんまい仕掛けの人形だった。(198)

小説の語り手は、トムにとってこのおとぎ話の存在を、「厄介なもの」であると同時に「なくてはならないもの」という対立する語で形容する。おとぎ話の世界は、パブリック・スクールという現実社会にそぐわない「厄介なもの」であっても、トムには「なくてはならないもの」である。「卑猥」という現実を矮小化した言葉と、現実社会での階級を連想させる意地悪な「上級生」との上下関係に強い抵抗感を覚えるトムは、現実社会と遊離した「ぜんまい仕掛けの人形」であると表現される。このように、トムは、学校生活という現実社会を「にせもの」で、空想世界に浸る自身の姿を「本当のトム」であると考えている。

　トムが地下室に身を隠して読む『地下の国のトム』は、赤ん坊のときに影を盗まれた主人公が影を探しに地下の国へ冒険に出る物語で、無垢と現実社会との関係を浮き彫りにしている。主人公ランセリンは、無垢を象徴する。一方、ランセリンが失った影は、「もう一つの自己」(144) と言い換えられており、無垢と対極に位置づけられる。その対極的な位置づけは、オリーブが、「影のない」(145) 人物を描くために「にこやかで自信に満ちた赤ん坊」(145) のランセリンを創作したと言う場面から分かる。オリーブの構想では、影は、ランセリンの天真爛漫さや無垢性と対極に位置づけられることを示唆している。その後主人公の名前をトムに変えてオリーブが書き上げた『地下の国のトム』では、主人公トムは、ついに、地下の国で自身の影「ワイルド・ボーイ」(199) に遭遇する。その影は、「ぼろを着て埃まみれ、裸足であっという間に消えてしまう」(199)。両親から守られた天真爛漫な赤ん坊の描写とは対照的に、この影は、学校という現実社会にもまれるオリーブの息子トムの姿と重ねられる。[15]

　『子供たちの本』では、樹上の小屋を通して、トムと社会的現実の相容れない様子が繰り返し描かれる。トムはマーロウ校から失踪し、その数日後、幼い頃から慣れ親しんできた樹上の小屋で、「ヘザーでつくった巣の中にいる胎児のような」(202) 姿で発見される。樹上の小屋は、現実社会に対峙できないトムが逃げ込む、子供時代のメタファーである。鳥やフクロウの死

骸が吊るされた小屋を見て「恐ろしいわ」(311)と怯える妹のドロシーに対して、トムは、「違うよ、それが物事の本当の姿、現実世界の仕組みだよ」(311)と答える。学校生活の中でおとぎ話の世界の中にのみ自分の存在を確認してきたように、ここでも、トムにとっての「本当」の世界は、現実社会とは切り離された子供時代なのだ。樹上の小屋は、トムが少年から大人になる過程で、作品中に繰り返し登場する。マーロウ校を退学し 18 歳になったトムは、両親の勧めでケンブリッジ大学受験を目指す。彼は、試験勉強の合間を樹上の小屋で過ごし、猟場番人と森を散歩する。入学試験 1 週間前のある夜、1 人で森に散歩に出かけたトムは、大怪我を負い、大学受験を見送らざるをえなくなる。大学もまた、現実社会の縮図である。このように、樹上の小屋を通して、無垢を象徴するトムと現実社会との相対する関係が浮き彫りになる。

　樹上の小屋によりかろうじて維持されるものの、トムの無垢性は、エドワード朝社会において、破壊の危険に晒されている脆弱な存在である。ドロシーは、トムを「イングランドの家庭の姿そのもの」(364)と見ている。その家庭は「子供たちがかすり傷を作って樹上の小屋から息を切らして戻ってくるのを、両親が微笑んで見ている家庭」(364)と続けて書かれているところから、ドロシーが指す「イングランドの家庭」が、子供の無垢が強調された、ヴィクトリア朝の家庭像であることが分かる。そのような無垢性が、エドワード朝社会においてどれだけ脆いかをドロシーは知っている。「イングランドの庭は鏡を通して見た庭だとトムは感じている。彼は覚悟を決めてその鏡に足を踏み出し、こちらに戻ることを拒んだのだ。トムは大人になりたくなかったのだ」(364)。鏡の向こうにある、無垢性が保護される「イングランドの庭」は、「こちら」、つまりエドワード朝社会において、失われたものを取り戻したいという大人の憧憬の対象になっている。ガラスで仕切られた鏡の向こう側の世界にある無垢性は、隔離された空間ではあるが、エドワード朝社会から見れば壊れやすく脆いのだ。

　そのような脆弱なトムの無垢性は、エドワード朝社会によって破壊され

る。1908年秋のある日、26歳のトムは、樹上の小屋が猟場番人の手で壊されていることを発見する。バラバラに壊された小屋の残骸を目にして、トムは、「このバラバラになったものは、僕の物というより、僕自身の一部なのだ。これまでも、そして今でも」(481) と痛感する。それを聞いたドロシーは、「(樹上の小屋は) 私たちの子供時代そのものだったのに」(513) と小屋がなくなったことを残念に思う。「子供時代」を人生の通過点と見るドロシーとは違い、トムは子供時代を「僕自身の一部」と現在進行形で見ている。また、樹上の小屋が破壊されるという出来事は、現実社会において26歳のトムがなお保持する無垢性の破綻を意味する。さらに、樹上の小屋の破壊は、トム自身の無垢性の破綻のみならず、子供の無垢性というヴィクトリア朝神話の崩壊をも意味する。小屋を破壊するのが労働者階級に属する猟場番人であることは、階級制度打倒を掲げてエドワード朝に台頭してきた社会主義運動が、子供の無垢性というエドワード朝においてもなお憧憬の対象となる子供観を揺るがすという社会的構図を前景化するという点で重要である。

とはいえ、トムにとって最大の脅威は、彼の無垢性が、母親であり『地下の国のトム』の作者であるオリーブによって、大人の憧憬の対象として公の目に晒されることである。トムのパブリック・スクール時代に書かれた『地下の国のトム』は、トムと同名の主人公を配したおとぎ話という形式をとってトムの無垢性を侵害する。マーロウ校での学校生活で経験した上級生からの苛めについて口を開こうとしないトムに、オリーブは、「トムは自分の一部で、自分はトムの一部というこの関係を、意地悪な少年ハンターが断ち切ってしまった」(203) と心を痛め、ハンターのみならずトムに対しても怒りを感じる。オリーブが息子に抱くこのような一体感は、トムを主人公にしたおとぎ話第2段『黒塔での悪事』において、さらに明確な形で示される。それは、トムが学校で苛められた経験を描いた物語で、そこにオリーブが込めたのは、「無垢を、軍隊の新兵のように厳しく統制したり、残忍に扱ってはいけない」(204) という主張である。息子トムの「無垢」が物語

という媒体をとって公の目に晒され大人の憧憬の対象となる。この物語を読んだトムの友人ジュリアンは、「僕がトムの立場だったら、この本を許しがたい」(204)と感じる。トムの立場からみれば、自身の無垢性に対する侵害行為であるからだ。トムにとって本当の自分を見出せる空間であるはずのオリーブのおとぎ話は、トムの無垢性を大人の憧憬の対象として公の目に晒す側面も備えているのだ。

しかしながら、物語という媒体を通して彼の無垢性が世間に公表されることよりもトムが脅威を感じるのは、おとぎ話の舞台化である。1904年12月、トムが21歳のとき、バリー原作『ピーター・パン』が上演される。観客の喝采を浴びて劇の大成功を誰もが確信する中、トムは1人、「苦痛の表情で」(465)舞台を見つめる。[16] トムの苦痛の原因は、舞台上で展開される子供の無垢の世界が、真の無垢を表しておらず、バリーによって作り上げられた世界だということにある。トムは、劇中の登場人物の少年たちを女性の役者が演じていることについて、「まねごとだ」(465)と激しく非難し、「作者バリーは、男の子のことを何も知らず、勝手に作り上げたのだ」(465)と批判する。また、様々な装置や小道具を使って観客を魅了した劇の演出についても、「針金やひもを使ったり変装したりしているだけ」(466)と一蹴する。「まねごと」、「作り上げた」、「変装」という表現から、トムは、『ピーター・パン』の世界が、大人の色眼鏡を通して失われた無垢を描いた、つまり、大人の憧憬の対象としての無垢を描出していると感じていると言える。無垢性が公の目に晒されることへの怒りに加え、無垢性を持った永遠の少年ピーターを女性が演じ、小道具を用いて演出することで、ピーターの無垢性が大人の欲望によって歪曲されているとトムは非難している。

それから5年後の『地下の国のトム』の舞台化は、ついに、トム自身にエドワード朝社会における自身の存在の限界を突きつける。1909年、トム26歳。オリーブ原作の劇『地下の国のトム』の上演初日、トムは、主役のトムを女性が演じていることに嫌悪感を覚え、「自分が試練に晒されていることが分かった」(523)と恐怖心を吐露する。女性が少年役に起用される

ことに対する嫌悪感は、先に論じたように『ピーター・パン』を観劇した際に抱いた感情である。しかし、ここでの「自分が」試練に晒されているという表現から、トムは、劇の主人公トムと自身を同一化して、自身の無垢性の危機を感じていることが分かる。トムは続けて、「僕たちは皆この箱の中に閉じ込められて、外へ出られないのだ」(524) と訴える。「箱」は、文字通り劇場のボックス席を指すだけではなく、行き場を失ったトムの切迫感を表す。観客が劇を絶賛する中、トムは1人劇場を出て、夜の街を放浪し、「イングランドの泥、白亜、古代の森へ巡礼」(531) に出る。「信仰心を示す行為」[17]である「巡礼」は、この場合、子供の無垢性というヴィクトリア朝神話が維持される場所への「巡礼」と読めよう。数日後、トムは、崖で遺体となって発見され、26歳の生涯を閉じる。トムの避難場所であったオリーブのおとぎ話『地下の国のトム』は、同時に、大人の欲望の対象としての無垢の存在をもトムに教えるのである。このように、オリーブが息子トムに投影して描いたおとぎ話は、最終的に彼の人生を破綻させる。

IV

　一方、「現実主義者」(42) ドロシーのおとぎ話の捉え方は、トムとは異なる。オリーブがドロシーのために書いたおとぎ話『ミストレス・ヒグル』とドロシーとの関わりは、オリーブとドロシーの母娘関係の葛藤の過程を読み解くヒントを与えてくれる。『子供たちの本』では、ドロシーが現実社会の問題に直面したとき、オリーブの真意を探ろうとはりねずみのペギーを主人公にした『ミストレス・ヒグル』をひも解く瞬間がある。1度目は、自身がオリーブの婚外子であることを両親から知らされ、実の父親に会いに行く17歳のとき、2度目は、女性が医師を目指すことが社会的に困難であった20世紀初頭に女子医学生となり、挫折を経験するときである。1度目と2度目のドロシーのおとぎ話の読みは対照的である。

　オリーブの真意を探るためにドロシーが初めて『ミストレス・ヒグル』に向き合うとき、彼女は、おとぎ話が作者のイデオロギーの直接的な伝達手段

でないことを知る。ドロシーは、自身が投影された主人公がはりねずみであることから、オリーブの愛情を疑い、この物語を嫌っている。語り手が「オリーブははりねずみのドロシーを愛したかった、そしてドロシーは、人間に、大人になりたかった」(365)と言うように、ドロシーは、はりねずみが「人間」ではないという点にオリーブの創作意図があると思っている。しかし、ドロシーのその考えは、実の父親でドイツの人形遣いアンゼルム・シュテルンに会うことで覆される。シュテルンから、『ミストレス・ヒグル』が、グリム童話『ハンスはりねずみ坊や』を基にした物語だと教えられるのだ。シュテルンは、そのグリム童話の筋をドロシーに説明し、「君は、とても望まれて生まれてきた子供だよ」(378)と言う。ドロシーを投影した主人公の外見ではなく、その物語が書かれた背景に作者オリーブの意図があるというシュテルンの言葉で、ドロシーは、「父も母も自分を愛してくれていた」(383)と考えるようになる。シュテルンの言葉は、おとぎ話を理解するにはその奥にある意味を探る必要があることを示している。

　しかし、このシュテルンの示唆は、ドロシーが再びオリーブのおとぎ話と向き合うときには生かされない。1905年、医学生となったドロシーは、挫折を経験し、『ミストレス・ヒグル』をひも解く。主人公ペギーが旅から帰ってくる結末部分を読むドロシーを、語り手は次のように描写する。「ドロシーには心理学の才がなかった。彼女は現実的に物事を見ようと決めていた」(475)。物事を「現実的に」見る、換言すれば、そのおとぎ話の奥に込められた意味を探ろうとしないドロシーには、オリーブの創作意図が理解できない。「彼女はこの結末の奥にある感情を考えたくなかった」(475)と語り手は続ける。おとぎ話においては、その物語の「奥にある感情」が作者の意図を理解する鍵になることを、語り手と先のシュテルンの言葉が示唆する。にもかかわらず、ドロシーはそれを探ろうとせず、語り手はその場面をこのように結んでいる。「ここには、ドロシーの助けになるものは何もなかった」(475)。ドロシーには、このはりねずみの物語から現実社会で直面した問題を克服する鍵が得られない。

それでは、語り手が必要だとする「心理学」の観点から、『ミストレス・ヒグル』はどのように読めるのだろうか。語り手が作品中に散りばめている心理学的な言及を手がかりに、オリーブの創作意図を探ってみたい。『子供たちの本』で、語り手は「ドイツには子供についての理論があった」(395)と書き、それに続けて、第2節で述べたように20世紀初頭のフロイトの理論が新たな子供観の確立に貢献したことを説明している。同時代に活躍していたフェビアン主義者で児童文学作家のオリーブが、創作する際にフロイト理論を念頭に置いているという考えは否めない。フロイトとはりねずみといえば、フロイトが「集団心理学と自我の分析」(1921)で取り上げた、ショーペンハウエルの凍えるヤマアラシの寓話を読者に想起させる。[18] 2匹のヤマアラシが、寒さをしのぐため互いの体を寄せ合おうとするが全身を覆う針で互いを傷つけてしまう、しかし、互いの体を離すと寒さをしのぐことができない。こういった試行錯誤の末に、ヤマアラシは互いとの適切な距離を見出すという寓話である。この寓話を通して、フロイトは、人間には自己の自立と相手との一体感という2つの相対する欲求があり、試行錯誤を経て相手との適切な距離を構築すると説明する。ここでフロイトが取り上げる2匹のヤマアラシが、オリーブとドロシーに相当すると考えると、『ミストレス・ヒグル』に作者オリーブの創作意図を探る読みが可能であろう。[19]

　このように、物語の「奥にある感情」を探ることで、『ミストレス・ヒグル』についての様々な読みが可能になるが、『子供たちの本』において重要なのは、ドロシー自身が、オリーブの含意を明確に解していないところにある。冒頭で触れたおとぎ話研究の権威ザイプスは、おとぎ話が「子供の想像力の自由」を与えると述べ、その想像力によって、おとぎ話が「子供がきちんとその問題に対処できるような形に現実を変容させる」[20] と論じている。ザイプスによれば、子供たちは、「想像力」という自身の力で、おとぎ話の世界と彼らが対峙する現実世界との接点を見出すというのである。子供たちそれぞれのやり方で、おとぎ話を自らの現実に還元することが可能なのだ。そう考えると、『子供たちの本』で、そのおとぎ話にオリーブの真意を見い

だせないまま問題に向き合うべく医学校に戻っていくドロシーにも、目にみえる形ではないにしろ、何らかの形でおとぎ話が彼女の現実社会での問題克服に手助けすると考えられよう。

V

ここで、小論冒頭で述べたおとぎ話と現実社会との「共生」の関係について改めて考えてみたい。アレックス・クラークは、『子供たちの本』には「芸術的創作が晒される危険」[21]が提示されていると書く。クラークが言うその「危険」とは、作者によるおとぎ話の濫用と言い換えることができる。オリーブが息子トムを投影した主人公を配したおとぎ話を書き、脚本化したことがそれにあたる。小論で見てきたように、トムの無垢性がおとぎ話を通して読者や観衆の目に晒された結果、『地下の国のトム』はトムを追い詰め、彼の人生は破綻をきたす。これは、別の言い方をすれば、おとぎ話を作者の思想的、政治的イデオロギーの直接的な伝達手段として利用した結果だと言える。この点においては、先に論じたバイアットの『ハリー・ポッター』批判が指摘する問題点もハーディが書いた社会主義のおとぎ話の問題点もまた、クラークが言う「危険」に陥っていることであると見られよう。対照的に、ドロシーのためにオリーブが書いた『ミストレス・ヒグル』は、はりねずみを主人公に配して非現実的な世界を展開しているものの、ドロシーの現実社会を反映している。このドロシーのおとぎ話を通して『子供たちの本』の作者バイアットが提示するものこそ、冒頭で取り上げた、バイアットがおとぎ話に必須だと考える現実社会との「共生」の関係である。おとぎ話が創り出す世界は、超自然的要素に満ちているものの、読者である子供が現実社会で直面する問題の解決に何らかの形で反映されるべきであるというバイアットの考え方がここに現れている。

バイアットは、2009年、おとぎ話の読み方をテーマにした記事の中で、『子供たちの本』について触れ、おとぎ話が創り出すのは「非現実的な現実（unreal reality）」[22]であると書いている。おとぎ話の「非現実的な」世界が、

結果的に読者の子供たちの現実社会との対峙に反映されるという点で、「非現実的な現実」は、「共生」と同じ意味と考えてよいだろう。おとぎ話は、読者である子供たちと現実社会をこのように橋渡しする。第1節で述べた、バイアットが『子供たちの本』を着想したきっかけである、おとぎ話と社会主義者とのつながりも、この「共生」の関係であると言える。オリーブという社会主義者のおとぎ話作家という登場人物に託したバイアットの意図もここに込められているのだ。

注

1 A. S. Byatt, *The Djinn in the Nightingale's Eyes: Five Fairy Stories*（London: Chatto and Windus, 1994）. インタビューについては、注6を参照。書評は複数あるが、たとえば、A. S. Byatt, "Enchanted Hunters: The Power of Stories in Childhood by Maria Tatar," *Guardian* 7 Nov. 2009, 22 Aug. 2010 <http://www.guardian.co.uk/books/2009/nov/07/enchanted-stories-byatt-book-review> を参照。

2 菱田信彦「ハリー・ポッターとイギリス階級社会」『Tinker Bell』第51号（2006年2月）: 32-46 と新井潤美『不機嫌なメアリー・ポピンズ――イギリス小説と映画から読む「階級」』（平凡社、2005）198を参照。

3 A. S. Byatt, "Harry Potter and the Childish Adult," *New York Times* 7 July 2003, 22 Aug. 2010 <http://www.nytimes.com/2003/07/07/opinion/harry-potter-and-the-childish-adult.html>.

4 Byatt, "Harry Potter and the Childish Adult."

5 Byatt, "Harry Potter and the Childish Adult."

6 ネズビットについての発言は、"An Interview with A. S. Byatt on Her New Novel The Children's Book," *The Dewey Divas and The Dudes* 20 May 2009, 20 July 2010 <http//deweydivas.blogspot.com/2009/05/interview-with-s-byatt-on-her-new-novel.html> と "Writing in Terms of Pleasure: Interview by Sam Leith," *Guardian* 25 Apr. 2009, 22 Aug. 2010 <http://guardian/co.uk/books/2009/apr/25/as-byatt-interview> を参照。ザイプスと著名な児童文学作家の子供たちについては、"A. S. Byatt on *The Children's Book*," *The Man Booker Prizes*, 29 August 2010 <http://www.themanbookerprize.com/perspective/articles/1264> を参照。

7　A. S. Byatt, *The Children's Book* (London: Chatto and Windus, 2009) 394. 以下、この版からの引用については、ページ数を本文中に括弧書きで示す。
8　Adrienne E. Gavin and Andrew F. Humphries, "Worlds Enough and Time: The Cult of Childhood in Edwardian Fiction," *Childhood in Edwardian Fiction: Worlds Enough and Time*, eds. Adrienne E. Gavin and Andrew F. Humphries (Basingstoke: Palgrave Macmillan, 2009) 11.
9　このテーマについては多くの書物が出版されているが、例えば、Hugh Cunningham, *The Invention of Childhood* (London: BBC, 2006) は、子供観の変遷を概説している。併せて、子供の無垢性の概念が確立されるきっかけになった William Blake, *Songs of Innocence and of Experience* (1789, 1794; Oxford: Oxford UP, 1970) を参照。
10　小説内で、語り手はヘーシオドスの名前に言及しており (Byatt 394)、小説が「黄金時代 ("The Golden Age")」「白銀時代 ("The Silver Age")」「鉛時代 ("The Age of Lead")」と章分けしてあることからも、ギリシア神話の影響を窺わせる。ヘシオドス『仕事と日』松平千秋訳 (岩波書店、1986) を参照。
11　Jonathan Rose, *The Edwardian Temperament: 1895-1919* (Athens: Ohio UP, 1986) 178.
12　Rose 181.
13　Jacqueline Rose, *The Case of Peter Pan or the Impossibility of Children's Fiction* (1984; Philadelphia: U of Pennsylvania P, 1992) xii. 日本語訳については、ジャクリーン・ローズ『ピーターパンの場合――児童文学などありえない？』鈴木晶訳 (新曜社、2009) を参考にした。
14　Caroline Sumpter, "Joining the 'Crusade against the Giants': Keir Hardie's Fairy Tales and the Socialist Child Reader," *Literature and History* 15.2 (2006): 34.
15　影は、様々な学問的観点から議論されてきたが、ユングの分析心理学における影については、C・G・ユング『元型論：無意識の構造』林道義訳 (紀伊國屋書店、1982) を参照。
16　実際に、1904 年 12 月 27 日に、ロンドンのデューク・オブ・ヨーク劇場で初演された『ピーター・パン』の論評では、この舞台でピーター・パンを演じた女優のニーナ・ブシコーは、劇中の少年を本格的に熱演しているとして「バリーの構想通りのピーターを演じている」と評されている。"The Playhouses: 'Peter Pan,' at the Duke of York's, London," *Illustrated London News* 7 Jan. 1905: F5.
17　"Pilgrimage," *The Oxford English Dictionary*, 1978 ed.
18　ジークムント・フロイト「集団心理学と自我の分析」『フロイト著作集 6：自我

論・不安本能論』井村恒郎、小此木啓吾他訳（人文書院、1970）218-21 を参照。グリム童話の『ハンスははりねずみ坊や』の「はりねずみ」もこのショーペンハウエルの寓話「ヤマアラシ」も、英語では "hedgehog" と表記されている。「ヤマアラシ」の寓話は、井村、小此木訳を採用した。

19　加えて、ドロシーの実父シュテルンが小説冒頭で上演する E・T・A・ホフマンの『砂男』から、バイアットは、フロイトのエッセイ「不気味なもの」に読者を意図的に導き、はりねずみを主人公に配したオリーブの創作意図を探らせようと我々読者を試そうとしているのかもしれない。しかし、様々な読みの可能性を探ることが小論の主たる目的ではないので、ここでは省く。フロイト「不気味なもの」『フロイト全集 17・1919–22 年』藤野寛訳（岩波書店、2006）36 を参照。

20　Jack Zipes, *Fairy Tales and the Art of Subversion: The Classical Genre for Children and the Process of Civilization* (London: Heinemann, 1983) 184.

21　Alex Clark, "Her Dark Materials," *Guardian* 9 May 2009, 20 July 2010 <http://www.guardian.co.uk/books/2009/may/09/as-byatt-childrens-book>.

22　A. S. Byatt, "Love in Fairytales," *Guardian* 12 Oct. 2009, 5 July 2010 <http://www.guardian.co.uk/books/2009/oct/12/fairytales-byatt-abstract-love>.

16

アイデンティティを求めて
―― ハワード・ジェイコブソン
　　　『フィンクラーの問題』――

吉村　治郎

I

　選民思想を持つユダヤ人は、神の民として神に特別に愛されるはずの民族であった。しかし、ユダヤ人ほど迫害と差別、そして偏見にさらされてきた民族は他にないであろう。ディアスポラと呼ばれる流浪の民となって世界各地に散らばったユダヤ人は、ある時は強欲な人種として、またある時はキリスト殺しの罪深い民として、容赦なく虐待された。ナチスによる600万人といわれるユダヤ人大虐殺（ホロコースト）はユダヤ人にとって、あまりに酷い神の愛し方といえるだろう。この小論で取り上げる『フィンクラーの問題』の作者ハワード・ジェイコブソンはそうした永く重い迫害の歴史を背負うディアスポラの末裔としてイギリスに生まれ育ったユダヤ人作家である。
　現代のロンドンを舞台とするこの小説では物語の背景として、そうしたユダヤ人迫害の歴史と差別の現実が直接取り込まれている。「反ユダヤ主義」、「ホロコースト」、「シオニズム」、「イスラエル」など、ユダヤ人に直結する歴史的事実が頻繁に取り上げられる一方、ユダヤ人というだけでアルジェリア人に襲撃され失明した少年の事件や、ユダヤ人の墓にナチスを象徴する逆

卍の落書きがされる事件等が書き込まれ、今もなお消えることのないユダヤ人迫害の現実が不気味な通奏低音を奏でている。

　物語は3人の友人を中心として展開する。そのうち2人は作者と同じディアスポラといわれるユダヤ人の末裔である。1人はこの小説のタイトルの一部になっているサム・フィンクラーというイギリス生まれの中年のユダヤ人、もう1人は年齢が90歳のチェコ系ユダヤ人リバー・セヴツィクである。フィンクラーの恩師であるこの老ユダヤ人は、直接明記されていないが、90歳という年齢とチェコ出身という事実を考えると、ヨーロッパでナチスによるホロコーストを体験しイギリスに逃れてきた人物と思われる。彼は文字通り、ユダヤ人迫害の歴史を直接引きずっている人物である。そして、小説では2人のユダヤ人の共通の友人として中年のイギリス人ジュリアン・トレスラブが登場する。彼もリバーの教え子であり、学生時代からフィンクラーの友人であるが、ユダヤ人ではない。実は、この小説はタイトルが示す通り、ユダヤ人を問題にする小説でありながら、物語は非ユダヤ人のこのトレスラブという人物を中心に展開する。作者がユダヤ人なので、おそらくユダヤ人だけが登場する物語にすると偏向したものになる恐れがあるからであろう。極端な場合、差別を受けるユダヤ人からの、差別する側の非ユダヤ人に対する一方的な断罪と告発の書となりかねないし、その意図がなくても、そのように曲解される恐れは十分にある。また、ユダヤ人だけの好き勝手な主張にあふれた小説とみなされる危険もあるであろう。作者はそのような点を予め想定し、非ユダヤ人のトレスラブを組み入れ、作品に客観性と普遍性をもたせようとしたと考えられる。『フィンクラーの問題』がブッカー賞のロングリストに選ばれたとき、作者は次のように述べている。

　　その【小説『フィンクラーの問題』の】成功は、特に、非ユダヤ人という別の視点からユダヤ性というものにアプローチしているという事実と関係があるかもしれない。[1]

しかし、トレスラブは創作技術上の単なる道具ではなさそうである。作者は彼に、もう1つ重要な役割を与えていると思われる。つまり、2人のユダヤ人を登場させて内側からユダヤ人のアイデンティティを描く一方、非ユダヤ人であるトレスラブという外部の視点からもユダヤ人を観察する。そして、同時に、トレスラブを非ユダヤ人の代表として配置することで、非ユダヤ人とユダヤ人相互の精神的関わりも探求していると考えられる。おそらくフィンクラーの妻タイラーが人種的に非ユダヤ人であるのも同じ理由からであろう。

　この小説のもう1つの特徴は、テーマとして虐待と差別という重い歴史を背負ったユダヤ人の問題を扱っていながら、コメディタッチで書かれている点である。もちろん終始一貫したコメディにはなりえていない。特に小説の結末は通例ハッピーエンドで終わるコメディとは逆に、3人の友情の危機、フィンクラーの妻タイラーとリバーの死など、暗く悲しい出来事で終わっている。小説全体のイメージとしてはトラジコメディといったほうが正確である。しかし、部分的にしろ、かなり重いテーマをコメディ仕立てにしている点は気になるところである。「コメディは私の重要な仕事の一部です」[2] と作者は述べているので、彼なりの意図をもって、部分的ではあるが、この小説をコメディタッチに仕上げたと思われる。コメディ的構成は重いテーマを和らげるなどの創作上の理由からであろうが、人生と人間に対する彼の態度と関連しているように思われる。また、コメディと密接な関係にあるのは「笑い」である。登場人物の中でこの「笑い」と関連付けられている人物は老ユダヤ人リバーと、彼の姪ヘフジバー・ヴァイツェンボームだけである。この「笑い」は2人にはあるがフィンクラーにはないものとされている。「笑い」は何を示しているのか。また、作者自身とどのような関係にあるのか。リバーについての分析は答えの手掛かりを与えてくれる。小論では、こうした特徴を念頭において、登場人物の性格と人物間相互の内的関係を分析して作品の意図を探ることにする。

II

　この小説はトレスラブが、ある夏の夜、襲撃を受ける場面で始まる。リバーのアパートでユダヤ人の友人2人と夕食をした帰り道、トレスラブは何者かに襲われる。彼は、強盗が男ではなく女だと思う。しかし、何より気になるのは、襲撃のとき、強盗が彼に投げつけた「ユー、ジュ……」[3]という言葉だった。言葉がよく聞き取れなかったせいで、彼はその意味を詮索しあれこれと考え悩む。思案の末「ジュ……」は「ジュウ」だと判断し、「この、ユダヤ野郎」の意味だと考える。そして、この襲撃は、もの取りが目的ではなく「ジュウ」すなわちユダヤ人そのものを狙った嫌がらせではないかと思い込む。実はそうとりたかったのだ。彼自身はユダヤ人でないが、ユダヤ人に強い憧れを持っていたので、ユダヤ人に間違われることは名誉に思われたからである。彼はユダヤ人に強いこだわりを持ち、できればユダヤ人になりたいとまで願う。このこだわりの強さは一通りではない。彼の中に深く根を下ろしたユダヤ人に対する強迫観念とは何なのか。小説では、その原因と正体が様々な形で明らかにされていく。作者は大学時代に遡って彼の人物像を書き記している。

　トレスラブは、専門を定めないまま、あれこれと雑多な科目を受講し、名称のはっきりしない学位を得て卒業する。卒業後、BBCに首尾よく勤務したまではよかったが、周りがどんどん出世していくなかで彼は相変わらず誰にも注目されない平のプロデューサーのままだった。うだつの上がらないまま、結局12年間勤めたBBCを辞職する。その後、牛乳配達や引っ越し屋、大工の助手など、職を転々とする。結局どれもものにならず最後はパーティなどで「有名人のそっくりさん（celebrity double）」(92) 役をする仕事に就く。最後にこの仕事に留まったのは、この職業が彼の多様性とハンサムな容貌を生かせる仕事だからである。そして、おそらく、彼はこの仕事に就くことで少しはうだつの上がらない自分を慰めることができたであろう。しかし、トレスラブがさまざまな有名人の代役ができるということは、有名人の誰にでも似ている

が、実は、誰でもない人物ということになる。つまり、彼はハンサムだが、人間的にこれといった個性のない人物なのである。しかし、うだつがあがらない代わりに有名人の誰にでもなりうるこの「カメレオン的性格」[4]を持った人物の心の中には、本人も気づいていない複雑な事情があるのである。作者は彼の女性遍歴を通してそれを暗示している。

　彼は日頃から悲恋を扱ったオペラに心酔していた。悲恋オペラの影響で彼は愛する女性と死別する、悲しい結末で終わる恋に憧れていた。その病的な憧れは強迫観念といってよい。そのため、魅力がなく不幸に見える女性を好んで求めた。たとえば、彼がBBCに勤務していた頃、相次いで2人の女性と関係を持つ。1人はジョゼフィーヌという女性である。周りには素晴らしいユダヤ人女性職員が何人もいた。しかし、気おくれする性格の彼はそちらには目もくれず、少なくとも彼の目から見て他の女性より見劣りする、非ユダヤ人のジョゼフィーヌに魅かれる。そして性関係まで結ぶ。ところが彼に何の魅力も感じない彼女は恋愛に発展する前に早々に去っていく。子供ができたので強引に産むけれど、彼女にとって「彼は、こぎれいな容色は別として、自分の子供の父親に一番なって欲しくないタイプの相手であった」(88)。では、どうして、そんな彼の子供を産むか。理由の1つは、その当時、シングルマザーになることが流行していたからである。また、彼女は、彼に恨みを持っていたので、子供を産むことが彼に復讐することになると考えたからである。

　また、ジョゼフィーヌとの別れを予感する頃、彼は抜け目なく別の女性と関係をもっていた。それはジャニスという、人種もタイプも、ジョゼフィーヌと同じ女性だった。彼女はファッションセンスもなく、ダンスも言葉も下手だった。少なくとも彼の目には取り柄のない女性に見えた。しかし彼はその取り柄のなさに憐みを感じて気に入ってしまう。この時もやはり子供までできるが、ジャニスは早々に彼に飽きてしまう。彼女は、「あなたはどんな人にとっても害になる人とは思わないわ、女性にとってもね」(90)という。もちろんこれはほめ言葉ではなく、彼を人畜無害扱いしているにすぎない。

最後には「あなたは何かが欠けている」(90)といって、何の未練もなく軽快に去っていく。彼は愛する人との死別で終わる恋をずっと夢見てきた。しかし、こうして、この悲恋の劇が始まる前に、いつも突然幕が下りてしまう。

　作者はトレスラブの恋愛を面白おかしくコメディ仕立てにして読者の笑いを誘っている。しかし、ここには彼の人間としての隠れた悩みを伝える暗黙のメッセージが仕込まれている。まず、彼が魅力的な女性にアプローチせず、好んで不幸に見える女性に魅かれるのはなぜか。それは、単に、悲恋を主題とするオペラにいれあげていたからではない。1つには、少なくとも彼の目にレベルが低く見える女性ならば自分を恋愛の対象にしてくれるであろうし、自分も相手にできると考える、自信のなさと無意識の劣等感からくるエゴイズムがあるからである。またもう1つは、取り柄のなさそうに見える女性と取り柄のない自分とを重ねて見ているからである。女性の取り柄のなさに対する彼の憐れみは、実は、取り柄のない自分に対する無意識の憐れみに他ならない。したがって、自信のなさと劣等感が悲恋を扱ったオペラや不幸に見える女性に向かわせるのであって、オペラ好きが原因ではない。もちろん、トレスラブはそのことに明確な意識は持っていない。しかし、意識の有無に関係なく、彼のエゴイズムは2人の女性からの拒否によって手痛いしっぺ返しをくらう。拒否によって2人の女性は彼のエゴイズムの完全な犠牲にならずに済み、彼のほうも悪者にならずに済む。しかし、低く見ていた相手から逆に低く扱われて、かえって気の毒な存在になってしまう。エゴイズムに基づく愛に対して明確な拒否を与える、こうした姿勢の中に愛についての作者の清廉な倫理を見て取ることもできそうである。しかし、トレスラブに対する作者の批判は肉を抉るような無慈悲なものではない。コメディ仕立てになっているおかげで、そこには彼に対する憐れみと同情さえ漂っているように見える。

　彼の精神上の偏向理由がさらなる喜劇的設定によって暗示されている。別れた2人の女性ジョゼフィーヌとジャニスはそれぞれアルフレッドとラル

フという子供を産んでいた。しかし2人は自分の息子をそれぞれアルフレド、ラドルフォと呼んでいた。アルフレドとはヴェルディのオペラ『椿姫』の主人公の名であり、ラドルフォはプッチーニのオペラ『ラ・ボエーム』の主人公である。オペラでは、2人とも愛する恋人と死別するという悲しい恋を経験する。2人の女性が自分の息子たちをそのまま有名なオペラの登場人物の名前で呼ぶのは、もちろん、オペラに心酔していたトレスラブの影響のためである。また、ジョゼフィーヌ母子とジャニス母子が交際するようになったとき、2人の女性が、あなたのほうこそ私の捨てた彼に拾われたといわんばかりに、自分のほうが先にトレスラブと別れたといって順番を争う場面は、二重三重に読者の笑いを誘う設定である。

　しかし、ここでもまた、トレスラブに関する重要なメッセージが伝えられている。彼がジョゼフィーヌとジャニスに魅かれるもう1つ別の理由が、2人の名前の同時並立によって暗示されている。学生の頃、彼はバルセロナで休暇中、ある占い師に未来を占ってもらったことがあった。そのとき、名前がJで始まる女性とめぐり合うと予言されていた。これが無意識の引き金になり、名前がJで始まるJosephineとJaniceに魅かれたのである。Jの連鎖はそれだけではない。後に一緒に暮らすことになるユダヤ人女性のヘフジバーのイギリス名は、やはりJで始まるJunoである。そして、彼が友人のフィンクラーや恩師リバーとの交遊を通して最も気になっている点は何かというと、これも文字で書くとJで始まるJewすなわちユダヤ人というものについてである。彼が、ユダヤ人に対して抱く畏怖と羨望の念は、その執拗さと変質性という点で、まさに正真正銘のパラノイア（偏執症）といってよい。おそらくユダヤ人に対する抜きがたい憑依的感情がすべての元凶となってJで始まる人物にこだわり始めたと解釈して間違いない。というのは、彼は、学生時代も卒業後も友人フィンクラーの優秀性を絶えず見せつけられているからである。しかも、トレスラブは「フィンクラーに会う前にユダヤ人には会ったことがなかった」(17)ので、フィンクラーは、彼にとって人生で出会った最初のユダヤ人である。そのため彼は、フィンクラーという名前

をユダヤ人の代名詞として使うまでになる。そういう個人的体験もあって、彼にとって、ユダヤ人の印象は強烈なものとなっていた。また、妻マルキと愛情に満ちた家庭を営む恩師リバーも彼には憧れの的だった。しかし、憧れは誰にでもあるとしても、ユダヤ人に対する彼の憧れは常軌を逸している。さきに述べた襲撃事件の後でも、彼は憧れだけでは満足できず、自らのルーツをユダヤ人ではないかと考えて証拠を探そうとする。そして実際、修業を積んでラビというユダヤ教の聖職者になろうとまで考える。小説中、彼の羨望や憧れは健康的で正常なものでないことが何度も暗示されるが、このあがきともいえる病的逸脱の中にこそ彼の本当の姿が隠されている。この逸脱は何を意味するだろうか。

　フィンクラーの社会的成功やリバーの営む愛の家庭と対照的にトレスラブは仕事も恋愛も失敗の連続である。住んでいるところも対照的になっている。フィンクラーの住居が金持ちの有名人が暮らすロンドンのハムステッドであるのに対して、トレスラブは普通のアパート暮らしである。しかもこのアパートがある地区はハムステッドでないにもかかわらず、「ハムステッドで暮らす資力のない人たちがハムステッドと呼んでいた」(49) 場所である。いわば疑似ハムステッド地区である。こうした点からも、何事につけ、うだつの上がらない彼は自分にないものを持つ2人のユダヤ人との交遊を通して強い羨望の念、とくにフィンクラーに対しては対抗心の混じった羨望の気持ちを持つようになったといえる。しかし同時に、絶えず敗北感と劣等感に悩まされてきたと考えられる。したがって、彼らに対する常軌を逸した羨望は、実は、長年彼を苦しめてきた自信のなさと劣等感が綯い交ぜになった感情といえるだろう。そして彼はずっとその感情に振り回されてきたのである。おそらく、自信喪失と劣等感が続く限り病的羨望は消えないであろう。そして、いびつな羨望は劣等感をさらにいびつなものにする。この2つの感情の悪循環が、ユダヤ人になろうとするような病的かつ常軌を逸した行動へと、彼を駆り立てているのである。トレスラブが、借りものではない、本当の自分を生きるためには、勇気をもって、一刻も早くこの劣等感といびつ

な羨望との悪循環を断ち切り、ありのままの自己を直視しなければならないだろう。かつてジャニスが「あなたは何かが欠けている」と指摘したのは、彼が本当の自分を生きていないことを直感したからである。最終的には、彼は「自分の人生は笑劇だった」(300)と気づいて、本当の自分を生きてこなかったことを自覚する。しかし、彼は、その自覚と引き換えにフィンクラーの妻タイラーとの情事によって自ら引き起こす3人の友情の危機と、恩師リバーの死、という取り返しのつかない代償を払わねばならなかった。

とはいえ、彼にも美点はある。彼は元来、フィンクラーにはない優しい心情の持主であることは否定できない。こうした優しさがありながら、強いエゴイズムが支障となって、他の人を真に愛することができないのである。最後に出会うヘフジバーは彼を愛の対象として受け容れるが、その理由は、フィンクラーとは違って彼が優しい心情の持主であることを彼女は見抜いていたからである。そしてまた、彼女が、トレスラブの弱さも強さも包み込むことができる豊かな母性愛の持主だったからである。

III

これまで、ユダヤ人に対するトレスラブの特別な思い入れの実体を見てきたが、この小説ではさらに新たな側面が明らかにされている。それは非ユダヤ人としてのトレスラブがユダヤ人に対してどのような意識を持っているかという問題である。実は、この問題はこの小説の冒頭の部分で既に暗示されている。襲撃事件に遭遇した後、彼は、自分がユダヤ人に間違われて襲われたと思い込み、間違われたことを誇りに思う。優秀な友達のフィンクラーや尊敬する恩師リバーと同じユダヤ人に近づいたような気がしたからである。しかし、問題は、トレスラブにとって、なぜただの強盗ではだめで、悪意のある襲撃でなければならないか。そして、この点が一番重要なのだが、なぜ襲撃はユダヤ人と結びつかねばならないのか。彼は襲われたとき携帯電話など所持品を奪われるが、そもそもユダヤ人に対するいやがらせが第1の目的ならば、時計や財布など持ち物を奪うことはないであろう。また、事実

は、相手など誰でもよい単なる金品めあての強盗であったかもしれない。しかし、彼はどうしてもユダヤ人に対する悪意の襲撃とみなす。ここにはユダヤ人は襲撃を受ける人種だ、という意識が働いている。小説ではこの意識の実体が明らかにされている。

　彼がユダヤ人からいつも感じる排他性と威圧感は、ユダヤ人に対する彼の意識をよく反映している。自信喪失に悩んでいるせいもあって、彼は優秀なフィンクラーの前ではいつも排斥されているように感ずるし、一緒に暮らすようになったユダヤ人女性のヘフジバーに親族を紹介されたときもそうだった。そこで出会った少女に、暗に「私たちの仲間ではない」(264) ということをほのめかす排他的言葉をいわれて、彼はどうしようもない疎外感を感じる。かつてフィンクラーは、「君はわれわれにはなれない。われわれになろうとすべきではない」(67) といったことがある。おそらく、解釈次第では逆民族差別ともとれるこの言葉もフィンクラーの排他性を感じさせる一因になったのだろう。そして、とりわけ彼がもっともショックを受けたのは、自宅にリバーとフィンクラーを食事に招待したときである。魚が水を得たように、フィンクラーとヘフジバーはあっという間に打ち解ける。彼はその親密さに圧倒される。フィンクラーをうまく扱う妻のヘフジバーを誇りに思う一方、自分は完全に疎外されたように感じて深い孤独感を味わう。彼はユダヤ人同士の２人には自分の窺い知れないユダヤ人特有の不思議な秘密の結びつきがあるのだろうと思ってしまう。やがて、ヘフジバーとフィンクラーに浮気の疑惑をいだく。嫉妬心と対抗心が浮気を疑わせるのであるが、問題は排他性の受け止め方である。実際にユダヤ人が排他的であろうが、なかろうが問題ではない。ウィンドミル通りのバーで、リバーは悩むトレスラブに次のように指摘する。

　　君は、不思議な秘密めいた性的引力があの２人[フィンクラーとヘフジバー]にはあると考えている。それで君は畏れているというわけだ。２人は、ユダヤ人同士の間で作用する制御できない性的衝動に振り回されるため自制がきかないし、

自制がきかないのは 2 人がユダヤ人なので無節操だからと、非ユダヤ人の君は考えている。ジュリアン、君はユダヤ人差別主義者だ。(249)

ここで指摘されている点は、2 人はユダヤ人同士だから特別な結びつきが働くとする、いわば、ユダヤ人を特殊な目で見るトレスラブの偏見である。彼は政治的にユダヤ人排斥運動をしているわけでもないし、反ユダヤ人を標榜する特定のグループに所属しているわけでもない。反ユダヤ人どころか、ユダヤ人を羨望してやまない人物である。もちろん、彼自身、ユダヤ人に特別な思い入れを持っているので、自分にユダヤ人に対する差別や偏見に基づく先入観があるとは夢にも思っていない。しかし、彼の中には、ユダヤ人だからこうなる、こうするのはユダヤ人だからだ、という偏見に等しい先入観があるのである。小説の冒頭で、彼が襲撃とユダヤ人とを結びつけたのは、ユダヤ人は襲撃を受ける人種という歴史的社会的先入観があったからである。[5] 彼がユダヤ人特有のものとして感じ取った排他性も、実際にはなかったかも知れないし、あったかもしれない。しかし、たとえあったとしても、実はユダヤ人に固有のものではなく、非ユダヤ人にも見られるものである。そもそも、ユダヤ人を排斥するイギリスの非ユダヤ人の姿勢も強烈な排他性そのものだ。ところが、彼は先入観のせいでユダヤ人にも排他性はあるとは考えず、ユダヤ人だから排他的だと思い込んでいる。彼が無意識のうちにユダヤ人対する偏見と先入観に囚われていたという事実は次の点からも明らかとなる。次の引用は例の襲撃事件についての彼の思いである。

自己破壊を呼び込むという理由でユダヤ人を批判することは倫理的にも理論的にも受け容れられないことは分かっていた。しかし、あの女が狙った人たち [ユダヤ人] には大きな災いを引き寄せる傾向があったのではないか。(80)

彼は自分を襲った犯人は女だとした上で、襲撃事件を振り返っている。女は彼をユダヤ人と間違えて襲ったが、女がユダヤ人を襲うのは、ユダヤ人自身

になぜか「災いを引き寄せる傾向」があるからだろうと、彼は考えている。ここでは穏やかな表現になっているが、結局、ユダヤ人は強欲で、無節操で、キリストを殺した罪深い民族なので罰として災難が降りかかるという根拠のない俗説と差はない。こうした考えはユダヤ人に反感を持つ差別主義者がユダヤ人に対する攻撃や差別を正当化するために造り出した口実に過ぎない。反ユダヤ主義者が流した社会的悪弊に彼はそのまま染まっているといえるだろう。この点で彼は、リバーが指摘する通り、無意識の「ユダヤ人差別主義者」である。

　実は、自分には偏見はないと思っているトレスラブのような一市井人の心に潜むこうした偏見や先入観こそ自覚がないゆえに最も危険で厄介なものなのである。リバーはこうした偏見の根深さと危険性を知りつくしている人物である。ヨーロッパではホロコーストを体験し、アメリカではジャーナリストとして活躍した豊富な経験の持ち主である彼は、広い視野と優れた洞察力を備えている人である。リバーは、50年ぶりに昔の恋人エミーと再会し、彼女の孫がユダヤ人であるという理由でアルジェリア人に襲われたことを知らされる。そのときのリバーの言葉は、ユダヤ人に対する敵愾心と差別意識がいかに執念深く根深いものであるかを明らかにしている。

> ユダヤ人に対する憎しみが息を吹き返したのだ——憎しみが生き返ったのだ。やがてファシズムとなり、ナチズムとなり、スターリニズムとなって爆発するだろう。それらは息絶えていなかったのだ。終息の地はどこにもなかったのだ。壊滅することも、分解することもなかった。人の心という巨大なゴミ溜めの中で待ち構えていたのだ。(153-54)

ナチズムやスターリニズム、ファシズムは過去のものになったとしても、その元凶となったユダヤ人差別と憎しみは決して滅びない。人の心の中で確実に生き延びているからである。眠っている間はまだいいとしても、これが一斉に目覚め政治運動化するとき、第2のナチズムやスターリニズムになら

ないという保証はどこにもない。トレスラブの心の中で気づかれることなく密かに息づいている、ユダヤ人に対する小さな偏見は、かつてホロコーストの元凶となったユダヤ人差別意識のまぎれもない生き残りなのである。彼の偏見は一時的な心の迷いなどではないのである。リバーはそれを鋭く見抜き、深い危惧の念に捉えられているのだ。

IV

　この小説ではよそ者としてイギリスで暮らすユダヤ人の痛々しい苦労が様々な形で伝えられている。たとえば、ブログを開いて包皮再生の指南をしているスペイン系ユダヤ人はキリスト教に改宗して完全にイギリス社会に同化する姿勢を示している。一方、トレスラブがかつて勤務していたBBCでは、ユダヤ人女性職員はユダヤ人として目立つことを避けるため、服装やマナー等、外見をイギリス風に改めて生活している。これらは周囲に気兼ねをした、まさに息をひそめた生活といえるだろう。また、トレスラブの妻となったヘフジバーもジュノーというイギリス名を持つ一方、アングロサクソン人とユダヤ人の歴史を扱う博物館開設の仕事を任されたとき、なるべく非ユダヤ系イギリス人を刺激しない展示内容にしようと腐心する。また、周辺で起きるユダヤ人を標的にした嫌がらせや差別事件に対し、彼女もおじのリバーも相当に神経をとがらせている。とくに彼女は、ユダヤ人迫害の歴史と密接な関係がある博物館の設立に関わっているので、いつ非ユダヤ人から嫌がらせを受けるかもしれないという心配に悩まされている。イギリスで異民族として暮らすユダヤ人は絶えず差別と迫害に向きあう宿命を背負うという過酷な一面があるのである。この小説はそうした容赦のない厳しい現実をユダヤ人自身の心情に立って描いている。

　こうした事実からすると、トレスラブがユダヤ人から受ける閉鎖性も実は、異国で差別と迫害に晒されて暮らすユダヤ人にしてみれば孤立無援の環境の中で団結して身を守るためのやむを得ない方法の１つである。あるいは、それは、長年よそ者として暮らす中でユダヤ民族にしみついた特有の習

性である。しかし、どちらにしても、自分のことで頭がいっぱいのトレスラブは、他人を思いやる余裕がない上に、ユダヤ人に対する偏見も手伝って、ディアスポラとしてのユダヤ人の置かれた複雑な立場に立ってユダヤ人の心の痛みを理解し共有することが難しいのである。ヘフジバーが彼を親戚に紹介したとき、親戚の女の子に対する邪険な態度を見て、彼には「温もりがない」(225)と感じて戸惑う理由はそこにある。おそらく、ユダヤ人は閉鎖的で怖いとする彼の無理解な見解は、すべてとはいわないまでも、一部の非ユダヤ系イギリス人に共通する偏見であろう。

　こうした環境の中でフィンクラーはどのような生き方をしているだろうか。多くのユダヤ人は周囲への配慮からユダヤ人であることを極力押さえて目立たない生活を心がけている。しかし、フィンクラーにとってユダヤ人であることは気後れの種ではなかった。彼はユダヤ人であることを「日々の慰め」(113)とし、「インスピレーションの源」(113)とする人物である。とはいえ、それは、ユダヤ的な生活様式自体には拘ることではなかった。むしろ、彼は、それを放棄した生き方を選んでいる人物である。一見、前述のBBCのユダヤ人女性職員と同じに見えるが、彼の場合、ユダヤ性の放棄はイギリス人に追従し同化するためではない。融通の利かない狭量なユダヤ的しがらみから自分を解放するためである。たとえば、宗教的にも服装の上でも自由を求めるところにそれが表れている。父親は熱心にユダヤ教会へ通う敬虔なユダヤ教徒である。また、ユダヤの伝統に従って、「黒いコートを身につけ、フェドーラ帽」(234)をかぶる。一方、彼は父親の「黒いコート」と「フェドーラ帽」を脱ぎ棄て、現代的な「黒いスーツと赤いネクタイ」(232)を身につけている。教会通いも熱心ではない。非ユダヤ人であるタイラーと結婚するときも、結局はタイラーの希望を容れてユダヤ教会で式を挙げるが、彼自身はキリスト教会でもよいと思っていた。むしろキリスト教会を望んでいたくらいだった。彼はユダヤ人としてのアイデンティティを保ちながら、しかしユダヤ人という狭い枠に囚われることなく自由に生きていこうとする意識を持った新しいタイプのユダヤ人といえる。

このような自由かつ独立不羈ともいえる生き方ができるのは彼が強い野心と優れた戦士的能力をもっているからである。「彼は、別の時代に生まれていても、ユダヤ人を最も憎む皇帝またはスルタンからさえ高い地位を授けられるユダヤ人の1人なのよ」(117)とタイラーが述べているように、彼は世に出る優れた才能をもった人物である。タイラーは彼のそうしたユダヤ戦士としての有能さを愛すると同時に、狭いユダヤ的な枠に拘らない彼の不羈の精神を愛したのである。彼は、いわば優れた能力を武器に異民族の中に切り込んでいく戦士といえる。実際、その能力を十分に発揮して、彼はテレビで人気者の哲学者としてもてはやされている。また家庭向けに生活の知恵を授ける本を書き、ベストセラー作家の地位を獲得している。さらに、裕福な有名人や芸術家など、セレブの住むロンドンのハムステッドに家を持ち、有能な妻と3人の子供に囲まれて自信に充ち溢れた生活を送るまでになっている。彼は社会的に成功したユダヤ人である。ただ、ユダヤ人は職業上の差別を受けるため、芸術や学問、個人事業など1人でできる職業につくことを余儀なくされる。その点では、彼の職業はユダヤ人特有の職業といえる。

しかし、社会的な成功をもたらす彼の戦士的な強い性格は逆に弊害をもたらす結果にもなっている。浮気を疑ったトレスラブが、妻のヘフジバーにフィンクラーとの関係を問いただしたとき、彼女は彼との関係をきっぱりと否定して、「サム・フィンクラーには何の興味もないわ。興味も魅力も感じない。あの人は私が人生でずっと敬遠してきたタイプのユダヤ人よ」(240)と述べる。そして、さらにフィンクラーを批判して、「傲慢で、思いやりがなく、野心的で、そして自分は、向かうところ敵がないくらい賢いと思い込んでいるわ」(241)と述べる。

彼女の洞察力はおじのリバーと同様鋭いが、彼の傲慢さと自己過信はいくつか原因が考えられる。1つには、おそらく経済的にも地位的にも目を見張る成功を収めたことが慢心を生んでいるのであろう。この慢心は、1つ間違うと、リバーが最も憎む特権階級意識と成金趣味へと傾斜する恐れのある危険なものである。また、もう1つは、戦士としての性格そのものに原因が

あると考えられる。傲慢さと自己過信は、強い性格をもった人間が強く生きようとするとき必然的に生まれる強面の相貌ともいえるからだ。フィンクラーは戦士としての闘争心が人一倍強く、哲学者にしては少し内省の乏しい、武人特有の直線的思考の持ち主なのでなおさらである。しかも、ここで忘れてならない点は、フィンクラーは、いわば精鋭のユダヤ人戦士としてイギリス社会に戦いを挑んでいる点である。思い通りの戦果をあげているとはいえ、戦いは一瞬の気の緩みも許されない。しかも、人気が頼りの大衆的哲学者やベストセラー作家の地位は、絶えまない努力によって支えて行かなければ維持できない苦しさが伴う。いいかえれば、絶えざる緊張と戦いを強いられる孤独な仕事といえるだろう。しかも、周囲を異民族が取り囲む四面楚歌的環境の中での戦いは、ディアスポラとしての彼に精神的重圧を与えずにはおかない。彼は仕事をしていないときも、いつも何かをしていなければ落ち着かない衝動にたびたび駆られている。娼婦を求めて夜の街をさまようのはそれである。これは、成功を継続し、支えるために絶えず何かをしておかなければ安心できない一種の重圧を知らず知らずのうちに受けているからである。異民族が包囲する中で戦う戦士としての苦悩が、とくにポーカーに対する戦闘的態度によく表れている。彼はよくインターネット上でポーカーをするが、むきになるため、ある時は2,000ポンドの大金を失う。遊びのはずのポーカーも戦士としての彼にとって娯楽ではありえず、勝つか負けるかの戦いの延長なのである。したがって、彼の傲慢さと自信過剰を単に欠点として葬り去ることはできない。彼がディアスポラとしての重圧を背負っていることを考えれば、傲慢さと自信過剰の必然性をある程度理解できるであろう。作者はフィンクラーを例として、異国の地で暮らす有能なユダヤ人が陥る問題の1つを提出しているともいえる。

　ところで、フィンクラーが理想とする生き方は、ユダヤ人としてのアイデンティティを保ちながら、しかもユダヤ人という狭い枠に囚われずに自由に生きることだった。しかし、これは彼が思うほど容易なことではなかった。彼のもくろみは結果的にもろくも破綻してしまう。最大の失敗は「恥を知

るユダヤ人（Ashamed Jews）」（113）というクラブに入会したことである。彼は元来、閉鎖的なユダヤ人とユダヤ主義に批判的だったにもかかわらず、クラブの実態を知らないまま入会を決断する。それは、このとき、彼はちょうど有名になりつつある時期であったことも影響している。しかも、このクラブが各界で社会的成功を手にしたロンドン在住の名士といわれるユダヤ人の集まりであったからである。その名士の会から称賛と誘いを受けて彼の名誉心は動かないわけはなかった。「仲間からの称賛はほとんど祈りといえるほど深く彼を揺さぶった」（113）のだから、彼がいかに有頂天になったかがわかる。入会によって外の生活が面白くなるが、それにともない、彼は次第に家庭を顧みることが少なくなっていく。一番の問題点は、キリスト教からユダヤ教に改宗して良き妻になろうと努めているタイラーのけなげな努力を無視してしまったことだろう。その上、ちやほやされたい気持ちから愛人を作って遊ぶことを覚える。さすがにこれは許すことができず、タイラーは激しく反発する。彼女は仕返しとして、夫の友人トレスラブと性的関係を結ぶ。しかし、夫に対する愛は変わることはなかったが、フィンクラーと和解する機会のないまま、癌で亡くなってしまう。後でも述べるが、非ユダヤ人としての視点を持つタイラーは、ユダヤ人であるフィンクラーの見えない部分が見え、彼を正すことができる貴重な女性である。ユダヤ人である彼の人生のパートナーとしてかけがえのない女性といえるだろう。しかし、皮肉なことに、その認識は彼女の死という取り返しのつかない犠牲を払うまで彼に訪れることはなかった。

　このクラブへの入会はこうしてタイラーの離反と死を招く引き金になるが、問題はこのクラブの性格である。おそらく、この問題は、ディアスポラの境遇にあるユダヤ人の陥りがちな問題として描かれていると考えられる。このクラブの性格を見てみよう。

　「恥を知るユダヤ人」というクラブの目的はその名の通り、同胞のユダヤ人が犯す、ユダヤ人としてふさわしくない行為を恥じて、批判することにある。その点で、イスラエルは彼らの最大の批判の的であった。イスラエルは

パレスチナ人を押しのけて強引に建設された国であるからである。とうぜん、建国を主導したシオニストとその追随者に対しても批判の目は向けられる。批判の理由は、シオニストたちが自分たちは特別な倫理的立場と高い見識を持っていると自負して他を見下しているから、というものであった。一見このクラブはユダヤ人の良心を代表する立派なクラブに見える。会員もそのつもりなのだが、しかし、それは内部のユダヤ人がそう思っているに過ぎない。作者は、非ユダヤ人のタイラーの目を通して夫の気づかないこのクラブの本質を指摘している。彼女は、遺稿となったエッセイの中で、このクラブのイスラエル批判は、敵の手にテリトリーを渡すぐらいなら、その前に自らの手でテリトリーを破壊するというユダヤ民族特有の自虐的愛国主義に他ならないと指摘する。また彼女は、このクラブのシオニスト批判の実体を明確に指摘する。彼女の見解によると、自分たちのほうが高い倫理観と見識を持っていると思い込んで他を見下しているという点では、このクラブもシオニストたちと同じことをしているにすぎなかった。確かに「恥を知るユダヤ人」というクラブのネーミング自体、上からの目線で他を見下し裁こうとする姿勢を示すものである。つまり、そこには自分たちを他の誰よりも高い見識の持ち主だとする自負が垣間見える。しかも、「ユダヤ人」という言葉をネーミングの最後に置いているところに、ユダヤ人であることへの強い意識とこだわりがにじみ出ている。結局このクラブは、鼻もちならない自負心を振りかざして、ユダヤ人同士の狭隘な内輪もめを志向する組織ともいえるだろう。さらに突き詰めていうならば、ユダヤ人とは何なのか、ユダヤ人とはどうあるべきかという、民族的問題に終始する集団である。タイラーの言葉を借りるならば、「自己熱中」(121)集団といえるクラブである。フィンクラーが、このクラブが陥っているそうしたユダヤ的偏狭性を忌避していながら、結局、自滅の道をたどり、狭い視野でしかものを見られない状態に陥っていることを知っているタイラーはエッセイの中で次のように記している。

彼は、父親が彼の周りに張り巡らしたユダヤの壁を飛び越えたと思っているが、

彼を失望させているあのユダヤ人たちも含めて、何もかも相変わらずまったくユダヤ的視点から眺めている。(271-72)

遅きに失したとはいえ、フィンクラーが亡き妻の遺したエッセイを読んで狭隘なユダヤ主義に陥っていた自分を認識し、本来の自分を取り戻すことができたことは、妻の死を無駄にしないせめてもの救いであった。併せて、妻の愛を感じ、心から妻を愛する気持ちを持ちえるようになったことも彼には救いであった。

ところで、このクラブを構成するユダヤ人たちは、いずれもイギリス社会にうまく溶け込み成功を収めた人たちである。しかし、どんな成功を収めようとも、イギリス社会に完全には同化できないことも事実である。なぜならば民族の違いという大きな壁が厳然と立ちはだかっているからである。また、民族性へのユダヤ人自身の執拗かつ強いこだわり自体が自分から壁を作る結果にもなるので、この絶望的な壁の前で、彼らは好き嫌いにかかわらず否応なく自分がユダヤ人であることを意識せざるを得ないのである。それに加えて、日常的な差別と迫害はいっそうユダヤ人としての意識を焼き付ける。そしてこれは、ユダヤ人とは何なのかという、避けて通れないアイデンティティの問題となって彼らにのしかかってくるのである。優れた能力で社会の階段を軽々と登って行ったかに見えるフィンクラーでさえ、結局、ユダヤ人であることは重荷となる。「それは、狂気へのパスワードであった。ユダヤ人という言葉は。1つの小さな言葉だが理性の入り込む余地などまったくないのだ」(185) とフィンクラーが述べている事実からも、それは推察できる。しかも、このアイデンティティの問題は、先ほど見たように、狭隘なユダヤ主義へと落ち込む危険をはらんでいる。異国で暮らすユダヤ人には、ディアスポラとしての悲哀と重圧があるのである。もちろん、自らのアイデンティティにどこまでもこだわる執念深さはおそらくユダヤ民族の本質的特質といえる。しかし、ディアスポラという不安定な境遇がそれをいっそう強める一因になっていることも否定できない事実である。

V

　この小説は部分的にコメディ仕立てになっているため、ところどころ笑いの渦をひき起こすが、終末部は、タイラーとリバーの死、さらには友情に致命的亀裂が入るなど、悲劇的暗雲がたちこめている。せめてもの救いは、トレスラブとフィンクラーが大きな犠牲を払いながらも、ようやく一定の自己認識に到達し人間として精神的成長を成し遂げたことであろう。タイラーを失った今となっては、フィンクラーの自己覚醒は遅すぎた覚醒といわねばならないが、一方、トレスラブの精神の夜明けは暗雲を貫く一条の光といえる。彼の覚醒はヘフジバーとの新たな人間関係の可能性を予見させるからである。確かに、彼の精神はまだ薄明にすぎない。しかし、ヘフジバーの母性豊かな愛情とリバー譲りの英知に出会って、彼は本当の自分を生きる道が開け、やがてはリバーと同じように真に人を愛する人間へ成長する可能性を秘めているように見える。フィンクラーとの友情を裏切ったという負い目はあるものの、彼は人を愛する資質を十分持ち合わせているからだ。
　フィンクラーもトレスラブも、質は異なるが、ともに自己のアイデンティティの確立に悩む人物である。2人はそれぞれ苦しい自己解体を経験して新たな自己に目覚めるのだが、彼ら自身が自らを理解している以上に彼らをよく理解し見守っていた人物はリバーといえる。彼は2人の学校の恩師であるが、同時に、2人を見守り導く人生の精神的指導者ともいうべき人物である。90歳になるチェコ出身の彼は、前にも述べた通り、おそらくホロコーストの体験者であろう。また、ジャーナリストとしてアメリカで長年働いた経験の持ち主である。彼は、そうした深く幅広い人生経験に裏打ちされた優れた見識と広い視野を備えた人物といえる。そして、高い見識とともに、彼を特徴づけているもう1つの人間的美質は愛情の豊かさと信頼のおける人柄である。彼は社会全体を見通す眼力を備えていると同時に、2人の教え子の欠点も長所も鋭く見抜く人間洞察力も持つが、彼らの欠点を無慈悲に裁断することも批判もしない。むしろ、弱さも強さも包み込み愛情のこもった誠実な目で見守る。アメリカでジャーナリストをしていたとき、マリリン・

モンローが彼を信頼した理由は、彼がそうした包容力のある温かい人間性を備えていたからである。また妻マルキが彼を夫として選んだ理由もそこにあった。この小説では彼のそうした人間的資質を「笑い」という言葉で表現している。こうした資質と人生態度は、人間を時には突き放して批判もし、からかうが、美も醜も備えた愛すべき存在としてユーモアと愛情の目で見つめる善良なコメディ作家の人生態度と資質に通ずるものがありそうである。

おそらく、トレスラブとフィンクラーに欠けている資質は、こうしたリバーの資質であろう。トレスラブはフィンクラーと違って、愛の成就を目指すところがあるものの、自他を客観的に眺める英知に欠けているため、何度も失敗の憂き目にあうのである。一方、フィンクラーに一番欠けているのは、やはり、愛の心であろう。彼がこれを持ちえていたならば、タイラーとの人間関係は、破局へは向かわず、リバーとマルキのそれのような理想的方向へ進んだはずである。このように、完成された人物であるリバーは、人間が生きていく上で求められる英知と、愛の心の重要性を教える人物である。

注

1　Nicholas Lezard, "Is Howard Jacobson the Only Person Writing British Jewish Novels?" rev. of *The Finkler Question*, by Howard Jacobson, *Guardian* 15 Oct. 2010, 8 Nov. 2010 <http://www.guardian.co.uk/books/2010/oct/15/howard-jacobson-british-jewish-novels?INTCMP=SRCH>.
2　Elizabeth Manus, "Howard Jacobson" *Something Jewish* 15 Sep. 2004, 8 Nov. 2010 <http://www.somethingjewish.co.uk/articles/1185_howard_jacobson.htm>.
3　Howard Jacobson, *The Finkler Question*（New York: Bloomsbury USA, 2010）56. 以下、この版からの引用については、ページ番号を本文中に括弧書きで示す。
4　Ron Charles, "Howard Jacobson's Booker-Winning *The Finkler Question*," *Washington Post* 13 Oct. 2010, 28 Nov. 2010 <http://www.washingtonpost.com/wp-dyn/content/article/2010/10/12/AR2010101204537.html>.
5　Alan Goldはこれを、ユダヤ人をステレオタイプ化することだと述べてい

る。Alan Gold, "*The Finkler Question*," *J-Wire* 14 Oct. 2010, 10 Jan. 2011 <http://www.jwire.com.au/news/the-finkler-question-reviewed-by-alan-gold-for-j-wire/12277>.

ブッカー賞 2001-2010 年

受賞作および最終候補作全梗概

2001	ピーター・ケアリ『ケリー・ギャングの真実の歴史』(受賞)	309
	イアン・マキューアン『贖罪』	310
	アンドリュー・ミラー『酸素』	311
	デイヴィッド・ミッチェル『ナンバー9ドリーム』	312
	レイチェル・シーファー『暗闇のなかで』	313
	アリ・スミス『ホテル・ワールド』	314
2002	ヤン・マーテル『パイの物語』(受賞)	315
	ロヒントン・ミストリー『家族の事情』	316
	キャロル・シールズ『そうでなかったら』	317
	ウィリアム・トレヴァー『ルーシー・ゴールトの物語』	318
	サラ・ウォーターズ『フィンガースミス』	319
	ティム・ウィントン『土の音楽』	320
2003	DBC・ピエール『ヴァーノン・ゴッド・リトル』(受賞)	321
	モニカ・アリ『ブリック・レーン』	322
	マーガレット・アトウッド『オリクスとクレイク』	323
	デイモン・ガルガット『良い医者』	324
	ゾーイ・ヘラー『あるスキャンダルの覚え書き』	325
	クレア・モラル『驚くべき色のほとばしり』	326
2004	アラン・ホリングハースト『美の曲線』(受賞)	327
	アハマット・ダンゴール『苦い果実』	328
	サラ・ホール『エレクトリック・ミケランジェロ』	329
	デイヴィッド・ミッチェル『雲の世界地図』	330
	コルム・トビーン『巨匠』	331
	ジェラード・ウッドワード『真昼に寝るよ』	332
2005	ジョン・バンヴィル『海』(受賞)	333
	ジュリアン・バーンズ『アーサーとジョージ』	334
	セバスチャン・バリー『はるか長い道のり』	335
	カズオ・イシグロ『わたしを離さないで』	336
	アリ・スミス『偶然なるもの』	337
	ゼイディー・スミス『美について』	338

2006	キラン・デサイ『喪失の継承』(受賞)	339
	ケイト・グレンヴィル『秘密の川』	340
	M・J・ハイランド『僕を下ろして』	341
	ヒシャーム・マタール『男たちの国で』	342
	エドワード・セント・オービン『母乳』	343
	サラ・ウォーターズ『夜警』	344
2007	アン・エンライト『集い』(受賞)	345
	ニコラ・バーカー『ダークマンズ』	346
	モーシン・ハミド『気が進まない原理主義者』	347
	ロイド・ジョーンズ『ミスター・ピップ』	348
	イアン・マキューアン『チェシル海岸にて』	349
	インドラ・シンハ『アニマルの仲間たち』	350
2008	アラヴィンド・アディガ『ホワイト・タイガー』(受賞)	351
	セバスチャン・バリー『秘められし聖なる書』	352
	アミタヴ・ゴーシュ『芥子の海』	353
	リンダ・グラント『着ている服』	354
	フィリップ・ヘンシャー『北部の寛容』	355
	スティーヴ・トルツ『ぼくを創るすべての要素のほんの一部』	356
2009	ヒラリー・マンテル『ウルフ・ホール』(受賞)	357
	A・S・バイアット『子供たちの本』	358
	J・M・クッツェー『夏の時間』	359
	アダム・フォウルズ『よみがえる迷宮の森』	360
	サイモン・モーアー『ガラスの部屋』	361
	サラ・ウォーターズ『小さきよそもの』	362
2010	ハワード・ジェイコブソン『フィンクラーの問題』(受賞)	363
	ピーター・ケアリ『パロットとオリヴィエ、アメリカに行く』	364
	エマ・ドノヒュー『部屋』	365
	デイモン・ガルガット『見知らぬ部屋で―3つの旅―』	366
	アンドリア・リーヴィ『かの長き歌』	367
	トム・マッカーシー『C』	368

Peter Carey, *True History of the Kelly Gang*（2001）
ピーター・ケアリ『ケリー・ギャングの真実の歴史』
邦訳：『ケリー・ギャングの真実の歴史』宮木陽子訳（早川書房、2003）

作者略歴

1943年、オーストラリア生まれ。広告代理店勤務を経て作家になる。他のブッカー賞受賞作に *Oscar and Lucinda*（1988）がある。

■作品梗概■

　19世紀オーストラリアに実在した国民的英雄である義賊ネッド・ケリーが主人公。ネッドが、まだ見ぬ娘に宛てて自分の人生の真実を記録した《自伝》という設定の文書が、小説の大部分を占める。

　アイルランド系流刑囚の長男として生まれたネッドだが、父親は前科が災いして、無実の罪で何度も投獄される。母エレンはなまじ美人なものだから、夫の服役中に警官を含むさまざまな男たちが言い寄ってくる。警察は横暴きわまりなく、アイルランド系の者たちに対し悪意を抱き、何かと難癖をつけては犯罪者に仕立て上げようとする。

　ネッド12歳のとき、父ジョンが死亡する。ネッドは母を助けてかいがいしく牧畜に励むが、母は無許可の酒場を開くなど、危ない橋を渡っている。酒場の客に伝説の野盗ハリー・パワーがいて、母は無断でネッドをハリーに弟子入りさせてしまい、ネッドはその気もないのに14歳にして野盗にされてしまう。ネッドは母親の元に戻るが、エレンは地道に農場の仕事をさせる気などなく、ネッドが野盗でいることを望む。ハリーが自分に隠れてエレンと密会していることを知ったネッドは、怒り狂い、ハリーと決別する。

　ハリーが逮捕され、彼を密告したのはネッドだという噂が立つ。他にも馬泥棒の濡れ衣を着せられ、ネッドは何度目かの監獄生活を送る。釈放後まもなく、グレタ近郊の山に立てこもって、野盗団を旗揚げする羽目になる。メアリー・ハーンという女性と恋仲になり、メアリーの助言のもと、ネッドらケリー野盗団は義賊として名を馳せる。

　ネッドは、自分たちは警察や司法の不当な扱いに反抗しているだけだと世の中に知らせたいと思い、議会に宛てて58ページの手紙を書くが、握りつぶされる。メアリーは、真実はお腹にいる自分たちの子どもだけに伝わればいいからと言って、手紙の試みをもう諦めるよう諭す。ネッドは聞き入れず、2人は喧嘩別れする。グレンローワンの町でケリー野盗団は警官隊と壮絶な銃撃戦を繰り広げるが、ネッドはついに逮捕され、26歳で絞首刑に処せられる。ネッドが娘に宛てて書き続けていた500余ページの手紙は、ネッドを警察隊に密告した学校教師トマス・カーナウの手に残される。　　　　（宮原一成）

Ian McEwan, *Atonement*（2001）
イアン・マキューアン『贖罪』
邦訳：『贖罪』（上・下）小山太一訳（新潮社、2003）

作者略歴

1948年、イギリス生まれ。イーストアングリア大学大学院の創作コースで修士号を取得。ブッカー賞受賞作に *Amsterdam*（1998）がある。

■作品梗概■

　1935年の夏のある日、タリス家の末娘で13歳のブライオニーは、素人劇の脚本を書いたものの、にわか役者に仕立てた従姉のローラ・クウィンシーとその弟たちの勝手な振る舞いに苛立っていた。そこへ、姉のセシーリアへの手紙を幼なじみのロビー・ターナーから託される。劇の挫折による苛立ちも加わり、作家を志す彼女は、全知の存在になりたいという衝動に駆られてその手紙を盗み読む。そして、その卑猥な内容に驚き、ロビーを変質者と決め込む。

　実はロビーは、花瓶を割ったお詫びの手紙を書いたのだが、封をする際にまちがえて、恋する男としての本音を書いた下書きの方をブライオニーに預けてしまったのだった。そのまちがいがきっかけとなり、互いに対する愛をはっきりと自覚したセシーリアとロビーは結ばれる。だが、2人の愛の行為をかいま見たブライオニーは、それを強姦の最中と勘違いしてしまう。

　その夜タリス邸の敷地内でローラが強姦される事件が起こり、犯人の人影を目撃したとき、ブライオニーは躊躇なくロビーを見たと証言する。その結果ロビーは無実の罪で投獄され、第二次世界大戦が勃発すると、フランスの戦線へと送られる。愛するセシーリアのもとに戻りたい一心で、傷の痛みと喉の渇きに堪えながら、ロビーは撤退先のダンケルクに向かってひたすら歩き続けることになる。

　時をほぼ同じくして、17歳になったブライオニーは、ロビーに対する罪悪感からロンドンの病院で看護師見習いとして働き始める。ある日、意を決した彼女がセシーリアを訪ねていくと、そこには一時帰省していたロビーがいた。ブライオニーはロビーの冤罪を晴らすための手続きを取ると約束する。

　話は1999年へ飛び、77歳になった小説家ブライオニーの語りへと切り替わる。不治の病で記憶を失いつつある彼女は、この小説自体が自分の書いたものであること、実際にはロビーとセシーリアが再会できないまま別々に戦死したことを告白する。そして、恋人たちに幸福な結末を与えてあげたことが自分にできる唯一の償いだと述べて、小説を締めくくる。語りを現実構築の手段として見るポストモダン的世界観にもとづき、語りが持ち得る道徳的意義を追求する、倫理性の高い作品である。　　（高本孝子）

Andrew Miller, *Oxygen*（2001）
アンドリュー・ミラー『酸素』

作者略歴
1960年、イギリス生まれ。イーストアングリア大学大学院の創作コースを経て、ランカスター大学で博士号を取得。

作品梗概
　時代は1997年初夏、パリ在住の59歳のハンガリー人劇作家ラズロ・ラザルと、イングランド南西部の村のヴァレンタイン一家の動向が、入れ替わり立ち替わり描かれる構成の小説。

　末期ガンの母親アリスの面倒を見るために、34歳の翻訳家アレック・ヴァレンタインはイングランド南西部の実家に戻って、今はラズロの新作戯曲『酸素』の翻訳に取り組んでいる。アレックは極度に内気で、教師の仕事に失敗し、数年前には入水自殺を試みたことがあった。アリスが急な発作を起こしたとき、アレックは恐怖に駆られ、その場を逃げ出してしまう。アレックの兄ラリーはアメリカ在住で、人気テレビドラマシリーズに出演したスター俳優だが、番組降板後は落ち目で荒んだ生活を送っている。妻カースティとの仲も、極度に内向的で盗癖のある幼い娘エラとの関係も、ぎくしゃくしている。

　同じ頃パリでラズロは、「セルビアの正義」を名乗る団体から協力依頼のファックスを受ける。ラズロはハンガリー動乱のときに若い革命戦士だったが、銃を撃てず愛しい同志ペーターを見殺しにした罪悪感にいまだに苦しんでいた。自分のこれまでの文筆活動は、何かの代償行動だったように感じている。依頼を承諾し、秘密の荷物をブダペストまで運ぶ仕事を無事遂行する。

　ラリーは、低俗なポルノ映画に出演する契約を家族に黙って交わす。その映画のいかがわしい関係者から自殺薬をくすね、持ち歩くようになる。一家で見舞いに行ったアリスの家で、エラがラリーから自殺薬を盗む。ありかについてエラは口を割らないが、なぜか彼女は、自分とアレックにだけわかる場所に自殺薬を隠していた。

　夜半、アリスが廊下で倒れたとき、ラリーは彼女を介抱しながらこれまでの自分の行状を洗いざらい打ち明ける。アレックは母の看護師ユーナとの暖かい交流に心和む。そしてアレックは自殺薬を手に母の部屋に向かう。一方ラリーは庭の花を摘んで、カースティとエラに話をしに行く。

　パリに戻ったラズロは、親しい友人で画家のフランクリンが正体を失って銃を振り回していると聞く。彼とその妻ローレンスを救うべく、ラズロは撃たれる危険を顧みず、フランクリンの部屋へ入っていく。

（宮原一成）

David Mitchell, *number9dream* (2001)
デイヴィッド・ミッチェル『ナンバー9ドリーム』
邦訳：『ナンバー9ドリーム』高吉一郎訳（新潮社、2007）

◤作者略歴◢

1969年、イギリス生まれ。ケント大学で修士号を取得。広島で8年間英語教師を経験。現在はアイルランド在住。妻は日本人。

◼作品梗概

　屋久島で祖母に育てられた私生児三宅詠爾（えいじ）（主人公兼語り手）は、双子の妹安寿（あんじゅ）の溺死から9年後、20歳の誕生日(9月9日)の2週間前、ギターとジョン・レノンのCD数枚（小説の題名はその1曲）を携え、双子の出産後に愛人の母を捨てた実の父に会うため上京する。北千住のレンタルビデオ屋の2階に下宿、父の法律事務所が9階に入居する新宿高層ビルを向かいの喫茶店から見張るうち、その店のアルバイト学生、首筋最高の今城愛（いまじょうあい）（新潟出身、ピアニスト）に惹かれていく。誕生日の夜、詠爾は渋谷のゲームセンターで知り合った法学部院生の大門に、警察官僚の彼の父が会員の会員制バーに誘われる。

　詠爾はバーの常連のヤクザ森野（島根出身）に監視され、拉致される。90歳を過ぎた組長都留（つる）の跡目を狙う森野は、後継争いのライバル長崎が大門の父に賄賂を渡しているという情報をつかみ、大門に同行した詠爾に目をつけたのだ。森野が裏社会に関係をもつ実父についての情報を有していると知った詠爾は、そのファイルを入手しようとしたため、森野と長崎の血なまぐさい抗争に巻き込まれてしまう。森野とその手下たちは長崎らを新型爆弾で全滅させるが、彼ら自身も都留が雇った殺し屋の手で、乗っていたキャデラックもろとも爆死、情報ファイルも焼失する。ビデオ屋店主の叔母（ドイツ在住の寓話作家）の家に身を寄せた詠爾は、彼女のファンタジー『山羊作家物語集』と大伯父の回天「伊333」での訓練日誌を読む。またその間、大門が韓国人ホステスとアメリカへ行くことを知り、アル中で療養中の母親から手紙を受け取る。

　ピザ屋のアルバイトを始めた詠爾は、特注ピザ「神風」の配達がきっかけで実父と初めて対面、少し言葉を交わすが、息子と名乗る気になれない。母に会いに宮崎のクリニックへ出発する直前、森野に雇われ自分を調査していた女探偵から、子供の命を奪った臓器密売組織を暴くファイルを託され、警察庁に送信する。台風の中、宮崎から屋久島へ赴き、安寿の墓参りをすませたとき、東京が震度M7.3の大地震に襲われたことを知る。愛とも、東京の誰とも連絡が取れない。

　以上が第8章までの粗筋で、最終章の第9章は白紙だ。白紙のまま、村上春樹を意識しつつ、日本人を俎上に載せた現代のピカレスク・ロマンは終わる。　　　（吉田徹夫）

Rachel Seiffert, *The Dark Room* (2001)
レイチェル・シーファー『暗闇のなかで』

邦訳:『暗闇のなかで』高瀬素子訳（アーティストハウスパブリッシャーズ、2003）

▶作者略歴

1971年、イギリス生まれ。父はオーストラリア人、母はドイツ人。ブリストル大学で学ぶ。本作は処女作。

■作品概要■

『暗闇のなかで』は、「ヘルムート」、「ローレ」、「ミヒャ」の3つの物語から成る。それぞれの物語では、戦時下、戦後の混乱期のドイツの様子、そして、第二次世界大戦でナチス・ドイツが犯した罪が描かれている。

「ヘルムート」では、先天的障害のために、軍に入隊することもできなかった愛国心一杯の青年ヘルムートの目を通して戦時下のベルリンの状況が描かれる。高齢者や子供を除いて男性はみな戦場へと向かう中、障害のために出征が叶わなかったヘルムートは、罪悪感と戦線に加担できないもどかしさを抱えながら、戦時下のベルリンの様子を写真に収めていく。

「ローレ」では、敗戦後にナチス親衛隊の両親を拘束されてしまった12歳のハンネローレ（ローレ）・ドレスラーと幼い4人の姉弟たちが、終戦直後の混乱の中、祖母の住むハンブルクまで、ドイツ国内を約500キロ移動する様子が描かれる。3つの連合国に国を占領されている中、「ナチ」の子である幼いローレらにとっては、国内縦断移動は大変な移動である。幸いにも道中、彼女らはトマスという青年と知り合い、さまざまな面で助けてもらう。最大の試練は、連合国に分割統治されている地区を通過するという越境行為である。越境で兵士に弟を射殺されたり、野宿と食料調達に苦労するローレの姿が当時の状況を物語っている。彼女らが祖母に出会えたのはトマスのおかげであるが、ローレは彼と親衛隊に対する僅かな見解の相違で別れてしまう。

「ミヒャ」は、1990年代後半のドイツを舞台としている。ベルリン在住の30歳の若い教師ミヒャエル（ミヒャ）・レーナーは、自らの祖父がナチス親衛隊であったことに苦しんでいる。ミヒャは家系図に関心を抱いていたこともあり、図書館の文献を調べ、長く続いた祖父の抑留生活を辿ることで、彼が戦時下で何をしたのかを調べようとする。ミヒャは、ユダヤ人大量虐殺が行われたベラルーシへ何度も足を運び、苦労の末、当時を知る老人から祖父がどういう形で戦争に加担していたのかを聞き出す。「ミヒャ」は戦後生まれの世代が大戦でドイツ軍が犯した罪に苦悩していることを描いた物語であり、今日のドイツが抱えているトルコ人移民問題がその背景に見え隠れしている。

（永松美保）

Ali Smith, *Hotel World*（2001）
アリ・スミス『ホテル・ワールド』
邦訳：『ホテル・ワールド』丸洋子訳（DHC、2003）

▶ 作者略歴

1962年、イギリス生まれ。エディンバラのストラスクライド大学の元講師。慢性疲労症候群のため退職。その後は作家活動に専念。

■作品梗概■

　イギリスのある町に位置する「グローバル・ホテル」を舞台として、5人の女性の人生がつかの間交差する。

　第1章。飛び込み選手だった19歳のサラ・ウィルビーは、ホテルに職を得た2日後、同僚との軽い冗談から料理運搬用の小型リフトに身体を押し込み、その墜落により命を落とす。幽霊となり、消えゆく記憶や言葉をたぐりよせながら、墜落にどれくらい時間がかかったのかを知りたいと願う。片思いをしていた時計屋の少女のもとを訪れ、「生き抜くことを忘れずに」と、思いをささやく。

　第2章。ホテルの前で物乞いをするエルスは、肺を患い、ひどい咳に苦しんでいる。ホテルの受付係のリサからホテルに泊まるようにと誘われ、いったんは部屋に入るが、落ち着かず、風呂の湯を出しっぱなしのまま部屋を後にする。

　第3章。それから数か月後、リサは慢性疲労のため1日中ベッドに横たわり、体中の痛みに耐えている。受付係だったときの記憶は曖昧になっている。

　第4章。話は第2章の夜に戻る。ジャーナリストのペニーはホテルの宣伝文句を書くために宿泊している。1人の少女（実はサラの妹クレア）が廊下の壁に留めてある板のネジを外そうとしているのを見て、好奇心から手助けを思いたつ。たまたま出会った女性（実はエルス）が持っていた小銭をネジ回し代わりにして、3人がかりで板を外すと、一同はリフトのあった穴を覗き込む。クレアはホテルの備品の置き時計をいきなり穴へ投げ込み、泣き始める。クレアをもてあましたペニーは、エルスの独特な雰囲気に興をそそられ、一緒に町をさまようが、ホームレスと知ったとたんに興味を失う。

　第5章。クレアはサラの墜落のタイムを計ろうとしていたのだった。壁の穴の前で泣いている彼女にリサが声をかけ、朝ごはんをご馳走し、家まで送って行く。親切にされたクレアは幸せを感じる。クレアは姉が通っていたプールへ行き、飛び込み台から鮮やかに飛び込む姉の姿を思い返し、姉は最期の墜落のタイムも3秒少ししかかからなかったと思う。

　第6章。町の人々がそれぞれに朝を迎えている。時計店の少女は、サラから預かり、修理の済んだ腕時計を自分の腕にはめ、今日こそは彼女が受け取りに来るのではないかと待っている。

（矢野紀子）

Yann Martel, *Life of Pi*（2002）
ヤン・マーテル『パイの物語』
邦訳：『パイの物語』唐沢規幸訳（竹書房、2004）

作者略歴

1963年、スペイン生まれのカナダ人。外交官の両親とともに幼少時より多くの国で生活する。カナダのトレント大学で哲学を専攻。

■作品梗概■

　40歳代でカナダ在住のピシン・モリトール・パテルは、取材に訪れた「作者」に対して、227日に及ぶ漂流体験とインドでの子ども時代の思い出を語る。パイという名は円周率に因む自称である。パイが16歳のとき、両親は経営していた動物園を売却してカナダに移住することを決意する。1977年6月21日、パイは両親、兄、動物園の動物とともに、日本の貨物船ツィムツム丸でインドを発つ。

　7月2日、貨物船が沈没する。その直前、パイは水夫らによって救命ボートに投げ落とされ、シマウマ、ハイエナ、ベンガルトラのリチャード・パーカー、オランウータンのオレンジジュースとともに太平洋を漂流することになる。漂流中の救命ボートでは水と食糧が不足し、ハイエナが、右脚に重傷を負ったシマウマを食べて殺し、オレンジジュースをも殺してその肉を食べるが、パイを殺そうとしたところをリチャード・パーカーに襲われて食い殺される。その後も漂流は続き、衰弱により一時的に視力を失ったパイは、同じく漂流中の盲目のフランス人に遭遇する。男はパイを食べようと襲いかかるが、リチャード・パーカーに襲われて食い殺され、パイもその肉を口にする。その後、パイとリチャード・パーカーは、ミーアキャットの棲む不思議な島に上陸する。パイはこの食糧豊富でユートピア的な島での生活を堪能するが、この島が夜にはミーアキャットはおろか人間をも食べる肉食の島に変貌することを知ると、リチャード・パーカーを連れて島から退散する。1978年2月14日、救命ボートはメキシコに漂着する。その直後、リチャード・パーカーはジャングルに姿を消す。

　「作者」は、パイの話を聞き終えた後、パイの漂着直後に貨物船の沈没原因調査に訪れた2人の日本人とパイの会話記録と調査報告書を入手する。それによると、調査員がパイの語る話を信じようとせず、本当の話をするよう強く求めたため、パイは、シマウマを台湾人水夫に、ハイエナをフランス人コックに、オレンジジュースを自分の母親に置き換えた話をする。話を終えたパイは、2人に2つの話のどちらが良い物語かと尋ねる。彼らは動物の話と答え、調査は終了する。調査報告書には、パイがトラとともに長期間漂流したことが記載される。

（谷口秀子）

Rohinton Mistry, *Family Matters*（2002）
ロヒントン・ミストリー『家族の事情』

作者略歴

1952年、インド生まれ。23歳でカナダに移住。トロント大学で学び、作家活動を始める。1991年、1996年にもブッカー賞最終候補作に入る。

■作品梗概■

1990年代、インドのボンベイ（現ムンバイ）に住む79歳の元大学教授ナリマン・バキールは、パーキンソン病のため身体が不自由である。彼は亡妻ヤスミンの連れ子で、40歳代後半の未婚の息子ジャルと娘クーミーと3人で暮らしている。散歩途中に転んで骨折したナリマンは寝たきりになり、その介護の大変さにたまりかねた2人は、妹でナリマンの実の娘ロクサナのところへ父を追いやる。ロクサナは、スポーツ用品店に勤める夫イェザドと2人の息子と、貧しいながらも明るく暮らしていた。初めのうちは、ナリマンと孫たちとの楽しい触れ合いもあったが、狭いアパートでの病人との共同生活は大変で、イェザドは次第に不快感を募らせ、家計も苦しくなる。イェザドは金を工面しようとギャンブルに手を出して失敗し、息子は友達からの賄賂受け取りがばれて両親を悲しませる。ロクサナも介護と金銭面の苦労でやつれ、夫婦喧嘩が増えていく。一方ナリマンは皆に迷惑をかけまいと我慢するが、進行する病の前に徐々に衰えていく。病床の彼の脳裏には、異教徒であるがゆえに父の反対で結婚できなかった恋人ルーシー・ブラガンザとの楽しくも辛い過去、その後のヤスミンとの不幸な結婚生活、そして、この2人の女性の悲劇的結末がよみがえる。

閉塞感を覚えたイェザドは、精神的安らぎを求めて寺院通いを始める一方、店主の市議選出馬に期待していた。しかし、心変わりした店主の出馬をうながそうと仕組んだ芝居がもとで店主はヒンドゥー過激派に殺され、閉店したためイェザドは失業する。父を引き取りたくないクーミーは、自分の家の天井をわざと壊し、その修理を素人大工にやらせていたが、工事中の事故で梁の下敷きになり死亡する。1人になったジャルは自分の広いアパートにロクサナ一家を呼び、一緒に暮らし始める。すべてが好転するかに思えたが、幸福であるはずの5年後の家庭では、宗教にのめりこんで別人になったイェザドが、息子の異教徒の娘との付き合いを認めず、父子のいさかいが絶えない。

ボンベイに住むパールシー教徒の生活を中心に、インドの複雑な宗教や風俗、政治的背景を織り交ぜながら、年老いた親の介護や、繰り返される父子の葛藤、移ろいゆく家族関係の機微という、普遍的テーマを繊細に描いた作品である。

（柴田千秋）

Carol Shields, *Unless*（2002）
キャロル・シールズ『そうでなかったら』

作者略歴
1935年、アメリカ生まれ。後にカナダ国籍取得。2003年没。*The Stone Diaries*（1993）はピューリッツァー賞を受賞。

■作品梗概■
　ライトノベル作家で翻訳家のリタ・ウィンターズは、夫と3人の娘とトロント郊外に住む44歳。2000年6月、リタの長女ノラがトロントの街角で「善良（goodness）」と書いたボール紙を首から掛けて路上生活を始めたことで、それまで平穏で幸せだったリタの人生が不幸と喪失感で覆われる。家族も恋人もノラの突然の路上生活の原因が分からない。心配した家族が会いに行くが、ノラは何の反応も示さない。彼女は、恋人と同棲してトロント大学に通っていたが、数ヶ月前、同棲を解消して大学を退学したいとリタに告げていた。ノラの路上生活をきっかけに母親として不安といら立ちが募る毎日を過ごす一方で、作家としてのリタは、予想以上に売れた処女作に続き、第2作を執筆中である。翻訳家としても成功しているが、順風満帆な執筆活動の最中もリタの頭を常に占めるのはノラのことである。刊行されたリタの2作目の小説も、処女作同様に好評を博す。リタは、商業主義で強引な若い編集者アーサー・スプリンガーに悩まされながらも、3作目の構想を練り始めている。
　そんなある日、リタは、夫トムから「ノラが肺炎で病院に運び込まれた」と連絡を受け、他の2人の娘と一緒に病院に駆けつける。病室でノラの口から、路上生活を始めた経緯が明らかにされる。2000年4月、ノラは、街角でイスラム教徒の女性がガソリンをかぶって焼身自殺する場に偶然居合わせた。消火を手伝ったノラは大やけどを負い、自殺を図った女性は焼死した。この出来事をきっかけにノラの路上生活が始まったのだった。2001年3月、ノラは徐々に回復し、大学復学を考え始める。リタは家族の絆を改めて感じるのだった。
　小説では、「したがって（Hence）」や「にもかかわらず（Despite）」などの副詞、前置詞、接続詞が各章の表題に付され、一人称の語りの体裁がとられている。「人生はバラバラな出来事を集めたもの。これらの出来事を結びつけてまとまりのある物語を作るために、このような半端な言葉の断片が必要なのだ」とリタは言う。　　　　（水尾文子）

William Trevor, *The Story of Lucy Gault*（2002）
ウィリアム・トレヴァー『ルーシー・ゴールトの物語』

作者略歴
1928年、アイルランド生まれ。とくに短編の評価が高い。他の長編代表作に *The Children of Dynmouth*（1976）がある。

■作品梗概■
　1921年、アイルランド。政情不安の中、圧制者の一員として憎まれるアングロ・アイリッシュの地主ゴールト大尉（現在は退役）の邸ラハーデインは地元の反感に晒されていた。若者たちが焼き討ちに来たとき、大尉は侵入者の1人の肩を撃ってしまう。この件は一家の立場をさらに悪くし、大尉はついに、イギリス人の妻エロイーズと1人娘ルーシーを連れて、何代にも渡って暮らしてきたアイルランドを捨てる決意をする。
　故郷を愛していた9歳のルーシーに大人の事情は理解できず、彼女は出発当日森に家出する。しかし皆はルーシーが海で溺死したと考える。ゴールト夫妻がアイルランドを逃げるように去った後、ルーシーは邸の忠実な門番ヘンリーに発見されるが、両親は消息不明で連絡が取れない。彼女は自分が引き起こした事態に萎縮するが、ヘンリーとその妻に献身的に守られ邸で成長する。
　1936年、ドライブ中にラハーデインに迷い込んだ青年ラルフは、世捨て人のような美しいルーシーに恋する。しかし彼女は、両親と再会し、彼らに許されるまで自分に幸福になる権利はないと思い込み、ラルフへの愛を認めつつも求婚に応じない。ラルフは何年も待つが、最後には諦めて他の女性と結婚する。
　ゴールト夫妻はイタリア、後にスイスに住む。エロイーズは娘の記憶を封印し、芸術作品に安らぎを見出す。エロイーズが病死し、第二次世界大戦後故郷の邸へ戻った大尉は、娘が生きていたことを知る。しかし遅すぎる再会に、すでにラルフの結婚を知るルーシーの心は晴れない。ある日不意の来客があり、ラルフだと思った彼女は盛装して出迎える。しかしそれはホラハンという男だった。かつて大尉に肩を撃たれた彼は、年月が経つにつれ、ゴールト家を崩壊させた罪の意識から、繰り返し悪夢を見るようになり、仕事を転々としていた。大尉は互いに過去を水に流そうと言うが、ホラハンは既に精神を病んでいる。
　ルーシーは時とともに父とゆっくり和解する。父が亡くなると、ホラハンが収容されている精神病院を訪れるようになる。さらに年月が過ぎ、ホラハンも亡くなった現在、老境のルーシーは修道女たちの慰問を受けながら1人邸を守り続ける。　　（宮川美佐子）

Sarah Waters, *Fingersmith*（2002）
サラ・ウォーターズ『フィンガースミス』
邦訳：『荊の城』（上・下）中村有希訳（東京創元社、2004）

作者略歴

1966年、イギリス生まれ。ケント大学で英文学を専攻。書店や図書館で働いたのち、ロンドン大学で博士号を取得。

■作品概要■

　第1部はスウの視点から語られる。話は1862年のロンドン、盗品をさばく裏社会の人間たちが住むラント街から始まる。17歳の孤児スウはそこでサクスビー夫人やその他数人と家族のように暮らしている。1月のある晩、＜ジェントルマン＞と呼ばれる昔なじみが結婚詐欺の仕事を持ち込んでくる。莫大な財産を相続する予定の田舎の令嬢モードと彼が結婚できるように、スウが彼女の侍女となり手引きをするというものである。侍女として働き始めたスウは、モードを庇護したくなる自分に戸惑いつつも、計画実現のため心を鬼にする。4月になり、モードと＜ジェントルマン＞が駆け落ち結婚をする。その後でモードを精神病院に監禁させる計画だったが、実際にモードとして医師に身柄を捕えられたのはスウの方だった。騙されていたのはスウだったのだ。

　第2部はモードの視点から語られる。モードは母親が入院していた精神病院で育った。11歳のときに伯父のクリストファー・リリー卿にひきとられ、猥褻な書物の目録作りを手伝わされてきた。自由を得るために詐欺の計画に乗るものの、次第にスウが哀れに思えてくる。そして、それは自分がスウを愛しているからだと気づく。しかし、＜ジェントルマン＞に同性愛嗜好をばらすと脅され、最初の計画通り、スウを自分の身代わりにして精神病院に置き去りにする。その後モードはスウの家に連れて行かれ、そこで初めて自分がサクスビー夫人の実の娘であり、スウがリリー家の娘だという事実を知る。

　第3部では再びスウの語りに戻る。精神病院ではスウの訴えは妄言としかとられず、頻繁に体罰を受けたスウは徐々に無気力になっていく。しかし、7月頃面会に訪れた少年を利用して脱出に成功する。ロンドンに戻ったスウは、モードたちに復讐するつもりで実家に乗り込むが、何かを暴露するそぶりを見せた＜ジェントルマン＞がナイフで刺殺される。近くにいたモードとサクスビー夫人のうち、殺害を自供したのは夫人の方だった。スウは絞首刑にされた夫人の遺品から実母の遺書を見つけ、18年前の子供の取り換えと今回の計画の首謀者が夫人だったことを知る。スウはリリー家の屋敷に向かい、そこでモードと再会する。彼女もまた騙されていたことを知ったスウは、愛をこめてモードにキスをする。

(石井征子)

Tim Winton, *Dirt Music*（2002）
ティム・ウィントン『土の音楽』

作者略歴
1960年、オーストラリア生まれ。1981年に作家デビュー。他のブッカー賞最終候補作に *The Riders*（1994）がある。

■作品梗概■
　ジョージー・ジャトランドは、北オーストラリアのコロネーション・ガルフ出身の女性で、裕福な両親に反発して国外に渡り、中東で看護師として働いていたが、40歳になった今、南西オーストラリアの漁師町ホワイト・ポイントに住んでいる。この町の名士である漁団長ジム・バックリッジと偶然知り合って、そのまま彼の家に居着いたのだ。しかし先妻の子ども2人になついてもらえず、つらい日々を送っている。11月、ジョージーは密漁者のルー・フォックスの存在を知り、興味をそそられて彼に接近し、関係を持つ。ルーは35歳で、もとは兄のダーキーとその妻サリーと3人でブルース・バンドを組んでいた。バンドは町のいろいろな行事にお呼びがかかっていたのだが、1年前、あるパーティの帰りにバンドの自動車が交通事故に遭い、ダーキーもサリーも、そして最愛の姪バードも、ルーの目の前で命を落とした。このつらい体験の後、ルーは音楽との関わりをいっさい捨て、密漁者として孤独なその日暮らしをしていたのだった。
　やがてジョージーとルーの関係はジムの知るところとなり、ルーの密漁船が破壊され、見せしめにルーの飼い犬も射殺される。ルーはジョージーに黙って北部へ逃亡、孤島で孤独な自給自足生活をしようと思いたつ。クリスマスの頃、港町ブルームからコロネーション・ガルフへ渡るが、その前にジョージーに宛てて、その土地の赤土を入れた封筒を送る。
　ジムはジョージーの行動に動揺していたが、それはかつて自分が妻を裏切ってサリーと関係を持ったことがあり、因果応報だと感じていたせいでもあった。3月、ジムは態度を軟化させ、ジョージーとルーを再会させるため、ジョージーを連れてコロネーション・ガルフへ向かう。一方のルーは、サバイバル生活の中で肉体はぼろぼろになりながらも、音楽への愛を取り戻し、ジョージーとの再会を夢見るようになっていた。ルーの捜索をあきらめたジョージーとジムを載せた水中翼船が、ルーの目の前で墜落事故を起こす。ルーは海中の機内からジョージーをなんとか救い出したが、直後に意識を失う。救助船のデッキの上で、今度はジョージーがルーに唇を押し当て、人工呼吸を始める。

（宮原一成）

DBC Pierre, *Vernon God Little*（2003）
DBC・ピエール『ヴァーノン・ゴッド・リトル』
邦訳：『ヴァーノン・ゴッド・リトル　死をめぐる21世紀の喜劇』
都甲幸治訳（ヴィレッジブックス、2007）

作者略歴
1961年、オーストラリア生まれのイギリス人。メキシコで麻薬を常習し、車の密輸や映画製作や詐欺罪での服役を経験した後、作家になる。

■作品梗概■
　テキサスの架空の町マーティリオの高校で、メキシコ系の少年ジーザスが、いじめを発端として銃乱射事件を起こし、16人を殺害して自殺する。彼の親友ヴァーノン・グレゴリー・リトルは現場にいなかったが、共犯の容疑をかけられ、拘束される。事件時刻に秘密の場所で排泄した大便とお尻を拭くために使ったメモ用紙がヴァーノンのアリバイ証明となるはずだが、彼は言い出せないでいる。物語の結末でほのめかされるが、実はその場所には、彼の母親が彼の父親を殺した際に使用した銃が隠されていたからだ。
　テレビリポーターのユーレリオ・レデスマが、味方のふりをしてヴァーノンに近づいてくる。ヴァーノンの部屋にあった猥褻画像がテレビで流され、彼は倒錯した性衝動の持ち主であるかのように放送される。指紋がジーザスのバッグに残っていたために、ヴァーノンは再勾留される。精神科医グーセンズから精神鑑定を受け、少年性愛嗜好の彼に猥褻行為をされた後、釈放される。帰宅するとユーレリオと母親が性交中であった。彼はヴァーノンをネタに映画化やインターネット配信の権利を取り、金儲けをする。ヴァーノンは逃亡を試みるが、彼の貯金まで母親がユーレリオにつぎ込んでいた。ヴァーノンは、自分を慕っているエラ・ブチャードの協力で、少女性愛癖のあるドイチマン元校長に猥褻行為を仕掛ける。そして、その証拠写真で彼をゆすり、逃亡資金を手に入れる。憧れの女子大生テイラー・フィギュロアと一緒に逃げたくて会いに行くが、切り出せないままメキシコへ逃亡する。後に、テイラーに連絡をとると、お金を持って本人が現れる。テイラーはホテルで彼をセックスに誘うが、実は彼女はユーレリオの手先であり、ヴァーノンに殺人を自白させ、その現場を盗撮しようとしていたのだった。ヴァーノンはその場で拘束、強制送還され、逃亡後に起きた他の殺人の容疑もかけられる。裁判がショーとして中継される中、彼は殺人犯に仕立て上げられ、死刑判決が下る。執行の日、彼は銃の隠し場所と鍵のありかをユーレリオに教える。ユーレリオは鍵のそばにあったLSD入りのドリンクで錯乱状態になり、銃を振り回し、警察から射殺される。ヴァーノンの指示で、母親の友人たちが大便とメモ用紙を発見し、彼の無罪が証明される。

(田中雅子)

Monica Ali, *Brick Lane*（2003）
モニカ・アリ『ブリック・レーン』

作者略歴

1967年、バングラデシュ生まれ。父はバングラデシュ人、母はイギリス人。3歳で渡英。オクスフォード大学卒業。

■作品梗概■

　主人公はロンドンの公営住宅に住むナズニーン。彼女は、父の薦めではるか年上のシャヌーと結婚して、1985年バングラデシュの貧しい村から18歳でイギリスにやってきた。

　夫のシャヌーは、ダッカ大学で英文学の学位を取った自称インテリで、結婚後まもなく役人を辞めてタクシードライバーとなる。やがて彼は、長年の友人であるアザド医師の助けをかり、一家でバングラデシュに帰る計画を立てる。

　生まれて間もない長男の死、高利貸しのイスラム夫人への借金返済、地元イスラム教グループ「ベンガル・タイガー」の若者カリムとの恋愛、隣人ラジアとの友情を経験して、ナズニーンはやがて、運命は自らの手で切り開いていくものだと気づく。それは生まれたばかりのナズニーンの生死を運命に委ね、ついには夫との不和から自殺を図った母の生き方とは対照的である。

　2001年同時多発テロを経て、白人労働者階級と対立を深めるブリック・レーンのイスラム系住民の暴動の最中、ナズニーンは娘2人とイギリスに残ることを夫に宣言する。夫は失望するが、とりあえずは単身でバングラデシュに帰り、家族を迎える生活の基盤を整えることを承諾する。夫婦が対等になった瞬間であった。

　ナズニーンの人生と並行して、彼女の妹ハシナの生活が書簡体で綴られる。好きな男性と16歳で駆け落ちした美人のハシナは、失意の結婚生活の果てにその後も男性関係や仕事に恵まれず、運命に翻弄される。

　2002年3月。ナズニーンの生活に平和の兆しが見え始める。ラジアはビジネスの才能を発揮し、裁縫の仕事を取ってきてナズニーンたちを雇っている。恋人のカリムは暴動以降、姿を消したままだ。シャヌーは定期的に手紙を家族に送ってきたり、ハシナが料理人と駆け落ちしたことをナズニーンに電話で告げたりする。

　最後の場面で、2人の娘とラジアは、ナズニーンをスケートリンクへ連れてくる。結婚当初イギリスのテレビで初めて見たフィギアスケーターたちの悠々とした踊りは、ナズニーンにとって異文化の象徴であった。サリー姿でリンクに立つことを躊躇するナズニーンにラジアは言う。「ここはイギリスだから、何でもありよ」と。　　（ブラウン馬本鈴子）

Margaret Atwood, *Oryx and Crake*（2003）
マーガレット・アトウッド『オリクスとクレイク』
邦訳：『オリクスとクレイク』畔柳和代訳（早川書房、2010）

作者略歴
1939年、カナダ生まれ。1985年と1996年にもブッカー賞最終候補作入り。*The Blind Assassin*（2000）で同賞を受賞。

■作品梗概
　現代文明が破局を迎えた近未来の地球が舞台である。亜熱帯化した北米の海岸沿いに、スノーマンと称する人類の生き残りが木の上で寝泊まりしている。近くにはクレイカーと呼ばれる新人類たちが住んでいる。彼らは有害な地球環境や食料危機でも生きていけるよう遺伝子を操作された、遺伝子組換え人間である。物語では、スノーマンが食料と武器を調達しに、昔住んでいた研究所まで行って戻ってくる数日間が、過去の思い出を挟みながら描かれる。

　スノーマンは破局が起きるまではジミーと呼ばれていた。彼が成長したのは、地球環境が悪化し、人口増加に食料供給が追いつかない時代であった。一方で科学技術の進歩は、遺伝子操作で様々な動植物を作り出した。ジミーの両親も遺伝子工学の専門家で、エリート科学者の家族だけが住む職住複合施設に住んでいた。そこで天才少年クレイクと知り合ったジミーは、2人でコンピューターゲームやネットサーフィンにのめりこみ、少女ポルノサイトで見たオリクスに共に魅了される。やがてクレイクは一流大学で遺伝子工学を学び、トップ企業に就職して研究を続ける。一方ジミーは文系の三流大学を出た後、企業の宣伝広告に携わるが、ある日クレイクから自分の研究プロジェクトに誘われる。クレイクは、性欲高揚と避妊効果を併せ持つ薬と、遺伝子組換え人間クレイカーを開発しており、大人になったオリクスが彼らの教育係をしていた。彼女はクレイクを崇拝し、ジミーの恋人となる。

　しかし、その薬の中には猛毒の感染病ウィルスが忍ばせてあった。人類が死滅し、現代文明が崩壊する様子をジミーが研究所のモニターで見ていると、クレイクがオリクスを連れてやって来て、ジミーの目前で彼女を殺す。衝動的に、ジミーは彼を射殺する。1人取り残されたジミーは、疫病が収まるとクレイカーたちを連れて研究所を脱出する。ところが、破局後の世界に生存していたのはジミー1人ではなかった。彼の留守中やって来た3人の旧人類の生き残りと対面すべく近づいていくジミーは、足の怪我が悪化し、死の予感も漂う。彼らは誰なのか、人類の未来はどうなるかわからないまま物語は終わる。

（柴田千秋）

Damon Galgut, *The Good Doctor*（2003）
デイモン・ガルガット『良い医者』

作者略歴

1963年、南アフリカ共和国生まれ。ケープタウン大学で演劇を学び、教鞭をとる。

■作品梗概■

　アパルトヘイト廃止から10年余りたった南アフリカ共和国の黒人居住区にあるさびれた病院が舞台である。30代後半の医師フランク・イロフは、この病院に来て7年たつ。60代前半の黒人女性院長ンゲマの後継者になるべくやってきたが、彼女の転職話がなかなか実現せず、時だけが過ぎていった。職員も今では、キューバ人医師夫妻と看護師の黒人青年テホゴだけだ。ここに、若い医師ロレンス・ウォーターズが1年間の地域奉仕活動でやって来るところから話が展開する。

　患者が来ないので仕事もなく、無気力な生活の中に突然飛び込んできたロレンスは、若さゆえの理想主義や正義感から疑問を投げかけ、よどんだ空気をかき乱す。フランクは、ロレンスの無神経さや傲慢さを疎ましく思いつつ、かつての自分を見るような複雑な思いである。半年ほどたった頃、町に国境警備の兵隊がやってきて町が活気づく。連隊長モーラー大佐は、13年前の兵役中フランクが仕えた冷徹な司令官だった。同じ頃病院では、ロレンスの発案で近くの村への訪問診療を行い、大成功を収める。院内の空気は一気に明るくなるが、離婚手続きのため参加しなかったフランクは違和感を覚える。

　しばらくして、町では強盗事件が頻発し不穏な空気が漂う。軍隊野営地跡が怪しいと思ったフランクは、大佐に調べるよう忠告する。数日後、常々病院の備品を盗んでいたテホゴが胸を撃たれて運び込まれる事件が起きる。責任を感じたフランクは付ききりでテホゴを看護する。何とか命が助かり、別の病院へ移すことになった日の朝、前夜当直のロレンスとテホゴがベッドごと消えており、2人は二度と戻ってこなかった。事件後、軍隊は町を去り、ンゲマ院長の転職も決まり、フランクはいよいよ昇進することになる。7年待った後のわずかの変化だが、それは意味ある新しい人生のスタートだった。

　アパルトヘイト後の世界で過去を引きずりながらもがく人々の姿が、変化や理想主義の支払う代償と対比されながら生き生きと描かれている。黒人と白人の間にある深い溝を直視するとともに、新しい時代に対する人々の意識の違いを浮き彫りにした見事な作品である。

(柴田千秋)

Zoë Heller, *Notes on a Scandal*（2003）
ゾーイ・ヘラー『あるスキャンダルの覚え書き』

邦訳：『あるスキャンダルの覚え書き』栗原百代訳（ランダムハウス講談社、2007）

作者略歴

1965年、イギリス生まれ。オクスフォード大学、コロンビア大学で学び、英米の有名紙にコラムや書評を寄稿し、作家になる。

■作品梗概■

　北ロンドンのセントジョージ総合中等学校に勤務する40歳の新米陶芸講師バスシバ（シバ）・ハートは15歳の教え子スティーヴン・コナリーと不倫関係を持つ。この関係が露見しスキャンダルとなる過程を、同僚の60代のベテラン教員バーバラ・コヴェットが手記という形で綴っている。

　美しく若々しいシバは、率直で愛想も良く、着任早々周囲を魅了する。上流階級出身で、父親は著名な経済学者である。大学講師をしている年の離れた夫リチャードと高級住宅地の屋敷に住み、2人の子供を私立学校に通わせている。ある日、シバはコナリーの絵の才能を見出し、写生を勧める。彼はスケッチを持ってシバの工房に通い、彼女を慕っていく。シバは初めのうちはコナリーを拒絶するが、次第に彼を受け入れるようになり、ついには一線を越えてしまう。シバは不倫関係を秘密にしたまま、生徒からキスされそうになったことだけをバーバラに相談する。独身で友達もいない孤独なバーバラは、相談されたことを喜ぶ。花火大会で、シバはコナリーと一緒にいるところをバーバラに目撃され、不倫関係が8カ月も続いていたことを告白する。

　バーバラは、心のよりどころだった飼い猫の持病が悪化し、シバにそばにいてほしいと頼むが、シバはコナリーとの逢瀬に出かけてしまう。そんなとき、バーバラは同僚のバングズから食事に誘われ、好意をもたれていると勘違いし、喜ぶ。しかし、シバへの恋心を打ち明けられて屈辱を感じ、シバの好みはもっと年下で、11学年の少年と親しい仲だ、と言ってしまう。そして、このことをバングズが校長に告発する。校長から連絡を受けたコナリーの母親の追及で、コナリーはすべてを話し、シバからの手紙も見せてしまう。怒った母親がシバの家に乱入した結果、不倫関係がリチャードにも知られる。シバは未成年者への強制猥褻で逮捕され、このことを知りながら報告しなかったバーバラも辞職を余儀なくされる。シバはバーバラの隠していた手記から、バーバラがバングズに秘密を漏らしたことを知り、激怒する。しかし、離婚され、家も追い出されたシバが頼れるのはバーバラしかいないのだった。

　　　　　　　　　　　　　　　　　　　　　　　　　　　　　　（田中雅子）

Clare Morrall, *Astonishing Splashes of Colour*（2003）
クレア・モラル『驚くべき色のほとばしり』

◼ 作者略歴 ◼

1952年、イギリス生まれ。音楽教師として働きながら執筆活動を行う。4作品が出版を断られた後、本作でデビューを果たす。

■作品梗概■

　舞台は1996年のバーミンガム、主人公は児童書の批評を仕事にする32歳のキティ（キャサリン・メイトランド）。彼女には敬愛する父と4人の兄がいる。77歳の父ガイ・ウェリントンは画家、45歳の長男エイドリアンは小説家、43歳の双子ジェイクとマーティンは大道芸人とトラック運転手、42歳のポールは研究者。母マーガレットはキティが3歳で亡くなり、15歳上の姉ダイナはキティの誕生前に家を出奔したとされるが、いずれについても父や兄たちは明瞭な説明をしてくれない。

　7年前に1人暮らしを始めたキティは、5年前、同じアパートに住む5歳上のコンピューター技師ジェイムズと結婚した。現在2人は各々結婚前と同じ部屋に住み、つかず離れずの別居関係が続いている。

　キティは3年前に幼い1人息子ヘンリーを亡くしていた。喪失感に苛まれる彼女は、小説冒頭で下校時刻の学校をうろついたり、エイドリアンの娘2人を無断で観劇に連れ出したり、ジェイクの妻の妊娠を妄想したりする。キティは3年前に世話になったクロス医師のもとへ再び通い出す。

　エイドリアンは半自伝的小説を出版するが、キティは家族で自分だけが登場しないのを不審に思う。母方の祖父母が亡くなった際、死んだはずの母が葬儀の場に突如現れる。キティのことがわからぬ様子の母。父は、キティが実はダイナの娘で、彼女の死後に引き取られた事実を告白する。

　衝撃を受けたキティは産院から赤ん坊を盗み出す事件を起こす。公園でメガンという少女に声をかけられたキティは、赤ん坊を置き去りにし、彼女を連れ回す。キティが実家へ帰りついた際、メガンの火遊びから家が火事になる。これによりマーティンは焼死し、キティは入院する羽目になる。

　キティのもとへ家族が見舞いに訪れる。エイドリアンは、真実を隠したのは彼女を守るためだったこと、ヘンリーの死のため告白の時期を逸したことを告げる。父は、キティの出現が自分には第2のチャンスとなり、目的意識を与えてくれたと述べる。キティとジェイムズは、今後もう子どもは望めない人生を送ることを確認し合う。

　小説タイトルは、周囲の事象を色で捉えて表現するキティの認識のあり方を反映したフレーズである。

(池園宏)

Alan Hollinghurst, *The Line of Beauty*（2004）
アラン・ホリングハースト『美の曲線』

作者略歴
1954年、イギリス生まれ。オクスフォード大学卒業。元『タイムズ文芸附録』副編集長。主にゲイ小説を手掛ける。

■作品梗概
　1983年、オクスフォード大学を首席で卒業したばかりのニコラス（ニック）・ゲストは、友人トバイアス（トビー）の父親で保守党の新人国会議員であるジェラルド・フェドンの屋敷に寄宿させてもらうことになる。彼らに家族同然に扱われることを自慢に思うニック。一方、ゲイである彼は、ジャマイカ移民2世のレオ・チャールズという恋人を得る。田舎の骨董商の息子でありながら上流階級の人々にまじわり、その一方でマイノリティのゲイの恋人を持つニックを、周囲の人々はつかみどころがない人物だと思う。
　レオがエイズ罹患のため去っていった後、ニックは大学の同窓でレバノン人成金の息子ワーニに雇われ、芸術顧問という名目で、彼のセックス相手を務めるかたわら、彼とともに密かにゲイの買春とドラッグ吸引にふけるようになる。情が薄く利己的なワーニを愛し続けるうち、ニックも次第に彼の拝金主義的価値観に毒されていく。
　レオが死亡すると、つづいてワーニもエイズのため死を迎えるばかりとなる。一方、ジェラルドは粉飾決算や秘書との不倫が公になるおよび、議員辞職に追い込まれる。だが、ジェラルドと妻レイチェルの非難の矛先は、すべてをマスコミにぶちまけた娘のキャサリンではなく、キャサリンのお守り役だったニックへと向けられる。結局ニックは彼らにとってただの雇い人に過ぎなかったのだ。ジェラルドとレイチェルが何事もなかったようにふるまう一方で、フェドン家を追い出されたニックにはエイズの影が忍び寄る。
　この小説の各章のタイトルには1983、1986、1987の3つの年が付されているが、これらはそれぞれ総選挙でマーガレット・サッチャー率いる保守党が大勝した年だ。作中サッチャー自身も、ジェラルドとレイチェルの銀婚式のパーティに、客として登場し、ニックとダンスをする。作中で風刺的に描かれている、富と地位の獲得に狂奔する上流階級社会は、サッチャー政権下のイギリス社会の縮図として提示されているのである。

（高本孝子）

Achmat Dangor, *Bitter Fruit* (2004)
アハマット・ダンゴール『苦い果実』

作者略歴
1948年、南アフリカ共和国生まれ。ローズ大学で文学を学ぶ。詩集、小説などを手掛ける。現在ネルソン・マンデラ財団の最高責任者。

■作品梗概■
　サイラス・アリはかつて左派のアフリカ民族会議活動家であったが、現在はアパルトヘイト時代の不正を立証する真実和解委員会の弁護士として働いている。サイラスの父は、当時イギリスの植民地だったインドに生まれた。妹をレイプしたイギリス兵を殺してインドを逃げてから、やがて南アフリカ共和国にたどり着いた。ヨーロッパ人の女性と結婚し、サイラスが子供の時に亡くなった。サイラスの妻リディアは看護師で、1人息子ミッキーは19歳の大学生である。有色人種のアリ一家は中流階級に属しており、南アフリカ共和国ヨハネスブルグ郊外のベレアで安定した生活を送っている。
　1998年11月のある日、サイラスは大型スーパーで、20年前に妻をレイプした白人の元警察官フランソワ・ドゥボワーズを偶然見かける。妻がレイプされている間、サイラスは別の警官からリンチにあっていたので助けることはできなかった。酒の勢いで彼はドゥボワーズを見かけたことを妻に告白する。動揺したリディアは足をけがして入院する。その直後にサイラスも心労から倒れて入院する。ミッキーは、母の日記を密かに読んで、母が受けた屈辱と、彼女をレイプした警官こそが実は自分の本当の父親であるという事実を知る。やがて、過去を忘却したいリディアの願いとは裏腹に、ドゥボワーズは真実和解委員会に公の謝罪を申し出る。動転する母を息子はやさしく慰める。そして母と息子の愛情に性欲が加わり、危険な瞬間を迎えるが、性行為は回避される。その後、リディアは自分専用の車を購入し、胎児へのエイズウィルス感染予防の研究員となる。サイラスは真実和解委員会の報告書作りに専念する。ミッキーはテロ組織とも関係があるイスラム教活動家となる。また年上女性たちとの情事を通じて、ドゥボワーズの資料を手に入れたり、銃を盗んだりもする。
　ついにミッキーは、盗んだ銃と交換して手に入れた別の銃で、友人ヴィヌと近親相姦の関係にあった彼女の父親と、皮膚ガン末期のドゥボワーズを銃殺する。リディアは、サイラスの50歳の誕生パーティが開かれている最中、欲情任せに年下の男性と性的関係を結ぶ。そして、母・妻・愛人などの性的役割から自由になるために家を出る。

　　　　　　　　　　　　　　　　　　　　　　　　　（ブラウン馬本鈴子）

Sarah Hall, *The Electric Michelangelo*（2004）
サラ・ホール『エレクトリック・ミケランジェロ』

作者略歴
1974年、イギリス生まれ。セント・アンドルーズ大学大学院で創作を学んだ後、*Howeswater*（2002）でデビュー。本作は第2作。

■作品梗概■
英米の海辺のリゾート地で刺青を彫り続ける主人公の成長譚を、詩的な文章で綴る。20世紀初頭、主人公サイことシリル・パークスはイングランド北部のモーカムに生まれる。父は既に亡く、サイはホテルを経営する母リーダに育てられる。当時のモーカムは周辺地域の労働者に人気があり、海辺には見世物小屋が並んで賑わっている。ホテルにはモーカムの空気が体に良いと信じる多くの結核患者が長期滞在している。幼いサイには理解できないが、リーダは隠れて堕胎も請け負っている。サイの日常は悪友たちとの子供らしい悪戯や遊びのうちに過ぎていく。

第一次世界大戦が終わった頃、サイは彼の作ったレタリングを見込んだ刺青師のエリオット・ライリーに弟子入りする。ライリーは大酒呑みの変人だが刺青の腕は確かで、独自の美意識を持っていた。ライリーと昔因縁があったらしい母リーダは癌で亡くなる。サイはライリーの芸術家としての側面に免じて、辛い下積み生活に何年も耐える。やがてライリーは同業者の陰謀で指をつぶされ、自暴自棄となって死ぬ。死に瀕して、彼ははじめてサイに愛情のこもった言葉をかける。

サイはアメリカに渡り、コニー・アイランドで刺青師「エレクトリック・ミケランジェロ」として開業する。モーカムより華やかなコニー・アイランドと、あらゆる可能性に満ちた国アメリカに彼は酔い、個性的な友人たちもできるが、長年の孤独はサイを人との関わりに消極的な青年にしていた。そんな彼の前に謎に包まれた曲馬師グレイスが現れる。アパートで愛馬と同居し、激しい気性を持つ彼女にサイは惹かれる。男性一般への怒りを抱くグレイスは、全身に挑戦的な緑の眼の刺青を入れるようサイに依頼する。作業中、2人は親密な時間を過ごすが、恋人の関係には結局至らない。グレイスの身体は見事な作品となるが、観衆の中の狂人が緑の眼に脅威を感じ、彼女に硫酸を浴びせる。何とか命を取り留めたグレイスは、サイの助けを借り、精神病院にいる犯人の眼を抉って復讐した後、放浪の旅に出る。第二次世界大戦後、サイは故郷に戻って刺青師を続ける。老人となったサイは、ニーナ・シアラーという少女と知り合い、その新しい感覚を見込んで後継者とする。

(宮川美佐子)

David Mitchell, *Cloud Atlas*（2004）
デイヴィッド・ミッチェル『雲の世界地図』

■作者略歴■

number9dream（2001）の作者略歴を参照。

■作品梗概■

　この500頁余の長編は、時代も語り口も異なる6つの物語から成り、各々の話は二分割され、第6話を挟み、前半と後半を構成している。
　第1話は、オーストラリアで1年間の公証人の仕事を終えたアメリカ人アダム・ユーイングが、チャタム島と太平洋上で記した1850年の日記から成る。体の不調は血中に巣食う寄生虫のせいと船医に診断され、処方薬を服用するも病状は悪化。妻子の元へ帰れるか？　第2話は、ベルギーのブルージュに隠棲中の著名な作曲家の館に住み込み、作曲を手伝うケンブリッジ大学卒の青年音楽家ロバート・フロビシャーが、1931年物理専攻の学友シックススミスに書き送る手紙で展開する。夫人の愛人になり、令嬢にも懸想、自ら「雲の世界地図6重奏曲」を作曲し始めた彼はどう決着をつけるのか？
　第3話はミステリー仕立ての三人称小説。1975年、反骨の女性記者ルイーザ・レイは、ある米国大企業の原子炉計画の不備を指摘した報告書を物理学者シックススミスから託されるが、車ごと海へ突き落とされる。不正を暴けるか？　第4話は借金を抱えたロンドンの出版業者テイモシー・キャバンデッシュによる一人称語りの小説。大量の在庫本の作家が文化相を殺したためその本が大売れ（21世紀初頭に映画化）、借金返済は進むが、作家の3人兄弟に恐喝され、ハルの老人ホームに逃げ込むも、そこで軟禁状態。脱出できるか？　それから1世紀以上経った近未来が第5話で、全体主義的統一世界の朝鮮が舞台。クローンの女給仕ソンミ〜451は、「純血」（人間）への「上昇」は可能か、の実験台として大学で研鑽。優秀なその自己開発を危惧した当局は彼女の抹殺を指令。ソンミは生き延びられるか？　彼女と公文書記録官との会見でのやりとりが話を展開させる。
　第6話はさらに数百年後、舞台はソンミを神と敬うハワイの「九の谷」。人類のFallの後、文明と野蛮がせめぎあい、谷の種族は近隣の蛮族に殲滅されるが、戦う若者ザックリは文明の女メロニムに導かれ、生き残る。父親となった彼が息子にこの体験を話し聞かせる、という語りの原点に帰る。残り200頁、5話から1話へと時間を遡り、各？は順次解明され、書き物を読み継ぐ行為と肩甲骨上の痣のモチーフとが人物たちを結び付けていき、小説全体は語りと人類史のA-Zの野心的試みと化していく。　　　（吉田徹夫）

Colm Tóibín, *The Master*（2004）
コルム・トビーン『巨匠』

(作者略歴)

1955年、アイルランド生まれ。他のブッカー賞最終候補作に *The Blackwater Lightship* (1999) がある。

■作品梗概■

　小説家ヘンリー・ジェイムズの1895年から99年にかけての意識に密着する。平行して、過去の様々な出来事も回想という形で描かれる。全体から、感受性が強く、時に孤独に苦しみながらも他者と深く関わることができないヘンリーの人物像が浮かび上がる。彼が世界の観察に徹し、実人生から得たヒントを作品に結実させていく例も多数挿入される。

　1895年、ロンドンに住むヘンリーは演劇界への挑戦に胸を膨らませている。しかしこの試みは失敗に終わり、傷心の彼はアイルランドにしばらく滞在する。ロンドンに戻ると、彼とは対照的に華々しい成功を収めていた劇作家オスカー・ワイルドの醜聞が起きる。アメリカの判事オリヴァー・ウェンデル・ホームズの来訪で、ヘンリーは2人が若い頃愛した聡明な従妹ミニー・テンプルのことを回想する。

　ヘンリーはイングランド南東部のライにあるラム・ハウスに移り、長年憧れてきた静かな田舎の生活を始める。有能な少年バージェス・ノークスを新たな使用人として雇う一方、アルコールに溺れた執事夫妻を逡巡の末解雇する。熱血漢で専横的な父や、兄弟たちについて回想する。弟2人は南北戦争に従軍したが、文学に目覚めた青年ヘンリーは、兄ウィリアムと同じくハーヴァード大学へ進学した。

　1899年、ヘンリーはイタリアに向かい、ヴェニスで自殺した女性作家コンスタンス・ウルソンについて回想する。2人の友情は深く長く続いたが、周囲には秘密だった。結局、自分のよそよそしさが彼女を死に追いやったのではないかという罪の意識にヘンリーは今も苦しむ。その後ヘンリーは、ローマで若く野心的な彫刻家ヘンドリク・アンダセンに出会い、彼に惹かれる。ヘンリーは帰国後ライにも彼を招いてもてなす。

　最終章では兄ウィリアムの一家が来訪する。自信家の兄との関係は長年多少の緊張を孕んできたが、ヘンリーは義姉アリスの精神力や、姪ペギーが魅力的な女性に成長していることを発見する。ある夜ウィリアムは激しい発作を起こし、ヘンリーはこのことが兄一家に影を落としてきたという秘密を知る。兄一家との時間はヘンリーに彼らへのより深い理解をもたらし、彼らが去るとヘンリーはまたラム・ハウスで自分の世界に戻る。

（宮川美佐子）

Gerard Woodward, *I'll Go to Bed at Noon*（2004）
ジェラード・ウッドワード『真昼に寝るよ』

作者略歴

1961 年、イギリス生まれ。*August*（2002）、本作、*A Curious Earth*（2007）で 3 部作を成す。

■作品梗概■

　1974 年、ロンドン郊外。4 人の子供を持つ教師のオルダス・ジョーンズと妻コレットの大きな悩みは、アルコール依存症を患う長男ジェイナスだ。ピアニストとして将来を嘱望されていたが、今では酒代欲しさに浴室の排水パイプまで切り取って売り飛ばす始末。彼のあまりの無軌道ぶりに、友人たちも去っていく。孤独に耐えかねたジェイナスは暴力にはけ口を求め、2 度も傷害事件をおこし、警察につかまりかける。実は、彼の依存症は遺伝的なものらしく、コレット自身も過去にシンナー中毒の経験があり、今も酒が手放せない。コレットの兄ジェイナス・ブライアンも、妻の死後は酒びたりになり、廃人同然のまま病死する。彼の遺産に加え、定年により退職金を得たオルダスとコレットはめでたく貧乏暮らしを脱け出すが、パブに繰り出す毎日を送るうちに、オルダスは次第に酒量が増え、末息子のジュリアンも 15 歳にして飲酒癖がついてしまう。
　ある日、ジェイナスは家庭内暴力のあげく、オルダスとコレットを力づくで家から閉め出す。両親の身の安全を案じた長女のジュリエットは、内縁の夫ボリスの協力のもと、両親に訴訟を起こさせる。その結果、ジェイナスに対し、自宅の半マイル以内には近づかないようにとの裁判所命令が出される。同じ日ジェイナスは脅迫罪で実刑を下される。自分を解雇した元上司に対して、何度も脅迫状を送りつけたためだった。8 ヶ月後に出所した彼は何度もコレットを呼び出し、彼女に取り入って自宅に戻ろうとする。だが結局かなわず、自暴自棄になり、列車に身を投げて自殺する
　数ヶ月後コレットは、ジェイナスの遺品の中に自分への愛情をつづった彼の自作の詩を見つける。生きる気力をなくした彼女は、まもなくして肝硬変のため死亡する。子供たちが皆家を出て、独りぼっちになったオルダスは孤独感に苦しめられる。精神のバランスを崩しかけたある日、知り合いの鉛管工ブッチャーに偶然出会い、彼の生きがいである手作りのモデル機関車に乗せてもらう。「子供は残酷だ」と言いつつ、週末ごとに近所の子供たちを機関車に乗せてあげているという彼の話を聞き、オルダスは心を癒される。

（高本孝子）

John Banville, *The Sea*（2005）
ジョン・バンヴィル『海』
邦訳：『海に帰る日』村松潔訳（新潮社、2007）

▶ 作者略歴

1945年、アイルランド生まれ。書評家としても活躍。*The Book of Evidence*（1989）でもブッカー賞最終候補作入り。

■作品梗概■

　主人公は60歳を過ぎた美術史家マックス・モーデンで、画家ボナールの研究をしている。彼は少年時代に両親から愛されなかった過去をもつ。物語は彼の一人称の語りから成り、主に彼の過去の2つの経験の回想によって構成される。1つは、語りの現在から50年ほどまえの夏、海岸近くの避暑地バリレスで裕福なグレイス一家と交際した経験である。当時少年だったモーデンは、最初にグレイス夫人に、次に一家の双子の娘クロエに恋をする。一家には、ほかにグレイス氏、双子のもう1人でことばを話さないマイルズ、双子の家庭教師であるローズがいる。ローズはグレイス氏を恋しているのだとモーデンは誤解していた。この夏の記憶はとつぜんの惨事によって幕を下ろす。ある日、海岸でクロエがローズと口論したあと、マイルズとともに海に入り、沖に向かって歩き去ったのである。口論の理由、彼らが海に去った理由は、モーデンの語りのなかで明らかにされない。もう1つの経験はモーデンの妻アナの死である。アナは語りの現在から1年ほどまえにガンの告知を受け、闘病生活のあと、モーデンを残して旅立った。モーデンには1人の娘クレアがいて、やはり美術を研究しているが、2人は疎遠であり、彼は孤独感を募らせる。アナの死後、モーデンは1つの夢を見る。雪のなかを1人で歩いている夢であり、家庭を求めているが、それがどこにあるのかがわからず、さまよっている。この夢を見たあと、モーデンはバリレスを再訪する決意をする。そして、かつてグレイス一家が過ごし、現在はミス・ヴァヴァサーすなわちローズが管理している邸宅に滞在する。モーデンの語りはこれら2つの出来事と現在のあいだを往復しながら断続的に進行し、複雑で重層的なテクストを構成する。物語の終わりでモーデンは泥酔し、たどり着いた海岸で意識を失うが、危うく波に飲まれそうになるところで現在の同居人であるブランデン大佐によって助けられる。クレアが彼を連れ戻すためにやって来て、モーデンは彼女とともにバリレスを離れる。

（加藤洋介）

Julian Barnes, *Arthur & George*（2005）
ジュリアン・バーンズ『アーサーとジョージ』

作者略歴

1946年、イギリス生まれ。オクスフォード大学卒業。他のブッカー賞最終候補作に *Flaubert's Parrot*（1984）と *England, England*（1998）がある。

■作品梗概■

　シャーロック・ホームズの生みの親であるアーサー・コナン・ドイルと、名もなきバーミンガムの事務弁護士ジョージ・エイダルジのそれぞれの半生と交流を描いた作品。

　ジョージの父親はインドのボンベイ（現ムンバイ）出身のパールシー教徒であったがイングランド国教会の教区牧師をつとめ、母親はスコットランド人である。ジョージは当時のイギリスでは珍しい混血の青年。彼らの教区では匿名の脅迫状や贋広告による悪戯が頻発していて、エイダルジ家はその標的とされている。スタフォードシャーの警察署長のアンソンは人種差別の偏見があり、脅迫状の差出人はジョージだとして疑わない。家畜殺傷事件が発生すると、ジョージは無実の罪で1903年に逮捕されて7年の懲役刑をうける。3年の刑期で仮釈放されるとこの冤罪事件についての相談をアーサーに申し入れる。アーサーは秘書のアルフレッド・ウッドとともに名探偵ホームズさながらに事件の謎を解き明かし、その結果、真犯人としてロイデン・シャープの名前が浮上する。アーサーはこの冤罪事件についての記事を新聞に投稿して世論を動かすと、内務省は調査委員会を設置し、事件についての報告書を発表する。しかし、ジョージの無罪は認められず、判決は赦免という結果に終わる。

　アーサーは母親の語り聞かせてくれた物語から善悪を学び、少年時代には騎士道物語や冒険小説に親しんだ。イエズス会系の学校での教育を経て、エディンバラ大学でジョウゼフ・ベル博士のもと医学を修めると、オーストリアのウィーンに留学し、イギリス南部のサウスシーで眼科医として開業するのだが、後年になってシャーロック・ホームズで人気を博して小説家に転向する。私生活では妻のルイーズを病で亡くし、その1年後、妻の存命中から心惹かれていたジーン・レッキーと10年越しの恋を実らせて再婚する。やがて降霊現象などに関心を持ち、心霊研究協会に入会し、スピリチュアリズムの世界に傾倒していく。

　　　　　　　　　　　　　　　　　　　　　　　　　　　　（今村紅子）

Sebastian Barry, *A Long Long Way*（2005）
セバスチャン・バリー『はるか長い道のり』

(作者略歴)

1955年、アイルランド生まれ。ダブリン大学で学ぶ。小説の他に劇作品も多くある。

■作品梗概■

　これは、ダブリン歩兵連隊の兵卒として第一次世界大戦に出征し、戦死するウィリー（ウィリアム）・ダンの生涯の物語である。ウィリーは1896年にダブリンで生まれる。12歳のときに母と死別し、その後3人の姉妹とともに父によって育てられる。父ジェイムズはダブリン市警察の警視長官で、愛国心と国家への忠誠を少年ウィリーに教え込む。ウィリーは父のようになりたいと考えるが、背が低いために警官になれず、建設会社で働きはじめる。しばらくしてストライキが起こり、父の警察隊がダブリンの通りから群衆を一掃するが、そのとき4人の死者が出る。この事件を機に、ウィリーはグレタ・ローラという美しい少女と出会い、恋人になる。1914年に大戦が勃発。戦争への協力を条件に戦後のアイルランドの自治が約束され、ウィリーはアイルランドのためにダブリン歩兵連隊に入隊、意気揚々とフランドルの戦場へ赴く。ドイツ軍の毒ガス攻撃や塹壕の苛酷な生活や戦友の死などの経験を通して、戦争の悲惨な現実に直面し、しだいに愛国心に対して懐疑的になっていく。ダブリンにいる家族と交わす手紙に、ダブリンと戦場、父とウィリーのあいだに深い断裂があらわれるようになる。短期休暇を得て帰郷すると、戦場から送った手紙に父が激怒したこと、グレタがすでに別の男と結婚し、母親になっていることを知り、愕然とする。小説の題である「はるか長い道のり」は、戦争を通してウィリーが故郷と家族から離れた距離をあらわす。故郷には居場所がないことを理解し、絶望のなかで戦線に戻り、ドイツ兵に撃たれて死ぬ。

　戦闘の描写は迫真的で衝撃的だが、これは単なる戦争小説ではない。というのも、ダブリン歩兵連隊が戦場でアイルランドのために戦っている折に、アイルランドの自治をめぐってダブリンでイギリスの支配に対する反乱が起こるからである。反乱の指導者たちが処刑されたことが伝えられると、ウィリーを含む戦線のアイルランド人兵士たちは動揺し、アイルランド人を処刑するアイルランドのためには戦えないと言う者があらわれる。これは、アイルランドの複雑な歴史的状況が引き起こした悲劇の物語である。

（加藤洋介）

Kazuo Ishiguro, *Never Let Me Go*（2005）
カズオ・イシグロ『わたしを離さないで』
邦訳：『わたしを離さないで』土屋政雄訳（早川書房、2006）

■作者略歴

1954年、長崎生まれ。5歳でイギリスに移住。ブッカー賞受賞作 *The Remains of the Day*（1989）を筆頭に諸作品が高く評価される。

■作品梗概

　本作ではクローン人間という特異な存在に焦点が当てられ、彼らの成長や葛藤の様子が3部構成で段階的に描かれる。1990年代末のイングランド、31歳のキャシー・Hが過去から現在までを振り返って語る。
　第1部では、外界から隔絶したクローン養育施設ヘイルシャムでの子供時代が回想される。とりわけ、同学年の友人ルースやトミーとの親交、教師役の「保護官」たちの時として不可解な言動、生徒の優秀な芸術作品を施設外の「ギャラリー」へ持ち帰る謎の「マダム」の話などが、郷愁を込めて断片的に語られる。その過程で徐々に生徒たちの存在理由が明らかにされていく。彼らの生来の使命は臓器移植の「提供者」となることにあった。保護官の1人ルーシー先生は生徒のために考えて尽力するが、最後に突如施設から姿を消す。
　第2部は、16歳で別の施設コテージに移ったキャシーたちの生活を扱う。ルースの複製元の人間（「ポシブル」）を確かめるためノーフォークへ出かけるエピソードが詳述される。旅の途上、恋人同士の愛情が証明されれば臓器提供が数年猶予になる噂が話題となる。芸術作品は内面の魂を表すというヘイルシャム主任保護官エミリー先生の言葉を思い出したトミーは、マダムやギャラリーと提供猶予との関連性をキャシーに語り、内密に自作の絵を見せる。この頃トミーとカップルになっていたルースは、2人の親密さに嫉妬してキャシーへ辛く当たったため、キャシーは施設を出て「介護人」となる。
　第3部では、介護人として働くキャシーが、すでに提供者となったルースやトミーに再会して世話をする。クローンは介護人の後に提供者となり、使命を果たすと「終了」すなわち死を迎える。終了直前のルースと和解したキャシーは、提供猶予に望みをかけ、新たに交際を始めたトミーとともにマダムの家へ赴く。マダムや居合わせたエミリー先生から、2人は驚愕の真実の数々——猶予の噂は事実無根なこと、クローン実験に対する世論ならびにヘイルシャムの隆盛と衰退の歴史、ルーシー先生が生徒に必要以上の自覚を求めたため解雇された経緯——を知らされる。トミーが最後の提供を行って終了すると、キャシーは11年以上務めた介護人を辞める意向を固める。　　　　（池園宏）

Ali Smith, *The Accidental*（2005）
アリ・スミス『偶然なるもの』

作者略歴
Hotel World（2001）の作者略歴を参照。

■作品梗概■
　2003年の7月、ロンドン在住のスマート一家——イヴと夫のマイケル（2人目の夫で子供たちには義理の父）、息子のマグナス（17歳）、娘のアストリド（12歳）——が、夏の休暇を過ごすためノーフォークに来る。

　アストリドは目についた様々なものをビデオカメラで録画することを習慣としている。マグナスは以前、悪戯心から同級生の少女の顔写真を別の女性の裸の写真に貼り付け、その画像をインターネットに流出させてしまった。それが原因で少女は自殺し、罪の意識から、彼は部屋にひきこもっている。マイケルは大学の英文学の講師で、女子学生との情事を繰り返している。イヴは亡くなった友人と自分が対話する形式の自伝的フィクションを書いている。

　ある朝アストリドは、見知らぬ女性が居間のソファに裸足で寝そべっているのをレンズ越しにとらえる。親の知人だろうと思い、気にかけず外出するが、戻ると、その女性が玄関に現れ、アンバーだと名乗り、車が故障したと伝える。その夜、彼女は一家から夕食に招かれ、その後は車に寝泊りしながら、スマート家に居座ることになる。

　ある日アストリドがカメラを持ってアンバーと出かけたとき、歩道橋の上でアンバーが突然カメラを道路へと落とす。理由を聞かれた彼女は、アストリドがずっとカメラを持っていたのが気に入らなかったからと答える。またアンバーはマグナスを屋根裏に呼び出し、誘惑する。話題豊富な彼女に惹かれ、マグナスは屋根裏部屋や古い教会で性交渉を重ねる。イヴは、膝の不調を気遣ってくれる一方で、自分を退屈な人だと言い放つアンバーに、当惑する。そして、彼女になついている子供たちの変化に危惧を感じ、家を出ていくよう伝える。

　一家が休暇から戻ると、自宅では留守番電話以外のすべての家財が泥棒に持ち出されている。空虚感に苛まれたイヴは、家族から離れ、世界をめぐる旅に出かける。そして最後にはアメリカに住んでいる父の家を目指す。途中、グランドキャニオンに立ち寄ると、改めて、夫、息子、娘に思いを馳せ、家の留守電にメッセージを残す。着いた先に父はおらず、イヴは歓迎されない。その晩、イヴは車で寝泊りしようと決め、アンバーと同じく招かれざる客となる。

（矢野紀子）

Zadie Smith, *On Beauty*（2005）
ゼイディー・スミス『美について』

作者略歴
1975年、イギリス生まれ。父はイギリス人、母はジャマイカ人。他の代表作は *White Teeth*（2000）。

■作品梗概■
　イギリス出身の白人ハワード・ベルシーは、ボストン郊外の架空の町ウェリントンでレンブラントを研究する大学教授である。57歳の彼は本を書き上げられず、終身在職権を持たない。その息子ジェロームは、リベラルで無神論の家風に逆らい信心深い。彼は、夏休みにロンドンの信心深いキップス家に助手の仕事で滞在し、美しい娘ヴィクトリアに誘惑され、関係を持つ。彼は戯れの誘惑にすぎない彼女の振る舞いを誤解し、ヴィクトリアと結婚するというメールを親に出す。この知らせに、ベルシー家もキップス家も騒然となるが、ヴィクトリアにその気は無く、ジェロームは悲嘆にくれて帰国する。

　ハワードにはフロリダ出身の黒人の妻キキがいる。キキは、結婚30周年のパーティで、ハワードの同僚の詩人クレア・マルコムがハワードに親密に触れるところを目撃し、2人の不倫関係を見抜く。トリニダード・トバゴ出身の黒人モンティ・キップスも、同じくレンブラントの研究者で、ハワードとは政治的にも学問的にも敵対関係にある。モンティは本を出版し、ハワードの大学に職を得て、ウェリントンに引っ越してくる。かつて彼の娘に弄ばれたジェロームも、ライバルを同僚に迎えるハワードも、ともに心穏やかではないが、キキはモンティの妻カーリーンと親しくなっていく。

　ハワードの娘ゾラは、コンサート会場で黒人のストリート・ラッパー、カール・トマスと出会い、友達になる。クレアはコーヒーショップで詩の授業を行うが、その際に才能を発揮したカールを普段の授業に招く。カールを好きになったゾラは、正規の学生ではないカールが人数制限つきのクレアの授業に参加できるようにする運動を行う。

　突然、カーリーンが癌で亡くなる。葬儀の日、ハワードはキップス家で迷ううち、母親を亡くした悲しみで酒に酔ったヴィクトリアに誘われ、関係を持つ。一方、ゾラはカールがヴィクトリアと関係していることを知る。問い詰められたカールは、ハワードとヴィクトリアの関係をほのめかす。また、キキは、次男リーヴァイがキップス家から高価な絵を盗み出したことを発見するが、カーリーンが遺言でその絵をキキに贈っていたことがわかる。

（田中雅子）

Kiran Desai, *The Inheritance of Loss*（2006）
キラン・デサイ『喪失の継承』
邦訳：『喪失の響き』谷崎由依訳（早川書房、2008）

作者略歴

1971年、インド生まれ。10代でイギリスに移る。その後アメリカへ渡り、コロンビア大学で創作を学ぶ。母アニタ・デサイも作家。

■作品梗概■

1986年2月、ヒマラヤ山脈のふもと、インドのダージリンに近いカリンポンの村で、17歳の少女サイ・ミストリーは、元判事の祖父（ジェムバイ・パテル、67歳）と料理人の3人で暮らしていた。数学の家庭教師でネパール系の青年ギャンの来訪をサイは心待ちにしていたが、ネパール系インド人の独立を目指すゴルカ民族解放戦線（GNFL）の若者たちが、彼からの情報を元に屋敷に押し入り、判事の銃を盗んでいく。警察の事情聴取が行われ、3人についての物語が語られる。戦前にケンブリッジ大学留学を果たしたジェムバイの回想、ニューヨークへ移民した料理人の息子ビジュのアメリカ生活の様子、サイを中心に西洋化したインド上流の人々の生活と、3つの場所での物語が平行して進んでいく。

第二次世界大戦前、ジェムバイはイギリスに留学し、インド行政府の公務員として出世するため、持参金目当てで裕福な商人の娘と結婚する。しかし、インドとイギリス政府の板ばさみになり、過度のストレスから家庭内暴力にはけ口をもとめ、妻を死に追いやってしまう。そのうえ、サイの母である実の娘も修道院に追放してしまい、回想によってその罪の意識を浄化しようとする。やがてゴルカの反乱の中で、恋人のようにかわいがっていたペットの犬マットを連れ去られ、初めて喪失の痛みに懊悩する。

サイは宇宙飛行士を目指していた父と母を交通事故で亡くし、9年間カリンポンで生活する。その孤独な生活のなかで、初めて出会った同年代のインテリ青年ギャンに恋をするが、民族と社会的階層の違いから、2人は恋愛と文化的背景の葛藤に苦しむ。ギャンは反乱に同情的だが、サイが属する親英的なインド人の社会は崩壊したので、彼女はカリンポンを出ていく決意を固める。

一方、移民としてニューヨークの飲食店で奴隷のようにこき使われたビジュは、ゴルカ反乱の知らせに、父親の安否を気づかい帰国する。少しばかりの貯金を元手に、生計を立て直そうと計画していたが、反乱軍に身ぐるみはがされる。1988年インド政府とGNFLの間に和平条約が結ばれ、結局ギャンとビジュがカリンポンに残る。

（松田雅子）

Kate Grenville, *The Secret River*（2006）
ケイト・グレンヴィル『秘密の川』

作者略歴
1950年、オーストラリア生まれ。映画編集の仕事を経て大学院で創作を学び、作家になる。本作はイギリス連邦作家賞を受賞。

■作品梗概■
19世紀初頭のロンドン。貧困と飢えに苦しむ幼少期を過ごしたウィリアム・ソーンヒルは、幼くして両親と兄たちを亡くし、13歳で一家の生活を背負うことになる。7年の見習い修行を経て、はしけ船頭としてテムズ川を航行し、生計を立てる。幼馴染みのサル（サリー）・ミドルトンと結婚し、子供が生まれたソーンヒルに、ある冬試練が訪れる。酷寒のため凍ったテムズ川に船を出せない日が続き、生活に困窮した彼は、木材を盗むのだ。ソーンヒルは捕えられ、家族ともどもオーストラリアのニュー・サウス・ウェールズに流罪となる。

1806年、一家は流刑地シドニーに到着する。12ヶ月の服役奉公期間を経て、ソーンヒルは仮出獄許可を願い出る。その頃、彼は、移住者に未だ開拓されていない土地に通じる川を発見する。1810年に赦免された後、ソーンヒルは船を買い取り、一家でその土地に移り住み、息子とともに、材木や小麦の運搬を始める。ソーンヒル夫婦を支えるのは、いつかロンドンに帰るという強い望郷の念である。

ソーンヒル岬と名付けたその新開地での生活が軌道に乗ってきたある朝、その土地は実は先住民アボリジニのものであることが判明する。ソーンヒルら移住者とアボリジニとの緊迫した対立関係が始まる。さらに、先住民との共存を巡って考え方を異にする移住者間の対立も露わになる。

富と地位を築いたこの頃から、祖国にいつか帰るというソーンヒルの強い信念が揺らぎ始める。ロンドンに帰ることは貧困生活に戻ることを意味するからだ。結局、祖国への思いを捨てきれないサルの説得にもかかわらず、ソーンヒルは、オーストラリアに骨を埋めることを決意する。

そんな中、日に日に高まっていた移住者とアボリジニとの間の緊張状態がついに破られる。1814年、ソーンヒルの移住者仲間がアボリジニに襲撃されたことをきっかけに激しい戦いが始まり、多くの命が失われる。戦いが終結し、アボリジニと移住者との共存に奔走したソーンヒルは、屋敷のベランダに座って、これまでの自身の人生に思いを馳せる。

「祖国（ホーム）」をキーワードにした歴史小説の本作品は、作者グレンヴィルの先祖ソロモン・ワイズマンをモデルとした3部作の1作目である。 　　　　　（水尾文子）

M. J. Hyland, *Carry Me Down*（2006）
M・J・ハイランド『僕を下ろして』

作者略歴
1968年、イギリス生まれのアイルランド人。メルボルンで大学教育を受け、作家デビューを果たす。本作は彼女の第2作。

■作品梗概■
　「僕」ことジョン・イーガンは、両親と一緒に、ダブリン市から約50キロ離れた田舎町ゴリーの祖母のコテージで、およそ仲良く暮らしていた。ジョンは今11歳、身長180センチ弱で、成長が早すぎることを気に病む内気な子どもである。1972年1月のある夕方、父マイケルは飼い猫の生んだ子猫を始末するが、その際ジョンは、父が平静を装いつつ内心動揺しているのを見て取る。ジョンは、自分には人の嘘を感知する特殊能力がある、と確信する。この力を母ヘレンには打ちあけ、また、この力によって、自分が愛読書『ギネス・ブック』に載るだろうという強い期待を抱く。
　1週間と経たないうちに、ジョンには、失業中の父と祖母が家計をめぐっていがみ合っていたり、父と母が時折不仲になったりするなどといった、家庭状況が見えてくる。ジョン自身も、なぜか怒りや嫌悪感などの感情のコントロールがきかなくなって、振舞いが変わり始める。ジョンの人を見つめる癖も災いして、親子関係も険悪になっていく。学校では、唯一の友人ブレンダンとも疎遠になる。学校の帰り道にある運動場の木の股に、古い人形が引っかかっている。ジョンは見かけるたびに、下ろしてやろうと思うのだが、そのことをすぐに忘れてしまう。
　代理教員のデイヴィッド・ローチがジョンに目をかけてくれ、ようやく救われた気持ちになるが、父と祖母の喧嘩のせいでコテージを急遽出て行くことになる。親子3人はダブリン近郊バリーマン町の荒んだ貧民救済用高層アパートに入居する。ここでジョンは父が階上の若い女性と不倫を始めたことを感知し、母に通報する。激高して母は父を追い出すが、その後魂が抜けたようになる。ジョンはおろおろしつつも、不眠を治してやろうと母の顔を枕できつく押さえつけ、窒息させかける。脅えた母は殺人未遂として警察に通報する。まもなく母は訴えを取り下げ、父もやってきて、3人でゴリーのコテージに戻る。
　ジョンは児童精神科の診療を受け始める。ジョンは、嘘発見能力に気づく前にしていた子どもらしい振舞いを、家族の前であえてしてみせる。皆で一緒にもとの生活に戻りたいのだと願っていることを示すために。

（宮原一成）

Hisham Matar, *In the Country of Men*（2006）
ヒシャーム・マタール『男たちの国で』
邦訳：『リビアの小さな赤い実』金原瑞人・野沢佳織訳（ポプラ社、2007）

作者略歴

1970年、アメリカ生まれのリビア人。1986年以降、ロンドン在住。2006年、本作で作家デビュー。本作はイギリス連邦作家賞を受賞。

■作品梗概■

　大人になった語り手の少年時代の回想録である。9歳の少年スライマーンは、リビアの首都トリポリに住んでいる。時は1979年。カダフィ大佐が支配する革命評議会が反体制派の人々に尋問処刑を公然と行っている。裕福な実業家の父はエジプト人の親友ムーサの影響で、仕事上の部下であり息子のようにかわいがっているナセルとともに、政府への反対運動に関わっている。スライマーンは隣人カリームを兄のように慕っていたが、カリームの父ラシード教授は、ある日突然拉致されて拷問の末に処刑される。男性優位のイスラム社会で、やり場のない怒りや悲しみを「薬」と称するアルコールで紛らわせようとする母。彼女はわずか14歳で当時23歳だった父と無理やり結婚させられ、15歳でスライマーンを出産したのだった。

　さて、反体制派であると疑いを掛けられた父はついに革命評議会の男性たちに連れて行かれる。緊迫する家庭の中で、スライマーンは、「薬」にのめりこむ母を心配する一方、親友カリームを裏切ったり、皮膚病を患う遊び友達アドナーンに石を投げたり、物乞いのバフルールに暴力を振るったり、ナセルのアジトを革命派の盗聴者に密告したりと、残虐な行動を起こす。最終的には母が秘密警察の上層部ジャアファル・マスードと妻のウンムに泣きつく。そして拷問の末に反対派の情報を全て白状した父は命からがら解放される。

　それ以降、父は反対運動から身を引いたので、母との関係も改善する。まもなくスライマーンは母の強い希望で、カイロの学校に送られる。ムーサは、エジプトに戻って採石場の現場監督となる。ムーサの厳格な父ヤースィン判事は、そんな息子に失望するが、スライマーンの面倒をよく見てくれる。やがて薬剤師となったスライマーンは、母からの電話で父の死と、ナセルの妹でスライマーンの初恋の相手であったスィハームとカリームが婚約したことを知る。ナセルはインドで、リビア大使館の文化担当官となる。

　1994年エジプトのアレクサンドリア中央バスターミナル。24歳のスライマーンはリビアを離れて15年の末、初めて母と再会することになっている。39歳の母は若々しい姿で立っている。

（ブラウン馬本鈴子）

Edward St. Aubyn, *Mother's Milk*（2006）
エドワード・セント・オービン『母乳』

作者略歴

1960年、イギリス生まれ。オクスフォード大学出身。本作は、パトリック・メルローズを主人公にした連作の4作目。

■作品梗概■

　ロンドンの弁護士パトリック・メルローズの一家が過ごす4つの夏のバカンスを背景に家族のあり方が描かれる。3つの夏は、それぞれ、長男のロバート、パトリック、妻メアリーの視点から描かれ、4つめの夏では家族の視点が入り混じる。

　2000年8月、一家はパトリックの母エレノアが所有する南フランスの家で過ごす。5歳の息子ロバートは、最近産まれた弟トマスの存在に触発され、自分の出生の様子を克明に思い出す。彼は母メアリーの関心が弟に移ったことに寂しさを感じている。パトリックは、エレノアがシーマスというシャーマンにこの家を譲渡しようとしていることに激怒する。パトリックは、エレノアが脳卒中の後遺症のため療養している老人ホームを家族とともに訪れ、彼女に抗議するが、彼女の決意は変わらない。

　2001年8月、一家は南フランスの家に滞在している。パトリックは、育児に没頭するメアリーに顧みられず、苦悩している。彼は、エレノアがこの家を今すぐシーマスに譲渡したいと言い出したことに納得がいかない。メアリーに不満を持つ彼は、昔の恋人ジュリアとの不倫と過度の飲酒にふける。

　2002年8月、南フランス。メアリーはパトリックの不倫を察知するが、激しい嫉妬を覚えることはない。彼女はトマスの育児に没頭し、神経をすり減らしている。メアリーはエレノアを見舞い、家の譲渡手続きの終了後、シーマスが彼女を見限ったことに気づく。一家が家を出る直前、エレノアに別れの挨拶に行ったパトリックは、イギリスの老人ホームに移りたいという彼女のメモを持ち帰る。

　2003年8月、一家はアメリカを訪れる。献身的な母親であろうとするメアリーは、自分がトマスに対して抱いているのと同程度の愛情をパトリックに分け与えることはできないと感じる。アメリカへの出発前、パトリックは、イギリスに帰国後さらに心身が衰えたエレノアから、自分を殺して欲しいと強く懇願されていた。そのため、彼はやむなくスイスの団体に自殺幇助を依頼したものの、葛藤に苦しんでいる。一家は帰国し、エレノアのスイス行きの前日、パトリック夫妻が最後の挨拶に行くと、エレノアは、「何もしないで」と告げ、自殺は取りやめになる。

（谷口秀子）

Sarah Waters, *The Night Watch*（2006）
サラ・ウォーターズ『夜警』
邦訳：『夜愁』中村有希訳（東京創元社、2007）

(作者略歴)

Fingersmith（2002）の作者略歴を参照。

■作品概要■

　第二次世界大戦中から戦後にかけてのロンドンが舞台である。ストーリーは1947年から始まり、1944年と1941年へと時代が遡ることにより、登場人物の複雑なつながりと過去が明らかになっていく手法である。以下では主人公ヴィヴ（ヴィヴィアン）・ピアスを中心として年代順に筋を配列する。

　1941年、20歳になるタイピストのヴィヴは、疎開した姉とその赤ん坊に会いに行った帰り、兵士で混み合ったロンドン行きの列車に乗る。ヴィヴはトイレで無賃乗車をしていた29歳の兵士レジー・ニグリと出会い、車掌に見つからないようにその場に匿ってやる。レジーに妻子がいることを知りながら、狭い個室の中で彼の誘惑に負けてしまう。一方ヴィヴの3つ違いの弟ダンカンは、親友アレック・プレイナーから召集令状が来たと告白される。アレックは殺人を強いられるくらいなら自殺して国家に対して反抗の意思表示をすると言い、親友のダンカンにもそうするように求める。結局アレックが先に喉を切って自殺するが、ダンカンは死ねない。

　1944年、ヴィヴは刑務所にいるダンカンによく面会に行くが、同僚には弟がいることを秘密にしている。レジーと密会を重ねるうちにヴィヴは妊娠する。電話でレジーに相談すると、明らかに迷惑そうな対応をされる。堕胎手術を受けるため夫婦を装ってレジーと一緒に闇医者を訪れる。しかし処置をした後ホテルに戻ってから、出血が止まらなくなる。救急車が呼び出されたが、レジーは同乗せず、ヴィヴは恐怖で錯乱し、持っていたはずの結婚指輪がないことを訴える。同乗していた救命士のケイ・ラングリッシュはヴィヴを安心させようとして、自分の指輪を握らせる。

　1947年、ヴィヴは退役軍人を対象とした恋人紹介所で働いている。ヴィヴは知らないが、同僚のヘレン・ジニヴァーはケイの元恋人である。レジーとの不倫関係は続いているが、昔のようなひたむきな気持ちはなくなっている。弟のダンカンは初老の元看守と同居し彼の身の回りの世話をしている。ある日ヴィヴは、レジーと田舎にドライブに行った帰りに、道路を横切るケイを偶然見かけて錯乱状態になる。後日ヴィヴは何度も同じ通りを訪れ、ついにケイを探し出し、指輪を返す。

（石井征子）

Anne Enright, *The Gathering*（2007）
アン・エンライト『集い』

作者略歴

1962年、アイルランド生まれ。イーストアングリア大学大学院の創作コースで修士号を取得。元テレビ局プロデューサー。

■作品梗概■

　アイルランドの12人兄妹のヘガティ家を舞台に、その家庭で最近起きた悲劇——1998年頃の7番目のリーアムの入水自殺——の原因が、2世代前に遡ってあることがリーアムのすぐ下の妹ヴェロニカによって語られる。物語のメイン・プロットは、ブライトンの海岸で入水自殺を図ったリーアムの遺体を、彼と年齢的、精神的に一番身近であったヴェロニカがブライトンまで引き取りに行き、彼のダブリンでの葬儀に一族が集うという単純なものである。メイン・プロットが単純なのに対して、リーアムの自殺の原因と思われるものを記憶を頼りに語っていくヴェロニカの語りは、小説が章ごとに分かれていて、場面の変化の区分は形式なりに存在していても、かなり複雑である。

　リーアムの自殺の原因は、2世代前のヴェロニカたちの祖母エイダ・メリマンの結婚に端を発する。エイダはいわゆる三角関係の中で、1925年、先に知り合ったランバート・ヌジェントではなく、チャーリー・スプレンとの結婚を選択する。2人の結婚後も、ランバートとチャーリーが友人関係にあったことやエイダたちの住居の家主がランバートであったことで、夫妻とランバートとの親交は続く。最初、住居はチャーリーの所有物であったが、競馬で負けてランバートの所有物となったからである。妻子は存在するものの、エイダへの思いを抱き続けているランバートは、家賃の回収を口実に金曜日ごとにエイダの所を訪れては、お茶と世間話に興じる。

　エイダの娘モーリーンは度重なる出産で子育てができず、時々、エイダの元にリーアム、ヴェロニカ、キティの3人の子供たちを預ける。1967年、彼ら3人が2度目に祖母の元に預けられたとき、リーアム9歳、ヴェロニカ8歳、キティ6歳で、祖母の家から学校に通うほど、彼らは長期にわたって祖母宅に滞在する。ある日、ヴェロニカは学校から帰宅後、ランバートがリーアムに自慰行為を手伝わせているのを目撃する。その性的虐待がきっかけとなり、リーアムの人生の歯車が狂い始める。事件から30年ほどの歳月が流れ、最後は、入水自殺という形で生涯を終えなければならなかったリーアムの無念さを、ヴェロニカは長い歳月を経てようやく明らかにする。

（永松美保）

Nicola Barker, *Darkmans*（2007）
ニコラ・バーカー『ダークマンズ』

▶作者略歴◀
1966年、イギリス生まれ。短編小説の名手としても知られる。本作はホーソンデン賞を受賞。

■作品梗概■
　時は現代。ケント州アッシュフォードの病院の洗濯夫で61歳のダニエル・ビードは、26歳の息子ケインと同居しているが、互いに心を閉ざしている。ビードが秘かに思いを寄せているのは、手足治療医(キロポディスト)のエレン・グラスだ。夫イシドアと5歳のひとり息子フリートの奇矯な行動に悩まされているエレンを助けようと、ビードは手を尽くす。だが、イシドアの二重人格のような症状は単なる病気ではなかった。物語が進むにつれ、イシドアの無意識の行動はエドワード4世の時代の宮廷道化師ジョン・スコガンの霊のなせる業(わざ)だったことが明らかになる。フリートも、実はイシドアではなくスコガンの息子だった。しかも、夫と子どもに悩まされているように見えたエレン自身、実は人の心をのっとる魔性の女だったのである。
　一方、父親のビードが離婚して去った後、病に倒れた母を1人で看病し、最期を看取らなければならなかったケインは、父親を恨みながらも、もっと近づきたいという無意識の願望を持っていた。そして、ビードがかかわっているイシドア一家のことなどを探るうちに、彼自身もエレンの魔手に落ち、心をのっとられそうになる。エレンの本性を悟ったビードは、彼女に近づくなとケインに警告する。それをきっかけとして父子は本音をぶつけ合い、つかのま心を通わせる。だがその直後、スコガンの霊が引き起こした交通事故により、ビードはイシドアともども落命する。
　スコガンの次なる標的はケインの秘書でクルド人のギャファーだ。彼はクルド人の民族宗教であるヤジーディ教の信徒だった父親の血を受け継いでおり、スコガンにとって手強い相手だ。ギャファーからサイコロ賭博に誘われたスコガンがサイコロを振るところで物語は終わる。
　無意味な些事の集積により現代人が失ってしまった自由を取り戻すためには、英語の持つ自在な変化の力が必要だというのがビードの持論だ。そして、この小説そのものがそれを実践している。初めは雑多なエピソードの寄せ集めに見えるのだが、ラテン語や同音異義語による言葉遊びを通じて、次第にジグソーパズルのように全体像を形成していくのだ。

（高本孝子）

Mohsin Hamid, *The Reluctant Fundamentalist*（2007）
モーシン・ハミド『気が進まない原理主義者』

作者略歴
1971年、パキスタン生まれ。プリンストン大学、ハーヴァード大学法科大学院で学び、経営コンサルタントの職を経て作家になる。

■作品梗概
　パキスタンの都市ラホールで、土地の20代の若者チェインジズがアメリカ人の旅行客に、5年間暮らしたニューヨークでの生活について話す「劇的独白」形式の小説である。90年代後半、留学生であった彼はプリンストン大学を優等で卒業し、超一流の経営コンサルティング会社 Underwood Samson（USを表す）に優秀な社員として採用された。1億5千万人のパキスタン人の中からたった2人選ばれ、アメリカという実用的で効率的なシステムの一員として貢献することを求められ、高収入と権力を手に入れる。しかし、会社の同僚で親しかったのは、非白人系の青年と貧困層出身の若者の2人で、彼自身も依然としてアウトサイダーである。

　そのような彼を、ニューヨークの白人社会の中枢へと導いてくれる女神のような存在が、大学時代の同級生であったエリカ（America にちなむ名前）である。チェインジズは、美しく聡明で、裕福な家庭に育った彼女に憧れ、マンハッタンに両親と住む彼女の住まいを訪れたりして、2人の仲は次第に深まっていくように思われる。しかし、エリカには、ガンで亡くなったクリスという幼なじみの恋人がいた。彼女は生身の人間であるチェインジズを受け入れることができず、彼がクリスの役を演じれば、その間だけ恋人として認めてくれる。やがて彼女は精神を病み、最後には行方不明になる。

　2001年9月11日に同時多発テロが起こったとき、マニラにいた彼は、アメリカという超大国が何者かに屈服させられたという事実に内心有頂天になる。しかし、アメリカに戻ると社会の空気は一転し、彼もテロに関係があるのではないかと周囲から疑いの眼差しを向けられる。さらにアメリカが支援するインドと母国パキスタンが戦火を交える怖れが高まったため、彼は家族の安否を気遣い、母国へ一時帰国する。後に彼はチリの会社のコンサルティングを任されるが、パキスタン人としてのアイデンティティを揺さぶられたチェインジズは、業務に集中することができず、ついに会社を辞め、パキスタンへ戻る。現在は大学で教えているチェインジズが、アメリカ人になりきろうとして叶わなかった屈折する思いを吐露する。

（松田雅子）

Lloyd Jones, *Mister Pip*（2007）
ロイド・ジョーンズ『ミスター・ピップ』
邦訳：『ミスター・ピップ』大友りお訳（白水社、2009）

作者略歴
1955年、ニュージーランド生まれ。ヴィクトリア大学ウェリントンで学び、ジャーナリストとして活躍した後、作家になる。

■作品梗概■
　パプア・ニューギニア国のブーゲンヴィル島。本国からの独立のため1988年に組織された革命軍と、それを鎮圧する政府との間に内戦が起こり、1990年前半に島は封鎖される。この不穏な社会情勢のもと、原住民の少女マティルダが周囲に起こる出来事を物語る。

　閉鎖されていた学校で、島に残っていた唯一の白人ミスター・ワッツが授業を再開する。彼はイギリスの文豪チャールズ・ディケンズの『大いなる遺産』を朗読する。マティルダは作品世界に没頭し、白人の主人公ピップに親近感を抱くが、母ドロレスは人種的感情からそれを快く思わない。鉱山労働者だった父ジョウゼフは、島の封鎖前、白人資本家たちとともに早々とオーストラリアへ脱出していた。

　政府派遣のレッドスキン兵（赤い肌に由来）が、マティルダが浜辺に書いたピップという文字を発見し、同名の革命軍人がいると誤解する。ミスター・ワッツは弁明を試みるが、肝心の本が消失していたため、憤ったレッドスキン兵たちは村を荒らす。ほどなくマティルダは、母が白人ミスター・ワッツを陥れるため本を隠した事実を知る。

　革命軍人たちが村に現れ、威嚇されたミスター・ワッツは自分をピップだと名乗る。その後、彼らの1人がレッドスキン兵たちに捕まり、その証言によってピップと同一視されたミスター・ワッツは殺される。その残虐さを非難したマティルダの母も、レッドスキン兵たちに陵辱されて殺される。

　島を襲った豪雨に流されたマティルダは、救助された後、父の住むオーストラリアへと移る。父との同居を始めた彼女は、やがて現地の高校と大学へ進む。

　マティルダはミスター・ワッツの過去を知るためニュージーランドへ赴き、前妻ジューンに会う。前妻が語る夫像は、マティルダの知る彼とは異なっていた。かつて役者だったという彼は、周囲の要求に応じて様々な役を演じたのだと、マティルダは思う。

　ディケンズ研究家を目指すマティルダがイギリスで調査を重ねてみると、ミスター・ワッツの場合と同様に、自分が抱いていたディケンズ像との乖離を感じる。ミスター・ワッツこそが自分のミスター・ディケンズであり、ピップは自分の物語なのだとの思いに至った彼女は帰途につく。

（池園宏）

Ian McEwan, *On Chesil Beach*（2007）
イアン・マキューアン『チェシル海岸にて』
邦訳：『初夜』村松潔訳（新潮社、2009）

作者略歴
Atonement（2001）の作者略歴を参照。

■作品梗概■
　カウンターカルチャー運動が隆盛に向かいつつあった1960年代初めのイギリスを時代背景として、22歳の男女の新婚初夜の顛末を描く中編小説。2人のそれぞれの生い立ちについての語りがかわるがわる織り込まれる形で、プロットが展開する。

　1962年7月、エドワード・メイヒューとフローレンス・ポンティングはドーセット州のチェシル海岸に面したホテルで新婚初夜を迎える。出身階級も家庭環境も性格も、すべてに対照的な2人ではあったが、心から愛し合っていた。エドワードは学校教師の息子で、母親は頭部に打撲を負ったことが原因となり、脳に障害を持っている。エドワード自身は歴史学での博士号取得を考えているところだ。一方フローレンスは裕福な実業家と大学の哲学教師の娘で、自身も才能豊かな若手バイオリニストである。

　初夜の夕食時、2人とも初めての性交渉を目前にして極度の緊張状態になる。童貞のエドワードは期待と不安のあまり、そして、フローレンスは性行為に対する嫌悪と恐怖のあまりに。2人ともに新しい世代の若者として自由を享受しているつもりでいたが、実際には無意識のうちに時代の制約にとらわれていたのだ。初体験は、エドワードがフローレンスの恐怖心を性的興奮と勘違いしたため大失敗に終わる。いたたまれず走って出て行くフローレンスを追って、海岸に向かうエドワード。そこで初めて2人は互いに自分の心情をさらけ出す。性生活のない結婚を提案するフローレンスだが、怒りのおさまらないエドワードはにべもなくつっぱねる。

　その後、2人は別々の人生を歩むことになる。フローレンスはひとり身のままバイオリニストとして成功し、エドワードはいくつかの商売を手がけ、再婚と離婚を経る。老境に入ったエドワードは、フローレンスほど物事に真剣な人間は他にいなかったと思い、彼女を去らせてしまったことや、物質的には成功しても、ただいたずらに時を重ねてしまったことを悔いるのであった。

（高本孝子）

Indra Shinha, *Animal's People*(2007)
インドラ・シンハ『アニマルの仲間たち』
邦訳:『アニマルズ・ピープル』谷崎由依訳（早川書房、2011)

作者略歴

1950年、インド生まれ。父はインド人海軍士官、母はイギリス人作家。ケンブリッジ大学で学ぶ。元コピーライター。

■作品梗概■

　1984年、インドのボパールにあるアメリカ企業の化学工場の事故で漏出した猛毒ガスにより大勢が死亡した事件がモデルである。事件直前に生まれた少年は、事故の後遺症で背中が曲がり四足で歩くようになる。彼はフランス人修道女に拾われ孤児院で育ったが、その容貌のため皆からアニマルと呼ばれるようになる。彼を路上生活から救ってくれたのは、ニーシャという女子大生で、彼に仕事と食事を世話してくれる。彼女の父ソムラジは元有名な歌手だったが、事故後歌えなくなり貧民救済活動をしている。彼のもとには、工場の親会社との20年にわたる法廷闘争を指揮するザファール・ブハイらが集まる。そこへアメリカ人の女医エリ・バーバーがやってきて診療所を開き、被害者を治療しようとするが、患者がなかなか来ない。アニマルは彼女を偵察しようと近づくうちに、彼女が自分の体を治してくれるかもしれないという希望を抱くようになる。

　ニーシャに恋しているアニマルは、彼女とザファールの仲を裂こうと、ザファールに毒薬を盛る。エリは、ソムラジを診療ボイコットの首謀者だと思い抗議していくうちに、彼の真意と人柄を知り、音楽という共通の趣味から互いに惹かれあうようになる。ところが、裁判のために会社の代表で来た弁護士の1人がエリの元夫だったため、エリを会社の回し者だとアニマルは思い込む。裏取引で法廷闘争を終わらせたい会社とインド政府の企みを阻止しようと、ザファールらは酷暑の中で断食抗議を始め、瀕死の状態に陥る。ザファール死亡の噂で民衆の怒りが爆発し、元工場の火災で悪夢再来かと思われる。しかし、ザファールの協力で暴動は鎮まり、会社と政府の裏取引も破たんする。一方、ニーシャへの求婚を拒否され自暴自棄になったアニマルは、薬を全部飲んで錯乱状態になり荒野をさまようが、危機一髪で救助される。エリとソムラジ、ニーシャとザファールの結婚後、アニマルの手術の手筈が整う。しかし彼は、杖や車椅子による不自由な生活より、四足だが健康で自由に動き回れる今のままの暮らしを選ぶ。

　裁判やアメリカとの関係を軸に、インドのスラムに生きる人々の悲惨な生活を明るく語るアニマルの生命力と、事件を通しての彼の精神的成長が見事に描かれた作品である。

（柴田千秋）

Aravind Adiga, *The White Tiger*（2008）
アラヴィンド・アディガ『ホワイト・タイガー』
邦訳：『グローバリズム出づる処の殺人者より』鈴木恵訳（文藝春秋、2009）

作者略歴
1974年、インド生まれ。コロンビア大学、オクスフォード大学で学び、金融ジャーナリストなどの職を経て、本作で作家デビュー。

■作品梗概■
　自称「企業家にして思想家」のホワイト・タイガー、本名バルラム・"ムンナ"・ハルワイから中国の首相、温家宝へ宛てられた手紙の中で、バルラムの半生と秘密の犯罪が語られる。

　バルラムは人力車引きの父ヴィクラム・ハルワイの息子として、ガヤ地方ラクスマンガール村で生まれた。貧しい生活の中、名前すらまともにつけてもらえなかったので、学校初日に先生からバルラムと名付けられる。母が亡くなり、生活は依然として厳しかったが、父は聡明なバルラムの将来に一抹の期待を寄せている。ある日、抜き打ち検査で学校の様子を見に来た視学官に、バルラムは聡明さを認められホワイトタイガーの異名を付けられる。しかしまもなく従姉が結婚することになり、花嫁側として支払った持参金や披露宴代の借金から、退学し、兄キシャンに連れられて茶店で働かされる。やがて父が亡くなり、ダンバードの茶店に出稼ぎにでたバルラムは、運転の免許をとり、ドライバーとなる。バルラムを初めて雇ってくれたのは、地主のコウノトリだ。

　コウノトリの息子のアショクはアメリカ帰りのモダンな青年であったが、一家の要望で首都デリーの政治家たちに取り入るために妻ピンキーとともにデリーに引っ越す。バルラムは若夫婦のための第一運転手となり、デリーに同行する。デリーでは、主人アショクの道徳観が腐敗していくのと並行して、バルラムも堕落していく。バルラムは初給料で安酒のウィスキーを飲んだり、主人の真似をして白人の売春婦を買ったりする。ピンキーは、泥酔運転の最中、ひき逃げ事件を起こす。アショクの兄のムケシュの計らいで、すべての罪はバルラムになすりつけられるよう段取りが組まれたが、被害者が路上の孤児であったので結局届け出は出されず、バルラムは主人の妻に代わって刑務所に入れられることを免れる。

　やがてピンキーは、アショクのもとを去り、2人は離婚する。そしてアショクは昔の恋人であるウーマとよりを戻し、彼女の差し金で、バルラムを首にする計画をたてる。そんな中、政治家たちの会話から、バルラムはアショクが脱税の見返りに多額の賄賂を渡すことになっていることを学ぶ。殺害を決意したバルラムは、アショクを殺して金を奪い、バンガロールに逃走して企業家として成功するのであった。（ブラウン馬本鈴子）

Sebastian Barry, *The Secret Scripture*（2008）
セバスチャン・バリー『秘められし聖なる書』

作者略歴
A Long Long Way（2005）の作者略歴を参照。

■作品梗概
　21世紀初めの2月、アイルランドのスライゴー隣県にあるロスコモン精神病院が取り壊されることになり、長期入院者の身元再確認作業が始まる。100歳になるロザン・クリアはここに50年間入院しているが、そもそも入院理由さえ記録が残っておらず、主治医ウィリアム・グリーンは彼女との面談を増やし、入院に至った経緯を探ることにする。ロザン自身も、偶然見つけた紙の束に自伝的な回想録を書き始めるが、これは人目に触れさせない。
　ロザンの手記によれば、彼女の敬愛する父はスライゴーで墓地管理人を務めていたが、たまたま反政府軍兵士ジョン・ラヴェルらに便宜を図ることとなり、政府を支持するカトリック教会の反感を買った。父が妻の不倫を知って自殺した後ロザンは、カトリック神父のゴーントから、長老派からの改宗と中年男ジョー・ブレイディとの結婚を勧められるが、きっぱり断る。ブレイディはそれを根に持ってロザンを強姦しようとするが、逃走中のラヴェルがロザンを救う。
　その後ロザンは政府支持派のトム・マクナルティと恋愛結婚する。そこへラヴェルが、スライゴーを去る前に一目会いたいと現れる。彼との密会をゴーント神父に目撃されたロザンは、トムとの結婚を解消させられ、蟄居を命じられる。蟄居中にロザンはトムの兄イニーアスと知り合い、彼の子を宿す。嵐の海岸で壮絶な出産をし、失神から目覚めると、息子は消えていた。その直後ロザンは精神病院に送られたのである。
　グリーンは妻の生前、不貞を働いていたことで罪悪感に苦しんでいた。だがロザンと会って言葉を交わすと、なぜかしら心が軽くなる。やがてグリーンの調査が進み、ロザンの息子が引き取られた施設が判明する。グリーンはそこで、ロザンの息子が他ならぬ自分だという事実を知る。そして病院の掃除係ジョン・ケインがラヴェルの息子で、このケインが、グリーンが養子に出された先をたどり、成長したグリーンがロザンのいる病院で勤務するよう手配を整えたのだ、ということも判明する。
　病院は取り壊され、ケインは忽然と姿をくらます。グリーンは新病院でもロザンの担当を続けている。そして真相をいつロザンに聞かせようかと思案している。（宮原一成）

Amitav Ghosh, *Sea of Poppies*（2008）
アミタヴ・ゴーシュ『芥子の海』

作者略歴
1956年、インド生まれ。デリー大学、オクスフォード大学で学んだ後、大学で教鞭をとる。他の代表作に *The Glass Palace*（2000）がある。

■作品梗概■
　これは、インドを主な舞台として、帆船アイビス号とそれに乗り込む人びとを描いた長大な物語である。1838年3月、かつて奴隷船として大西洋を航行したアイビス号がインドのフーグリ河の河口に停泊。中国へアヘンを運搬するためにカルカッタに本社を置くバーナム社に引き取られたが、その経営者バーナムがアイビス号に与えた最初の仕事はモーリシャス諸島への労働者の輸送だった。アヘン戦争の直前の、帝国と資本家の強欲が支配する社会構造のなかで、さまざまな人びとがアイビス号に乗り込んでいく。
　ディーティ・シンは敬虔なヒンズー教徒であり、アヘン工場で働く夫をもつ。初夜の床で夫がアヘン中毒患者であることを知り、愕然とする。そのとき夫によってアヘンの煙を吸引させられ、意識を失う。目が覚めて体に異変を感じるが、初夜の体験を思い出せない。やがて、それが夫の親族の陰謀であり、不能の夫の代わりに夫の弟によって犯されたことを知る。これによって娘を懐妊。結婚から7年後に夫が死亡すると、ディーティは夫の弟の誘惑を受けるが、それを拒否して夫とともに火葬されること、すなわちサティを選択する。火葬の直前に御者のカルーアが彼女を救出、2人はガンジス河を下って夫の親族の追跡を逃れ、夫婦を装ってアイビス号に乗り込む。また、若くラスカーリ州の領主になったニール・ハルダーは、バーナム社との良好な関係がつづくと考えていたが、バーナムの計略によって犯罪者にさせられ、財産を奪われる。7年の実刑判決を受け、アイビス号でモーリシャス諸島に送られることになる。さらに、船頭の息子のジョドゥ・ナスカと、カルカッタ植物園に勤めるフランス人植物学者の娘ポーレット・ランベールは兄妹のように育てられたが、ともに両親と死別し、ジョドゥは船員として、ポーレットは変装して労働者に紛れ込み、それぞれアイビス号に乗り込む。アイビス号にディーティの夫の親類ビュロ・シンがいて、ディーティは彼に凌辱されそうになる。助けようとしたカルーアは甲板で鞭打ちを受けるが、このときカルーアはビュロ・シンを殺してしまう。カルーアは処刑を免れなくなり、ジョドゥやニールらとともにボートに乗って脱出する。

（加藤洋介）

Linda Grant, *The Clothes on Their Backs*（2008）
リンダ・グラント『着ている服』

作者略歴

1951年、イギリス生まれ。父はユダヤ系ロシア人、母はユダヤ系ポーランド人。代表作 *When I Lived in Modern Times*（2000）はオレンジ賞を受賞。

■作品梗概■

　ヴィヴィアン・コヴァクスは、1953年生まれ。1938年にイギリスに移住したハンガリー人の移民の両親とロンドンで暮らしていた。10歳のとき、サンドール・コヴァクスと名乗る人物が訪ねてきて、それが両親から知らされていなかった伯父であることを知る。成長したヴィヴィアンはヨーク大学大学院で英文学を修め、同級生と結婚する。しかし、新婚旅行2日目に夫が急死し、失意の彼女は両親の元に戻る。1977年初夏、ヴィヴィアンは、犯罪王と悪名高い伯父サンドールを探し始める。リージェンツ公園のベンチでサンドールに偶然会ったヴィヴィアンは、ミランダ・コリンズと偽名を名乗る。サンドールは自身の自叙伝を書きたいという。サンドールに雇われ、ヴィヴィアンは、両親に内緒で、彼の自叙伝の口述筆記の仕事を始める。サンドールの家に通ううちに、彼の恋人ユーニスや彼の借家人でシェピー島出身の青年クロードと知り合い、ヴィヴィアンはクロードと親密な関係になる。

　幼少時代の思い出から始まったサンドールの身の上話は、ヴィヴィアンの両親のイギリス亡命と第二次世界大戦に至り、ヴィヴィアンは、コヴァクス一族がユダヤ人であること、サンドールが矢十字党（ハンガリーのファシスト政党）から虐待を受けたことを知る。それがきっかけとなり、彼女は、ロンドンの反ナチ同盟に入会する。その頃、ヴィヴィアンは、自分が彼の姪であることを伯父が知っていたことに気付く。ヴィヴィアン25歳の誕生パーティをサンドールが盛大に催し、そこに両親も招待される。だが、ヴィヴィアンの父親エルヴィンは、絶縁していたサンドールと仲直りするどころか、ユーニスに暴言を吐いてその場を立ち去る。それを見て家出を決意したヴィヴィアンに、サンドールはアパートを提供する。ある日、ヴィヴィアンは、クロードがナチスの鉤十字の刺青を入れようとしていることを知る。クロードはナチ党員ではないが、鉤十字の模様に魅せられたからだという。クロードの鉤十字の刺青のことを知ったサンドールは、ある夜、クロードをナイフで刺し、収監される。その後しばらくして、サンドールは獄死する。

　小説は、サンドールの死後30年を経て、ヴィヴィアンの回想を通して語られる。

（水尾文子）

Philip Hensher, *The Northern Clemency*（2008）
フィリップ・ヘンシャー『北部の寛容』

作者略歴

1965 年、イギリス生まれ。*Kitchen Venom*（1996）でサマセット・モーム賞を受賞。エクセター大学で教鞭をとる。

■作品梗概■

　イングランド北部のシェフィールドを舞台に、グラヴァー家とセラーズ家という2組の中産階級の家族の姿を 1974 年から 1994 年にわたって描いた作品。

　グラヴァー家の主人のマルコムは建築組合に勤めている。ガーデニングとピューリタン革命時代の扮装と歴史ごっこを趣味とする。結婚生活に失望した妻のキャサリンは花屋に勤めて店の主人ニックに恋をする。妻の浮気の発覚で夫は2日間だけ家出をする。夫婦には3人の子どもがいる。16 歳の長男ダニエルは女たらしで、14 歳のジェーンは小説家志望である。末っ子のティムは大切にしていたペットの蛇を母親に殺されてしまう。

　グラヴァー家の近所にセラーズ一家がロンドンから引っ越してくる。セラーズ家の夫婦仲は良いが、子どもと両親の間には距離がある。主人のバーニーはシェフィールドの電力局で部長として働き、穏やかな妻のアリスはキャサリンの話し相手になる。子どもたちは引っ越し後、新しい環境に慣れるのに必死だ。14 歳のフランシスは教師から軟弱だと辱めをうける。性に目覚めた 15 歳のサンドラに誘惑された 10 歳のティムは、生涯サンドラに執着する。

　炭鉱ストライキのあった 1984 年は、子どもたちが大人になった時期にあたる。サッチャー政権下、持ち家促進制度や電力事業民営化が行われた激変の時代である。ほとんどの登場人物はストライキに無頓着である。80 年代前半に過激な左派活動に身を投じたティムはマルクス主義に傾倒している。フランシスとジェーンはそれぞれロンドンで暮らし、再会を機に過去の記憶を甦らせる。サンドラはオーストラリアで暮らし、シェフィールドに残ったのはダニエルだけである。

　最後に時間は 90 年代に移行する。ティムはオーストラリアでサンドラに再会して海に入ると、そのまま命を落とす。その後物語の舞台はダニエルが経営しているシェフィールドの近代的なレストランに移り、ふたたび2組の家族が一同に会した様子が描かれている。

（今村紅子）

Steve Toltz, *A Fraction of the Whole*（2008）
スティーヴ・トルツ『ぼくを創るすべての要素のほんの一部』

邦訳：『ぼくを創るすべての要素のほんの一部』
宇丹貴代実訳（ランダムハウス講談社、2008）

■作者略歴■
1972年、オーストラリア生まれ。欧米各地で英語教師、カメラマンなどの職を経た後、本作で作家デビュー。

■作品梗概■
　入り組んだプロットを持つ、饒舌な抱腹絶倒の悲喜劇。舞台はオーストラリア。語り手ジャスパー・ディーンは、異父弟への劣等感に一生苛まれ続けた父マーティンと、そんな父との関係に苦労し続けた自分の数奇な人生を回想する。回想の中にはマーティンが幼い息子へ聞かせた話やマーティンの手記なども挿入される。

　マーティンは少年の頃から内向的な読書家で、思索にばかり耽る。彼が良かれと思ってすることはすべて裏目に出て、愛する女性キャロライン・ポッツも異父弟テリーに奪われる。テリーは一種の義賊として国民的な人気を得る犯罪者となるが、逮捕され服役する。山火事が起き、刑務所のテリーはじめマーティンの家族は皆焼死する。すべてを失ったマーティンはパリへ行き、エディというタイ人の友人と、謎めいたアストリドという恋人ができる。抑鬱的な性格の彼女は男児を生んだ後亡くなる。マーティンは赤ん坊のジャスパーを連れてオーストラリアに戻り、エディの奇妙なほど厚い友情のおかげで、つねに仕事にありつく。

　ジャスパーを育てつつも、マーティンは相変わらず荒唐無稽な計画を夢想し、その中には国民すべてを百万長者にするというものもある。父子の風変わりな家政婦が、自分に恋するメディア王を説き伏せて、この計画を実行に移させ、マーティンは時の人となる。彼は初恋のキャロラインと再会し、2人はすぐに結婚を決める。やがて、百万長者に選ばれているのが皆エディの知人であることがマスコミに暴露され、マーティンは一転、国中から詐欺師として憎まれる。さらに、エディが実は正体不明のタイの実業家の部下で、この男に命じられてマーティンを長年援助していたと初めて分かる。

　マーティンは、キャロライン、ジャスパー、エディとタイに逃亡する。そこで一行は件の実業家に会い、その正体が死んだはずのテリーであることを知り、各々衝撃を受ける。エディとキャロラインが暴徒に襲われ命を落とす。マーティンは難民船でオーストラリアに戻ろうと決意し、ジャスパーも同行する。マーティンは洋上で病死し、ジャスパーは遺体を海に葬る。彼は父の伝記を書き、今度は母のことを調べるためにヨーロッパへ出発する。

（宮川美佐子）

Hilary Mantel, *Wolf Hall*（2009）
ヒラリー・マンテル『ウルフ・ホール』
邦訳：『ウルフ・ホール』宇佐川晶子訳（早川書房、2011）

作者略歴

1952年、イギリス生まれ。シェフィールド大学で学び、ソーシャル・ワーカー、店員、教師などとして働いた。

■作品梗概■

　1500年ごろ、トマス・クロムウェル少年は鍛冶屋の父の暴力に耐えかね、ロンドンのパトニーの家を飛び出し、ヨーロッパ中を放浪する。アントワープの商人の家で修業した後、フィレンツェやヴェニスでの銀行業務を経て、フランス兵として従軍する。帰国後、金貸しや法律家として出世し、1527年に40歳を超えた頃には、ヘンリー8世の宰相ウルジー枢機卿の右腕として、修道院財産没収、カレッジの創設に携わる。ウルジーがキャサリン王妃とヘンリー8世の婚姻無効をローマ法王に認めてもらおうとするが失敗する。カンペッジオ枢機卿とウルジーが、イングランドで離婚法廷（1529年）を開くが、これも失敗。ついにウルジーは失脚し、1530年客死する。その間、アン・ブーリンがフランスから帰国して宮廷にデビューし、ヘンリー8世の愛情を得ると、30年頃にはファースト・レディの地位を獲得する。父トマスは出世し、ブーリン家は上昇機運に乗る。クロムウェルも如才なく出世していき、次々と要職につく。アンとヘンリー8世はフランス王の支持も得ながら1533年結婚し、アンの戴冠式も行なわれる。だが、ローマ法王はこの結婚の無効を宣言する。クロムウェルはイギリスおよび大陸の商人などとの付き合いを通して、ティンダル訳聖書の影響を受けた者たちが多数いることを知るが、その商人たちは異端者として火刑に処せられる。1534年の継承法（アンの子供の王位継承権）、至上法の件ではトマス・モアとも意見を戦わせ、拷問を得意とするモアの残忍さを強調する。モアは1535年に処刑される。クロムウェルの家オースティン・フライアーズは義理の両親、兄弟姉妹、甥姪、義理の姉妹の親子の住む大所帯である。それに奉公している各地の紳士階級の子弟たちが加わる。身分の低い落ちぶれた女性ヘレン・バーや孤児の面倒も見ている。他にも、密かに妻をもつカンタベリー大司教トマス・クランマー、肖像画家ハンス・ホルバイン、異端学生フリス、カレー総督バーナズなど端役の人物が印象的だ。1535年の夏、宮廷はロンドンからブリストルまで巡幸するが、復路ウルフ・ホールのシーモア家に滞在する予定である。ヘンリー8世はジェイン・シーモアに接近することになるかもしれない。　　　（金子幸男）

A. S. Byatt, *The Children's Book*（2009）
A・S・バイアット『子供たちの本』

作者略歴

1936年、イギリス生まれ。ロンドン大学で教鞭をとるかたわら執筆活動を始め、1983年に教職を辞す。1990年にブッカー賞を受賞。

■作品梗概■

　フェビアン協会会員で児童文学作家のオリーブ・ウェルウッドは、夫ハンフリーと子供たちと一緒にケント州に暮らしている。オリーブは、自身の子供1人ひとりにおとぎ話を書いている。小説は、1895年から1919年のイングランドを舞台にして、激動の社会情勢の中での子供たちの成長や子供たちとおとぎ話との関わりを描く。

　13歳の長男トムは、喧騒を嫌い森での暮らしに憧れている。従兄チャールズと家庭教師のもとで受験勉強し、翌1896年、チャールズはイートン校に、トムはマーロウ校に合格する。この頃、チャールズは、家庭教師に感化され無政府主義運動に傾倒していく。マーロウ校に入学したトムは、学校生活に馴染めず、地下室に隠れてオリーブがトムのために書いたおとぎ話『地下の国のトム』を夢中になって読み、現実社会と空想世界の均衡を徐々に失っていく。ある日、上級生に隠れ場所を見つかったため、トムは学校から失踪し両親の家に帰る。トムはマーロウ校を退学し、その後10年以上の歳月を両親の家で森を散策しながら過ごす。1909年元旦、オリーブのおとぎ話が劇『地下の国のトム』として上演される。トムと同名の主人公を配してオリーブが子供の頃のトムに書いてくれたおとぎ話の舞台化に、26歳のトムは嫌悪感を抱いて1人劇場を出る。

　そして数日後、トムは岸壁で遺体となって発見される。一方、オリーブの長女ドロシーは、女性にとって狭き門である医師を目指している。17歳のとき、自身がオリーブの婚外子であることを知る。真の父親を探し、医師を目指す過程で、ドロシーは、オリーブが書いてくれた物語『ミストレス・ヒグル』を何度もひも解く。1909年、ドロシーは医師になる。

　小説には他にたくさんの子供たちの成長が描かれる。オリーブの末娘で婦人参政権運動に傾倒するヘッダ、チャールズの妹でケンブリッジ大学に入学するグリゼルダ、陶芸家の弟子となり職人を目指す労働者階級出身のフィリップだ。折しも、第一次世界大戦が勃発。ドロシーと従姉グリゼルダは、従軍看護婦として活動する。成人した少年たちが戦地に赴き、次々に命を落とす。終戦翌年の1919年5月、生き残った者たちは、チャールズの両親の家で再会を果たす。

（水尾文子）

J. M. Coetzee, *Summertime*（2009）
J・M・クッツェー『夏の時間』

作者略歴

1940年、南アフリカ共和国生まれ。両親はアフリカーナー。1983年と1999年にブッカー賞を受賞。2003年にノーベル文学賞を受賞。

■作品梗概■

　ジョン・クッツェーの伝記を書く予定のヴィンセント氏が、クッツェーの知り合い5人にインタビューする。

　ジュリア・フランクル博士とのインタビューは2008年カナダのオンタリオ州キングストンにて。この時クッツェーはすでに故人である。クッツェーは黒人の仕事である肉体労働を自分で行い、執筆人生を最高と考える男だった。セラピストのジュリアは、彼と関係を持つが、自分勝手に彼女のイメージを作るクッツェーとは合わなかった。

　クッツェーの従姉妹マーゴットとのインタビューは、2007年12月、2008年6月に行われる。ある年のクリスマス、彼女の従姉妹ミヒールと姉妹のキャロル、クッツェーとその父がフルフォンテンの実家の農場に集まった。クッツェーは幼い頃マーゴットに恋心を抱いていた。彼はマーゴットと一緒のドライブからの帰り道、車のエンストの修理をカラード（混血）に頼まず自分でするが直せない。

　ブラジル人、ナシィメトゥ夫人とのインタビューは2007年12月サンパウロにて。夫人は、次女の補習英語の先生クッツェーのアフリカーナ英語よりも、生粋のイギリス人の英語を好む。クッツェーが夫人のラテンダンス教室に通い始め、彼女に関心を示すと夫人は教室に来ることを拒否する。ダンスのような身体の世界に生きる夫人は、彼の手紙から見える観念の世界に生きる人間を高く評価できない。

　マーティンとのインタビューは2007年9月シェフィールドにて。彼とクッツェーは、ケープタウン大学の講師募集の人事面接で出会い、意気投合する。2人は南アフリカ共和国での自分たちの生存権は認めるが、国の前身の植民地と、国の政策であるアパルトヘイトには反対する。

　マダム・ソフィー・デノエルとのインタビューは、2008年1月パリにて。彼女は、ケープタウン大学でクッツェーとともに黒人アフリカ文学を教えた。ヴィンセント氏は虚構の入りやすい手紙や日記よりも、総合的人物像を提示できるインタビューの方を信頼する。ソフィーは、ヴィンセント氏が伝記を出版すれば、クッツェーのプライバシーを侵すばかりか、自伝しか認めない彼の考え方にも反することになると言う。1980年ソフィーはフランスへ戻る。

（金子幸男）

Adam Foulds, *The Quickening Maze*（2009）
アダム・フォウルズ『よみがえる迷宮の森』

▶作者略歴

1974年、イギリス生まれ。オクスフォード大学で英文学を学び、イーストアングリア大学大学院創作コースで修士号を取得。

■作品梗概■

　1837年の実際の出来事をもとに、人間関係の変化が季節の移り変わりとともに描かれる。
　秋。マシュー・アレン博士はハイビーチ精神病院を経営。家族は妻、3人の娘ドラ、ハナ、アビゲイル、息子フルトン。患者は農民詩人ジョン・クレア、子爵の跡継ぎで正気でありながら監禁されているチャールズ・シーモア、神と共生する「無言の見張り人」と呼ばれるマーガレットなどである。ある日テニソン兄弟が病院を訪ねてくる。詩人の兄アルフレッドは弟セプティマスを病院に預け、自分は近隣に住む。クレアは森の中で詩作し、ジプシーとの交流もある。
　冬。マシューの兄オズワルドは敬虔なキリスト教徒なので、債務者監獄にいたこともある弟一家の世俗化と贅沢には反発。ハナは文学少女で、アルフレッドと詩人バイロンについて話す。クレアは自分を拳闘家と思い込み、ジプシーと戦い負傷する。
　春。ハナはアルフレッドと詩の話に興じる。
　夏。マシューは企業家トマス・ローンズリーを前に、美しい木製家具のコピーを大量生産できる機械について説明。アルフレッドからは投資を引き出す。自分の洗礼名をメアリーと思い込むマーガレットと、幼な友達のメアリーの名前を自分の妻の名前と錯覚しているクレアとが性的な交わりを持つ。ハナはアルフレッドに想いを伝えるが拒絶される。
　秋。出版者ジョン・テイラーが被後見人のクレアを訪問する。クレアは自分をネルソン提督や詩人バイロンだと思い込んでいた。クレアは妻パティの訪問を受けている幻を見、子供の頃ジェイムズ・トムソンの詩集を手に入れた経緯を思い出す。ローンズリーが、ハナにバラを届け、乗馬を共にする。クレアはマーガレットが看護師に凌辱されているのを目撃する。
　冬。機械の不具合からマシューの事業は暗礁に乗りあげる。シーモア子爵が訪問し、マシューに息子チャールズが病院から逃げて売春婦と逐電したと知らせる。
　春。マーガレットはキリストの生命を周りの創造物に感じ取る。マシューは兄からの借金が期待できず事業の継続を断念し、絶望のあまり身体を壊す。ドラは幸福な家庭を築き、ハナはローンズリーの求婚を受け入れる。アルフレッドは投資の失敗で実家に戻る。クレアは希望していた自由を手に入れ、妻パティのいる家族のもとへ帰る。

（金子幸男）

Simon Mawer, *The Glass Room*（2009）
サイモン・モーアー『ガラスの部屋』

作者略歴

1948年、イギリス生まれ。生物学の教師。1977年よりローマに在住。*Chimera*（1989）で作家デビュー。

■作品梗概■

　チェコ共和国に実在する世界遺産の建築物トゥーゲントハート邸をモデルとした家を舞台に、第二次世界大戦と、それに続く政治的混乱に翻弄された人々の姿を描く。

　チェコスロヴァキア（当時）の自動車会社社長ヴィクトル・ランダウアーは、新婚旅行で知り合ったオーストリア人の建築家ライナー・フォン・アプトに新居の建築を依頼する。1929年、斬新なデザインのランダウアー邸が完成する。なかでも、間仕切りがなく、壁二面が総ガラス張りの「ガラスの部屋」は、合理性と開放性を備えており、新生した母国の明るい未来を映し出しているようだとヴィクトルは思う。だが、彼自身は理性を超えた激情につき動かされ、ウィーンで知り合った貧しいシングルマザーのカタリン・カルマンと密かに逢い引きを重ねるようになる。その後、カタリンは報われぬ愛を断とうとして身を隠すが、偶然にもユダヤ人難民としてランダウアー邸に連れて来られ、子供たちの家庭教師として住み込むことになる。一方、ヴィクトルの妻リーゼルも、親友ハナ・ハナーコヴァーと同性愛の関係にある。

　1938年にズデーテン地方がナチス・ドイツに併合されると、ユダヤ人であるヴィクトルは妻子とカタリン母子を連れて国外に脱出する。道中、夫とカタリンの関係に気づき、苦悩するリーゼル。だが、スペイン入国の際に、カタリン母子はドイツ軍に連行されてしまう。

　大戦中、ランダウアー邸はナチス・ドイツの生物測定学研究の実験施設として利用される。ハナはそこで働く若い科学者スタールに近づき、性交渉を持つ。だが、妊娠した子供を産みたいと言い張るハナに、社会的地位を脅かされると感じたスタールは、彼女とその夫でユダヤ人のオスカーを当局に告発する。2人は強制収容所に送られ、ハナは赤ん坊を出産するが、その直後に取り上げられる。

　終戦後、ランダウアー邸はソ連軍の手に渡り、小児病棟の付属施設として利用される。次いで、1968年には国有の博物館となる。正式な譲渡手続きのため、アメリカ在住のリーゼルが訪れ、ハナと再会する。その後、カタリンの娘マリカとリーゼルの娘オッティリエも、ランダウアー邸で偶然の再会を果たす。

（高本孝子）

Sarah Waters, *The Little Stranger*（2009）
サラ・ウォーターズ『小さきよそもの』

邦訳：『エアーズ家の没落』（上・下）中村有希訳（東京創元社、2010）

■作者略歴■

Fingersmith（2002）の作者略歴を参照。

■作品梗概■

　第一次世界大戦直後まで隆盛を誇り、その後没落したエアーズ家の住む荒れ果てたハンドレッズ領主館が主な舞台。少年期に屋敷へ憧憬の念を抱いていたファラデー医師は、第二次世界大戦終了後、代理往診を契機にこの斜陽の一家と親交を深めるようになる。屋敷には、24歳の若き当主ロデリック、26歳の姉キャロライン、母エアーズ夫人、14歳の使用人ベティが住む。

　近所に越してきたベイカー＝ハイド夫妻一家のために、領主館でパーティが開催される。夫妻の娘が領主館の飼い犬に顔を噛まれる事件が起きる。ベティは屋敷にいる邪悪なものの存在を指摘し、事件の直前に自室でポルターガイスト現象を目撃していたロデリックも同種の発言をする。ロデリックは屋敷への憎悪を示すようになる。後日、彼の部屋から火が出て、領主館が大火事になる。ロデリックは母と姉にその挙動不審ぶりを疑われ、バーミンガムの病院へと送られる。

　一家の借金のために、敷地の一部が売却され、領主館の零落に拍車がかかる。一方、ファラデーとキャロラインの親密さは増していき、やがて交際から求婚へと発展する。

　同時進行で、領主館では怪事件が連続して起こる。あちこちに現れる落書き、建物内を移動する音、深夜の電話、勝手に鳴る呼び鈴、昔の伝声管から聞こえる音。伝声管がつながっている子供部屋に、エアーズ夫人が閉じこめられる。夫人は幼くして死んだ長女スーザンの関与を、キャロラインは屋敷に憑いている何ものかの関与を主張し、両者は精神的に疲弊していく。夫人は体に多くの傷や痣が生じ、ついには鍵のかかった自室で首を吊って死ぬ。

　葬儀の後、ファラデーは結婚の準備を始めるが、キャロラインはこれを拒否し、領主館を売却して出て行こうとする。しかし、彼女は出立数日前の真夜中に階段から転落死する。目撃者ベティやファラデーの証言により、検死官は彼女の死を精神錯乱による自殺と判断し、ファラデーもこれに同意する。

　3年後、領主館は依然として買い手がつかぬままである。屋敷に憑いているものの気配を感じて振り返ったファラデーは、ひび割れた窓ガラスに映る、歪んだ眼差しをした自身の顔をそこに認める。

（池園宏）

Howard Jacobson, *The Finkler Question*(2010)
ハワード・ジェイコブソン『フィンクラーの問題』

作者略歴
1942年、イギリス生まれのユダヤ人作家。ケンブリッジ大学で学んだ後、シドニー大学およびケンブリッジ大学などで教える。その後、作家へ転身。

■作品梗概■
　ロンドンのBBCで冴えないプロデューサーをしていたジュリアン・トレスラブは、転職を重ねた後、パーティなどで有名人のそっくりさん役をつとめる仕事についていた。オペラ好きの彼は、悲劇的愛恋への憧れから、憐れに見える女性を好む傾向があった。しかし、どの女性も、ハンサムだが没個性的な彼に失望し躊躇なく去って行く。
　49歳の彼には2人のユダヤ人の友人がいる。学生時代からの友人フィンクラーと、2人の共通の恩師で90歳のリバーである。ある夜、リバーのアパートで友人2人と夕食をした帰り道、トレスラブは何者かに襲われる。そのとき、強盗の発した言葉が「ジュ…」と聞こえたことから、彼は、この襲撃はもの取りが目的ではなく、「ジュウ」すなわちユダヤ人を標的にした嫌がらせではないかと疑う。以前から友人のユダヤ人に憧れていた彼は、ユダヤ人に間違われて襲撃されたと思い込み、内心喜ぶ。そして、これをきっかけにユダヤ人になろうと努力する。
　一方、フィンクラーは、冴えないトレスラブと違って、今や、テレビでも本でも人気者の哲学者だった。彼は、ロンドンの著名なユダヤ人たちが作る「恥を知るユダヤ人」というクラブから入会を請われ、主宰者にまでなるが、夫としては失格だった。妻のタイラーはキリスト教からユダヤ教に改宗し、良き妻になろうと努めていた。しかし、彼は妻のけなげな努力に無関心なばかりか、彼女は誰よりも妻としてふさわしいと知りながら愛人を作って遊んでいた。彼女は、仕返しとして、トレスラブと性的関係を結ぶ。やがて彼女は、夫と和解する機会もないまま、癌で亡くなる。その後、フィンクラーは、妻の遺したエッセイを発見する。彼は、それを読み、妻の鋭い指摘によって、狭隘なユダヤ主義に陥っていた自分を認識させられる。
　トレスラブからタイラーとの情事を告白されたリバーは、彼を詰問し、彼の心に潜むユダヤ人に対する差別意識を指摘し、嘆き悲しむ。3人の友情は重大な危機を迎え、リバーは、亡き妻マルキと訪れたビーチイ・ヘッドに赴き、海岸の岩場で最期を遂げる。トレスラブはその死に責任を感じる。やがて、一緒に暮らすようになっていたリバーの姪ヘフジバーとの関係も変化がきざす。

（吉村治郎）

Peter Carey, *Parrot and Olivier in America*（2010）
ピーター・ケアリ『パロットとオリヴィエ、アメリカに行く』

作者略歴

True History of the Kelly Gang（2001）の作者略歴を参照。

■作品概要■

　1793年、芸術家を夢見る「パロット」ことジョン・ラリットが12歳のとき、父親がデヴォンの印刷所で働くことになる。見習いとして雇われたパロットは隠し部屋で偽札を作るアルジャノン・ワトキンズの世話を任される。偽札作りが発覚すると、パロットは逃げ、偽札作りの首謀者のティルボ侯爵（ムッシュ）と出会う。2人で囚人搬送船に乗り込みイギリスを脱出するも、パロットは見捨てられ、オーストラリアに辿り着く。数年後、パロットの模造の才を知るムッシュにフランスへ連れてこられ、画集を贋作させられて月日が流れる。

　フランス革命後の1804年、オリヴィエはフランスの名門貴族ガルモン伯爵の一人息子として生まれる。長じて後、彼は時勢を知るべく共和制や自由主義を熱心に学ぶが、それは王族や貴族たちにとって裏切り行為である。26歳になった彼に危険が及ぶことを恐れた両親は、友人であるムッシュに相談し、刑務所制度を視察するという名目で、オリヴィエをアメリカへと送り出す。その際、謄写係兼見張り役として49歳になったパロットが従者につけられる。

　最初は互いに反感を抱く2人だが、次第に相手の誠実さに気づく。様々な刑務所を視察するうちに、オリヴィエはアメリカ的民主主義に興味を持つ。黒人差別と拝金主義には否定的な見方を持つものの、刑務所長の娘アメリア・ゴドフロワを好きになり、率直で快活で自由な彼女を通してアメリカ人の気風に好意を抱く。一方パロットは自分が何も成してこなかったと苦しむ。そして、オリヴィエの「民主主義に芸術は生まれない」という持論に反発し、またオリヴィエの幸せを願い見張り役を降りるために、主従関係を解消する。その後ニューヨークで再会したワトキンズと印刷所を立ち上げ、彼の版画で画集を作り、顧客を持つムッシュに販売を依頼する。仕事が成功したころ、アメリアとの婚約を解消して落ちぶれたオリヴィエが現れる。過去を捨てて自由なアメリカ人になることを望んだオリヴィエに対し、アメリアはフランス貴族になることを望んだのだった。パロットはアメリカに失望しているだけのオリヴィエを憐れみ、成功した自分の姿にアメリカの肯定的な面を見て立ち直ってほしいと願う。

（石井征子）

Emma Donoghue, *Room*（2010）
エマ・ドノヒュー『部屋』

作者略歴
1969年、アイルランド生まれ。ケンブリッジ大学で18世紀小説を研究し、英文学の博士号を取得。20代から作家として活動する。

■作品梗概■
　物語は、ジャックが彼の母とともに5歳の誕生日を迎える場面ではじまる。ジャックは生まれてから外に出たことがない。というのも、ジャックと彼の母は、彼らが＜部屋＞とよぶその小さな小屋に監禁されているからである。7年まえのある日、19歳の大学生だった母は男によって拉致され、男の家の庭にある小屋に監禁された。それ以後、事件の真相は世間に知られないまま、彼女はオールド・ニックとよばれるその男の性的暴行に耐える日々を過ごしてきた。やがて妊娠、最初の出産は死産だったが、その後ジャックを出産し、＜部屋＞で彼を守り、愛し、育ててきた。ニックによる性的暴行はその後もつづき、ニックが＜部屋＞にあらわれるとき、ジャックは洋服箪笥のなかでじっとしているように言われている。＜部屋＞はジャックの知る現実世界のすべてだが、彼が5歳になったいま、母は拉致のこと、外の世界のことを説明し、2人で脱出の計画を立てる。ある日、母はジャックが病気で死んだとニックに告げる。ジャックの死体を遺棄しようと、ニックはジャックを運び出す。死体を装っていたジャックは途中で逃走し、警察に保護される。ニックは逮捕され、母は救出される。しかし、ジャックにとって、生まれてはじめて見る世界への適応は容易ではない。また、事件は大きく報道され、2人は世間の好奇の目にさらされる。2人は社会適応のさまざまな困難と母の自殺未遂を乗り越え、アパートで新しい生活をはじめる。ある日、ジャックはあの忌まわしい＜部屋＞を見たいと言う。2人は＜部屋＞を訪れ、＜部屋＞に別れを述べるところで物語は終わる。

　物語はジャックの一人称の語りで語られる。＜部屋＞で育てられたジャックの言語は特殊なもので、それを外の世界の人びとはしばしば理解できない。物語のなかで彼の言語を完全に理解できるのは母だけだが、2人の監禁生活を知る読者もまたその理解を共有する。ジャックの特殊な言語を通して、母子の深い愛情と共感に読者をとり込んでいく物語である。

（加藤洋介）

Damon Galgut, *In a Strange Room: Three Journeys*（2010）
デイモン・ガルガット『見知らぬ部屋で ― 3つの旅 ―』

作者略歴
The Good Doctor（2003）の作者略歴を参照。

■作品梗概■
　南アフリカ共和国に住む白人青年デイモンが、1990年頃の青年期から2000年代の中年期にかけて、3つの旅を経験する。その旅の様子や旅で関わった人々とのできごとが淡々と描かれ、主人公の生き方と人間関係のとり方を暗示している。3部構成の作品で「随行者」「恋人」「保護者」という副題がデイモンと他の登場人物との関係を示唆する。

　「随行者」では、死の不安に駆られている若い日のデイモンは、たえず各地を旅して回る。ギリシアを旅行しているときに、黒づくめの服装で長髪のライナーというドイツ人と知り合いになる。帰国したデイモンはベルリンに帰ったライナーと文通する。2年が経ち、ライナーが南アフリカ共和国へやってくる。主導権争いとお金の問題から対立し、デイモンはライナーを崖から突き落としたい誘惑に駆られる。山中に彼を置き去りにして下山するが、次第に後悔する。心配しているとライナーがケープタウンに現れる。病気になった彼は、デイモンのところに居座るが、送金がありようやく出ていく。

　「恋人」ではデイモンはアフリカを旅し、タンザニアに行く3人組と同行する。スイス人の若者ジェロームからスイスへ来るように誘われる。仲間と別れてプレトリアへ帰る。4か月後、ジェロームに会いにスイスへ行き、彼の家族からも歓待される。友人がケープタウンの近くに家を買い、帰国した彼に使わせてくれることになる。「ついに自分にも家ができた」と喜んでジェロームに手紙を書くが、彼はすでにバイクの事故で亡くなっていることがわかる。

　「保護者」では、中年になったデイモンがインド旅行中に、アナという神経症の女性と道連れになる。アナは仕事や人間関係のストレスで、外国での休息が必要である。彼女には女性の恋人がいたが、ジャンというフランス人の中年男性とも親しくなる。睡眠薬を多量に持っていたアナは、自殺を試みる。イギリス人で元看護師のキャロラインと2人で介抱し、アナは一命を取り留める。キャロラインは30年前にモロッコで夫を事故で失ったつらい思い出がある。ようやくアナを南アフリカ共和国へ帰すが、彼女は結局自殺する。2年後デイモンはモロッコ旅行中に、思い出してキャロラインの夫の墓参りをする。

（松田雅子）

Andrea Levy, *The Long Song*（2010）
アンドリア・リーヴィ『かの長き歌』

▶作者略歴◀

1956年、イギリス生まれ。両親はジャマイカ人。いくつかの文芸創作教室で修行した後、30代半ばで処女作を発表。

■作品梗概■

　ジャマイカのサトウキビ農園「アミティ」に、白人監督タム・デュワーと奴隷女キティの子として生まれたジュライの物語である。9歳のジュライは、農園主ジョン・ハワースの姉キャロライン・モーティマーに気に入られ、母から引き離され屋敷内のメイドとなる。

　ジュライが16歳になった1831年に、奴隷解放を求める黒人たちの蜂起「クリスマス反乱」が勃発する。ジョンは鎮圧のため義勇軍に参加するが、黒人に自由思想を吹き込んだとして白人牧師が白人からリンチされているのを見て、神を信じられなくなり、屋敷に戻って自殺する。たまたまジュライは恋仲の黒人ニムロッドと一緒にジョンの寝室に隠れていたが、ニムロッドが下手人だと決めつけられ、ジュライはニムロッドと逃亡する。タムがニムロッドを射殺しジュライを追い詰めたとき、キティがタムに襲いかかり致命傷を負わせる。キティは絞首刑になる。

　ジュライはニムロッドの子を出産すると、売り払われるのを恐れ、この男児トマスを白人牧師ジェイムズ・キンズマンと妻に託す。

　1838年、奴隷解放が発効したが、キャロラインはジュライを召使い扱いし続ける。農園には白人ロバート・グッドウィンが監督として着任、四十路のキャロラインは年甲斐もなくこの若者に恋をするが、ロバートはジュライに夢中になる。彼はキャロラインと形だけ結婚して、ジュライとの恋愛にふけり、やがてジュライはロバートの子エミリーを産む。ロバートは人種平等思想の信奉者だったが、黒人たちが自由を主張し農園労働を拒否するようになると、ジュライへの愛もどこへやら、農園内の黒人住居を破壊するなど強硬手段をとり始める。対抗して黒人たちは農園から一斉に引き払い、アミティ農園は経営崩壊する。失意のロバートはキャロラインと一緒にイギリスへ戻るが、その際エミリーを奪い去る。

　約30年後、落ちぶれたジュライが鶏窃盗で逮捕されたとき、裁判の陪審員席にいたのが、今や裕福な出版業者となったトマスだった。母子は以後一緒に暮らすようになり、1898年現在、トマスにせがまれてジュライはこの物語を本にしている。そしてそのあとがきで、トマスはエミリーに関する情報提供を読者に頼む。　　　　　（宮原一成）

Tom McCarthy, *C* (2010)
トム・マッカーシー『C』

作者略歴
1969年、イギリス生まれ。オクスフォード大学で英文学を学ぶ。概念芸術も手がけている。処女作は *Remainder* (2005)。

■作品梗概■

　主人公は1898年生まれのサージ・カレファックスである。父シメオンは風変りな発明家で、南イングランドでヴェルソアという聾学校を運営している。その父と聾者で絹を製造している母のもとにサージは誕生し、そこから物語は始まる。シメオンは発明家で、生徒に銅線電報や無線送信の実験を試みさせている。サージと姉ソフィは送話器や昆虫に囲まれた環境で育ち、父親の影響もあって、奇妙な化学の実験を行ったりする。博物学に関心を持つソフィは、大人の世界に入る頃、意味不明のメッセージを伝え始め、第一次世界大戦開戦間近に、シアン化物を飲んで自殺をする。ソフィの自殺にショックを受けたサージは、癒しのために中央ヨーロッパのクロデブラディの保養地で療養に努める。そこで彼は、幼い頃にポリオを患ったタニアというマッサージ師と出会い、初めて性的関係を持つ。

　開戦後、19歳になったサージは無線オペレーターとして入隊し、イギリスからフランスに送られる。戦闘は激しく、サージが所属していた第104飛行部隊の大多数は亡くなり、落下傘で脱出したサージもドイツ領に降り立ち、捕虜となる。数年の抑留生活の後、サージは捕虜仲間とともに脱走し、戦争も終焉を迎える。戦時下でコカインとヘロインへの嗜好を身に着けたサージは、イギリスに戻った後、建築学を学ぶかたわら、薬物に関心があるオードリーという三流舞台女優と交流を持ち、彼女が信じる霊能会に出席したりする。1922年、サージは世界規模のコミュニケーションネットワークの設立を手伝う仕事のために、エジプトに送られる。エジプトでは、ネットワーク設立のために考古学的掘削が必要で、サージは考古学の教授であるフォルキナーの下でネットワーク設立に勤しむ。ある程度の任務を終え、ポート・サイドから船に乗ったサージは、以前から苦しめられていたくるぶしの胞腫のために船上で命を落とす。

　謎めいた『C』というタイトルは、カレファックスのC、ソフィが自殺の手段としたシアン化物、サージが耽るコカイン、シメオンが関心を示す銅線コイル、戦時下のサージの部隊、エジプトでサージが書く作業日報のカーボン・コピーなど複合的意味を持つ。

(永松美保)

あとがき

　本書の執筆陣は福岡現代英国小説談話会のメンバーである。この会は1975年以来の長い歴史を持つ研究会であるが、主宰者である吉田徹夫先生のもと、現在も年3回前後のペースで定期的に会合を開いている。2005年にその成果『ブッカー・リーダー ——現代英国・英連邦小説を読む——』を上梓した後も、会では新たなブッカー賞受賞作品あるいは最終候補作品を読み進める作業を続けてきた。前書から数年が経ち、メンバーの中から、そろそろ今世紀最初の10年の動向を集約した研究書を発表してはどうかという声が起こり、このたびの出版に及んだ次第である。新たな刊行にあたり書名は一新することとなったが、本書の基本方針は実質的に前書を受け継ぐものとなっている。

　本書は作品論とあらすじ紹介の2本柱で構成されている。前書の作品論の対象は、ブッカー賞が誕生した1969年から前世紀末までの代表的な作品群であった。今回カバーしたのは、2001年から2010年までのブッカー賞受賞作品すべてと、過去複数回にわたり最終候補作品にノミネートされた実力派の作家による作品である。一方、あらすじについては、前書では1969年から2004年（第2刷増補版では2005年）までの受賞作品のみを収録していたが、今回は2001年から2010年までの最終候補作品（受賞作品を含む年6冊）を網羅した。これは前書のあらすじ紹介が好評をいただいたことを受け、さらに多くの作品にも興味を持っていただく機会が増えればとの期待を込めたためである。なお、この10年間におけるブッカー賞の潮流については「序」に詳述してあるので、そちらをご参照いただきたい。

　本書に収録した作品論とあらすじは、編集者全員がすべて目を通して検討、調整を行った。少しでも良質の本にできればと願ったためである。各作品論のアプローチについては、基本的に執筆者の意向を尊重する方針で出発

した。批評の手法は伝統的なものから先端的なものまで様々に考えられようが、談話会の主旨として、まずはテクストを真摯かつ丹念に読み込み、そこから抽出される主題を深く絞り込んで論究していくという基本路線があるため、全体としてはこれに沿ったものとなっている。また、定例の会合では、対象作品の内容を全員で共有するため、担当者が物語のあらすじを文章化して報告している。あらすじの作成は実際にやってみると意外に難しく、かなりの時間と力量を要するものである。内容を正確に伝えるのはもちろんのことだが、同時に、個々のエピソードが持つ因果関係や有機的つながりを意識し、それをもとに小説の全体像をうまく浮かび上がらせることが重要となる。本書を纏めるにあたり、編集者は以上のような諸点を念頭に置いて作業を進めた。ただし、作品論とあらすじの内容に関しては、最終的には個々の執筆者の判断に委ねてある。ご高覧いただいた読者諸賢からご感想やご批判をいただければ幸いである。

　最後に、本書の刊行に際しては、前書と同じく開文社出版の安居洋一社長にたいへんお世話になった。試行錯誤を繰り返す不慣れな編集作業の中、その柔和なお人柄で温かいご支援をいただいた。この場をお借りして、心より厚くお礼を申し上げたい。

2011 年 10 月
編集者一同

索　引

本文中で言及される語句のみを掲載した。国名・人名などについては、原則として一般に用いられている呼称を使用した。

【あ】

アーサー王伝説　Arthurian legend　　154, 259
『アーサーとジョージ』（ジュリアン・バーンズ）　*Arthur & George*　147-64, 334
アイルランド（共和国）、アイルランド人　Ireland, Irish　　ix, xii, 1, 8, 13, 120, 136, 154-55, 207, 212-13, 309, 312, 318, 331, 333, 335, 341, 345, 352, 365
『悪魔の詩』（サルマン・ラシュディ）　*The Satanic Verses*　xiii
アッシュクロフト、ビル　Bill Ashcroft　　191
アッシュフォード（イギリス）　Ashford　　346
アディガ、アラヴィンド　Aravind Adiga　　xi, 225-40, 351
アトウッド、マーガレット　Margaret Atwood　　79-94, 323
アトリー、アリソン　Alison Uttley　　266
『アニマルズ・ピープル』→『アニマルの仲間たち』
『アニマルの仲間たち』（インドラ・シンハ）　*Animal's People*　　350
アパルトヘイト　apartheid　　324, 328, 359
アフリカーナー　Afrikaner　　359
アフリカ民族会議　African National Congress　　328
アヘン戦争　Opium War　　353
アボリジニ　Aborigine　　14, 340
アメリカ（合衆国）、アメリカ人　United States of America, American　　xi-xiii, 61-62, 125, 128, 187-88, 190, 200-02, 229-31, 233-34, 294, 302-03, 311-12, 317, 329-31, 339, 342-43, 347, 350-51, 361, 364
『嵐が丘』（エミリー・ブロンテ）　*Wuthering Heights*　198
『アラビアン・ナイト』　*Arabian Nights*　269
アラブ人　Arab　　98
アリ、モニカ　Monica Ali　　322
『ある貴婦人の肖像』（ヘンリー・ジェイムズ）　*The Portrait of a Lady*　　126
アルジェリア、アルジェリア人　Algeria, Algerian　　294
『あるスキャンダルの覚え書き』（ゾーイ・ヘラー）　*Notes on a Scandal*　　325
アレキサンダー大王　Alexander the Great　　230
アレクサンドリア（エジプト）　Alexandria　　342

アングロサクソン人　Anglo Saxon　295
アンダーソン、ベネディクト　Benedict Anderson　245
アントワープ（ベルギー）　Antwerp　242, 253-54, 357

【い】

イーストアングリア大学　University of East Anglia　310-11, 345, 360
イエス・キリスト　Jesus Christ　4-5, 75, 257, 283, 294
イギリス、イギリス人　Britain, British　ix, xi-xii, xv, 96, 98, 125, 147, 149, 158-59, 162, 165, 167, 187-97, 199, 202-04, 225, 231, 241, 258, 260, 265, 283-84, 293, 295-96, 298, 301, 310-14, 318-19, 321-22, 325-29, 332, 334-36, 338-39, 341, 343, 346, 348-50, 354-55, 357-58, 360-61, 363-64, 366-68
イギリス連邦　British Commonwealth　ix
イギリス連邦作家賞　Commonwealth Writers' Prize　340, 342
イクバール、ムハンマド　Muhammad Iqubal　230
イシグロ、カズオ　Kazuo Ishiguro　xii, xiv, 165-85, 336
イスラエル　Israel　283, 299-300
イタリア、イタリア人　Italy, Italian　100, 121, 257, 318, 331
イタリア戦争　Italian Wars　242
『田舎と都会』（レイモンド・ウィリアムズ）　The Country and the City　204
『荊の城』→『フィンガースミス』
『いばら姫』（グリム兄弟）　Briar Rose　43-47, 49, 52, 57
イラク戦争　Iraqi War　xiii
イングランド、イングランド人　England, English　2, 13-14, 96, 136, 148, 155, 162, 173, 242-48, 250-60, 266, 268, 272, 275, 311, 329, 331, 336, 355, 357-58, 368
『イングランド、イングランド』（ジュリアン・バーンズ）　England, England　148
印象派　Impressionists　142-43
インターネット　Internet　x, xiii, xiv-xv, 71-72, 82-83, 298, 321, 323, 337
インド、インド人　India, Indian　xi-xii, 18-20, 38, 148, 155, 159, 187-205, 225-27, 229-34, 238, 315-16, 328, 334, 339, 342, 347, 350-51, 353, 366

【う】

『ヴァーノン・ゴッド・リトル』（ＤＢＣ・ピエール）　Vernon God Little　61-77, 321
ヴァーラーナシ（インド）　Varanasi　226
ヴァレリー、ポール　Paul Valéry　143
ヴァン・ダム、ジャン＝クロード　Jean-Claude Van Damme　64
ウィーン（オーストリア）　Vienna　155, 334, 361
ヴィクトリア大学ウェリントン（ニュージーランド）　Victoria University of Wellington　348

ヴィクトリア朝　Victorian age　　xi, xv, 124, 149, 155-56, 267-69, 272-73, 275
ウィクリフ、ジョン　John Wycliffe　　252
ウィリアムズ、レイモンド　Raymond Williams　　204
ウィントン、ティム　Tim Winton　　320
ウェールズ　Wales　　251, 258
ヴェニス（イタリア）　Venice　　121-23, 331, 357
ウェルズ、H・G　H. G. Wells　　79
ヴェルディ, フランチェスコ　Francesco Verdi　　289
ウォーターズ、サラ　Sarah Waters　　xv, 43-59, 319, 344, 362
ウッドハウス、P・G　P. G. Woodhouse　　198
ウッドワード、ジェラード　Gerard Woodward　　332
『海』（ジョン・バンヴィル）　*The Sea*　　xiv, 133-45, 333
『海に帰る日』→『海』
ヴュイヤール、エドゥアール　Édouard Vuillard　　143
ウルジー、トマス　Thomas Wolsey　　241, 245, 247-48, 257, 357
ウルソン、コンスタンス・フェニモア　Constance Fenimore Woolson　　116-17, 121-23, 128-29
『ウルフ・ホール』（ヒラリー・マンテル）　*Wolf Hall*　　xv, 241-63, 357

【え】
『エアーズ家の没落』→『小さきよそもの』
エイズ　AIDS　　100, 109-10, 327
エイダルジ、ジョージ　George Edalgi　　147-64, 334
エクアドル、エクアドル人　Ecuador, Ecuadorian　　200
エクセター大学（イギリス）　University of Exeter　　355
エジプト、エジプト人　Egypt, Egyptian　　342, 368
エセックス（イギリス）　Essex　　256
エディンバラ（イギリス）　Edinburgh　　314
エディンバラ大学（イギリス）　University of Edinburgh　　154, 334
エデル、レオン　Leon Edel　　116, 119
エドワード朝　Edwardian age　　267-68, 272-74
エドワード4世　Edward IV　　346
エリザベス1世　Elizabeth I　　241
エルトン、G・R　G. R. Elton　　242
『エレクトリック・ミケランジェロ』（サラ・ホール）　*The Electric Michelangelo*　　329
エンライト、アン　Anne Enright　　207-23, 345

【お】

『大いなる遺産』（チャールズ・ディケンズ）　*Great Expectations*　348
オーウェル、ジョージ　George Orwell　79
オースティン、ジェイン　Jane Austen　198, 200
オーストラリア、オーストラリア人　Australia, Australian　1, 6, 9, 13-15, 309, 313, 320-21, 330, 340, 348, 355-56, 361, 364
オーストリア、オーストリア人　Austria, Austrian　334, 361
オードリー、トマス　Thomas Audley　248
オクスフォード（イギリス）　Oxford　xi, 253
オクスフォード大学（イギリス）　University of Oxford　xi, 96, 247, 251, 322, 325, 327, 334, 343, 351, 353, 360, 368
『男たちの国で』（ヒシャーム・マタール）　*In the Country of Men*　342
『驚くべき色のほとばしり』（クレア・モラル）　*Astonishing Splashes of Colour*　326
オランダ　Holland, Netherlands　257
『オリヴァー・ツイスト』（チャールズ・ディケンズ）　*Oliver Twist*　43
オリエンタリズム　Orientalism　188
『オリクスとクレイク』（マーガレット・アトウッド）　*Oryx and Crake*　79-94, 323
オレゴン（アメリカ）　Oregon　61
オレンジ賞　Orange Prize for Fiction　354
温家宝　Wen Jiabao　226, 238, 351
オンタリオ（カナダ）　Ontario　359

【か】

『ガーディアン』　*Guardian*　ix, 225
カール5世（カルロス1世）　Karl V (Carlos I)　247-48
『ガイ・ドンヴィル』（ヘンリー・ジェイムズ）　*Guy Domville*　115-16, 120
カイロ（エジプト）　Cairo　342
カウンターカルチャー　counterculture　349
『鏡の国のアリス』（ルイス・キャロル）　*Through the Looking-Glass*　96, 107-08
『家族の事情』（ロヒントン・ミストリー）　*Family Matters*　316
カダフィ、ムアンマル＝アル　Muammar Gaddafi　342
カナダ、カナダ人　Canada, Canadian　18-19, 315-17, 323, 359
『かの長き歌』（アンドレア・リーヴィ）　*The Long Song*　367
カプラン、フレッド　Fred Kaplan　116
ガヤ（インド）　Gaya　351
『ガラスの部屋』（サイモン・モーアー）　*The Glass Room*　361
『ガリバー旅行記』（ジョナサン・スウィフト）　*Gulliver's Travels*　79
『カリブの熱い夜』（テイラー・ハックフォード）　*Against All Odds*　65, 67

カリンポン（インド）　Kalimpong　　187-91, 195, 197-98, 201, 203-04, 339
カルカッタ　→　コルカタ
ガルガット、デイモン　Damon Galgut　　324, 366
カルチュラル・スタディーズ　Cultural Studies　　188
カルロス１世　→　カール５世
カレー（フランス）　Calais　　255, 357
河合隼雄　　44, 48
『河の湾曲部』（V・S・ナイポール）　*A Bend in the River*　　199
韓国、韓国人　Korea, Korean　　312
ガンビア、ガンビア人　Gambia, Gambian　　200
カンペッジオ、ロレンツォ　Lorenzo Campeggio　　357

【き】
『気が進まない原理主義者』（モーシン・ハミド）　*The Reluctant Fundamentalist*　　347
『着ている服』（リンダ・グラント）　*The Clothes on Their Backs*　　354
『ギネス・ブック』　*Guinness Book of Records*　　341
キプリング、ラドヤード　Rudyard Kipling　　203, 268
『キム』（ラドヤード・キプリング）　*Kim*　　203
キャサリン・オブ・アラゴン　Catherine of Aragon　　247, 357
『キャッチャー・イン・ザ・ライ』（J・D・サリンジャー）　*The Catcher in the Rye*　　63
キューバ、キューバ人　Cuba, Cuban　　324
『巨匠』（コルム・トビーン）　*The Master*　　115-32, 331
「巨人退治のジャック」（ケア・ハーディ）　"Jack the Giant Killer"　　269
ギリシア　Greece　　366
ギリシア（古代）　ancient Greece　　250, 258
ギリシア神話　Greek myth　　268
キリスト　→　イエス・キリスト
ギル、エリアナ　Eliana Gill　　219
キングストン（カナダ）　Kingston　　359

【く】
『グアヴァ園は大騒ぎ』（キラン・デサイ）　*Hullabaloo in the Guava Orchard*　　190
グアテマラ、グアテマラ人　Guatemala, Guatemalan　　200
『空間の詩学』（ガストン・バシュラール）　*The Poetics of Space*　　124
『偶然なるもの』（アリ・スミス）　*The Accidental*　　337
空想科学小説　SF (science fiction)　　80, 165
クッツェー、J・M　J. M. Coetzee　　359
『雲の世界地図』（デイヴィッド・ミッチェル）　*Cloud Atlas*　　330

グラストンベリー（イギリス）　Glastonbury　259
『暗闇のなかで』（レイチェル・シーファー）　The Dark Room　313
グラント、リンダ　Linda Grant　354
グランド・キャニオン　Grand Canyon　337
クランマー、トマス　Thomas Cranmer　242, 248, 357
クリスティ、アガサ　Agatha Christie　198
クリスマス反乱　Christmas Rebellion　367
グリム兄弟　Brothers Grimm　44-45, 276
グルガオン（インド）　Gurgaon　231
クルド人　Kurd　346
クレア、ジョン　John Clare　360
グレアム、ケネス　Kenneth Grahame　266, 268
クレメンス7世　Clemens VII　247
グレンヴィル、ケイト　Kate Grenville　340
グレンローワン（オーストラリア）　Glenrowan　2-3, 6, 13, 309
『グローバリズム出づる処の殺人者より』→『ホワイト・タイガー』
クローン羊　cloned sheep　165
クロムウェル、トマス　Thomas Cromwell　241-63, 357

【け】

ケアリ、ピーター　Peter Carey　1-16, 309, 364
ケープタウン（南アフリカ共和国）　Cape Town　366
ケープタウン大学（南アフリカ共和国）　University of Cape Town　324, 359
『芥子の海』（アミタヴ・ゴーシュ）　Sea of Poppies　353
『ケプラー』（ジョン・バンヴィル）　Kepler: A Novel　135
ケリー、ネッド　Ned (Edward) Kelly　1-16, 309
『ケリー・ギャングの真実の歴史』（ピーター・ケアリ）　True History of the Kelly Gang　1-16, 309
ゲルナー、アーネスト　Ernest Gellner　243, 245
ケント（イギリス）　Kent　346, 358
ケント大学（イギリス）　University of Kent　312, 319
ケンブリッジ（イギリス）　Cambridge　xi, 187, 191-92, 196, 203
ケンブリッジ英文学　Cambridge English　144
ケンブリッジ大学（イギリス）　University of Cambridge　xi-xii, 191, 272, 330, 339, 350, 358, 363, 365

【こ】

『洪水の年』（マーガレット・アトウッド）　The Year of the Flood　80, 85, 87-88

ゴーシュ、アミタヴ　Amitav Ghosh　　xi, xv, 353
ゴードン、リンダル　Lyndall Gordon　　116-17, 123, 129
国際ブッカー賞　Man Booker International Prize　　x
『子供たちの本』（A・S・バイアット）　The Children's Book　　265-81, 358
コナー、スティーヴン　Stephen Connor　　259
『コペルニクス博士』（ジョン・バンヴィル）　Doctor Copernicus: A Novel　　135
コリンズ、ウィルキー　Wilkie Collins　　43
ゴルカ（ネパール）　Gorkha　　190-91, 196-97, 204-05, 339
コルカタ（旧称カルカッタ）（インド）　Kolkata (Calcutta)　　xi, 353
ゴルカ民族解放戦線　Gorkha National Liberation Front (GNLF)　　188, 195, 201, 339
コルズ、ロバート　Robert Colls　　244, 246
コロニアリズム　colonialism　　203
コロラド（アメリカ）　Colorado　　61
コロンバイン高校銃乱射事件　Columbine High School massacre　　61-62, 73-74
コロンビア、コロンビア人　Colombia, Colombian　　200
コロンビア大学（アメリカ）　Columbia University　　xi, 325, 339, 351
『コンパルシヴ・リーダー』　Compulsive Reader　　11-12, 14
コンラッド、ジョゼフ　Joseph Conrad　　103

【さ】

サイード、エドワード　Edward Said　　xii, 14
「最後の事件」（アーサー・コナン・ドイル）　"The Final Problem"　　158
ザイプス、ジャック　Jack Zipes　　266, 277
『作者を出せ！』（デイヴィッド・ロッジ）　Author, Author　　116-17
佐々木徹　　43
サッカレー、ウィリアム・メイクピース　William Makepeace Thackeray　　121
サッチャー、マーガレット　Margaret Thatcher　　98-99, 106, 110-11, 327, 355
サッチャリズム　Thatcherism　　105
サバルタン　subaltern　　14
サフェド（イスラエル）　Safed　　22
サマセット・モーム賞　Somerset Maugham Award　　355
サリー（イギリス）　Surrey　　156
ザンジバル、ザンジバル人　Zanzibar, Zanzibari　　201
『酸素』（アンドリュー・ミラー）　Oxygen　　311
サンパウロ（ブラジル）　São Paulo　　359

【し】

『C』（トム・マッカーシー）　C　　368

CNN　Cable News Network　202
シーファー、レイチェル　Rachel Seiffert　313
シーモア、ジェイン　Jane Seymour　357
シールズ、キャロル　Carol Shields　317
ジェイコブソン、ハワード　Howard Jacobson　x, 283-304, 363
ジェイムズ、ウィリアム　William James　124-25, 127, 331
ジェイムズ、ヘンリー　Henry James　101-04, 115-32, 331
『ジェイン・エア』（シャーロット・ブロンテ）　*Jane Eyre*　198
シェフィールド（イギリス）　Sheffield　355, 359
シェフィールド大学（イギリス）　University of Sheffield　357
シェリー、メアリー　Mary Shelley　79
シオニズム、シオニスト　Zionism, Zionist　283, 300
『ジキル博士とハイド氏』（ロバート・L・スティーヴンソン）　*The Strange Case of Dr Jekyll and Mr Hyde*　79
『侍女の物語』（マーガレット・アトウッド）　*The Handmaid's Tale*　79
シッキム（インド）　Sikkim　188, 203
シドニー（オーストラリア）　Sydney　2, 340
シドニー大学（オーストラリア）　University of Sydney　363
『自負と偏見』（ジェイン・オースティン）　*Pride and Prejudice*　198, 200
島根　312
『シャーロック・ホームズ』シリーズ（アーサー・コナン・ドイル）　*Sherlock Holmes* series　147-50, 153, 155, 158-60, 334
ジャマイカ、ジャマイカ人　Jamaica, Jamaican　97, 327, 338, 367
宗教改革　Reformation　244
「集団心理学と自我の分析」（ジークムント・フロイト）　"Group Psychology and the Analysis of the Ego"　277
シューマン、ロベルト　Robert Schumann　103
『10 1/2 章で書かれた世界の歴史』（ジュリアン・バーンズ）　*A History of the World in 10 1/2 Chapters*　147
シュトラウス、リヒャルト　Richard Strauss　102, 106-07
「純な心」（ギュスターヴ・フロベール）　"A Simple Heart"　148
ジョイス、ジェイムズ　James Joyce　208
「小児の性欲」（ジークムント・フロイト）　"Infantile Sexuality"　267
ショーペンハウエル、アルトゥル　Arthur Schopenhauer　277
ジョーンズ、ロイド　Lloyd Jones　348
『贖罪』（イアン・マキューアン）　*Atonement*　310
『初夜』→『チェシル海岸にて』
ジョンソン、サミュエル　Samuel Johnson　242

真実和解委員会　Truth and Reconciliation Commission　328
神聖ローマ帝国　Holy Roman Empire　247-48
『シンデレラ』（グリム兄弟、シャルル・ペロー）　Cinderella　44
シンハ、インドラ　Indra Shinha　xi, 350

【す】

スイス、スイス人　Switzerland, Swiss　195, 199, 318, 343, 366
スコガン、ジョン　John Scogan　346
スコット、ウォルター　Walter Scott　199
スコットランド、スコットランド人　Scotland, Scottish　148, 154-55, 190, 251, 334
スターリニズム　Stalinism　294
スタイナー、ジョージ　George Steiner　135, 137, 143-44
スタフォードシャー（イギリス）　Staffordshire　148, 155, 160-61
スティーヴンソン、ロバート・L　Robert L. Stevenson　79
ズデーテン（チェコ共和国）　Sudeten　361
ストラスクライド大学（イギリス）　University of Strathclyde　314
『ストランド・マガジン』　Strand Magazine　155
ストローハン、ロジャー　Roger Straughan　84-85
『砂の妖精』（イーディス・ネズビット）　Five Children and It　266
『すばらしい新世界』（オルダス・ハクスレー）　Brave New World　79, 91
スプリングフィールド（アメリカ・オレゴン州）　Springfield　61
スペイン　Spain　247-48, 315, 361
スミス、アリ　Ali Smith　314, 337
スミス、アントニー・D　Anthony D. Smith　243-44
スミス、ゼイディー　Zadie Smith　338
スライゴー（アイルランド）　Sligo　352

【せ】

聖パウロ　Saint Paul　257
セルビア　Serbia　311
『1984年』（ジョージ・オーウェル）　Nineteen Eighty-Four　79
セント・アンドルーズ大学（イギリス）　University of St Andrews　329
セント・オービン、エドワード　Edward St Aubyn　343

【そ】

『喪失の継承』（キラン・デサイ）　The Inheritance of Loss　xii, 187-206, 339
『喪失の響き』→『喪失の継承』
『そうでなかったら』（キャロル・シールズ）　Unless　317

ソビエト連邦（ソ連）　Soviet Union　　195, 361
ゾラ、エミール　Émile Zola　　157

【た】

『ダークマンズ』（ニコラ・バーカー）　*Darkmans*　　346
ダージリン（インド）　Darjeeling　　339
タイ、タイ人　Thailand, Thai　　356
第一次世界大戦　First World War　　xii, 329, 335, 339, 344, 358, 362, 368
第二次世界大戦　Second World War　　98, 148, 187, 191, 310, 313, 318, 329, 354, 361-62
『タイムズ文芸附録』　*Times Literary Supplement*　　327
台湾、台湾人　Taiwan, Taiwanese　　315
ダ・ヴィンチ、レオナルド　Leonard da Vinci　　259
タゴール、ラビンドラナート　Rabindranath Tagore　　199
ダッカ大学（バングラデシュ）　University of Dhaka　　322
ダブリン（アイルランド）　Dublin　　207, 335, 341, 345
ダブリン大学（アイルランド）　University of Dublin　　335
ダンケルク（フランス）　Dunkirk　　310
ダンゴール、アハマット　Achmat Dangor　　328
炭鉱ストライキ（イギリス）　Miners' Strike　　355
タンザニア　Tanzania　　366
ダンバード（インド）　Dhanbad　　228, 351

【ち】

『小さきよそもの』（サラ・ウォーターズ）　*The Little Stranger*　　362
チェコ共和国、チェコ人　Czech Republic, Czech　　284, 302, 361
チェコスロバキア　Czechoslovakia　　361
『チェシル海岸にて』（イアン・マキューアン）　*On Chesil Beach*　　349
チェンナイ（インド）　Chennai　　xi
中国、中国人　China, Chinese　　14, 158, 225-26, 351, 353
チューダー朝　Tudor dynasty　　242-46, 249, 252, 259-60
チュニジア、チュニジア人　Tunisia, Tunisian　　200
チリ　Chile　　347

【つ】

『土の音楽』（ティム・ウィントン）　*Dirt Music*　　320
『集い』（アン・エンライト）　*The Gathering*　　207-23, 345
『椿姫』（オペラ）（ヴェルディ）　*La Traviata*　　289

【て】

ディアスポラ　Diaspora　　200, 283-84, 289, 296, 298-99, 301
『デイヴィッド・コパフィールド』（チャールズ・ディケンズ）　David Copperfield　　125
ディケンズ、チャールズ　Charles Dickens　　43, 125, 127, 225, 348
『帝国以後』（エマニュエル・トッド）　After the Empire　　xiv
ディストピア小説（反ユートピア小説）　dystopian fiction　　165
ディズニー、ウォルト　Walt Disney　　45
「ディック・ホイッティントンと猫」　"Dick Whittington and his Cat"　　44
『デイリー・ガゼット』　Daily Gazette　　158
『デイリー・テレグラフ』　Daily Telegraph　　158
『デイリー・ヘラルド』　Daily Herald　　152
ティンダル、ウィリアム　William Tyndale　　251-52, 254, 258-59, 357
デヴォン（イギリス）　Devon　　364
デーラ・ドゥーン（インド）　Dehra Dun　　203
テキサス（アメリカ）　Texas　　321
デサイ、アニタ　Anita Desai　　339
デサイ、キラン　Kiran Desai　　xi-xii, 187-206, 339
『鉄道法』（ジョージ・エイダルジ）　Railway Law for the "Man in the Train"　　157
テニエル、ジョン　John Tenniel　　134
テニソン、アルフレッド　Alfred Tennyson　　360
デネヒー、ブライアン　Brian Dennehy　　67
デリー（インド）　Delhi　　228, 231, 235-37, 351
デリー大学（インド）　University of Delhi　　353

【と】

ドイツ、ドイツ人　Germany, German　　157, 251, 256-57, 276-77, 312-13, 335, 361, 366, 368
ドイル、アーサー・コナン　Arthur Conan Doyle　　147-64
東京　　39, 312
同時多発テロ　September 11 Attacks　　xiii, 188, 191, 322, 347
ドーセット（イギリス）　Dorset　　349
トッド、エマニュエル　Emmanuel Todd　　xiv
ドノヒュー、エマ　Emma Donoghue　　365
トビーン、コルム　Colm Tóibín　　115-32, 331
トムソン、ジェイムズ　James Thomson　　360
「虎」（ウィリアム・ブレイク）　"The Tyger"　　36

トリニダード・トバゴ　Trinidad and Tobago　338
トリポリ（リビア）　Tripoli　342
トルコ、トルコ人　Turkey, Turk　196, 313
トルツ、スティーヴ　Steve Toltz　356
トレヴァー、ウィリアム　William Trevor　318
ドレフュス、アルフレッド　Alfred Dreyfus　157
ドレフュス事件　Dreyfus Affair　150, 157-58
トレント大学（カナダ）　Trent University　315
トロイ　Troy　47
トロロープ、アンソニー　Anthony Trollope　198
トロント（カナダ）　Tronto　317
トロント大学（カナダ）　University of Toronto　22, 316-17

【な】

『ナイチンゲールの目に宿る精霊』（A・S・バイアット）　*The Djinn in the Nightingale's Eyes: Five Fairy Stories*　265
ナイポール、V・S　V. S. Naipaul　199
長崎　336
『ナショナル・ジオグラフィック』　*National Geographic*　203
ナチ、ナチス（・ドイツ）　Nazi, Nazi（Germany）　283-84, 313, 354, 361
ナチズム　Nazism　294
『夏の時間』（J・M・クッツェー）　*Summertime*　359
「ナンタケット生まれのアーサー・ゴードン・ピムの物語」（エドガー・アラン・ポー）　"The Narrative of Arthur Gordon Pym of Nantucket"　37
『ナンバー9ドリーム』（デイヴィッド・ミッチェル）　*number9dream*　312
南北戦争　Civil War　128, 331

【に】

新潟　312
『苦い果実』（アハマット・ダンゴール）　*Bitter Fruit*　328
日本、日本人　Japan, Japanese　196, 230, 312, 315
ニュー・サウス・ウェールズ（オーストラリア）　New South Wales　340
ニュージーランド　New Zealand　203, 348
ニューデリー（インド）　New Delhi　xi, 187
ニューヨーク（アメリカ）　New York　xiii, 187-88, 190-91, 200, 202-03, 339, 347, 364
『ニューヨーク・タイムズ』　*New York Times*　188, 265

索引　383

【ね】

『ねじの回転』（ヘンリー・ジェイムズ）　*The Turn of the Screw*　120-21, 124
ネズビット、イーディス　Edith Nesbit　266, 268
ネパール、ネパール人　Nepal, Nepalese　188-89, 196-97, 203-04, 339
『眠れる森の美女（眠り姫）』（グリム兄弟、シャルル・ペロー）　*Sleeping Beauty*　44-45
ネルソン、ホレイショ　Horatio Nelson　360

【の】

ノヴィック、シェルドン・M　Sheldon M. Novick　116-17
ノーフォーク（イギリス）　Norfolk　173-74, 181, 336-37
ノーベル賞　Nobel Prize　359

【は】

ハーヴァード大学（アメリカ）　Harvard University　331, 347
バーウィック（イギリス）　Barwick　96
バーカー、ニコラ　Nicola Barker　346
パーシー、ハリー　Harry Percy　253
ハーディ、ケア　Keir Hardie　268-69, 278
バーバ、ホミ　Homi K. Bhabha　194
バーミンガム（イギリス）　Birmingham　148, 152, 155, 158, 162, 326, 334, 362
バーンズ、ジュリアン　Julian Barnes　147-64, 334
バイアット、A・S　A. S. Byatt　116, 265-81, 358
『パイの物語』（ヤン・マーテル）　*Life of Pi*　17-41, 315
ハイランド、M・J　M. J. Hyland　341
バイロン、ジョージ・ゴードン　George Gordon Byron　360
ハガン、グレアム　Graham Huggan　13-14
パキスタン、パキスタン人　Pakistan, Pakistani　200, 347
『白衣の女』（ウィルキー・コリンズ）　*The Woman in White*　43
ハクスレー、オルダス　Aldous Huxley　79, 91
バシュラール、ガストン　Gaston Bachelard　123
『バスカヴィル家の犬』（アーサー・コナン・ドイル）　*The Hound of the Baskervilles*　157
バトラー・ジュディス　Judith Butler　12
パナマ　Panama　22
パプア・ニューギニア　Papua New Guinea　348
バフチン、ミハイル　Mikhail Bakhtin　xv
『バベルの後に』（ジョージ・スタイナー）　*After Babel: Aspects of Language and*

　　　　　　　Translation　143
ハミド、モーシン　Mohsin Hamid　347
パリ（フランス）　Paris　120, 311, 356, 359
バリー、J・M　J. M. Barrie　158, 266, 268, 274
バリー、セバスチャン　Sebastian Barry　xii, 335, 352
『ハリー・ポッター』シリーズ（J・K・ローリング）　*Harry Potter* series　265, 278
「ハリー・ポッターと幼稚な大人」（A・S・バイアット）　"Harry Potter and the Childish Adult"　265
ハル（イギリス）　Hull　330
『はるか長い道のり』（セバスチャン・バリー）　*A Long Long Way*　xii, 335
バルザック、オノレ・ド　Honoré de Balzac　225
バルセロナ（スペイン）　Barcelona　289
パレスチナ、パレスチナ人　Palestine, Palestinian　300
『パロットとオリヴィエ、アメリカに行く』（ピーター・ケアリ）　*Parrot and Olivier in America*　364
バンヴィル、ジョン　John Banville　xiv, 133-45, 208, 333
ハンガリー、ハンガリー人　Hungary, Hungarian　311, 354
ハンガリー動乱　Hungarian Rising　311
バンガロール（インド）　Bangalore　226, 238, 351
バングラデシュ、バングラデシュ人　Bangladesh, Bangladeshi　322
『ハンスヤマアラシ坊や』（グリム兄弟）　*Hans My Hedgehog*　276
ハンブルク（ドイツ）　Hamburg　313

【ひ】

『ヒース燃ゆ』（コルム・トビーン）　*The Heather Blazing*　119
『ピーター・パン』（J・M・バリー）　*Peter Pan*　268, 274-75
BBC　British Broadcasting Corporation　202, 285-86, 295-96, 363
ピエール、ＤＢＣ　DBC Pierre　61-77, 321
『ピッパが通る』（ロバート・ブラウニング）　*Pippa Passes*　198
ヒトラー、アドルフ　Adolf Hitler　230
『美について』（ゼイディー・スミス）　*On Beauty*　338
『美の曲線』（アラン・ホリングハースト）　*The Line of Beauty*　xiv, 95-113, 327
ビハール（インド）　Bihār　227
ヒマラヤ　Himalaya　190, 197, 203-05, 339
『秘密の川』（ケイト・グレンヴィル）　*The Secret River*　340
『秘められし聖なる書』（セバスチャン・バリー）　*The Secret Scripture*　352
ピューリタン革命　Puritan Revolution　355
ピューリッツァー賞　Pulitzer Prize　317

ヒラリー、エドモンド　Edmund Hillary　　203
ピルグリム・ファーザーズ　Pilgrim Fathers　　125
ビルマ　→　ミャンマー
広島　312

【ふ】
ファシズム、ファシスト　Fascism, Fascist　　294, 354
フィレンツェ（イタリア）　Florence　　196, 253-54, 256, 357
『フィンガースミス』（サラ・ウォーターズ）　Fingersmith　　43-59, 319
『フィンクラーの問題』（ハワード・ジェイコブソン）　The Finkler Question　　283-304, 363
ブータン　Bhutan　　203
ブーリン、アン　Anne Boleyn　　241, 248, 253, 258, 357
ブーリン、トマス　Thomas Boleyn　　357
ブーリン、メアリー　Mary Boleyn　　255
フェビアン協会　Fabian Society　　266-68, 358
フォウルズ、アダム　Adam Foulds　　360
『不思議の国のアリス』（ルイス・キャロル）　Alice's Adventures in Wonderland　　96, 103, 107-08
ブダペスト（ハンガリー）　Budapest　　311
ブッカー・オヴ・ブッカーズ　Booker of Bookers　　xiii
ブッカー賞（マン・ブッカー賞）　Man Booker Prize　　ix-xvi, 148, 187, 205, 207-08, 225, 241, 284, 309-10, 316, 320, 323, 331, 333-36, 358
ブッシュ、ジョージ　George Bush　　xiii
ブッダガヤ（インド）　Bodh Gaya, Buddh Gaya　　226
プッチーニ、ジアコモ　Giacomo Puccinni　　289
ブライトン（イギリス）　Brighton　　207, 345
プラウトゥス、ティトゥス・マッキウス　Titus Maccius Plautus　　254
ブラウニング、ロバート　Robert Browning　　116, 198
ブラジル、ブラジル人　Brazil, Brazilian　　359
『ブラックウォーターの灯台船』（コルム・トビーン）　The Blackwater Lightship　　119
プラトン　Plato　　254
『フランケンシュタイン』（メアリー・シェリー）　Frankenstein: or the Modern Prometheus　　79, 86, 88, 91
フランシス1世　Francis I　　248
プランシェ、ジェイムズ　James Planché　　45
フランス、フランス人　France, French　　17, 21, 24, 26-27, 29-31, 147, 150, 157, 200, 225, 247-48, 255-56, 310, 315, 343, 350, 353, 357, 359, 364, 366, 368

フランス革命　French Revolution　364
フランドル（ベルギー）　Flanders　335
ブランドン、チャールズ　Charles Brandon　249
ブリストル（イギリス）　Bristol　357
ブリストル大学（イギリス）　University of Bristol　313
『ブリック・レーン』（モニカ・アリ）　*Brick Lane*　322
ブリトン人　Briton　259
プリンストン大学（アメリカ）　Princeton University　347
ブルージュ（ベルギー）　Brugge　330
ブルータス伝説　Brutus legend　259
ブルデュー、ピエール　Pierre Bourdieu　97
ブレイク，ウィリアム　William Blake　36
プレトリア（南アフリカ共和国）　Pretoria　366
フロイト、ジークムント　Sigmund Freud　47, 123, 267, 277
フロベール、ギュスターヴ　Gustave Flaubert　147-48, 225
『フロベールの鸚鵡』（ジュリアン・バーンズ）　*Flaubert's Parrot*　147-48
フロリダ（アメリカ）　Florida　338
文化の帝国主義　Cultural Imperialism　xi

【へ】

ベイツ、キャシー　Kathy Bates　65
ベインブリッジ、ベイル　Beryl Bainbridge　xiv-xv
ベヴァリッジ報告　Beveridge Report　98-99
ベートーヴェン、ルードヴィヒ・ヴァン　Ludwig van Beethoven　103
『部屋』（エマ・ドノヒュー）　*Room*　365
ヘラー、ゾーイ　Zoë Heller　325
ベラスケス、ディエゴ　Diego Velázquez　121
ベラルーシ　Belarus　313
ベルギー　Belgium　330
ベルリン（ドイツ）　Berlin　313, 366
ペロー、シャルル　Charles Perrault　44-45
ヘンシャー、フィリップ　Philip Hensher　355
『ヘンゼルとグレーテル』（グリム兄弟）　*Hansel and Grethel*　51
ベントリー、ニック　Nick Bentley　260
ヘンリー8世　Henry VIII　xv, 241, 246-49, 252, 258-59, 357

【ほ】

『ボヴァリー夫人』（ギュスターヴ・フロベール）　*Madame Bovary*　147-48

『抱擁』(A・S・バイアット) *Possession: A Romance*　116
『ボウリング・フォー・コロンバイン』(マイケル・ムーア) *Bowling for Columbine*　62
ポー、エドガー・アラン　Edgar Allan Poe　37
ホーソンデン賞　Hawthornden Prize　346
ポート・サイド（エジプト）　Port Said　368
ホームズ、オリヴァー・ウェンデル　Oliver Wendell Holmes, Jr.　117, 119
ポーランド、ポーランド人　Poland, Pole (Polish)　257, 354
ホール、サラ　Sarah Hall　329
ボール、ジョン　John Ball　258
ホガース、ウィリアム　William Hogarth　107
『北部の寛容』(フィリップ・ヘンシャー) *The Northern Clemency*　355
『僕を下ろして』(M・J・ハイランド) *Carry Me Down*　341
『ぼくを創るすべての要素のほんの一部』(スティーヴ・トルツ) *A Fraction of the Whole*　356
保守党　Conservative Party　96, 98-99, 327
ポストコロニアル、ポストコロニアリズム　postcolonial, postcolonialism　xi, xv, 15, 188-89, 191, 195, 197-200, 203-05
ポストモダン、ポストモダニズム　postmodern, Postmodernism　189-90, 265, 310
ボストン（アメリカ）　Boston　338
ポター、ビアトリクス　Beatrix Potter　268
ホッジ、ボブ　Bob Hodge　189
『ホテル・ワールド』(アリ・スミス) *Hotel World*　314
ボナール、ピエール　Pierre Bonnard　134, 136-37, 141, 143-44, 333
ボパール化学工場事故　Bhopal Gas Tragedy　350
『母乳』(エドワード・セント・オービン) *Mother's Milk*　343
ホリングハースト、アラン　Alan Hollinghurst　ix-x, xiv, 95-113, 117, 327
ボルト、ロバート　Robert Bolt　241
ポルトガル　Portugal　34
ホルバイン、ハンス　Hans Holbein　255, 357
ホロコースト　Holocaust　283-84, 294-95, 302
『ホワイト・タイガー』(アラヴィンド・アディガ) *The White Tiger*　205, 225-40, 351
ポンディシェリ（インド）　Pondicherry　19
ボンベイ → ムンバイ

【ま】

マーテル、ヤン　Yann Martel　17-41, 315

マキューアン、イアン　Ian McEwan　310, 349
マコーリー、T・B　T. B. Macaulay　191
マザーグース　Mother Goose rhymes　43
マジックリアリズム　magic realism　18
マタール、ヒシャーム　Hisham Matar　342
マッカーシー、トム　Tom McCarthy　368
マデイラ（ポルトガル）　Madeira　104
マニラ（フィリピン）　Manila　347
『真昼に寝るよ』（ジェラード・ウッドワード）　I'll Go to Bed at Noon　332
マンチェスター（イギリス）　Manchester　199
マンテル、ヒラリー　Hilary Mantel　x, xv, 241-63, 357

【み】

『ミザリー』（ロブ・ライナー）　Misery　65
ミシュラ、ヴィジャイ　Vijay Mishra　189
『見知らぬ部屋で』（デイモン・ガルガット）　In a Strange Room: Three Journeys　366
『ミスター・ピップ』（ロイド・ジョーンズ）　Mister Pip　348
ミストリー、ロヒントン　Rohinton Mistry　316
ミッチェル、デイヴィッド　David Mitchell　312, 330
「密林の獣」（ヘンリー・ジェイムズ）　"The Beast in the Jungle"　123
南アフリカ共和国　Republic of South Africa　324, 328, 359, 366
ミニョネット号事件　Mignonette Case　37
宮崎　312
ミャンマー（旧称ビルマ）　Myanmar (Burma)　196
ミラー、アンドリュー　Andrew Miller　311
ミルザ・ガリブ　Mirza Ghalib　230

【む】

村上春樹　312
ムンバイ（旧称ボンベイ）（インド）　Mumbai (Bombay)　xi, 148, 226, 316, 334

【め】

『メイジーの知ったこと』（ヘンリー・ジェイムズ）　What Maisie Knew　120
メキシコ、メキシコ人　Mexico, Mexican　18, 23, 25, 62-67, 71, 73, 200, 315, 321
メディシス賞　Prix Médicis　148
メルボルン（オーストラリア）　Melbourne　3, 7, 9, 341
メレディス、ジョージ　George Meredith　158

【も】
モア、トマス　Thomas More　　241-42, 248-51, 253, 259, 357
毛沢東　Mao Zedong　　230
モーアー、サイモン　Simon Mawer　　361
モーリシャス諸島　Mauritious Islands　　353
モネ、クロード　Claude Monet　　142
モラル、クレア　Clare Morrall　　326
モリス、ウィリアム　William Morris　270
『モロー博士の島』（H・G・ウェルズ）　*The Island of Doctor Moreau*　　79
モロッコ　Morocco　　366
モンロー、マリリン　Marilyn Monroe　　303

【や】
屋久島　　312
『夜警』（サラ・ウォーターズ）　*The Night Watch*　　344
『夜愁』→『夜警』
矢十字党　Arrow Cross Party　　354

【ゆ】
『ユートピアだより』（ウィリアム・モリス）　*News from Nowhere*　　270
ユダ（イスカリオテの）　Judas　　5
ユダヤ、ユダヤ人　Judea, Jew　　x, 10, 98, 101, 157, 283-304, 313, 354, 361, 363
ユング、C・G　C. G. Jung　　44, 47-49

【よ】
『良い医者』（デイモン・ガルガット）　*The Good Doctor*　　324
ヨーク（イギリス）　York　　247
ヨーク大学（イギリス）　University of York　　354
ヨハネスブルグ（南アフリカ共和国）　Johannesburg　　328
『よみがえる迷宮の森』（アダム・フォウルズ）　*The Quickening Maze*　　360
「より精妙な網」（コルム・トビーン）　"A More Elaborate Web: Becoming Henry James"　　129

【ら】
ライ（イギリス）　Rye　　123-24, 331
ライス、マイケル　Michael J. Reiss　　84-85
ラクスマンガール（インド）　Laxmangarh　　228, 351
ラシュディ、サルマン　Salman Rushdie　　xiii

『ラブボート』（ジェラルディーン・ソーンダーズ）　*The Love Boat*　65
『ラ・ボエーム』（ジアコーモ・プッチーニ）　*La Bohème*　289
ラホール（パキスタン）　Lahore　347
ランカスター大学（イギリス）　Lancaster University　311

【り】

リーヴィ、アンドリア　Andrea Levy　367
リーシュ、リチャード　Richard Riche　249
リヴァプール（イギリス）　Liverpool　161
リスボン（ポルトガル）　Lisbon　253
リビア、リビア人　Libya, Libyan　342
『リビアの小さな赤い実』→『男たちの国で』
リューベック（ドイツ）　Lubeck　257
リンカーン、エイブラハム　Abraham Lincoln　230

【る】

『ルーシー・ゴールトの物語』（ウィリアム・トレヴァー）　*The Story of Lucy Gault*　318
ルーミー、ジェラール・ウッディーン　Jalal ad-Din ar-Rumi　230
ルター、マルティン　Martin Luther　252
ルネサンス　Renaissance　x, 244
ルリア、アイザック　Isaac Luria　22

【れ】

『レーバー・リーダー』　*Labour Leader*　268-69
レノン、ジョン　John Lennon　312
レバノン、レバノン人　Lebanon, Lebanese　14, 100, 327
連合国　Allies　313
レンブラント・ファン・ライン　Rembrandt van Rijn　338

【ろ】

労働十字軍　Labour Crusaders　269
労働党　Labour Party　268
ローズ、ジャクリーン　Jacqueline Rose　268
ローズ大学（アメリカ）　Rhodes College　328
ローマ（イタリア）　Rome　124, 247, 361
ローマ（古代）、ローマ人　ancient Rome, Roman　246-48, 250-51, 259
ローマ（教会）　Roman Catholic Church　252-53, 259

ローマ法王　Pope　　246-48, 357
ローリング、J・K　J. K. Rowling　　265-66
ロシア、ロシア人　Russia, Russian　　159, 354
ロッジ、デイヴィッド　David Lodge　　116-17, 120, 123
ロビン・フッド伝説　Robin Hood legend　　43
ロンドン（イギリス）　London　　xi, xv, 43, 53, 122, 160, 203, 217, 242, 247, 256, 283, 290, 297, 299, 310, 319, 322, 325, 330-32, 337-38, 340, 342, 344, 354-55, 357, 363
ロンドン大学（イギリス）　University of London　　319, 358
ロンブローゾ、チェーザレ　Cesare Lombroso　　156

【わ】

ワイルド、オスカー　Oscar Wilde　　97, 120, 331
『わが命つきるとも』（ロバート・ボルト）　*A Man for All Seasons*　　241
『わが思い出と冒険』（アーサー・コナン・ドイル）　*Memories and Adventures*　　157
『わたしを離さないで』（カズオ・イシグロ）　*Never Let Me Go*　　xii, xiv, 165-85, 336
ワット・タイラーの乱　Wat Tyler's Rebellion　　258
「我々は最後に子どもたちを食べた」（ヤン・マーテル）　"We Ate the Children Last"　　21-22

執筆者一覧（50音順）

池園　宏　　　（いけぞの　ひろし）　山口大学　教授
石井　征子　　（いしい　いくこ）　　久留米大学　非常勤講師
今村　紅子　　（いまむら　べにこ）　福岡女学院大学　講師
加藤　洋介　　（かとう　ようすけ）　西南学院大学　教授
金子　幸男　　（かねこ　ゆきお）　　西南学院大学　教授
柴田　千秋　　（しばた　ちあき）　　福岡大学　非常勤講師
髙本　孝子　　（たかもと　たかこ）　水産大学校　准教授
田中　雅子　　（たなか　まさこ）　　九州共立大学　講師
谷口　秀子　　（たにぐち　ひでこ）　九州大学　教授
永松　美保　　（ながまつ　みほ）　　九州女子大学　准教授
ブラウン馬本　鈴子　（ぶらうんまもと　すずこ）　西南女学院大学　講師
松田　雅子　　（まつだ　まさこ）　　長崎大学　准教授
水尾　文子　　（みずお　あやこ）　　熊本県立大学　准教授
宮川　美佐子　（みやかわ　みさこ）　福岡女子大学　准教授
宮原　一成　　（みやはら　かずなり）　山口大学　教授
矢野　紀子　　（やの　のりこ）　　　山口大学　非常勤講師
吉田　徹夫　　（よしだ　てつお）　　福岡女子大学　名誉教授／横浜薬科大学　教授
吉村　治郎　　（よしむら　じろう）　九州大学　教授

新世紀の英語文学
ブッカー賞総覧 2001-2010　　　　　　　　（検印廃止）

2011年10月31日　初版発行

編　　者	高　本　孝　子
	池　園　　　宏
	加　藤　洋　介
発　行　者	安　居　洋　一
印刷・製本	モ リ モ ト 印 刷

162-0065　東京都新宿区住吉町 8-9
発行所　開文社出版株式会社
TEL 03-3358-6288　FAX 03-3358-6287
www.kaibunsha.co.jp

ISBN978-4-87571-060-8　C3098